DU MÊME AUTEUR

Sœur, Éditions de l'Observatoire, 2019 ; J'ai lu, 2021.

Le Voyant d'Étampes, Éditions de l'Observatoire, 2021 ; J'ai lu, 2022.

ABEL QUENTIN

Cabane

ROMAN

J'AI LU

À la mémoire de Pierre Berest,
grand scientifique, « mensch »,
amateur d'humour anglais.

Note au lecteur

Le contenu du rapport 21 est librement inspiré du rapport *Les Limites à la croissance*, de 1972.

Quant aux auteurs du rapport 21, ils ont été inventés de toutes pièces.

Ces générations futures, qu'est-ce qu'elles ont fait pour moi ?

Groucho Marx

« Bien entendu », répondit Foucault avec le sourire d'un clown maléfique.

Simeon Wade,
Foucault en Californie, 2021

I

LE RAPPORT

1

Le 1er juillet 2007, le Français Paul Quérillot rendit visite au couple Dundee, à l'occasion d'un colloque qui l'avait conduit à traverser l'Atlantique pour se rendre non loin de leur élevage de porcs, au sud de Salt Lake City.

À cette date, les quatre auteurs du « rapport 21 » étaient encore en vie.

Quérillot habitait près de Paris, dans une vaste maison de la banlieue ouest.

Le Norvégien Johannes Gudsonn avait été signalé à Londres, à Bergen, et près de Lonevåg, sur l'île d'Osterøy.

Les Américains Eugene et Mildred Dundee vivaient dans l'Utah, avec leur fils Dan.

2

Eugene Dundee était venu prendre Quérillot au Hilton de Salt Lake City, après son colloque, et ils roulaient depuis deux heures à travers une plaine brune qui coulait au pied des Rocheuses, à bord d'un 4×4 Defender couleur sable à la peinture écaillée.

Eugene Dundee allait sur ses soixante-cinq ans mais il s'en sortait pas mal, pensa Paul Quérillot en observant son ancien collègue à la dérobée. Les manches retroussées de sa chemise bûcheron découvraient des avant-bras musculeux, où moutonnaient des poils blancs. Toujours la face longue, les lunettes à double foyer, le nez en lame de couteau. Mais les traits étaient plus énergiques, comme si les années l'avaient libéré de cette timidité inquiète qui l'empêchait d'agir franchement. Son torse s'était développé. Il avait pris des épaules. Était-ce le bénéfice de la vie d'éleveur, loin des paillasses universitaires ? Le Français réalisa que Eugene (« You-djin », à l'américaine) était probablement en meilleure forme que trente-cinq ans plus tôt, à Berkeley.

Lui-même, Paul Quérillot, avait davantage accusé le coup. Trois décennies passées le cul sur une chaise de bureau n'avaient pas pardonné. Le corps était taillé dans un bloc de gras blême. Il portait son pantalon au-dessus du nombril. Il savait ce qui l'attendait : comme nombre de mâles blancs imberbes, aux sourcils trop clairs, avec de l'embonpoint, il finirait par ressembler à une vieille geisha. Six mois plus tôt, un praticien de l'avenue de Wagram l'avait délesté de 10 000 euros pour lui remonter les joues. Le résultat était acceptable. Il n'était pas transfiguré non plus.

— Mildred sera contente de te voir, dit Eugene.

La route était rythmée par de grands panneaux publicitaires où dominaient les réclames pour assureurs ou pour avocats (« *INJURED IN A CRASH? CALL ASH!* » ; « *LIFE IS SHORT. GET A DIVORCE* »). Quérillot respirait bruyamment, mâchonnait un chewing-gum mentholé, tapotait le rebord de la fenêtre. Clôturé deux heures plus tôt, le colloque s'était bien passé, même si cette raclure pédante de Caleb Espinozi l'avait présenté comme un « dirigeant de société » sans mentionner sa formation de chercheur, omission perfide destinée à lui rappeler, au besoin, qu'il ne faisait plus partie de la famille. Plus tard, Quérillot s'était vengé en se levant pour aller pisser pendant l'exposé de l'Américain. Il avait regretté de ne pas porter des chaussures qui couinent, comme les clowns.

— Moi aussi, je suis content, mentit le Français.

Il n'avait jamais trop aimé se replonger dans le passé. Il avait prévenu ses anciens collègues de sa présence en Utah au dernier moment, par e-mail, au fond il espérait qu'ils ne seraient pas disponibles, cependant il jugea qu'il ne pouvait pas les snober, que les Dundee entendraient parler de sa visite : le colloque réunissant chercheurs et acteurs du secteur privé autour de l'avenir de la dynamique des systèmes ferait certainement l'objet d'une mention dans les revues spécialisées. Quérillot s'était figuré que les Dundee avaient sans doute gardé, malgré leur reconversion dans l'élevage porcin, une forme de lien avec la vie universitaire et scientifique. Voilà, ça s'était machiné ainsi, et il n'était plus question de revenir en arrière.

Depuis la publication du rapport 21, au début des années 1970, il avait revu le couple une seule fois. C'était en 1993, lors de l'hommage scientifique organisé à l'université de Berkeley après la mort de leur mentor, Daniel W. Stoddard, le fondateur de la dynamique des systèmes. Entre les interventions, les participants s'étaient retrouvés autour d'une table de buffet pour boire un café et échanger leurs souvenirs du « vieux Dany ». Les meilleurs spécialistes mondiaux de la discipline étaient là, réunis dans le petit patio attenant à la salle de conférence ; petite troupe cosmopolite qui déclinait son jus de cerveau dans un anglais standard. L'ombrageux Fiodor Morinović, ancien transfuge de l'URSS, qui avait fondé l'un des premiers départements de la discipline. Hans Norton, l'Allemand sautillant et couperosé, qui l'avait quasiment introduite en Europe. Le New-Yorkais Caleb Espinozi et son éternel T-shirt de vieil ado fatigué, qu'il portait comme s'il voulait dire au monde qu'il était Caleb Espinozi, si sûr de sa valeur qu'il n'était pas tenu de faire un effort, comme les autres. Certains s'étaient déjà croisés aux obsèques, un an plus tôt. Pour d'autres, comme Quérillot, l'hommage scientifique était une session de rattrapage.

L'ambiance était bon enfant mais les Dundee et Quérillot s'étaient soigneusement évités. L'ombre de Stoddard était entre eux, ainsi qu'un nœud serré de rancœurs anciennes : les Dundee reprochant à Quérillot de ne pas les avoir défendus après la publication du rapport, et même d'avoir trahi ; Quérillot reprochant aux Dundee de l'avoir mis sur la touche, de ne jamais l'avoir cité dans leurs interviews, d'avoir effacé son nom du tableau. Les piques du Français n'avaient rien arrangé. Pendant des années, il avait répété que Stoddard n'avait pas eu de véritable héritier – Mildred Dundee s'était, à raison, sentie personnellement visée.

Le temps avait passé, ils étaient de vieux chevaux à présent, et cette brouille était un peu ridicule. Il leur avait écrit qu'il serait ravi de passer un moment avec eux, entre anciens collègues. Ils avaient répondu rapidement. Lui avaient-ils pardonné ? Il avait bien pardonné, lui. « Puéril, pensa Quérillot en mâchonnant son chewing-gum. Tout cela est puéril. » Il était fébrile, et le soleil cognait à la verticale sur le Defender.

Les yeux fixés sur la route, Eugene parla un peu. Il s'énerva en évoquant une gigantesque ferme porcine située à quelques dizaines de kilomètres, qui vendait des bêtes gavées d'antibiotiques aux consommateurs américains. Puis il se tut et demeura silencieux le reste du trajet. On aurait dit qu'il voulait attendre sa femme pour célébrer ces retrouvailles ; comme s'ils ne pouvaient se retrouver vraiment en l'absence de celle qui fut, si ce n'est l'élément le plus brillant, du moins l'âme du rapport 21.

*

Mildred avait pas mal morflé. Elle les attendait devant la ferme, son corps maigre flottant dans une salopette en jean. Elle portait une casquette délavée : Daffy Duck, le canard facétieux, y subsistait à l'état de vestige. Des rides tombaient en draperie fine aux coins de sa bouche et en marchant au-devant d'elle Quérillot sentit une grande tristesse et une bouffée de sympathie, ou de solidarité, l'envie de la serrer dans ses bras en lui disant qu'ils en étaient tous là, qu'il savait qu'elle savait qu'il savait, que c'était terrible mais que c'était leur lot commun. Cependant la voix de Mildred retentit et cette voix était enjouée, et tonique.

— *Hi*, Paul !

Quérillot comprit qu'elle ne s'était pas vue vieillir, et ce constat arrêta net l'élan du Français.

Il lui tomba tout de même dans les bras et ils se donnèrent l'accolade. Puis ils s'écartèrent pour se jauger de pied en cap, comme deux vieux copains.

Il eut droit à une courte visite. Les lieux consistaient en une belle bâtisse en bois peint, et deux hangars en béton coiffés par un toit en tôle ondulée, dont l'un servait de remise pour le matériel. L'autre abritait une porcherie nouvelle génération, réservée aux naissances et aux premières semaines d'allaitement. Les truies gestantes étaient particulièrement choyées : elles étaient réunies par petits groupes de deux ou trois dans de larges boxes tapissés de paille fraîche. Mildred lui montra une machine.

— C'est un distributeur de rations individualisées. Pour limiter les agressions entre les animaux, précisa l'Américaine.

— Moi, je n'en voulais pas, grogna Eugene.

— On en a déjà parlé, soupira Mildred.

À six semaines, les porcelets et leurs mères rejoignaient leurs congénères, élevés en plein air sur un terrain de huit hectares. Eugene avait fait l'acquisition de cabanes mobiles qu'il déplaçait périodiquement avec un vieux tracteur, de marque John Deere, pour varier les zones de pâturage. Les porcs broutaient une luzerne fraîche, régime complété par du fourrage et des céréales sans intrants agricoles (« ou autres saloperies », ajouta Eugene et sa bouche se tordit, comme si on le forçait à manger une pleine cuillérée d'engrais). La mise à mort était effectuée sur place, par une société d'abattage mobile.

— Un système assez novateur. Pas de long trajet en camion. Autant de stress en moins pour les bêtes, précisa l'Américain.

— Bien sûr, elles sont anesthésiées préalablement, compléta Mildred.

Paul Quérillot se souvint alors que le premier article de Mildred, celui qui l'avait fait repérer par Daniel W. Stoddard, traitait de la dynamique de l'industrie du porc aux États-Unis, décrivant avec minutie le fonctionnement de la chaîne d'approvisionnement, des parcs d'engraissement jusqu'au détaillant. Il était émouvant qu'elle finisse par élever ces cochons qui avaient été son objet d'étude, envisagés comme des « unités ». Il le fit remarquer à Mildred qui se contenta de sourire, étonnée qu'il se souvienne d'un papier obscur publié dans la revue de Stoddard, à la fin des années 1960.

*

Ils dînèrent de travers de porc miellés et de *mashed potatoes*, arrosés de vin californien.

— Nous avons nos propres ruches, l'informa Mildred, fière de servir un repas dont seul le vin provenait de l'extérieur.

Quérillot nota que son rire se prolongeait parfois au-delà du raisonnable, trahissant un dérèglement nerveux. Peut-être qu'elle s'était vue vieillir, tout compte fait. Le couple avait l'air de vivre dans une grande solitude, et agissait comme des gens qui avaient perdu l'habitude de recevoir du monde.

Au moins, Mildred faisait la conversation. Elle parlait de l'université de Berkeley, qui avait bien changé.

— C'est devenu beaucoup plus sage. Tu croises des jeunes gens pressés, qui veulent tous travailler dans la Silicon Valley. Quelqu'un m'a dit que l'administration de l'université voulait virer les clodos de People's Park.

Elle lui demanda s'il avait des nouvelles de Gudsonn, leur collègue norvégien. Quérillot lui retourna la question.

— Aucune, soupira Mildred. Aucune nouvelle.

Trente-cinq ans plus tôt, Quérillot avait eu envie de coucher avec sa collègue américaine. Moins à cause de ses charmes (encore qu'elle n'était pas mal, avec sa bouche ourlée et sa légère bosse au sommet de l'arête nasale) qu'en raison de la longue promiscuité imposée par leurs travaux de recherche. Plus d'une fois il l'avait imaginée allongée dans l'herbe du campus, échevelée, les petites mains griffues plantées dans ses reins. Un soir, il avait cru la chose proche de se produire, au terme d'une journée d'intense labeur, après qu'ils avaient passé trois heures à débattre du nombre d'hectares de terres nécessaires pour nourrir la population américaine, à rendement céréalier constant. Ils se trouvaient dans une salle vide du Evans Hall. L'épuisement, la tension étaient à leur comble : comme un orage prêt à crever. Les ions négatifs tourbillonnaient autour d'eux, nuée d'invisibles cupidons farceurs. À moins qu'il n'ait imaginé cela tout seul. Bien sûr, il ne s'était rien passé. À présent il cherchait en vain la petite brune piquante de ses souvenirs. De leur jeunesse, il ne restait plus grand-chose : quelques photos prises avec un Polaroid, dans un album « Berkeley 1970-1973 » qu'il n'ouvrait jamais.

Eugene mastiquait lentement, parlait peu. De temps à autre, il levait la tête de son assiette et regardait droit devant lui, par-dessus l'épaule du Français, vers la porte laissée entrouverte sur la plaine ; il semblait incrusté dans sa chaise, plus ancien que la ferme. Primitif, farouche. À chaque fois que Mildred s'éclipsait pour aller en cuisine, un lourd silence s'installait, et Quérillot guettait le frottement des sandales annonçant le retour de la maîtresse des lieux. Il respira un peu lorsque la conversation roula sur Stoddard. C'était un bon sujet, le sujet rassembleur par excellence. Tout le monde aimait Stoddard. Tout le monde admirait Stoddard. Daniel W. Stoddard et son humour, Daniel W. Stoddard et son charisme bourru, son charme paysan qu'il surjouait pour leur plus grand bonheur, le bon sens paysan du Nebraska contre les intellectuels et la morgue universitaire, son numéro de faux candide. Stoddard, le professeur dans l'âme et le chercheur passionné. Les cours de Stoddard, les digressions de Stoddard. Les blagues de Stoddard, aussi.

— Qu'y a-t-il de plus borné qu'un économètre ? imita Quérillot, en prenant une grosse voix.

— Deux économètres, répondit Mildred.

Ils rirent de bon cœur.

— Chacun se souvient de son Stoddard, conclut l'Américaine. Chacun de nous avait une relation spéciale avec lui.

Et ils restèrent quelque temps silencieux, plongés dans leurs souvenirs.

Ils n'évoquèrent pas une seule fois le rapport 21, du moins pas de manière frontale, se contentant d'allusions discrètes à l'amélioration spectaculaire des outils de recherche, et aux conflits entre générations (qu'ils abordèrent indirectement, à propos de leur fils, Dan). Le garçon faisait leur fierté : étudiant en agronomie à l'université d'État de l'Utah, il venait régulièrement donner le coup de main, le week-end. Deux heures après l'arrivée de Quérillot, les gravillons de la cour avaient crissé à nouveau et Dan était apparu dans l'encadrure de la porte, un casque de moto à la main : immense et baraqué, face poupine. Sur son T-shirt, un slogan rappelait qu'il n'y avait « pas de planète B ». Il broya la main de Quérillot, avant de regagner sa chambre.

Après le dîner, ils prirent le café dehors. Quelques ampoules de couleur éclairaient faiblement une pergola en bois sombre et lui donnaient une atmosphère de guinguette montmartroise, au cœur de l'Utah. Deux ampoules grésillèrent, avant de claquer. Quérillot accueillit avec gratitude l'obscurité qui mangeait les visages et rendait plus supportables les longs silences qui menaçaient de s'installer. Il aurait fallu crever l'abcès, expliquer son choix de travailler pour l'industrie pétrolière de 1975 à 1987, dire pourquoi il n'avait pas soutenu les Dundee quand ils avaient été attaqués. Il n'en fit rien. Au fond il n'avait aucune envie de se justifier, ni de gâcher l'équilibre faux et confortable de ce dîner.

Debout derrière Eugene, Mildred avait passé ses mains autour du cou de son mari. Lèvres minces, pommettes hautes et osseuses, joues creusées : elle était le visage même de la sobriété dont elle s'était fait, trente-cinq ans plus tôt, l'apôtre internationale. Le Français regarda le couple immuable et pensa à tout ce qu'ils avaient traversé. Les deux Américains se ressemblaient. Ils avaient l'air d'un frère et d'une sœur ; deux enfants atteints de vieillissement prématuré, qui vivraient dans un monde imaginaire. Déjà, au temps de leur collaboration, la sexualité des Dundee lui avait semblé mystérieuse, et il ne pouvait se la représenter que de deux façons : inexistante ou bien totalement débridée, faite de jeux déviants et régressifs. Une chose était certaine : ces deux-là s'aimaient profondément. Cela, il en était sûr.

À 23 heures, les Dundee installèrent Paul Quérillot dans sa chambre, à l'étage. Le Français demeura longtemps devant la fenêtre entrouverte, les yeux plongés dans la plaine, à écouter les chiens de prairie qui criaient comme des petites filles pour signaler un prédateur. Il songea qu'après une trop longue séparation les souvenirs communs, au lieu de réunir les gens, dressaient entre eux une barrière invisible, et il regretta d'avoir imposé ce dîner. Il partit le lendemain aux aurores, conduit par Dan qui avait à faire en ville. Le jeune homme le déposa dans le centre, où Quérillot eut le temps de flâner un peu, et visita un temple mormon. Puis il prit un taxi pour l'aéroport.

Eugene Dundee mourut deux heures plus tard, la cage thoracique broyée sous le poids de son tracteur John Deere.

3

Paul Quérillot apprit la nouvelle en regardant une chaîne de télévision américaine, dans le petit salon réservé par American Airlines aux clients premium, à l'aéroport de Salt Lake City. Il suivait une allocution du président George W. Bush sans l'écouter vraiment, davantage attaché à scruter l'expression du visage martial, à déceler l'ancien alcoolique derrière le chef d'État, appréciant le mélange de légère imbécillité et d'honnêteté que dégageait le tombeur de Saddam Hussein. Soudain, son attention fut attirée par le bandeau qui défilait sous l'image.

« LE SCIENTIFIQUE EUGENE DUNDEE MEURT DANS UN ACCIDENT DE TRACTEUR »

Les mots sonnaient comme un mauvais canular. Il consulta son BlackBerry : la nouvelle était diffusée dans différents médias en ligne. Ils reprenaient tous la même dépêche d'Associated Press, un texte court et strictement informationnel, l'accident de tracteur, un bref rappel biographique, l'influence de Stoddard, le rapport 21, le Nobel jamais obtenu, le prix de l'institut Kiel comme lot de consolation, un fils, son épouse et collègue Mildred qui n'a pas souhaité s'exprimer. « Accident », « tracteur », « décès immédiat ». Quérillot tenta d'apprivoiser l'information qui s'invitait dans l'espace détente, de façon scandaleuse.

Dans un accident de tracteur.

L'idée le traversa que les mots de la dépêche avaient tué Eugene, ils étaient trop précis, ils avaient précipité le drame qu'ils décrivaient, si un journaliste d'Associated Press n'avait pas annoncé la mort de Dundee en termes aussi définitifs peut-être ne serait-il pas mort tout à fait, son cas serait demeuré réversible, incertain, dans une zone intermédiaire entre les mots et la réalité – un purgatoire.

La veille, il avait observé les avant-bras arrimés au volant, pleins de sève. Il avait pensé que Eugene avait quinze ou vingt ans devant lui, peut-être plus, et d'ailleurs Eugene avait besoin de ce temps-là, il lui avait dit qu'il voulait continuer à former leur fils, Dan, que celui-ci n'était pas encore prêt. Son ancien collègue était un homme délicat et une intelligence aiguisée, et surtout une somme d'expériences considérable qui s'étaient sédimentées pour aboutir au vieil Eugene Dundee, ancien scientifique qui ressemblait à un pionnier de l'Ouest, hiératique et taiseux. Une vie est un processus de sédimentation subtil et fastidieux, pensa le Français, et ce processus était anéanti d'un seul coup, d'une façon si absurde que c'en était insultant. Il avait déjà perdu des proches, brutalement pour l'un d'entre eux, et à chaque fois il avait ressenti, presque autant que la tristesse, une profonde amertume, un sentiment de gâchis.

Bien sûr, Quérillot fut sidéré par la coïncidence qui l'avait vu visiter Eugene Dundee la veille de sa disparition. Ils s'étaient perdus de vue pendant trente-cinq ans, et puis ils s'étaient retrouvés et le lendemain Eugene était mort. Il pensa : « Je l'ai tué, j'ai été le messager du royaume des morts », puis : « Il m'attendait pour mourir, il voulait se confronter au passé une dernière fois avant de partir. » Enfin : « Il m'a consacré sa dernière soirée. J'ai gâché ce qui aurait dû être son ultime tête-à-tête avec Mildred. Elle me haïra pour cela. » Il ricana nerveusement, les mains crispées sur les accoudoirs de son fauteuil massant. En plus d'être stupides, ces considérations trahissaient le besoin de jouer un rôle central dans tous les événements qui survenaient en périphérie de son existence, signe d'un ego pathologique.

Hier, j'ai dîné avec Eugene et nous avons mangé des travers de porc.

« La mort est une conversation interrompue », lui avait dit un jour son père, au retour d'un enterrement. S'agissant de Eugene, la conversation n'avait jamais vraiment commencé. Il était un ancien collègue, mais il n'était pas un ami, ou alors ce mot n'avait plus aucun sens. Cette soirée avait seulement été l'occasion de mesurer la distance qui s'était installée entre eux. Le rapport 21 et sa sombre prophétie les avaient réunis, pendant deux années de recherche, et les avaient séparés, brutalement. Les Dundee avaient choisi de le porter comme un flambeau avant de se retirer à la campagne, au milieu des cochons. Quérillot, lui, avait fui ses responsabilités. Il s'était réfugié dans une frénésie d'ambition et de jouissance – toutes choses que condamnait, en un sens, le rapport.

Eugene m'a montré sa ferme, et il est mort.

Et Mildred ? Elle serait secouée, mais elle survivrait. Il avait entendu sa voix forte et calme tandis qu'elle parlait des aménagements de leur élevage de porcs. D'une certaine façon, il était préférable que Eugene Dundee soit décédé avant Mildred, car celle-ci semblait contenir des ressources d'énergie supérieures : elle pourrait s'adapter à l'absence de son double. Dan prendrait la place du père et entourerait la veuve Dundee (ce mot !) de toute son affection. Ils devraient se méfier de l'isolement, cependant. Elle était déjà engagée sur une pente glissante. La veille, après le dîner, le couple avait semblé hésiter sur la conduite à tenir, comme s'ils avaient oublié les usages basiques de sociabilité. Mildred avait cherché pendant de longues minutes s'il y avait quelque part une bouteille de digestif, avant de renoncer.

Quérillot gagna le hall et jeta un œil sur le tableau d'affichage : l'embarquement n'aurait pas lieu avant une bonne heure. Se trouvant encore dans l'Utah, il aurait pu prolonger son séjour pour assister aux obsèques, peut-être même qu'il aurait dû le faire. Oui, il aurait dû tourner les talons et procéder à l'annulation de son vol. Au lieu de quoi il décida qu'il n'avait pas reçu l'information à temps et demeura là, dans une torpeur lâche et agréable, jusqu'à l'embarquement. Il enverrait un message à Mildred à son atterrissage à Paris. Lorsque les hôtesses de l'air entamèrent leur ballet gracieux, indiquant les issues de secours avec des gestes chorégraphiés de pantomimes, Quérillot songea qu'ils n'étaient plus que trois êtres vivants à avoir participé à l'élaboration du rapport sur l'avenir du monde au XXIe siècle.

4

Trente-cinq ans plus tôt, les deux Américains avaient été les plus ébranlés par les conclusions de leurs travaux. Celles-ci n'avaient pas été obtenues en un jour ; la sombre prédiction s'était dévoilée par étapes, et cependant Quérillot se souvenait d'un moment précis, au mois de mai 1972, après la première modélisation des données confiées au programme Global3.

*

Dehors, le soir n'était pas tombé mais la fête était déjà dans l'air sec et chaud. Des groupes se formaient sur les pelouses du campus, de jeunes professeurs en chemisette s'y mêlaient et draguaient les étudiantes. Symbole de l'université de Berkeley, l'horloge du campanile allait bientôt libérer un nouveau flot d'étudiants braillards, décidés à envahir la nuit. La plupart se répandraient dans les colocations enfumées, les fraternités ou les bars de la ville. Quelques-uns s'entasseraient dans une voiture puant le tabac et la marie-jeanne, traverseraient la Baie et pousseraient jusqu'à Haight-Ashbury.

Berkeley ! Un des endroits les plus exaltants de la Terre, foyer mondial de la contestation contre l'ordre, la guerre. « Un paradis pour les sympathisants communistes, les protestataires et les déviants sexuels », avait résumé le gouverneur de Californie, Ronald Reagan. Trois ans plus tôt, le « jeudi sanglant » de People's Park avait donné à l'université ses galons de bastion hippie ; Reagan avait envoyé la troupe pour évacuer le parc et une centaine d'étudiants avaient été blessés. Il y avait eu un mort, aussi. À présent, le pic de contestation était passé, les hippies étaient un peu moins présents mais la culture insurrectionnelle demeurait. Elle était bien implantée au sud du campus, du côté de Telegraph Avenue. Berkeley : la Harvard de l'Ouest. Le corps enseignant comptait onze Nobel. L'excellence des universités de la côte est, sans leur morgue et leur arrogance WASP. La flamme de la connaissance, au milieu des danses indiennes et du crachotement des ghetto-blasters. La physique atomique *et* Jimi Hendrix.

Mildred, Eugene, Paul et Johannes s'étaient installés dans une salle de cours déserte, au rez-de-jardin. Sur le tableau noir trop hâtivement effacé, des bribes de mots témoignaient qu'un cours de sciences humaines s'était tenu là, quelques heures plus tôt : on y avait manié des concepts complexes de linguistique, et des étudiants de premier cycle s'étaient pignolés sur du Noam Chomsky.

Les quatre trimaient depuis près de deux ans sur la mission que leur avaient confiée les commanditaires : « analyser les causes et les conséquences à long terme de la croissance sur la démographie et sur l'économie mondiales », et aussi sur la question incidente, posée dans des termes d'une brutale simplicité, par des gens qui ne se payaient pas d'à-peu-près : « Les activités humaines peuvent-elles poursuivre leur croissance de façon durable, face aux limites des ressources naturelles non renouvelables, de la surface des terres arables et de la capacité d'absorption de la pollution par les écosystèmes ? » Une première réponse leur avait été livrée par l'ordinateur IBM, la machine futuriste à deux millions de dollars, équipée de bandes magnétiques et de son propre système d'exploitation, qu'ils avaient alimentée de données contenues sur des cartes perforées, six jours par semaine, pendant dix-huit mois. Cette réponse n'était pas vraiment réjouissante. Mildred avait découvert le schéma n° 8, dit « *business as usual* », et sa courbe en forme de cloche qui n'annonçait rien de bon. Ce schéma décrivait ce qui se passerait si la croissance industrielle et démographique suivait son cours, sans que l'on fasse rien pour la juguler. Symbolisés par des courbes en trait plein, les indices de l'abondance (consommation alimentaire par Terrien, production industrielle, espérance de vie, etc.) dépassaient la *capacité de charge* de la planète vers 2020, indiquée par une courbe en pointillé. Puis ils chutaient brutalement, en 2050. Ce qui signifiait un effondrement des conditions matérielles d'existence et une diminution brutale de la population mondiale, dans la deuxième partie du XXIe siècle.

— C'est la chose la plus effrayante que j'aie vue de ma vie, avait dit Mildred.

Quérillot et Eugene s'étaient regardés par-dessus l'épaule de Mildred, qui contemplait le gouffre. Des éclats de rire s'échappaient d'un bureau voisin, où des doctorants fêtaient un anniversaire. Gudsonn, le Norvégien, se tenait en retrait, le menton dans une main, un bras replié sur le torse. Cheveux raides, hérissés sur le crâne, coupés ras à la nuque et aux tempes. Ses oreilles étaient larges et décollées. Les rayons du soleil balayaient la pièce jusqu'à mi-hauteur. Ils étaient filtrés par un grand érable rouge, et les visages étaient criblés de taches de lumière.

Ils étaient quatre, comme les Beatles ou les évangélistes. Eugene avait travaillé sur la pollution, Mildred sur la production industrielle et la consommation, Quérillot sur les ressources non renouvelables, Gudsonn s'était occupé de la démographie mondiale et s'assurait de la rigueur mathématique du programme de simulation. Depuis le mois de septembre 1970, ils y avaient sacrifié leurs journées et une partie de leurs nuits.

Mildred avait levé la tête : elle était au bord des larmes. Elle avait cherché le regard de son jeune mari. Celui-ci avait baissé les yeux, il ne voulait pas céder à l'émotion, ni se livrer à une scène de couple devant ses deux collègues européens. Il avait marmonné quelques mots dérisoires :

— *That's OK, Mildred. That's OK.*

— C'est juste une hypothèse, avait appuyé Quérillot.

— Une parmi neuf autres, avait renchéri Eugene.

— La courbe ressemble à une grosse vague, une grosse vague californienne, avait complété Quérillot avec son gros accent, en espérant détendre l'atmosphère.

Le Norvégien n'avait rien dit. Son visage émacié était presque douloureux, tordu par une extrême concentration.

*

Trois jours plus tard, Mildred s'était reprise, elle avait même retrouvé son allant habituel. Elle était optimiste, elle croyait en l'homme, disait-elle avec son sourire franc et courageux. Il suffisait d'informer les gens, si les gens étaient informés ils agiraient en conséquence. C'était son nouveau credo : « Quand les gens sauront, il y aura une onde de choc et il y aura une réaction », lançait-elle en rejetant sa mèche en arrière, d'un coup de tête (et alors Quérillot avait l'impression qu'avec ce geste elle rejetait sa féminité encombrante, au lieu de quoi elle ne parvenait qu'à être plus désirable encore). Pour elle, les choses étaient simples : les sociétés humaines n'allaient pas sombrer sans réagir. Le scénario catastrophe, ce-qui-se-passera-si-les-choses-suivent-leur-cours-tranquille, était un épouvantail utile. Il indiquait la voie du redressement. Mais il ne se produirait pas. Hein, Eugene ? Tout à coup elle interrogeait son jeune mari, et doutait à nouveau. Que pensait Eugene de tout cela ? C'était difficile de le savoir, il n'était pas du genre à donner son opinion sur ce qui ne relevait pas de sa spécialité, la dynamique des systèmes. Quérillot ne disait rien. Il savait, lui, que les sociétés humaines pouvaient décider très délibérément d'ignorer un problème et se suicider (et il supposait que Gudsonn le savait aussi parce que leur continent d'origine en avait fait l'expérience au début du siècle, l'Europe prospère s'était suicidée, peut-être même que l'histoire des hommes était une série de suicides collectifs, si l'on considérait qu'il n'y a guère d'événements que n'eût évités un sursaut). Cela, les deux Américains le comprenaient plus difficilement, à cause de ce que Quérillot appelait leur optimisme à la con.

Des années plus tard, dans une interview publiée dans la revue *Science*, Quérillot leur avait adressé un tacle déguisé, en espérant qu'ils le recevraient, de l'autre côté de l'Atlantique. « Mes deux collègues ont été heurtés dans leur naïveté et leurs croyances les plus profondes. Pour nos amis américains, éduqués dans un esprit de conquête, chaque limite dépassée en dévoile une autre. Pour de tels individus, il est particulièrement déstabilisant de découvrir que nous vivons dans un monde fini, dont les limites physiques ne peuvent être dépassées. » Comme si cela ne l'avait pas déstabilisé, lui !

5

« Vous connaissez la légende du sage Sissa ? » avait demandé Daniel W. Stoddard deux ans plus tôt, en 1970, lorsqu'il les avait réunis pour la première fois dans son bureau au cinquième étage du Evans Hall, le bâtiment consacré à la recherche en économie et mathématiques. La tour en béton jurait avec le style Beaux-Arts qui dominait sur le campus. Depuis trois ans, elle hébergeait le minuscule département de dynamique des systèmes, qui se résumait à la personne de Daniel W. Stoddard.

— La légende du sage Sissa, répéta le professeur.

Il tapotait sur la table avec un stylo, comme un télégraphiste.

— Vraiment, personne ?

Le vieux Dany était rose et massif, avec un nez court et retroussé qui lui donnait un air vulgaire : mais quand il parlait, son charme éclipsait tout. Il immobilisa le stylo, bascula sa chaise en arrière.

— Un roi des Indes s'ennuyait. Il promit donc une récompense exceptionnelle à qui lui proposerait une bonne distraction. Lorsque Sissa lui présenta le jeu d'échecs, le souverain demanda au sage ce que celui-ci souhaitait en échange de ce jeu extraordinaire. Alors Sissa demanda au prince de déposer un grain de riz sur la première case, deux sur la deuxième, quatre sur la troisième, et ainsi de suite pour remplir l'échiquier en doublant la quantité de grains à chaque case. Le prince accorda immédiatement cette récompense en apparence modeste. Atterré, son conseiller lui expliqua qu'il venait de signer la mort du royaume : des siècles de récolte ne suffiraient pas à s'acquitter du prix du jeu.

— Dix-huit milliards de milliards de grains, murmura le Norvégien qui avait calculé, de tête.

— À peu près, concéda Stoddard.

Les deux Américains et le Français avaient grogné. Tous connaissaient le mécanisme vertigineux d'une fonction exponentielle, mais ils ne voyaient pas où Stoddard voulait en venir.

— Il n'y a rien de plus monstrueux qu'une fonction exponentielle, poursuivit le maître. Or, depuis la fin de la Seconde Guerre mondiale, nous sommes entrés dans une ère de croissance exponentielle. Mais nous ne nous en inquiétons pas, pour une raison très simple : le bon sens ne craint pas ce qu'il ne peut pas se représenter. La seule chose qui nous intéresse, c'est de constater que l'humanité s'enrichit. Qu'elle a, *en moyenne*, la vie plus douce qu'avant. Et, cependant, la planète a une surface limitée, avec des ressources limitées. Les limites naturelles sont comme un plafond, qu'on ne peut pas crever. Disons qu'on peut le faire, mais pas longtemps, et surtout pas impunément. Oh, je sais ce que vous vous dites : j'aurais mieux fait de rester au plumard. Si le père Stoddard nous a fait lever pour nous expliquer qu'il existe des limites naturelles aux activités humaines, il se paie bien nos têtes. Des philosophes l'ont déjà dit cent fois. Réfléchissez, pourtant. Aussi étrange que cela puisse paraître, ce qui vous paraît une évidence n'inquiète pas grand monde. Je dirais même qu'à part quelques-uns de vos petits copains aux cheveux longs, tout le monde s'en fout. Ici même, au cinquième étage de notre glorieux Evans Hall, dans le département d'économie où l'on se vante de traiter des questions très sérieuses et très importantes, ça n'a pas l'air de préoccuper mes collègues. Pourquoi ? Parce que nos braves économistes ont décidé, quelque part au XIXe siècle, que les ressources naturelles étaient inépuisables. Ces gens-là pensaient que la nature était… comment dire ? Un plateau de jeu de société. Un espace théorique, qui ne peut pas être altéré. Voilà, c'est ça. Or la nature n'est pas un espace théorique. Elle n'est pas non plus un magasin dans lequel on peut puiser éternellement, et qui serait réapprovisionné à l'infini. C'est une putain de planète, ronde comme une boule à facettes, d'une superficie qu'on ne pourra jamais augmenter. Cinq cent quarante millions de kilomètres carrés, dont cent quarante-neuf millions de plancher des vaches, pas un de plus.

Il laissa un silence, mais ses mots continuaient de travailler.

— Je ne suis pas le premier à penser que nous allons au-devant de très graves problèmes. De l'effondrement de notre civilisation thermo-industrielle, peut-être. Seulement, personne n'a jamais pu le démontrer. *Scientifiquement*, je veux dire. C'est ce que je vous propose de faire.

*

— Vous allez suer, avait prévenu Daniel W. Stoddard, en tétant un de ses légendaires cigarillos. Mais, dans cette tâche, nous avons un allié de poids.

L'allié en question était l'IBM 360, modèle 75, surnommé « Gros Bébé ». « Un pur-sang capable d'exécuter sept cent mille opérations par seconde », aimait dire Stoddard, comme s'il parlait de son aîné surdoué. Il occupait un niveau entier du centre informatique, le Campbell Hall, à cinquante mètres du Evans Hall où ils travaillaient. Pendant vingt ans, bien avant qu'il obtienne de créer son minuscule département de dynamique des systèmes, cela avait été un des combats de Stoddard : faire de Berkeley l'université la mieux équipée d'Amérique. En 1956, il avait largement contribué à convaincre le conseil d'administration de créer un centre informatique et d'acquérir un IBM 701. Puis il avait poursuivi sa croisade, harcelant les organes de décision de l'université pour qu'ils achètent ou louent des ordinateurs toujours plus performants. C'est sous son impulsion que Berkeley avait débauché le mathématicien Abraham Taub, qui avait fait des étincelles à la tête du laboratoire informatique de l'université de l'Illinois. C'est lui, encore, qui avait poussé pour que soit créé un département informatique indépendant, avec son budget et ses propres cursus. En quinze ans, Berkeley avait rattrapé son retard : la rivale californienne, UCLA, pouvait aller se rhabiller.

Les quatre avaient sué. La tâche était démesurée, alors ils avaient décidé de mener une vie parallèle de rongeurs scientifiques, entièrement articulée autour du rapport. Ils dormaient régulièrement sur des futons installés à même le sol, dans leurs bureaux. De l'autre côté de la pelouse, tapi au sous-sol du Campbell Hall, Gros Bébé digérait les cartes perforées. Son vaste tableau de bord chromé semblait animé d'une vie autonome : des voyants lumineux s'allumaient et s'éteignaient tandis qu'il besognait dans le bruit des souffleries, des trieuses et des lecteurs de cartes. Les vibrations de ses gros organes se transmettaient aux pièces adjacentes, malgré les mesures d'isolation. Gros Bébé : le titan qui suppléait à la puissance de dix mille cerveaux. Il travaillait sans relâche. Les résultats étaient communiqués aux quatre chercheurs le matin, dans leurs casiers.

Il leur avait fallu d'abord concevoir Global3, le programme simulant les rapports de réciprocité entretenus entre les cinq principaux facteurs : démographie, pollution globale, production industrielle, usage de ressources non renouvelables et production alimentaire. Celui-ci s'inspirait largement de Global1 puis Global2, conçus par Stoddard un an plus tôt. Mais, bien sûr, il était extraordinairement plus sophistiqué. Il s'agissait de faire un modèle qui traduise la complexité du monde. Ce fut un travail peu gratifiant ; il consistait la plupart du temps à confirmer les intuitions que Stoddard avait jetées sur le papier, le temps d'un trajet en avion. Et, pour ce faire, mettre sur pied un système de cent quarante-neuf équations différentielles de premier degré, toutes interdépendantes. Un gigantesque mécanisme d'horlogerie, dont les rouages étaient réglés au millimètre. « Une cathédrale de systèmes dynamiques », avait dit Stoddard.

— Il faut que le modèle soit parfait. D'abord, on modélise le fonctionnement des couples : par exemple, le niveau de pollution et la production industrielle. Lorsque le fonctionnement d'un couple est arrêté, vous ajoutez un troisième élément, voire un quatrième. Précautionneusement, amoureusement. Vous obtenez des systèmes intermédiaires. Lorsqu'ils roulent bien, vous agrégez ces systèmes intermédiaires. L'idée est la suivante : les couples, nous savons à peu près comment ils fonctionnent. L'inconnue, c'est ce qu'ils donnent *ensemble*, quand ils sont dans une fête.

Il avait dit cela avec un clin d'œil, en suçant le cylindre de tabac bien après qu'il fut éteint. Calme, sûr de lui, paternel. Il n'était pas contre une petite allusion grivoise, de temps en temps.

— Pour y parvenir, les étapes sont assez simples. Bâtir un modèle de simulation. Traduire les boucles de rétroaction de ce modèle en langage mathématique ; ça, c'est Gudsonn qui nous aidera. Traduire le langage mathématique en langage informatique ; ça, c'est Eugene qui vous montrera. Gros Bébé fera le reste.

Chacun des quatre chercheurs pilotait une équipe de cinq étudiants de premier cycle, qui y consacraient deux ou trois journées par semaine, à côté de leur cursus universitaire. Au total, une vingtaine de crânes d'œuf surmotivés occupaient six bureaux, au cinquième étage du Evans Hall (les économistes s'étaient poussés un peu). Les nuits étaient courtes, et le quatuor travaillait rarement moins de quinze heures par jour. À vingt-sept ans, Eugene et Mildred étaient déjà assistants de professeur : ils devaient, en plus de leurs travaux, dispenser quatre heures de cours par semaine. Gudsonn et Quérillot, vingt-trois et vingt-quatre ans, étaient encore doctorants.

*

Le rapport avait été commandé par le Club transatlantique, un cercle de réflexion composé d'industriels, de hauts fonctionnaires et de banquiers, d'inspiration sociale-démocrate. Son fondateur était Giuseppe Simeoni : Italien affable, avec un front large et de grosses joues d'enfant. Dans les années 1960, il avait dirigé un des principaux constructeurs automobiles d'Europe. Énergique, cultivé, passionné de sciences et de technologie, il était friand de *prospective*, obsédé à l'idée de deviner le XXIe siècle qu'il ne connaîtrait pas. « Simeoni est un homme de la Renaissance », disaient ses amis, et par là ils voulaient dire que s'il avait vécu au XVIe siècle il aurait construit des machines visionnaires et inexploitables, lu des traités d'alchimie, correspondu avec Montaigne tout en prêtant de l'argent aux rois. Tout le monde l'aimait : même les syndicalistes qu'il avait affrontés pendant un quart de siècle dans ses usines du Piémont. À vingt ans, il avait combattu les nazis, dans les rangs de Giustizia e Libertà. Il en parlait à la tombée du soir, en faisant admirer la robe du vin qu'il produisait dans la région d'Alba. Il disait souvent que sa réussite lui conférait une responsabilité particulière. Le Club transatlantique était à son image : il réunissait des décideurs soucieux du devenir de l'humanité, rêvant d'une société mondiale fraternelle après Auschwitz et Hiroshima. La plupart étaient effroyablement riches.

Daniel W. Stoddard, le fondateur de la dynamique des systèmes, avait convaincu Simeoni que sa jeune science, enrichie par les progrès de l'informatique, pouvait accomplir de grandes choses. Par exemple, dire ce que pourrait être l'avenir du monde, si la production industrielle poursuivait sa fulgurante ascension. La rencontre avait eu lieu au mois d'octobre 1969 en Allemagne de l'Ouest, à Cologne où Stoddard assistait à un congrès. Une conversation s'était nouée, sur la terrasse d'un hôtel qui dominait le Rhin. Stoddard avait raconté à Simeoni la légende du sage Sissa. Il avait dit son sentiment que le monde était un moteur en surchauffe. Il avait désigné une péniche, qui remontait le fleuve.

— Regardez cette péniche. Que transporte-t-elle ? De l'électronique japonaise. Ou bien des bananes de Saint-Domingue. Chaque année davantage de bananes, davantage d'électronique japonaise. Mon intuition, c'est que cette opulence est une bombe à retardement. En tout cas, il n'est pas inutile de le vérifier.

Quand Stoddard eut terminé, l'Italien lui demanda de rester deux jours de plus à Cologne, le temps de faire venir une délégation du Club. L'Américain les rencontra dans le même hôtel, à la même terrasse, et leur fit le même exposé qu'à Simeoni. Puis il rencontra des membres de la fondation Agnetti, partenaire financier du Club, dont le soutien était facilité par le lien de cousinage entre Simeoni et Don Lorenzo Agnetti, homme élégant, mélomane, lecteur de Dante et démocrate-chrétien. Il s'enthousiasma, lui aussi, pour la dynamique des systèmes. Un budget de 400 000 dollars fut débloqué par la fondation. « Pour commencer », précisa le dandy italien.

Dans l'avion du retour, Daniel W. Stoddard commanda un filet de cabillaud et se mit à tracer des signes sur une feuille de papier, d'une écriture serrée et disgracieuse. Lorsque l'avion survola le Québec, il avait jeté les bases du modèle Global1 : une simulation des interactions entre population, croissance industrielle, production alimentaire et ressources non renouvelables.

Il rangea le modèle dans une serviette en cuir souple et s'endormit, sans avoir touché au poisson. À l'aéroport de San Francisco, il fila aux cabines téléphoniques et passa son premier coup de fil à Mildred Dundee. Il lui demanda de l'aider à recruter une équipe de chercheurs, un « petit commando compact et sûr ».

— Quel est l'objet du travail de recherche ? demanda Mildred.

— Décrire l'état du monde dans cent ans. En gros, dit Daniel W. Stoddard, en clignant des yeux, le combiné coincé entre l'épaule et la joue.

Dans le box téléphonique voisin, une femme hurlait quelque chose à propos d'une portière enfoncée, d'un chéquier et d'un ex-mari.

*

Du recrutement de ce « petit commando compact et sûr », Mildred ne décida pas grand-chose, à l'exception de Eugene qu'elle parvint à imposer au patron. Elle argumenta, non sans raison, qu'il serait utile d'avoir un garçon capable de comprendre deux ou trois choses au langage informatique MODELO, conçu par Stoddard pour servir de sabir commun entre Gros Bébé et ses maîtres humanoïdes. Mildred s'abstint d'ajouter qu'elle voulait Eugene à ses côtés parce qu'à deux ils seraient plus forts pour garder la main, et qu'elle aurait un allié naturel en cas de tensions au sein de l'équipe de recherche. Pour les autres, Stoddard eut le dernier mot. Mildred connaissait Quérillot de vue, car ce doctorant en économie avait suivi un cours d'introduction aux systèmes dynamiques. Elle n'en pensait pas grand-chose, si ce n'est qu'il était français et ressemblait à un bouquetin volubile et malsain. Il avait lu la petite réclame qu'elle avait rédigée et punaisée dans le département d'économie, au mois de juin 1970, sur le grand tableau de liège où l'on trouvait, entre deux photos de motos à vendre, des annonces académiques.

« À L'ATTENTION DES DOCTORANTS
ET POST-DOCTORANTS
DES DÉPARTEMENTS D'ÉCONOMIE
ET DE DYNAMIQUE DES SYSTÈMES
PROGRAMME DE RECHERCHE, SOUS LA DIRECTION
DE D. W. STODDARD.
SIMULATION DU SYSTÈME-MONDE.
CONNAISSANCE DES TECHNIQUES
INFORMATIQUES APPRÉCIÉE.
RÉMUNÉRATION : 500 DOLLARS PAR MOIS.
CONTACTER MILDRED DUNDEE.
ASSISTANTE DE PROFESSEUR
AUPRÈS DE D. W. STODDARD »

Le Français s'était pointé dans le petit bureau qu'elle occupait dans le Evans Hall, à quelques mètres de celui de Stoddard. Il lui avait expliqué qu'il voulait intégrer le groupe de recherche.

Qu'est-ce qu'elle avait dit à Eugene, plus tard ? « Un petit baratineur arrogant. » Elle tolérait aisément le côté macho de Stoddard car il s'accompagnait de la rude cordialité américaine, celle du gars qui ne déteste pas manger, de temps à autre, une tranche de maïs grillé en regardant un match des Giants de San Francisco. Quérillot, c'était différent. C'était le genre nerveux, qui roule des mécaniques en bramant.

— Je ne le sens pas, avait-elle dit à son jeune mari.

— Voyons-le quand même, avait répondu Eugene. D'ailleurs Stoddard veut qu'on rencontre tout le monde.

Ils s'étaient retrouvés dans un café italien, devant des Peroni glacées. Ils l'avaient passé à la moulinette. Mildred posait les questions, Eugene se taisait et observait les réactions du candidat. Par moments, ils ressemblaient à un tandem de flics.

— Est-ce que tu as lu *System Dynamics* ?

— Oui.

— Est-ce que tu as lu *Business Dynamics* ?

— Oui.

— Est-ce que tu as l'habitude du travail d'équipe ?

— Oui.

— Est-ce que tu as déjà travaillé sur un programme informatique, avec des cartes perforées ?

— Oui.

— Est-ce que tu as déjà entendu parler du langage Modelo ?

— Oui.

— Est-ce que tu es familier avec les travaux de Stoddard sur la pauvreté dans la ville de Pittsburgh ?

— Oui.

Et ainsi de suite.

Plus tard, le Français avait reconnu avoir menti sur les cartes perforées, le langage Modelo et la pauvreté dans la ville de Pittsburgh. Eugene l'avait trouvé bon, et sa bonne connaissance du marché de l'énergie était un atout sérieux. Insuffisant pour Mildred, qui avait voulu le remplacer par sa copine Dory, une doctorante bûcheuse et joviale, spécialiste de politique monétaire, qui venait de Saint-Louis, comme elle. Mais Stoddard avait tranché :

— On prend Quérillot (il prononçait : « Ke-wri-yow »). C'est un Européen, et les gars du Club transatlantique veulent que notre équipe soit internationale. C'est Simeoni qui a insisté. C'est une histoire d'image et de politique, il y tient vraiment. Il ne faut pas que notre rapport sente trop l'Amérique, si on veut qu'il puisse être lu partout, sans *a priori*.

Ça s'était arrangé comme cela. Stoddard avait imposé Quérillot et il avait imposé Gudsonn, aussi. Mais lui, il n'avait pas passé d'entretien préliminaire. D'ailleurs, il ne venait ni du département d'économie, ni de celui de dynamique des systèmes. Gudsonn, c'était un peu différent. Gudsonn, on était allé le chercher.

*

Lorsque Stoddard convoqua Mildred pour lui parler du jeune prodige scandinave, elle s'était un peu vexée. « Le Môôôzart de la géométrie algébrique », se moqua-t-elle en imitant le maître, les yeux chavirés, lorsqu'elle raconta l'entretien à Eugene. Pendant une demi-heure, Stoddard lui avait vanté les mérites de Gudsonn, qui s'était pointé en auditeur libre dans son cours et qui l'avait bluffé en lui posant une colle sur la solidité mathématique de ses modèles. « On a besoin d'un type comme ça », répétait Stoddard. Il lui avait demandé d'être gentille avec lui, comme si l'intéressé était un artiste virtuose, fragile et délicat, qu'il faudrait manier avec précaution. Cela avait agacé Mildred, que Gudsonn ne vienne pas se présenter lui-même. Et qu'il soit précédé d'une légende, aussi : celle d'un garçon qui, à vingt ans, correspondait avec l'un des plus grands mathématiciens du monde, Alexandre Grothendieck. Un garçon introverti, aux prodigieuses capacités. Et un tennisman respecté, qui avait écrasé en deux sets, sur le court nº 3 du campus, cet abruti de Jim Monnerville, un étudiant en droit qui se vantait d'avoir subi le rituel d'initiation des Skull & Keys, la fraternité des gros tarés de Berkeley.

Elle avait essayé d'argumenter : il n'était pas nécessaire de s'adjoindre les services du futur génie des mathématiques. À la rigueur, un démographe ou un géophysicien manquait davantage aux talents du « commando ». Stoddard avait insisté, il avait même élevé la voix. « Je ne l'ai jamais vu comme ça », avait-elle dit le soir à Eugene, dans leur salon, assise sur le rebord de la fenêtre à guillotine, qui recueillait un peu d'air du Pacifique.

*

À l'été 1970, Stoddard organisa un barbecue afin que les quatre fassent connaissance dans un cadre informel. Il leur ouvrit pour l'occasion son domicile de Kensington, au nord de Berkeley : une vieille maison jaune pâle, d'une chaleureuse rusticité, que Mrs. Stoddard qualifiait pompeusement de « victorienne » à cause d'une corniche sculptée.

Quand ils poussèrent le portillon, le ciel rosissait déjà. Il faisait bon, et les lauriers libéraient leur haleine camphrée. Stoddard les accueillit en bras de chemise. Sa femme était un tonnelet coiffé d'une coupe au bol, un modèle « pot à tabac » qui confessait volontiers ne rien comprendre aux travaux de son « Dany ». Elle avait préparé une platée de côtelettes. Tandis qu'il discutait avec ses étudiants, elle les recouvrait d'une marinade au pinceau, avec un soin extrême, comme si elle peignait une porcelaine. Affalé sur une chaise en rotin, à l'ombre d'un chêne vert, Stoddard lançait d'énormes éclats de rire et commençait chacune de ses phrases par « mes enfants ». Il était détendu, dans un de ses rôles favoris : en professeur à l'ancienne, taquin et affectueux, qui aime avoir ses poulains auprès de lui. Un air de jazz leur parvenait depuis la fenêtre de la cuisine, et le vin de Monterey arrondissait les angles. Mildred avait fini par digérer le recrutement de Quérillot, qu'elle trouvait assez drôle (Quérillot, pas le recrutement). Le Français fit des portraits de mandarins de l'université parisienne, et ne lésina pas sur l'accent pour amuser la galerie : « *Zis is how it works in my dear town of Parisse.* » Puis, soucieux de montrer qu'il n'avait pas non plus vocation à être le rigolo de la bande, il embraya sur son sujet de prédilection : les ressources pétrolières et gazières. C'était la partie qui lui revenait, et il avait écopé d'un gros morceau : le plus gros, à son avis. Il tenait à le faire savoir :

— La première des limites physiques à l'expansion économique, ce sont les énergies non renouvelables. Et la première d'entre elles, la reine des reines : le pétrole. Parce que les réserves augmentent, on a le sentiment que les ressources augmentent. C'est une grossière erreur : les réserves augmentent alors que les ressources diminuent, inexorablement.

— Le stock n'est pas la seule limite physique, corrigea Eugene, soucieux de marquer son territoire. Si la pollution atteint un niveau insoutenable, tu dois renoncer à exploiter ton stock avant même qu'il soit épuisé.

Ils avaient l'impression de jouer à un jeu de stratégie. Entre deux bouchées, ils extrayaient des millions de barils, décrétaient la fermeture d'un millier de plateformes de forage, déplaçaient des populations. C'était le privilège des savants.

— Du calme, les enfants, s'amusa Stoddard, en passant dans ses cheveux ses gros doigts jaunis par les cigarillos.

Pas mécontent de ce combat de coqs, qui promettait une belle émulation.

La bonne ambiance ne gagnait pas le Norvégien. Il était assis bien droit devant son assiette, séparant le gras de sa viande, avec des gestes cérémonieux de médecin légiste. Au moment des présentations, il avait décliné ses diplômes, lycée scientifique d'Oslo, premier cycle en mathématiques, avec une majeure en géométrie algébrique. Comment pouvait-on être aussi guindé ? Mildred avait réprimé un fou rire. Il ne sortit de son silence qu'à la faveur d'une pique de l'Américaine, qui se moquait de l'idée d'*élégance mathématique*.

— Gudsonn sera garant de l'élégance mathématique de nos modèles, dit Stoddard en se tournant aimablement vers le Norvégien, pour l'associer à la conversation.

Mildred mordit, comme une chatte jalouse. Elle dit que l'élégance mathématique était une invention des mathématiciens pour dominer les autres, et revendiquer un statut d'artiste. Elle se tourna vers Stoddard, et le prit à partie :

— Vous me l'avez dit vous-même, professeur, je m'en souviens parfaitement : « Encore une de leurs inventions tordues, Mildred. »

Le maître n'eut pas le temps de protester : Gudsonn se réveilla et d'une voix blanche il rétorqua que l'élégance mathématique existait bel et bien, et qu'il ne pouvait pas mieux la définir que comme un art de l'ordre et de la *simplicité*.

— Les mathématiciens élégants aspirent à l'unité et à la simplicité, poursuivit Gudsonn. C'est cela qui m'a poussé vers l'étude des mathématiques, et plus spécifiquement la géométrie algébrique. À mon avis, la passion des structures géométriques revient à tenter de retrouver l'enfance du monde.

Un silence gêné suivit. Gudsonn respirait un peu fort. Tous l'observaient, de biais. Crête blonde, front légèrement bombé. Mâchoire étroite, actionnée par des muscles fins et puissants. Ses yeux bleus étaient froids et pourtant ils brûlaient en leur centre, à l'endroit où deux pupilles avaient été percées. Sa présence à Berkeley, la fac des hippies, avait quelque chose d'incongru. Il avait l'allure d'un prêtre réfractaire ou d'un loup famélique. Stoddard fusilla Mildred du regard.

— Après tout, s'il fait le job, dit Eugene à leur retour, chauffé par les grillades et le vin rouge.

— Oui. On n'est pas obligés de devenir copains.

6

Les derniers mois de travail furent consacrés à vérifier la solidité de ces conclusions, chacun espérant que le perfectionnement du modèle invaliderait les premiers résultats. On le sophistiquait, en introduisant de nouveaux paramètres.

— Beaucoup de phénomènes agissent de façon différée, avait noté Eugene. Prenez la baisse de la mortalité infantile. On sait qu'elle conduit les couples à faire moins d'enfants. Mais on sait aussi que cet effet n'est pas immédiat. Il faut, *a minima*, qu'une génération se passe. Donc, il faut introduire des délais dans le modèle.

Les délais furent introduits dans l'engrenage subtil. Et Eugene descendait rendre visite à Gros Bébé, au sous-sol du Campbell Hall, les bras chargés de cartes perforées. Chauffe, Gros Bébé, chauffe ! Apporte-nous de belles nouvelles pour la planète Terre !

Cependant, la courbe du scénario n° 8 demeurait menaçante. « Atrocement apocalyptique », disait Stoddard à qui ils rendaient compte de l'état de leurs recherches, lors d'une réunion hebdomadaire, dans le bureau du maître.

Gagnés par la fébrilité, ils « essayèrent » de nouvelles hypothèses : et si la population se stabilisait rapidement, avec un enfant par femme ? Et si l'on freinait drastiquement la production industrielle ? Et si l'on parvenait à endiguer les niveaux de pollution grâce à l'innovation technologique ? Et si l'on découvrait d'immenses gisements de ressources énergétiques facilement exploitables ? Peut-être que les hypothèses étaient trop pessimistes, hasarda Quérillot. Doublons les réserves d'énergie non renouvelable ! proposa Eugene. Doublons-les, triplons-les, et voyons !

Gros Bébé était formel : aucune de ces mesures ne pouvait, seule, éviter l'effondrement. Pour espérer une issue favorable, elles devaient être mises en œuvre SIMULTANÉMENT… et IMMÉDIATEMENT. En d'autres termes, il fallait ralentir *immédiatement* la croissance mondiale. Et, *dans le même temps*, introduire un contrôle drastique des naissances, ajoutait Eugene, soucieux, presque vieilli. Quérillot se mit à fumer. Plus personne n'avait envie de rire, pas même Mildred, la plus enjouée des quatre.

Ces résultats les isolaient du reste du monde. Autour d'eux le campus était une ruche joyeuse, pleine de filles en combishort et de gars barbus en jean et T-shirt, qui papotaient gaiement à la sortie des cours. Certes, il y avait des gens en colère, qui interpellaient les passants sur

Telegraph Avenue. Ils avaient même des raisons de l'être : contre le Vietnam, les manœuvres de la CIA en Amérique latine, la course au nucléaire, les ghettos. De ce côté-ci de la Baie, des groupuscules radicaux rêvaient de renverser l'ordre établi, et opéraient dans la clandestinité ; les militants du Weather Underground et aussi les guérilleros de la mystérieuse Armée de libération symbionaise (ceux-là mêmes qui kidnappèrent en plein Berkeley, deux ans plus tard, la fille d'un magnat des médias, avant d'être arrêtés ou de mourir brûlés vifs dans l'incendie de leur planque, encerclée par cinq cents policiers, au terme d'une longue cavale et d'une fusillade qui laissa sur le sol sept mille cinq cents munitions percutées). Mais ce n'était jamais que la part irréductible de violence, celle que la prospérité ne pourrait jamais supprimer, et qui parfois se nourrissait d'elle : on trouvait dans leurs rangs quelques fils à papa qui voulaient se faire pardonner d'avoir grandi dans des villas douillettes, à Carmel ou Santa Monica. Au fond, ce n'était pas grand-chose. La Californie respirait l'indolence et la vie bien mûre, bien forte. Or, les quatre le savaient à présent : cette indolence, à long terme, était menacée. Mildred aurait voulu arrêter les étudiants, éteindre leurs sourires tranquilles, les alerter sur ce qu'ils avaient trouvé. *La chose la plus effrayante qu'elle ait vue de sa vie.*

Le Norvégien, seul, était imperturbable : on se demandait s'il ressentait des choses, parfois.

*

Au début du mois de décembre 1972, lorsque Gros Bébé rota une dernière fois, régurgitant sous la forme de colonnes de chiffres l'ultime charrette de cartes perforées, il fallut se rendre à l'évidence : les recherches étaient terminées. Mildred se chargea de la rédaction (de l'avis de tous, elle avait la meilleure plume). En trois semaines, leurs travaux furent ramassés en un document d'une trentaine de pages, qui exposait la méthode suivie et leurs conclusions, à travers un commentaire des dix scénarios prédictifs. Neuf d'entre eux prévoyaient une dégradation des conditions matérielles de la vie humaine au milieu du XXIe siècle. Et, pour l'un d'entre eux, leur effondrement, accompagné d'une diminution brutale de la population mondiale. Un seul scénario permettait d'envisager une issue favorable : mais c'était au prix d'un contrôle des naissances immédiat et draconien, et d'un changement non moins radical des modes de vie, de consommation et de production des habitants de la planète.

*

En janvier 1973, Eugene fit une dépression nerveuse. Il avait tenu, dans un premier temps, pour rassurer Mildred. À présent il sombrait, comme s'il avait insufflé son énergie vitale à sa femme pour la remettre sur pied ; on peut dire qu'elle s'était retapée à mesure qu'il plongeait, lui.

Il faut comprendre que Eugene était un être complexe, élevé par des parents mormons, qui se méfiaient du bonheur comme d'une chose louche et obscène. Ils lui avaient appris à vivre dans la certitude de l'état de péché. Il n'avait jamais été frappé par son père, mais il avait été élevé sous un joug beaucoup plus pernicieux qui consistait à le rendre responsable de la tristesse de sa mère, dépressive chronique. « Tu as fait pleurer ta mère », se contentait de dire son père, membre zélé de l'Église de Jésus-Christ des saints des derniers jours, au moindre pas de côté du garçonnet. À force d'être répétée, cette idée s'était installée durablement dans son esprit. Il était la cause de la souffrance de sa mère, et il ne servait à rien de se défendre en expliquant qu'il ne l'avait jamais voulu, c'était ainsi, il était un monstre qui faisait souffrir ses proches et il lui fallait apprendre à se méfier de chacune de ses intuitions, de chacun de ses mots. Cette culpabilité érigée en principe éducatif avait façonné un être timoré et triste, que ne quittait jamais le sentiment d'avoir fait quelque chose de mal. Qu'il ne sache pas quelle était sa faute, au lieu de le rassurer, l'effrayait – comme un homme qui se réveillerait après une nuit d'ivresse, sans aucun souvenir ; il vivait la tête rentrée dans les épaules, en attendant un coup de knout qui le punirait de quelque faute oubliée, et dont il savait d'avance qu'il était justifié. Bien sûr, un homme tel que lui n'était pas armé pour supporter, seul avec quelques autres, la connaissance d'un chaos prochain. Il se mordillait sans cesse la base de l'index, au point qu'une petite callosité s'était formée sur la première phalange. Il ne repassait plus ses chemises.

Un soir, il alla se balader avec Mildred au Fisherman's Wharf, pour se changer les idées. Ils mangèrent une soupe de palourdes servie dans un bol de pain sur une toile cirée crasseuse. Sur le chemin du retour, Mildred ne put s'empêcher de reprendre son discours habituel, sur la « responsabilité écrasante » que le rapport faisait peser sur eux. « Une responsabilité devant l'Histoire », crut-elle bon d'ajouter. Eugene s'effondra :

— Je ne veux pas être responsable, moi. Je veux qu'on me laisse dans mon coin. Je veux qu'on me donne un nouveau sujet d'étude, et qu'on me laisse dans ma grotte. Tu comprends.

Il y eut un silence.

— En fait, je crois que je préférerais qu'on oublie ce rapport. Qu'il ne nous explose pas à la tête. Qu'il reste enterré, sagement. Que nous reprenions le cours de nos existences.

Immédiatement, il eut honte de cette pensée.

— Tu dois penser que je suis lamentable, hein ?

Mildred émit un grognement gêné, censé exprimer une dénégation. Le mot « lamentable » était un peu fort, mais Eugene n'avait pas l'air très combatif, c'est vrai. À présent le ciel était traversé de longues et fines bandes violacées. Ils s'engouffrèrent dans la voiture, et le moteur feula dans l'air du soir. Eugene renifla et tritura le bouton de la radio. Elle passait un morceau de soul psychédélique du groupe The 5th Dimension ; le chœur y annonçait l'avènement de l'ère du Verseau : un nouvel âge de l'Humanité où triompheraient l'amour, l'harmonie et la paix.

7

Il fallut restituer ces résultats au Club transatlantique, ce que les quatre chercheurs firent au mois de février 1973, sans joie, c'était un peu comme annoncer à un proche qu'il avait contracté une maladie orpheline. La conférence eut lieu à New York, devant les membres du Club, dans l'auditorium d'un grand bâtiment néoclassique qui abritait une fondation proche des milieux d'affaires et du Parti démocrate. Il fut décidé que Mildred s'y collerait, elle était la plus sympathique des quatre, et c'était elle qui avait été contactée par Stoddard, à l'origine, pour former l'équipe de chercheurs. Elle s'aida d'un paperboard dont Eugene tournait servilement les pages tandis que le Norvégien et le Français se tenaient en retrait, les bras croisés. Johannes Gudsonn était plus taiseux que jamais. On eût dit qu'une fois sa tâche terminée, il s'était barricadé au fond de lui-même. Eugene était d'une pâleur inquiétante. Quelques minutes avant la conférence, il s'était senti mal. Il s'était éclipsé et Quérillot l'avait retrouvé dans les toilettes, assis sur la cuvette, le regard vide : il avait déchiqueté une feuille de papier hygiénique en tout petits morceaux. Il s'était levé comme si de rien n'était, avait grimacé un sourire et suivi le Français.

Mildred expliqua leur méthode, avec ce luxe de précautions oratoires qui précèdent la révélation d'une mauvaise nouvelle. Elle assura qu'ils étaient prêts à voir leurs travaux débattus, du moment que cette critique était conduite par des collègues compétents, en dehors de toute idéologie. Elle rappela (Eugene le lui avait demandé) que le système-monde était d'une infinie complexité, et qu'ils ne comptaient pas faire œuvre de divination. « Nous ne prétendons pas prévoir la date du pic pétrolier, le nombre exact d'habitants de la planète en 2050, ou le taux d'érosion des sols en 2060. Il faut accepter une marge d'incertitude. Ce que nous faisons, c'est décrire le comportement général du système-monde, et définir ses interconnexions fondamentales. Nos prévisions ne sont pas à l'année près, vous l'aurez compris. » Elle s'excusait presque du résultat, comme un élève qui rend une copie médiocre. Ils avaient travaillé d'arrache-pied pour satisfaire à la feuille de route de leurs commanditaires, et les conclusions étaient là, accablantes.

L'auditoire commença à s'agacer, un industriel autrichien aux cheveux luisants entreprit de se dandiner de plus en plus ouvertement dans son fauteuil, alors Mildred lâcha le morceau et résuma le contenu du rapport. Elle ajouta qu'ils avaient procédé à de multiples vérifications mais que la réalité était là, la « capacité de charge », la croissance, l'augmentation de la population... Si l'humanité ne s'engageait pas rapidement dans une ère nouvelle de sobriété, ces courbes finiraient par se croiser, et alors...

— Et alors, ce serait la fin du monde ? ironisa l'industriel autrichien, dans un anglais de cuisine.

— Tel que nous le connaissons, en tout cas, répliqua Mildred après quelques secondes de réflexion.

*

Après la présentation, un cocktail fut servi dans un vaste hall, où se trouvait une statue en pied de Franklin Delano Roosevelt. Mildred errait, recueillant des félicitations polies pour la rigueur et la qualité de sa prise de parole. Il y avait beaucoup de monde, Simeoni les avait prévenus, il comptait faire un maximum de battage alors il avait agité ses réseaux et rameuté des universitaires, des journalistes, des politiciens. Un spritz à la main, Quérillot discutait avec une jeune femme. Mildred s'éloigna. Elle reconnut alors un sénateur aux cheveux argentés, un type qui passait à la télé et occupait une place importante dans une commission du Sénat, peut-être celle des finances, un grand échalas chaleureux avec un sourire large comme le National Mall ; leurs regards se croisèrent et comme ni l'un ni l'autre n'étaient engagés dans une conversation il fallut bien faire quelque chose alors elle marcha vers lui, et lui lança : « Mildred Dundee, enchantée », et elle ajouta : « Maintenant, c'est à vous de jouer ! »

Elle avait dit cela avec son bon sourire franc de fille du Missouri, elle avait fait son travail de scientifique et elle confiait le rapport à ceux dont le métier était de changer les choses ; elle le faisait en toute confiance, convaincue qu'ils étaient tous dans la même équipe, comme elle envoyait la balle à une coéquipière lorsqu'elle jouait deuxième base dans l'équipe de base-ball de son lycée, à Saint-Louis. Persuadée qu'ils en tireraient *toutes les conséquences*. Mais le sénateur lui jeta un regard froid et il eut un rire bref, il arrêta sa main qui s'apprêtait à enfourner un bretzel dans sa grande bouche avide, la retira lentement pour fixer Mildred droit dans les yeux et il articula lentement quelques mots : « Votre exposé était intéressant, mademoiselle. » Et ce fut comme s'il avait refusé d'attraper la balle lancée par Mildred, la jeune femme avait lancé la balle mais le relayeur au lieu de s'en saisir l'avait regardée tomber et rouler à ses pieds, sans bouger. Puis il tourna les talons et elle resta quelques instants debout, troublée, sa coupe de champagne à la main. Elle suivit du regard le sénateur, tandis qu'il disparaissait dans la marée de dos. Elle venait de comprendre quelque chose d'important.

— On dirait que tu as vu le diable, s'amusa Quérillot qui la bouscula pour attraper un autre spritz.

*

Les jours qui suivirent la présentation, les mots du sénateur ne la quittèrent pas. Ils laissaient entrevoir un monde de compromis, de petites transactions immorales. Mildred avait appris que l'homme avait fait carrière chez un géant de l'agroalimentaire, et gardait des liens étroits avec son ancien employeur. Elle pressentit qu'ils ne pourraient compter que sur eux-mêmes pour assurer la publicité de leur découverte. Elle comprit que le monde extérieur était peut-être un nid de serpents venimeux, que ceux-là mêmes qui leur avaient commandé ces travaux pourraient être tentés d'en enterrer les résultats. Au téléphone, le président Simeoni lui confirma que plusieurs membres du Club avaient jugé le rapport exagérément alarmiste. Don Lorenzo Agnetti l'avait même qualifié d'« excentrique ». Ils souhaitaient qu'un autre rapport soit réalisé, sous la forme d'une contre-expertise, et confié à une autre équipe de recherche. Le nom de Steve Halshey, un économiste de l'école de Chicago, avait été prononcé. L'arrangeant et ambitieux Halshey était adulé par Wall Street, les milieux d'affaires européens et l'aile droite du Parti démocrate : il saurait, très certainement, apporter des réponses plus raisonnables. Simeoni était atterré. Il soufflait dans le combiné :

— Ils sont affreusement dogmatiques. Il faut se mettre à leur place. Certains ont fait la guerre, comme moi. C'est comme si… s'il était trop tôt pour accueillir une mauvaise nouvelle.

Mildred en parla à Eugene. L'Américaine eut l'idée de prendre les devants et de transformer le rapport en un livre clair et pédagogique, pour lui assurer une large audience. Cette tâche fut accomplie en quelques semaines, et ce fut la dernière fois que les quatre travaillèrent ensemble. Chaque chercheur avait pour consigne d'exposer les résultats des travaux qui lui incombaient dans un texte d'une cinquantaine de pages, percutant et accessible (c'est-à-dire expurgé de toute formule mathématique). À nouveau, Mildred supervisa la rédaction. Eugene s'attela à un avant-propos qu'elle remania pour le rendre incendiaire, presque lyrique, en clamant sa foi dans l'Homme, qui puiserait dans l'amour pour trouver la force d'un sursaut. Le courage, la formation et le travail en réseau seraient les clés de ce printemps écologique. Simeoni se chargea de leur trouver un éditeur, et le livre fut publié au mois d'avril 1973, aux éditions Golden Heights & Associates.

Il se vendit à quinze millions d'exemplaires.

8

Ce sont souvent les premiers succès qui scellent le sort de l'unité des groupes de rock. Du temps des enregistrements insouciants dans un garage, tant que les concerts se résument à faire danser quelques junkies dans des sous-sols, tant qu'il n'y a d'autre gâteau à partager que la misère ou l'insouciance ou la joie pure de la musique, il n'est pas encore temps de songer à une aventure personnelle. Et certes il n'y avait pas grand-chose de commun entre des jeunes gens dépenaillés et hédonistes et un collectif de scientifiques austères, spécialistes de la dynamique des systèmes, pourtant cette comparaison tenait la route en ce sens que le succès en librairie du rapport 21, et surtout ses retombées financières, précipitèrent la rupture entre les quatre de Berkeley.

Lorsque l'onde de choc commença à se faire sentir, lorsque le *Boston Globe* fit sa une sur le « rapport de l'Apocalypse », lorsque les éditeurs étrangers se manifestèrent en masse pour obtenir les droits de traduction, Quérillot demanda à relire le contrat d'édition qui avait été signé avec Bart Peabody, le patron des éditions Golden Heights & Associates, et il s'aperçut qu'ils s'étaient fait voler au coin d'un bois. Le pourcentage perçu par les auteurs était ridicule : l'université de Berkeley et l'éditeur se partageaient l'essentiel des gains. Et cependant le succès était si énorme, si complet que le dérisoire pourcentage pouvait représenter une somme non négligeable, surtout pour de jeunes chercheurs qui n'avaient pas trente ans : on parlait tout de même de 120 000 dollars en droits d'auteur (laquelle somme, en ces temps reculés, suffisait à l'acquisition de trois ou quatre maisons dans la baie de San Francisco ou bien, selon ses préférences, d'un demi-million de milk-shakes à la banane). Ce fut autour de ce magot que se fissura l'unité du groupe de recherche.

Le Français joua, dans cette affaire, le rôle que John Lennon avait joué quelques années plus tôt, au sein des Beatles, en sabordant l'unité collective. Que feraient-ils de cet argent ? avait demandé Mildred. La question avait surpris Quérillot, qui ne voyait pas tellement quel débat pouvait s'ouvrir à ce sujet : il suffisait que chacun encaisse le quart de la somme sur son compte en banque, soit une opération de division qui ne devait pas poser de difficultés à des chercheurs en dynamique des systèmes. Mais Mildred avait reposé la question, *que feraient-ils de cet argent*, alors il avait été convenu d'une réunion pour aborder le sujet. Elle se tint dans un restaurant indien réputé pour ses samoussas, un soir de mai 1973, près d'Embarcadero, alors que San Francisco était balayée par un vent sans pitié.

Ce fut Mildred qui prit la parole. Elle expliqua que cet argent devait servir à la prise de conscience collective, et qu'elle et Eugene ne pouvaient pas imaginer autre chose que la création d'un club de réflexion, ou d'un fonds, qui servirait à l'organisation de conférences ou d'actions militantes. À entendre Mildred, ce n'était pas seulement une question éthique, c'était aussi une question de crédibilité, de cette façon on ne pourrait pas les accuser de faire un coup ou de poursuivre un intérêt personnel, et cela faucherait l'herbe sous les pieds de leurs détracteurs, qui étaient déjà nombreux et les traitaient de soviets de laboratoire, d'aventuriers, de pseudo-scientifiques en mal de notoriété, de cartomanciens du dimanche, d'apprentis sorciers et d'enfants de putains et d'autres choses encore. L'expression « crédit moral » fut répétée à quatre reprises. Johannes Gudsonn ne daigna même pas s'exprimer, et s'en remit à la « sagesse de Mildred », sans que l'on puisse déceler ce que ces mots recelaient d'ironie. On aurait dit qu'il avait regagné les limbes inaccessibles des mathématiques pures et de sa spécialité, la géométrie algébrique. Et il ne semblait pas particulièrement intéressé par l'argent.

Le Français, lui, s'agaça. Les traits tendus, il estima qu'ils avaient largement fait leur travail en publiant ce rapport, qu'ils y avaient sacrifié leurs jours et leurs nuits. Il dit qu'il n'avait pas l'ambition de devenir un saint moderne, d'ailleurs est-ce que les gens méritaient qu'on se sacrifie pour eux, c'était très contestable, il semblait de plus en plus hypothétique que *les gens* choisissent d'en suivre les préconisations, alors pourquoi fallait-il que ses auteurs fassent preuve d'esprit de sacrifice, eux ? Et puis le montant des droits avait fait forte impression sur lui, mais il se garda de le dire et se contenta de rappeler qu'il était la promesse d'une indépendance accrue. Celle-ci nourrirait la qualité de leurs futurs travaux, lesquels bénéficieraient *in fine* à la cause de la vérité. En somme, cet argent incarnait un exemple parfait de *boucle de rétroaction positive*, un de ces cercles vertueux inventés par Stoddard, sur lesquels ils trimaient depuis deux ans. Et voilà qu'ils avaient l'occasion d'en créer une, dans la vraie vie.

— Tu veux parler de Daniel W. Stoddard ? le coupa Mildred. Parlons de Daniel. Oui, parlons-en.

Et Mildred joua à fond la carte « Dany » W. Stoddard : elle invoqua les mânes du grand sachem, le père de la dynamique des systèmes. Stoddard, rappela l'Américaine, avait conçu après-guerre une technologie révolutionnaire, le « tore de ferrite », l'ancêtre de la carte mémoire. « Big Dany » y avait dépensé une énergie inimaginable, et pourtant il avait laissé la propriété des brevets au MIT, où il travaillait à l'époque. Lequel MIT l'avait cédé à IBM pour un gros million de dollars – alors la plus juteuse transaction de l'histoire de la propriété intellectuelle. Stoddard, énonça Mildred comme on enfonce un clou, n'avait pas touché un centime sur ce pactole, c'était l'image même du scientifique désintéressé, et il leur indiquait un chemin. Quérillot haussa le ton, sa main serrant sa fourchette comme s'il s'apprêtait à en faire un usage non conventionnel. Il rétorqua que Stoddard n'avait pas vraiment eu le choix, il s'était fait enfler par l'université qui lui avait fait signer des papiers dans lesquels il renonçait à toucher le moindre *cent* de royalties sur ses travaux, il était fort à parier qu'il ne les signerait pas aujourd'hui. Alors Mildred leva les yeux au ciel, et Quérillot s'énerva vraiment. Il siffla qu'il n'était pas un héritier comme certains, en coulant un sale regard vers Eugene. Car s'il était de notoriété publique que Eugene avait hérité de ses parents une culpabilité dévastatrice, il était également connu qu'ils lui avaient cédé, en guise d'avance sur son héritage, des biens immobiliers dans divers coins de l'Utah ; Eugene s'était déjà plaint à maintes reprises du travail que lui donnaient les locataires impécunieux, le dérangeant dans son monde de chiffres où il se réfugiait douillettement à chaque fois qu'il en avait l'occasion. Eugene cligna des yeux de façon répétée, ce qui était chez lui un signe de stress intense. Il se mordit la lèvre inférieure et Quérillot sut que l'insinuation avait porté, elle s'était plantée comme une banderille dans la plaie purulente de la culpabilité du fils de mormons. À son tour, Mildred s'emporta. Elle dit à Quérillot que ces attaques étaient écœurantes, et qu'il serait plus avisé de ne pas faire peser sur les autres ses propres choix, et ses choix avaient un nom, l'égoïsme, et d'ailleurs il pouvait aller se faire mettre, lui et son arrogance de Français de merde.

*

Les quatre de Berkeley avaient travaillé comme des fous furieux pendant près de deux ans, les uns sur les autres, et les tensions qui s'étaient accumulées entre eux étaient similaires à celles qui peuvent naître entre les membres d'équipage d'un sous-marin en mission longue, provoquant une sensation aiguë de suffocation. Ils l'avaient combattue chacun à leur façon ; le Norvégien en frappant comme un sourd avec sa raquette lors de parties de tennis qu'il jouait après la tombée de la nuit sur les courts éclairés du campus, où il mettait ses adversaires à l'agonie grâce à un redoutable service slicé ; les deux Américains en se recroquevillant toujours plus l'un sur l'autre, jusqu'à devenir un être bicéphale dont les deux parties communiquaient par un langage de plus en plus mystérieux, un langage non parlé qu'on pouvait rapprocher du sonar des dauphins. Quérillot, lui, s'était réfugié dans une sorte d'apnée mentale : quand il sentait ses nerfs prêts à le lâcher, il songeait au voyage qu'il ferait en Amérique centrale, une fois le rapport terminé.

Quand le sous-marin fut remonté à la surface, l'unité du groupe se fissura. Il faut dire que les réunions hebdomadaires dans le bureau de Stoddard s'espacèrent et que, hors du regard du patron, ils étaient comme des enfants sans père. Quérillot ne supportait plus ce qu'il appelait la bigoterie morale de Mildred et se moquait de Eugene qui suivait sa femme en toute chose, écrasé par sa vitalité. Les Dundee (surtout Mildred) en voulurent au Français d'être ce phraseur ambitieux et cynique, qu'ils soupçonnaient de vouloir *capitaliser* sur le rapport et sa notoriété. De Gudsonn, en revanche, l'Américaine n'osait pas dire grand-chose. Elle aurait eu des raisons de lui en vouloir, avec cette façon qu'il avait de se retrancher dans un silence qui ressemblait à du mépris, comme si ce rapport ne le concernait plus. Mais elle n'en disait rien : on aurait dit qu'elle avait peur de lui. Au moins, le cynisme de Quérillot était franc du collier. Quérillot, elle savait faire face. Elle voyait les prises, comment manœuvrer. Mais un grand type anguleux, avec une tête de loup ? Quand Eugene s'en étonna, son regard devint fuyant.

— Gudsonn, c'est Gudsonn. Note que je ne l'aime pas plus que ça.

*

Pendant les dix-huit mois de recherches, le Norvégien avait dressé autour de lui une barrière infranchissable. Il travaillait comme un sourd, rien à lui reprocher de ce côté-là.

Mildred n'avait jamais vu quelqu'un turbiner autant. Il avait adopté une méthode qui cassait l'alternance des jours et des nuits : il travaillait quatre heures, se reposait quatre heures, travaillait quatre heures. Mais lorsque Quérillot ou Mildred proposaient un verre, après une semaine de labeur, il faisait cette réponse : « Est-ce que ma présence est obligatoire ? » Ou bien « Est-ce un verre de nature professionnelle ? » Au début, Mildred insistait. « Nous formons une équipe, Gudsonn, une équipe. Tu comprends ? » Précisément, il n'avait pas l'air de comprendre. Il disait : « Bien sûr, nous sommes une équipe de chercheurs en dynamique des systèmes. C'est ce que nous sommes. » Parfois, il les accompagnait et demeurait silencieux, laissant les trois autres plaisanter, comme s'il attendait poliment qu'une conversation se termine dans une langue étrangère. Il attendait qu'elle roule à nouveau sur les boucles de rétroaction, la fiabilité mathématique du modèle Global3. Alors seulement il se permettait, de temps à autre, une remarque clinique. Une fois, Mildred n'avait plus tenu et elle lui avait demandé brutalement ce qu'il faisait de son temps libre. Elle s'était tournée à demi et l'avait apostrophé. « Et toi, qu'est-ce que tu fais de tes week-ends ? Tu as une copine ? Tu lis des traités de mathématiques ? » Eugene lui avait jeté un regard réprobateur tandis que celui de Quérillot était sur Gudsonn, allumé par la curiosité. Le Norvégien ne s'était pas démonté. Il avait répondu, d'un ton neutre : « Je travaille à une amélioration du système Global3. » Elle avait ri, et Quérillot avait ri aussi. Elle lui avait demandé s'il était sérieux. Le modèle Global3 avait été adopté par l'équipe de recherche, il n'était plus question d'en changer. Quatre mois plus tôt, Gudsonn avait exprimé son souhait de continuer à l'améliorer, mais Stoddard avait tranché, le modèle était robuste et fiable, il n'était plus temps de l'affiner à l'infini, il fallait avancer. Ce soir-là, dans le bar, ils découvraient que le Norvégien n'était pas passé à autre chose, lui. « Tu es sérieux, Johannes ? » avait dit Mildred.

Ainsi était Gudsonn, d'une raideur invraisemblable, qui n'obéissait à d'autre maître que la Vérité. Il était incapable de s'intégrer à un groupe, et cependant Stoddard lui passait tout. C'est la première fois que Mildred voyait son mentor agir comme un enfant – ou comme les très vieux messieurs amoureux d'une actrice capricieuse. Lorsqu'elle se plaignait de Gudsonn à Stoddard, il soupirait et faisait toujours la même réponse : « Il n'est pas comme nous, Mildred. Il faut l'accepter. Vous ne pouvez pas lui demander d'être quelqu'un d'autre. S'il fait défaut dans son travail, venez me voir. Sinon, laissez-le tranquille. Il est différent de nous, vous comprenez ? »

II

LES DUNDEE

1

Pendant quatre mois, de mai à août 1973, Mildred et Eugene firent la tournée des capitales mondiales. Le Norvégien et le Français n'y furent pas associés, l'éditeur qui finançait la promotion ayant refusé de défrayer les déplacements des quatre chercheurs, au motif que deux orateurs suffiraient à défendre le travail. Le Français l'avait mal pris ; le Norvégien, lui, n'avait pas laissé filtrer d'émotion particulière ; Stoddard lui avait proposé de rester dans son groupe de recherche sur la dynamique des systèmes mais Gudsonn l'avait informé de son souhait de reprendre son cursus en mathématiques, et Stoddard n'avait pu faire autrement que de le laisser partir. Ils n'étaient pas fâchés cependant : il arriva qu'un étudiant croise Gudsonn au sortir du bureau de « Big Dany », au cinquième étage du Evans Hall. Les deux s'enfermaient dans la pièce où l'on soupçonnait qu'ils discutaient, fiévreusement, de systèmes dynamiques.

Pour Mildred, davantage qu'une tournée promotionnelle, ce fut un voyage d'apprentissage et pour le couple une épreuve dont ils sortirent armés d'une lucidité nouvelle, et passablement abîmés.

Elle et Eugene s'étaient rencontrés en 1964, sur le campus, alors qu'ils étaient deux jeunes *freshmen* tout juste débarqués dans la Baie. Elle était cette fille sérieuse avec un carré court et une jupe en tricot, qui avait choisi la moitié de ses cours en biologie après avoir lu *Printemps silencieux*, le best-seller de Rachel Carson sur la décimation des oiseaux par les pesticides. Eugene l'avait abordée avec un air exagérément solennel, pour lui proposer d'aller déjeuner. Il faisait plus vieux que son âge et elle avait aimé son regard brouillé, retranché derrière des culs-de-bouteille qui lui donnaient un air de grand chien doux. Ils avaient rapidement emménagé ensemble, dans une jolie maison perchée sur les hauteurs de Berkeley, tandis que les étudiants de leur âge s'entassaient dans de vastes colocations à la lisière du campus. Les premières années, ils étaient si jeunes qu'elle avait eu l'impression de jouer aux adultes, avec leur service de vaisselle et leurs dîners à deux.

Ils étaient devenus inséparables, ils s'étaient même mariés et étaient devenus les Dundee, ce qui leur avait attiré les sarcasmes de ceux de leurs amis qui faisaient des manifs et lisaient le *Berkeley Barb*, le journal de la rébellion underground. Ils étaient à gauche, bien sûr. Mais ils l'étaient davantage à la façon de théoriciens austères qu'à celle, dépenaillée, des guévaristes qui déambulaient pieds nus sur Telegraph Avenue. Et on ne les voyait guère dans les fêtes. Mildred avait-elle des regrets de ce côté-là ? Elle s'était persuadée qu'elle n'avait pas le choix. Elle avait grandi dans un milieu plutôt modeste. Dans son esprit, l'insouciance était un luxe qu'elle ne pouvait pas se permettre. Il n'était pas question, pour elle, de choisir ses cours selon son bon plaisir, comme Janis Earp, qui avait grandi dans un manoir avec domestiques et fait son lycée chez les dominicaines de Monterey. Ni de sécher les amphis, comme Rose Valance, pour peinturlurer des panneaux promettant la destruction de l'« Amerikkke » (avec les trois « k » de rigueur, comme Ku Klux Klan).

Paradoxalement, elle s'était mariée au moment précis où elle sentait grandir des forces nouvelles, et un sentiment plus aigu de son pouvoir de séduction (l'un des moments clés de cette évolution se situant un soir de mars 1965, quelques minutes après avoir perdu sa virginité, après que Eugene se fut endormi, un bras autour de ses hanches : elle avait regardé le garçon et elle s'était demandé où était la vérité, entre l'homme qui avait joui dans un râle puissant et celui qui dormait comme un enfant, lequel était un masque, ou bien étaient-ce deux vérités successives, elle s'était demandé cela mais surtout elle avait trouvé intéressant, grisant même, d'amener l'homme à devenir cette chose suante et épileptique puis cet enfant abandonné, au souffle calme. Elle en avait tiré un sentiment agréable, qu'elle ne sut pas bien décrire lorsqu'elle en parla à sa copine Janis Earp, et qu'elle n'identifia que plus tard comme une « sensation de puissance »).

Parfois, elle pensait qu'elle avait rencontré Eugene trop tôt, qu'il était le compagnon idéal d'une deuxième vie, pas de la première – celle où l'on veut parfois fumer un pétard en mauvaise compagnie. Alors elle regardait, pensive, la vie cogner à sa fenêtre. « La vie » portait un pull en alpaga, et chantait du Neil Young en s'accompagnant à l'harmonica.

*

Leur premier déplacement eut lieu en Allemagne. Le couple se rendit à Berlin-Ouest où il fut logé dans un hôtel de grand standing, dans la zone d'occupation britannique, il y avait une piscine intérieure en céramiques noires dont l'eau claire miroitait sous une grande voûte en pierre de taille, et un bar avec soixante bières à la carte. Ils y rencontrèrent une délégation de députés verts (des Teutons non cravatés, courtois et compétents, qui prenaient des notes en hochant la tête) et il fut même question d'un entretien avec le chancelier avant que ce dernier ne l'annule, la veille de l'échéance. Officiellement, il était empêché mais Mildred maugréa quelque chose sur la pression des lobbies industriels d'outre-Rhin, et Eugene dut admettre qu'elle était décidément plus politique que lui, plus au fait des rapports de force entre les groupes humains, ces choses souterraines qui ne s'apprenaient dans aucun manuel, et certainement pas la somme de Stoddard sur les systèmes dynamiques. Il fallait lui reconnaître cette supériorité-là ; elle était plus à l'aise avec le monde du vivant, raison qui l'avait sans doute poussée à choisir une majeure en biologie, lors de son premier cycle.

Mildred n'avait pas digéré le lapin posé par le chancelier et lors de la grande conférence qui eut lieu dans un salon de réception du Crowne Plaza elle lui décocha une flèche, un tacle bien senti qui fut largement repris par les journalistes (ce fut d'ailleurs le seul passage qu'ils citèrent, tel quel, dans leurs articles). À un type du *Süddeutsche Zeitung* qui l'interrogeait sur la réception du rapport par les gouvernements, elle révéla le rendez-vous annulé et ajouta qu'elle « n'attendait pas d'un responsable politique qu'il se hisse à hauteur des enjeux de son temps ». Elle le dit avec un sourire peiné, un sourire de petit bout de femme qui a vécu huit vies et s'est dépouillée très naturellement de ses illusions, comme on jette de vieilles fringues ou des dessins d'enfant ou un manuscrit trop jeune. Et Eugene la regarda avec admiration, et crainte. Il n'était pas sûr de la suivre sur ce coup-là, il lui semblait qu'il ne fallait pas agresser les gens. Il faudrait sans doute un peu de temps pour convertir les *décideurs*, il ne servait à rien de leur sauter à la gorge, ils avaient leurs propres contraintes. Lorsqu'il la prit à part après la conférence pour lui exprimer ses réserves, Mildred posa sur lui un regard doux, et elle lui dit « On en parlera à l'hôtel », comme un adulte parle à un enfant agité. Comme le sénateur lui avait parlé, à elle, à New York.

Ils restèrent quatre jours sur place et passèrent de longues heures en peignoir, au bord du bassin, un peu effarés par le luxe et une relative oisiveté entre deux rendez-vous. Un matin, Mildred s'aventura jusqu'au centre de soins, où elle se laissa pétrir par une jeune femme asiatique qui sentait l'huile de coco : « Vous êtes tendue », sourit la jeune femme et Mildred dut reconnaître qu'elle avait raison. Elle n'était pas à l'aise sur la table de massage, vulnérable et entièrement nue, son corps pensait-elle était un amas de branches sèches, une chose peu désirable. Depuis que le rapport les avait avalés, depuis deux ans qu'il avait exigé d'eux l'intégralité de leurs forces physiques et mentales, Eugene ne la touchait presque plus, et les rares fois où il le faisait elle se dégageait avec un rire nerveux, donc oui, elle était tendue à l'idée de se laisser pétrir comme une boule de pâte à donut ; mais il y avait le sourire de la masseuse et il lui disait que sa gêne était ridicule, qu'elle n'avait pas à rougir de ce corps qui méritait, autant que les autres, d'être pétri et choyé. Alors elle ferma les yeux et accepta d'être un corps glorieux offert au regard d'autrui. La jeune Asiatique commença le travail, et Mildred se sentit merveilleusement bien.

Au cours de leur séjour, des économistes de l'université de Berlin invitèrent le couple à dîner, et il y eut aussi des sollicitations plus étonnantes comme celles de réalisateurs et de metteurs en scène qui fumaient d'énormes pétards dans des appartements moquettés avec des poufs monochromes et des cendriers blancs et des affiches du Front populaire de libération de la Palestine. Ces gens étaient très curieux d'entendre les Américains sur cette histoire d'effondrement, enfin ils ne voulaient pas forcément entendre les détails, ils voulaient surtout observer les deux auteurs du best-seller parce que, de façon générale, ils aimaient observer les phénomènes nouveaux ; c'était une façon de se désennuyer, un bon complément à la drogue, donc ils invitèrent le couple pour les regarder et écouter les inflexions de l'accent du Missouri dans les longs monologues de Mildred et celui de l'Utah dans les phrases courtes et métalliques de Eugene.

Après Berlin, les Dundee s'envolèrent pour Gênes à l'invitation d'un club de prospective économique qui les installa au Bristol, sur la *via* XX Settembre où les passants fuyaient la chaleur impitoyable sous les arcades fraîches. L'hôtel se distinguait par un escalier monumental qui desservait cinq étages de suites avec moulures et des couvre-lits en percale et Mildred nota distraitement que cette fois-ci il n'y avait pas de piscine, et Eugene tressaillit, sans trop savoir pourquoi, en l'entendant prononcer ces mots. Mildred avait pris l'habitude de fumer des cigarettes sur le balcon de sa chambre, le soir, avant de sortir.

De fait, ils sortirent beaucoup. Les réalisateurs allemands avaient passé le mot à leurs amis photographes et metteurs en scène d'extrême gauche italiens, dont l'un s'appelait Pietro Antonini. Il était d'une beauté stupéfiante, avec des mains effilées d'assassin et des yeux noirs, les cheveux épais. C'était un type d'homme que Mildred n'avait jamais vu auparavant et elle l'écoutait fascinée, sans rien comprendre à ce qu'il disait (à la différence des metteurs en scène allemands, leurs confrères italiens ne parlaient pas un mot d'anglais). Alors Pietro Antonini regardait Mildred et Mildred le regardait, et Eugene les regardait se regardant, impuissant. Il n'était pas idiot, il comprenait que ces artistes étaient un pôle d'attraction puissant sur lequel il n'avait pas de prise ; contre lequel sa probité et sa douceur et son doctorat n'étaient pas des armes efficaces, et même se retournaient contre lui. Et néanmoins Eugene ne ressentait pas vraiment de jalousie, qu'elle couche avec lui se surprit-il à penser, qu'elle fasse ses expériences. Il ressentait un certain mépris pour les gens qui n'avaient pas de notions de base en dynamique des systèmes : *a fortiori*, pour des gens qui espéraient changer le monde en fomentant d'obscures pièces de théâtre expérimental. De façon générale l'Italie le dégoûtait et il flottait dans les petites rues au-dessus du port une odeur de pourriture, les rues étaient un réseau de veinules sombres et malodorantes, c'est donc cela l'Italie, un pays fantoche, un pays inconséquent et rance, avec de petites boutiques où l'on achetait des bondieuseries, un pays où la bimbeloterie marxiste coudoyait la superstition catholique, c'était l'éternel machisme de pacotille et les façons de maquereau et la logique clanique, c'était le Moyen Âge, qu'est-ce qu'ils foutaient ici, pensait-il en substance, allongé sur leur vaste lit, tandis que les rideaux bouffaient, gonflés par l'air du soir, et qu'il ne parvenait pas à dormir.

À Paris, ils furent logés dans un ancien hôtel particulier avec des palmiers nains et une verrière Art nouveau qui recueillait un peu de soleil, réchauffant les joues blêmes de vieilles dames hautaines et oisives qui se tenaient à peu près immobiles dans des fauteuils Empire, embaumées en pleine cérémonie du thé ; et Mildred fit remarquer à Eugene que les lieux évoquaient le musée Grévin ou même un musée d'histoire naturelle à destination de visiteurs extraterrestres curieux de savoir ce qu'avait été la civilisation européenne dans ses derniers moments. À nouveau, Eugene fut étonné car ce n'était pas le genre de réflexion que faisait Mildred, avant ; il pensa que c'était une réflexion qui, sous couvert de critiquer la civilisation européenne, était typiquement européenne, c'est-à-dire qu'elle émanait de quelqu'un qui savait renifler la pourriture, qui était familier de la pourriture, qui avait le sens du pourrissement. Cependant il préféra ne rien dire, et opta pour un rire connivent.

Dans une brasserie d'angle du quartier des Grands Boulevards, ils rencontrèrent quelques militants locaux, membres de collectifs subversifs, contempteurs de la civilisation industrielle. Ils étaient accompagnés d'un étudiant canadien, qui fit la traduction. Les militants semblaient méfiants : leur double casquette de scientifiques et d'Américains ne plaidait pas en faveur des Dundee. Tandis que Mildred parlait avec chaleur, ils se retournaient régulièrement vers un homme plus âgé, qui portait une épaisse moustache en croc, et un chandail brun de facture artisanale. Aidé du traducteur, il se présenta comme un penseur libre, un anarcho-libertaire et un pourfendeur de la « mafia nucléaire, industrielle et technoscientifique ». Il publiait des caricatures dans un journal satirique et vivait dans une ferme savoyarde abandonnée, avec de nombreux chiens et une petite tribu d'amis, enfants, compagne et ex-compagnes. Il avait fait le déplacement à Paris pour rencontrer les Américains. Il sembla vouloir prévenir les Dundee d'un danger qui les guettait.

— Vous devez *vous méfier de vous-mêmes*, traduisit le Canadien, car vous appartenez au monde de la technoscience. Il voudra vous punir d'avoir dit la vérité.

— Qu'est-ce que c'est que la technoscience ? demanda Eugene.

Le Canadien traduisit à l'anarchiste, puis traduisit sa réponse aux Dundee : « La technoscience est le visage pseudo-rationnel de la destruction et de la domination. » Mildred consultait discrètement sa montre, agacée. Eugene était intrigué, il se sentait à l'aise avec ces gens qui lui semblaient plus authentiques, moins foireux que les poètes italiens. Il s'exclama :

— Vous vous trompez d'ennemi ! La science sera la solution. Du moins, une des solutions. Nous en sommes la preuve vivante.

Le caricaturiste s'assombrit. Tout à coup il eut l'air très fatigué, et déprimé. Il leva l'index qui oscilla comme un métronome.

— Ce que la technoscience a détruit, la technoscience ne pourra le réparer, traduisit le Canadien (pourtant le moustachu n'avait pas encore parlé).

Le moustachu se lança ensuite dans un long exposé sur l'ambivalence de la technique, qui ne peut être contrôlée. « La technique est autonome. Elle n'obéit à aucun maître, et suit sa propre logique. » Mildred insista pour payer l'addition, ramassa son manteau. « Enculés de technoscientifiques », marmonna le penseur moustachu au moment de la séparation. Le Canadien, après quelques secondes d'hésitation, s'abstint de traduire.

*

Dans la capitale française, les Dundee honorèrent aussi quelques dîners en ville et Eugene se trouva mal à l'aise au milieu d'écrivains et de gens de culture qui s'étaient entichés d'eux avec une soudaineté suspecte, notamment une duchesse qui militait aux côtés du Mouvement de libération des femmes et pratiquait la méditation transcendantale dans un appartement traversant qui donnait sur le jardin d'un ministère, rue

Saint-Dominique. Elle était vraisemblablement une figure de la vie mondaine, et mit le grappin sur les deux Américains. Elle organisa une série de dîners comme pour s'assurer une sorte d'exclusivité sur eux, allant jusqu'à les accompagner avec sa Bentley aux différentes émissions auxquelles les Dundee furent invités (quatre interviews radio avec des journalistes courtois et approximatifs et surtout *À armes égales*, sur la première chaîne de l'ORTF, où ils furent attaqués par un essayiste qui pointa sur eux un index boudiné en aboyant des choses, la traduction sur le plateau ne fonctionnait pas très bien, mais plus tard Mildred et Eugene tombèrent d'accord sur le fait que l'homme les avait plus ou moins accusés d'être les *idiots utiles du bolchevisme*, parce qu'ils osaient énumérer les conséquences funestes du productivisme et de la consommation de masse). La duchesse tenta même de les installer chez elle, en prétextant que l'hôtel où ils étaient logés était miteux et indigne de tels invités. Cependant Eugene déclina poliment et même, lorsqu'elle insista, avec une certaine fermeté.

Il était de plus en plus sombre, angoissé. Depuis quelques jours, ils étaient violemment attaqués. Le natif de Salt Lake City s'était procuré des journaux américains à la réception d'un hôtel international du quartier de l'Opéra, et avait découvert des articles assassins. Un éditorialiste conservateur les qualifiait de « socialistes doctrinaires ivres d'eux-mêmes ». Halshey, l'économiste chouchou des milieux d'affaires, les traitait de « futurologues de bazar ». Il avait sonné la charge la plus violente, sur une double page, dans le *Washington Times*. Il accusait le rapport 21 d'ignorer les propriétés vertueuses du libre marché et de l'innovation technologique, qui ne manqueraient pas de résoudre la quadrature du cercle. Ralentir la croissance ! Quelle hérésie. « Il faut faire confiance au marché », préconisait Halshey, qui ajoutait : « Il en a vu d'autres. » Il ne les attaquait pas : il les talochait, de toute sa hauteur de ponte universitaire. En grandes colonnes serrées, au milieu d'un journal national :

> « Sous ses airs sérieux, drapé derrière l'apparence rigoureuse d'une communication scientifique, le rapport Dundee est un cheval de Troie du socialisme. Que suggère-t-il ? Que la seule solution, pour éviter la catastrophe, est d'organiser un système de rationnement et de pauvreté imposée. Disons les choses : un système soviétique. "Des tickets de rationnement ou la mort", voici ce que propose, sans le dire, le rapport Dundee. Nous autres, économistes vieux jeu, qui ne sommes pas familiers des dernières machines de la société IBM, qui travaillons laborieusement, munis de notre seule intelligence et de notre stylo, n'avons pas attendu M. et Mme Dundee pour découvrir qu'il existe des problèmes environnementaux. Mais nous leur proposons une réponse américaine, une réponse d'un économiste à la fois rigoureux et épris de liberté, d'un libéral : faites confiance au marché ! »

En lisant ces lignes, Eugene sentit un trait de sueur couler au creux de ses omoplates. Il n'avait jamais été pris dans une controverse. Il aimait le monde universitaire précisément parce qu'on s'y affrontait courtoisement, hors de la vue du public. Voir son nom, dans un grand quotidien, associé à des accusations d'incompétence lui donna le vertige. Et que les coups viennent de Halshey, aussi. Il ne pouvait pas s'empêcher d'avoir de la déférence pour ce professeur célébré, de vingt ans son aîné, qui dirigeait la chaire d'économie politique à Princeton. Il se revoyait, collégien introverti, au tableau, tancé par un professeur d'anglais après qu'il avait buté sur un vers de Keats. Merdeux, les yeux à terre.

D'un autre côté, il était révulsé par l'injustice qui leur était faite. Leur rapport était caricaturé en prophétie bas de gamme, alors qu'ils avaient mis un soin infini à parfaire un modèle solide, qui tenait compte d'une foule de facteurs (même si, de l'avis de Gudsonn, ils auraient pu le parfaire encore davantage). Contrairement à ce que suggérait l'arrogant Halshey, ils n'ignoraient pas que l'innovation technologique avait permis à l'humanité de surmonter des obstacles considérables par le passé. Ils l'avaient intégrée dans leur modèle, d'ailleurs. Seulement, ils l'avaient fait de façon réaliste. L'innovation technologique était un monde de chair et de sang : avec des ingénieurs qu'il fallait former, des laboratoires qu'il fallait bâtir. Il se passait des années entre la constatation d'un problème et la résolution de ce problème par la technologie. Halshey les traitait d'idéologues : mais qui était l'idéologue ? N'était-ce pas lui, qui prêtait à la technologie des vertus magiques ? Qui considérait qu'elle fonctionnait automatiquement, sans délai, ni coût, ni limite ? Qui étaient les rêveurs ? Ils avaient réintroduit du réel, avec son côté déceptif, lent, laborieux, dans les raisonnements éthérés des économistes.

La mauvaise foi de Halshey éclatait à chaque ligne. Il n'était pas le seul à les pilonner. Ça tirait de partout. Halshey traitait les auteurs de marxistes, mais les marxistes leur tombaient aussi sur le râble. Même leurs anciens amis de Berkeley, les militants gauchistes du SDS, le mouvement étudiant pour une société démocratique. L'association avait publié un communiqué :

> « Pointer du doigt la croissance, après que le Nord s'est développé sans aucun frein d'aucune sorte, revient à fermer la porte derrière soi, après avoir bien profité. Empêcher les pays du Sud de rattraper le Nord. C'est, tout simplement, commettre un crime impérialiste de plus. »

Eugene paniqua. Est-ce qu'il ne fallait pas préparer une réponse, tout de même ? Au téléphone, Stoddard n'avait pas l'air inquiet.

— C'est le réflexe d'une caste aux abois. Souvenez-vous : *la nature comme un entrepôt inépuisable*. Même Marx était d'accord là-dessus. Et vous, avec vos gueules enfarinées et vos vingt ans, vous débarquez et vous détruisez tout ça, tranquillement.

Avant de raccrocher, il ajouta :

— Le dernier truc dont on a besoin, c'est que l'un de vous perde son sang-froid.

« L'un de vous », avait dit Stoddard. Il semblait s'être détaché du rapport dont il était l'initiateur. Eugene le fit remarquer à Mildred, qui hocha la tête. Ils étaient dans le salon de l'hôtel, où tout était marbré : le sol, la cheminée, le plateau de la console Louis-Philippe et les bras des vieilles dames qui mangeaient des petits gâteaux.

— Stoddard nous encourage, mais, au fond, l'idée d'être marginalisé dans ce monde-là ne doit pas trop lui plaire. Je pense qu'il ne serait pas contre le fait de recevoir la Medal of Honor, ou ce genre de connerie, un jour.

— Tu penses que nous sommes des… marginaux, Mildred ?

Eugene considéra cette éventualité, avec un mélange de peur et de curiosité. Sa femme sourit.

— Oui et non.

— Oui, ou non ?

— Nous le sommes pour l'instant. Mais nous ne le resterons pas longtemps. Halshey et les autres se déchaînent car ils ont reconnu la vérité. Et ils ne la supportent pas, car elle remet en cause ce qui leur était le plus cher : pour les industriels, les montagnes d'argent à venir ; pour Halshey, son crédit dans le petit monde des idées.

Eugene fit la moue. Elle s'approcha, et lui caressa l'épaule, comme s'il était un animal qu'elle tenterait d'apprivoiser.

— Nous sommes en train de libérer la parole. Les gens vont ouvrir les yeux. Et nous ne sommes pas seuls, Eugie. Tu as vu ce qu'a dit Kenneth Boulding ?

Deux semaines plus tôt, ce penseur iconoclaste avait salué leur rapport, devant le Congrès américain, et résumé la cécité de Halshey et des autres : « Celui qui croit qu'une croissance exponentielle peut continuer indéfiniment dans un monde fini est soit un fou, soit un économiste. »

— Pour le coup, Boulding est un marginal.

— Qui est auditionné par le Congrès américain.

Le rapport était une bombe, jetée au milieu de la foule. N'est-ce pas ce qu'ils voulaient ? Traduit en trente-cinq langues. Conspué ou adulé. Le rapport allait changer les esprits. Bouleversé par sa lecture, le vice-président de la Commission européenne, un socialiste hollandais, avait écrit au président de l'institution pour lui demander de mettre en place un plan inédit, réduisant la consommation de biens par habitant, et luttant contre l'épuisement des matières premières. Un gigantesque programme de sobriété, à l'échelle d'un continent. Le rapport allait changer le monde, tout simplement.

*

À Paris, Mildred prenait goût à leur statut de vedettes et de curiosités. Elle jouait volontiers l'oracle avec un sens réel de la provocation et accusait Eugene d'avoir perdu ses couilles quelque part au-dessus de l'Atlantique quand il nuançait les propos de sa femme et même tentait de les neutraliser avec ses précautions oratoires et ses scrupules scientifiques ; à chaque fois que Mildred ouvrait la bouche pour dépeindre la catastrophe imminente, son mari toussotait et rappelait que l'effondrement n'était qu'une hypothèse. D'ailleurs le terme « effondrement » ne figurait pas dans le rapport qui lui préférait celui de « déclin incontrôlable », et cette hypothèse ne tenait pas compte de l'éventuelle découverte de nouveaux gisements énergétiques dans les décennies à venir, on ne pouvait pas totalement exclure une bonne nouvelle de ce côté-là. Alors Mildred lui dit qu'à force de scrupules ils ne parviendraient jamais à modifier les consciences, s'il était nécessaire de forcer quelques traits pour cela eh bien forçons le trait, on n'attrape pas les mouches avec du vinaigre, d'ailleurs cette exagération était commandée par l'insouciance générale, personne ne voulait voir le danger alors il fallait donner de la voix pour secouer cette apathie collective, et on ne donnait pas de la voix en se dandinant comme une fillette et en emberlificotant le tableau boschien de la catastrophe imminente avec des conditionnels et des scrupules scientifiques et des « en tout état de cause ».

Eugene riposta. Il lui fit remarquer que la modification des consciences avait bon dos et qu'elle semblait passer d'excellents moments au milieu de ces Français dégénérés en costume croisé et pattes d'eph avec leurs visages longs et verdâtres de syphilitiques, ces Français qui fumaient tous comme des possédés, et Mildred éclata de rire, un rire affranchi, sensuel, cascadant, et elle lui dit d'arrêter de l'étouffer avec sa morale de mormon bouseux, il n'y avait pas de mal à être écoutée, ç'aurait dû être le but de tout scientifique d'ailleurs, être écouté par les élites des pays et murmurer directement à l'oreille des puissants sans être court-circuité par des vulgarisateurs ou des politiques incompétents, ça s'appelait descendre dans l'arène, quitter sa tour d'ivoire pour faire le *service après-vente*, ce sont vraiment les mots qu'elle prononça et Eugene eut peur de sa propre femme, il ne la reconnaissait plus, elle parlait fort et il ferma les yeux lorsqu'elle ajouta que oui, elle était en train de devenir une coqueluche, et alors.

Cette conversation n'eut pas de suite immédiate. Il y eut une accalmie lors des déplacements au Japon, en Corée du Sud et au Maroc : les dîners y furent plus formels, avec des ambassadeurs et des huiles, ils étaient ennuyeux et en cela conformes à ce que devait être une tournée de conférences d'experts scientifiques. Eugene se trouva davantage à son aise au milieu de gens courtois et discrets, qui ne hurlaient pas en agitant des fume-cigarette, possédés par le goût démoniaque de la controverse. À Casablanca, il connut même quelques heures de félicité complète, dans un hôtel qui était composé de blocs de béton clairs à flanc de colline et de vastes suites aux murs immaculés : l'ensemble paraissait sorti du songe d'un peintre cubiste, conçu pour l'élévation de l'âme. Eugene passa des matinées entières à faire des longueurs dans les deux piscines, en prenant soin de suivre la ligne au fond du bassin, et il trouvait une intense satisfaction à imaginer que la trajectoire de son corps fendant les flots était exactement parallèle à cette ligne, c'est-à-dire que si elles se prolongeaient à l'infini elles ne se croiseraient jamais. Il ressentit une grande paix, sous le ciel du Maroc, son corps propulsé par les gestes d'un crawl parfait. Puis les choses se gâtèrent.

À Londres, ils logèrent dans un petit hôtel de Chelsea avec des plafonds à caissons et des lithographies de courses de lévriers et une robinetterie assez remarquable, et ils furent invités à la BBC où Mildred fit sensation en disant que la fin du monde pourrait arriver plus tôt que prévu. Pour Eugene, cet épisode fut l'outrance de trop. Il explosa dans le taxi du retour, l'accusa de céder à la facilité des formules. Celle-ci n'était pas seulement caricaturale, glapit le fils de mormons, elle était fausse : l'humanité n'allait pas disparaître, l'effondrement serait d'ordre économique et démographique et il y aurait bien sûr quelques centaines de millions de gens qui disparaîtraient dans le processus, il y aurait une grande régulation (« *large regulation* », dit-il après une hésitation, à défaut de trouver une meilleure formule), mais après celle-ci la population et la production de biens et la consommation seraient à nouveau adaptées à la *capacité de charge* de la planète donc techniquement, si les mots avaient encore un sens, ce n'était pas la fin du monde, c'était tout au plus la fin d'*un* monde, conclut Eugene de sa voix redevenue faible et docte, sans cesser de triturer les ongles de ses grandes mains sèches.

« Tu tombes exactement dans le piège que nous tend Halshey, déplorait-il. *Des futurologues de bazar*. »

Il argumentait encore lorsqu'ils se retrouvèrent dans leur chambre et alors Mildred le regarda et lui dit tu devrais t'écouter, tu es un technicien taré, on dirait un nazi en train de parler de la planification des transports de déportés en Europe de l'Est, un bureaucrate fasciste dépourvu de sentiments, pas étonnant que tu ne sois plus foutu de me baiser, tu es un robot, tu es le modèle Global3 que tu as conçu si amoureusement, tu devrais te faire soigner, est-il possible, est-il normal de passer autant de temps à régler les paramètres d'un modèle de systèmes dynamiques ?

Et à nouveau Eugene ferma les yeux, comme si Mildred était un soleil aveuglant, comme si l'énergie et la vitalité et la voracité de Mildred étaient un soleil qu'on ne pouvait pas regarder de face sous peine d'avoir la rétine brûlée, et Mildred lui jeta des horreurs au visage et elle lui hurla qu'elle avait bien fait de se faire sauter par le poète italien dans sa voiture, à Gênes, un soir qu'il était rentré directement à l'hôtel après sa conférence, qu'est-ce qu'il croyait, qu'est-ce qu'il s'imaginait, qu'elle avait renoncé à vivre ? Elle était dressée comme un petit coq de combat et lui parlait à quelques centimètres du visage, et alors elle empoigna Eugene par le col et lui hurla Baise-moi, baise-moi Eugene, *fuck me Eugene*, fous-moi la paix avec tes modèles informatiques et mets-la moi, tout de suite. Alors la colonne vertébrale de Eugene fut traversée par un flux de minuscules courants électriques et il la baisa comme si c'était, pour le coup, la fin du monde, comme si le ciel était strié de météorites et de supernovas et que l'atmosphère avait disparu et que la Terre se transformait en gigantesque brasier et qu'il était trop tard pour se laisser empoisonner par la culpabilité et les souffrances prévisibles des générations futures. Au moment de jouir, il eut l'impression que son champ de vision se mouchetait de petites taches sombres.

Mildred pleura, en silence, sans trop savoir si elle se sentait soulagée ou désespérée, puis elle s'endormit. Eugene veilla un peu, assis dans un fauteuil, nu. Il lisait (sans la lire vraiment, tant sa pensée flottait ailleurs, emprisonné dans la petite voiture crasseuse dans laquelle sa femme avait couché avec le poète ombrageux) une traduction anglaise d'un roman français qui parlait d'un jeune prince qui se prenait pour un bouddha vivant. Le lendemain, ils mirent fin à la tournée, et rentrèrent aux États-Unis.

2

À leur retour au pays, les deux Américains étaient devenus des voix respectées du courant écologiste. Mildred prenait des cours d'art oratoire, pour muscler ses prises de parole, tandis que Eugene correspondait avec le penseur moustachu et technocritique, qui lui envoyait par la poste des extraits d'obscures revues militantes, traduits par ses soins. Eugene avait gagné en assurance. Il apprit à utiliser sa colère, à ne pas corseter ni toiletter les mots brûlants qui lui sortaient du cœur. La mue fut complète lorsqu'il apostropha un éditorialiste conservateur, invité à donner une conférence devant des étudiants de première année. « Votre système est foutu », tonna-t-il, avant de se rasseoir sous les applaudissements. Des gens leur demandèrent de s'engager sur d'autres sujets, car, leur disait-on, *ils représentaient quelque chose*. Mildred n'en revenait pas. Elle s'émerveillait : *représenter quelque chose* ! En septembre 1973, le couple distribua des tracts contre Pinochet et la CIA, à Washington, devant le siège du département d'État.

Or, le rapport avait été commandé par des capitalistes, dont certains possédaient des caves à cigares et des avions privés. Des gens qui en pinçaient pour l'économiste Friedrich Hayek, et son credo libéral, pressenti pour le Nobel cette année-là. À l'exception de Simeoni, tous prirent leurs distances avec leur bébé monstrueux. Isolés, les Dundee n'étaient que plus déterminés. Ils décidèrent d'organiser différemment leur vie. À Berkeley, ils demandèrent à être allégés de leurs obligations universitaires, ne gardant qu'un seul des deux cours qu'ils dispensaient. Qu'est-ce qu'ils auraient pu faire, d'ailleurs ? Se trouver un autre sujet de recherche ? Retourner dans l'orbite de Stoddard et travailler à une modélisation des marchés financiers, ou du système hospitalier ? Tout cela leur semblait minuscule et accessoire. À vingt-neuf ans, ils s'engageaient dans la bataille de leur vie. La nature même du rapport leur interdisait de « passer à autre chose ».

De toute façon, l'université était devenue hostile. Dans les couloirs, leurs collègues les évitaient. L'un d'eux ricana que les Dundee ne passaient plus la double porte du Evans Hall. Un autre nota que le titre de « rapport 21 » avait été progressivement oublié au profit du « rapport Dundee » ; accusation injuste, puisque ce nom avait été forgé par les journalistes et que les Dundee s'étaient efforcés, dans les premiers temps au moins, de rappeler que les auteurs étaient au nombre de quatre. Même Stoddard prit ses distances. Mildred et Eugene découvrirent à cette occasion que Stoddard n'était pas nécessairement cette nature franche, cette bonne pâte de professeur, cette merveille d'homme. Deux ans après la publication, il y alla de sa petite phrase, et se moqua auprès d'un étudiant du « couple de l'année : Marilyn Dundee et Mildred Monroe ». L'étudiant rapporta la pique à un tiers, qui la rapporta aux intéressés. Ils comprirent que le même Stoddard qui n'était pas monté au créneau pour les défendre, le même Stoddard qui les avait laissés dans le désert, sans eau ni nourriture, par crainte d'être marginalisé et mis au ban de la communauté scientifique, leur en voulait d'avoir tiré la couverture à eux. « Il aurait voulu recevoir les hommages, sans les coups », enragea Mildred.

*

Des années plus tard, longtemps après qu'ils eurent remis leur lettre de démission à l'université de Berkeley, Eugene tenta de provoquer une explication avec Stoddard. Depuis l'Oregon où ils habitaient désormais, il conduisit jusqu'à la maison du maître, à Kensington, dans sa Chevrolet Nova bourrée de tracts. Il avait eu l'idée d'aller à l'université pour lui faire la surprise d'une visite à la sortie de son cours, seulement il avait pensé que Stoddard pourrait lui glisser entre les doigts en prétextant un rendez-vous à l'extérieur ou un dîner en ville, au lieu qu'en l'attendant devant son domicile il n'aurait d'autre choix que d'accueillir son ancien doctorant, le temps d'un café. Il avait conduit jusqu'au quartier où vivait l'universitaire, et attendu dans sa voiture. Lorsque Stoddard se pointa, Eugene sortit et marcha vers son ancien professeur, les mains ouvertes. Et Stoddard se figea, il salua Eugene mais au lieu de le faire entrer il resta planté là, façon de signifier que la conversation serait sommaire et se déroulerait ici, sur un carré de trottoir. Et sa première question ne fut pas pour demander des nouvelles des Dundee, sa première question fut la suivante : « A-t-on des nouvelles de notre ami Gudsonn ? » Il fallut répondre et Eugene expliqua qu'il n'avait pas trop d'informations à ce sujet, il savait seulement ce que tout le monde savait : que Gudsonn avait été remercié par Berkeley, et qu'il était retourné en Norvège. Stoddard enfonça le clou : « Gudsonn était vraiment un élément exceptionnel. » Eugene eut l'impression d'être une fille qui aurait un rendez-vous amoureux avec un garçon la bombardant de questions sur sa meilleure copine. Oui, Gudsonn était le plus brillant. Oui, Gudsonn était de la trempe d'un Stoddard. Et lui et Mildred étaient les méchants du film, les Thénardier qui avaient évincé Gudsonn du tableau, les besogneux qui avaient pris la place du petit prince de la dynamique des systèmes. Eugene était là, face au maître, attendant que celui-ci l'invite à franchir le portillon et à monter la volée de marches pour partager un café. Cela, Stoddard ne le voyait même pas. Il était plongé dans des pensées où Gudsonn apparaissait, en majesté, avec sa crête de cheveux blonds. Et Eugene se vit, avec sa femme, dans le regard bleu de Stoddard, et ce qu'il aperçut était une paire de représentants de commerce, qui faisaient la claque sur les estrades, un couple déchu. Stoddard lui serra la main distraitement et escalada, seul, le perron. La nuit était tombée, et Eugene avait conduit près de mille kilomètres. Il s'assit sur le perron de Stoddard et pleura un peu ; pour une raison obscure, il aurait voulu que Stoddard soit fier de lui.

3

En 2009, deux ans après la mort de Eugene, Mildred accepta une unique interview, par téléphone. Elle l'accorda au magazine *Live !*, le mensuel édité par l'association les Enfants de la Terre. Au journaliste qui l'interrogea sur ses années de combat, elle fit une réponse désabusée : selon elle, les décennies qui suivirent la publication du rapport 21 se résumaient à « une succession d'échecs, sous la forme d'un supplice chinois ». Cette formule choc fut choisie pour figurer sur la couverture du magazine, sous un portrait photo qui la montrait en noir et blanc, le visage mangé par l'obscurité : une photo ridicule qui sous-entendait qu'elle était une sorte d'éminence grise de l'écologie politique, un personnage trouble et influent. « Une succession d'échecs »… Ce n'était pas tout à fait exact. L'amertume lui avait soufflé ces mots définitifs, mais la réalité était plus complexe. À la vérité, ce que vécurent les Dundee s'apparentait davantage à une courbe sinusoïdale descendante : c'est-à-dire qu'il y eut quelques éclaircies, et même des épisodes d'espoir – certes rapidement douchés.

*

Pendant un an, ils avaient été invités partout. Clubs de réflexion, plateaux télé et universités s'arrachaient l'étrange duo, la petite jeune femme énergique et la grande gigue aux manières de séminariste. Les Dundee avaient même été reçus par les banquiers et les industriels, et aussi les hommes qui régnaient sur le pétrole américain, les grosses huiles d'Exxon et de Chevron, ceux-là mêmes dont l'*existence* était remise en cause par le rapport, puisqu'ils fournissaient le carburant de la croissance. Un moment, les Dundee avaient cru que c'était le signe qu'ils remporteraient la partie, que l'urgence allait gagner tout le monde. Ils avaient cru que l'industrie pétrolière était résolue à muter ; qu'elle préférerait suivre le mouvement de l'histoire, plutôt que de se mettre en travers de celle-ci. À Dallas, devant ses propres cadres, le patron d'Exxon avait eu des mots volontaristes, il s'était même engagé à financer un programme de recherche pour étudier l'impact des énergies fossiles sur le climat.

Plus tard, avec le recul, le couple comprit qu'ils avaient été reçus par ces gens parce qu'ils ne se sentaient pas menacés. Ils avaient accueilli les deux chercheurs très affablement parce qu'ils savaient qu'aucune vérité scientifique ne pourrait renverser cette chose si puissante : le désir d'accumulation qui consumait le ménage américain ; son désir obsessionnel d'acquérir un réfrigérateur, une télévision dernier cri et de brûler de l'essence comme un possédé, sur les routes asphaltées, au volant d'une voiture plus belle que celle de son voisin.

Cela, Mildred et Eugene ne le comprirent que des années plus tard. Sur le moment, ils avaient profité d'une tribune. Ils avaient cru possible de lutter contre ce désir qui renverse tout, avec leurs arguments chiffrés. Ivres de leur succès, ils avaient cru qu'être *reçus* partout signifiait être *écoutés* partout. Reçus partout, ils le furent d'ailleurs de moins en moins, à partir de l'année 1974. L'intérêt pour les thèses développées dans le livre s'essouffla. Le livre fut remplacé par d'autres sur les tables des librairies, et les craintes qu'il exprimait furent elles aussi remplacées par d'autres. Le public était retourné à l'auge, et les journalistes que les Dundee appelaient leur expliquaient patiemment, de moins en moins patiemment, qu'ils avaient eu leur moment et qu'il était passé. D'ailleurs il était injuste de dire que les Américains étaient retournés à l'auge, certes ils se passionnaient pour le billard et le Super Bowl et les prêts immobiliers et les animaux domestiques, mais ils se préoccupaient aussi de sujets graves, politiques. Ils se passionnaient pour le scandale du Watergate, ils voulaient savoir si Richard Nixon avait payé de faux plombiers pour cambrioler les bureaux de ses adversaires démocrates, si les conseillers de Nixon témoigneraient ou non devant la commission d'enquête sénatoriale.

Est-ce que Nixon allait démissionner, c'est ce qui passionnait les citoyens américains de 1974. L'avenir des États-Unis dans deux ou dix ans, disait-on en substance aux Dundee, est une chose sérieuse. L'avenir du monde dans cent ans ne l'est pas. L'avenir du monde est une préoccupation oiseuse, une lubie bizarre pour tout dire. Si on se préoccupe de l'avenir du monde alors on oublie l'avenir des États-Unis et pendant ce temps-là les Chinois n'oublient pas l'avenir de la Chine, eux. Les Russes n'oublient pas l'avenir de la Russie, eux. Et pendant que vous rêvez tout haut, pendant que vous lisez l'avenir dans vos graphiques et vos modèles compliqués, vous vous faites voler. Les Chinois et les Russes vous font les poches en riant. Ils vous nettoient les poches, littéralement. L'avenir du monde est une préoccupation de perdant, de raté, de poissard, ça déprime tout le monde et rapidement les gens vous fuient comme si vous aviez la peste. Les gens n'avaient pas envie qu'on les angoisse avec des images de destruction et de mort. Ils en avaient eu envie un peu, un moment, à présent ils en avaient assez. Ils ont aimé se faire peur, parce que la vie était incroyablement douce, et que l'on pouvait se payer ce luxe-là, de penser aux siècles à venir. À présent la vie est un peu moins douce. Depuis la fin de l'année 1973 la crise est là, avec son cortège de craintes et ses queues aux stations-service, et les Américains ne veulent plus entendre ces histoires de monde qui danse au-dessus d'un volcan. Voilà ce que disaient les voix fatiguées et polies de leurs interlocuteurs. De plus en plus fatiguées, de moins en moins polies.

Mildred et Eugene firent l'expérience amère des vieux chanteurs d'un seul succès, les has-been qui ressassent leurs tubes dans des salles des fêtes après avoir connu l'ivresse du Carnegie Hall. Au début de l'année 1976, trois ans après sa publication, le rapport 21 ne se vendait plus que dans les milieux militants, et chez quelques étudiants très pointus. Il était lu par des gens qui étaient *déjà* convaincus : c'est-à-dire qu'il ne pouvait plus rien changer. Il permettait seulement à des gens très convaincus de l'être encore plus, voilà tout.

Les Dundee firent des conférences dans des salles de plus en plus modestes, devant des auditoires de plus en plus restreints, et bientôt ils firent partie de ces conférenciers qu'on invite pour animer un atelier facultatif, dans les séminaires de cadres, de franchisés ou de militants radicaux. Ils parlèrent devant une soixantaine d'assureurs à Colorado Springs, et aussi devant une cinquantaine d'exploitants de grande surface à Lincoln, Nebraska, et enfin devant une trentaine de membres de la communauté catholique de Skokie, Illinois. Puis vint un jour où on leur proposa d'intervenir dans une librairie indépendante à Lafayette, en leur précisant que leur déplacement ne pourrait pas être défrayé car on ne pouvait pas s'attendre à une grande affluence, *bien entendu*.

Vers la fin de l'année 1976, Eugene fit une seconde dépression. Il demanda à être interné quelque temps dans une clinique de Salt Lake City, celle-là même où sa mère avait subi des électrochocs, après ses accès suicidaires, quand il était enfant. Cela ressemblait assez à Eugene de s'infliger cela, au fond il n'avait jamais vraiment réussi à se détacher de l'orbite parentale, il y revenait comme aimanté, toujours prêt à souffrir davantage, sombrer plus profondément. Ses parents lui rendirent visite chaque jour : ils lui lisaient des versets du Livre de Mormon et lui parlaient des rendements de leur parc immobilier. Lorsqu'il ne dormait pas, Eugene arpentait les couloirs, spectral, les joues creusées, dans un pyjama en papier. Mildred passait le voir aussi, en prenant soin d'éviter ses beaux-parents. Les premiers temps, elle avait pris ses quartiers chez eux mais rapidement elle comprit que son séjour chez le vieux couple ne pouvait se prolonger, au risque de craquer à son tour : ils répétaient que leur fils avait été puni par Dieu parce qu'il avait rejoint les sodomites de Berkeley et avait écrit un rapport maudit, contraire aux valeurs de l'Amérique et à la sainte Bible. Dieu ne dit-il pas à Adam et Ève : « Croissez et multipliez-vous ? » N'est-ce pas participer à la gloire de l'Éternel que de travailler à la prospérité de ce pays, construire des maisons solides et de belles usines, des bureaux ? Le roi Benjamin n'a-t-il pas proclamé que la prospérité était la récompense accordée par Dieu à ceux qui obéissent à Ses commandements ? N'est-ce pas le dessein de l'Éternel que de voir s'élever des villes riches et propres là où il n'y avait rien d'autre que des chiens de prairie et des sauvages à demi nus ? Et aussi, pourquoi Mildred n'était-elle pas grosse d'un enfant rose et mafflu, au lieu de courir le monde ? Pourquoi les privait-elle de cette joie-là ? Chaque soir, ils tentaient de la convaincre de rejoindre l'Église de Jésus-Christ des saints des derniers jours, et d'abandonner la cigarette. Elle profita de leur absence pour faire ses valises et s'installa dans un *bed and breakfast* du centre-ville, tenu par un vieux garçon.

Eugene commença à se sentir mieux. Plusieurs fois, ils firent l'amour dans la chambre, de façon un peu laborieuse : les médicaments que prenait Eugene l'empêchaient de bander convenablement. Il se mit à les jeter discrètement : de toute évidence, l'amour lui retapait le moral plus efficacement que les neuroleptiques. Quand Eugene sortit, ils décidèrent de reprendre l'enseignement et de s'installer dans l'Oregon, un État progressiste où les hippies étaient moins pénibles qu'à San Francisco, plus authentiquement attachés à la nature. Ils créèrent un cours de dynamique des systèmes à l'université de Salem. Ils l'animaient chacun à leur tour, devant des élèves médiocres, mais sympathiques. Le week-end, le couple marchait de longues heures dans la forêt, parmi les arbres géants, et parfois Eugene entraînait Mildred pour un coït au milieu des fougères qui leur écorchaient les genoux. Ils se sentaient bien, reposés ; leur amour solide les aidait à ne pas trop être affectés par les sombres perspectives.

Il y eut un regain d'espoir avec l'arrivée de Carter au pouvoir, en 1977. Pas à cause de Carter lui-même : les mises en scène et les gadgets du trente-neuvième président américain, qui fit installer des panneaux solaires à la Maison-Blanche, ne trompaient personne (du moins, pas ceux qui s'intéressaient sérieusement à ces questions). L'espoir résidait dans son entourage. Il y avait parmi ses conseillers des gens proches des milieux scientifiques, capables d'entendre raison si on leur apportait des preuves sonnantes et trébuchantes. Justement, les preuves s'accumulaient, et ceux qui s'en inquiétaient étaient plus nombreux aussi. À la fin de l'année 1978, un bon géant mélancolique, Ray Morsett, pionnier du lobbyisme environnemental, se rendit à Salem. Il était venu inaugurer le local orégonais de son association, les Enfants de la Terre. Il était accompagné du géophysicien Jeremy MacRaynald (un colosse lui-même, mais jovial, qui remontait ses pantalons à pinces jusque sous la poitrine où pendouillait une cravate en laine). Un verre de l'amitié avait été organisé après l'inauguration, et les Dundee leur furent présentés. Morsett avait lu le rapport 21, bien sûr. Il parla sans fard :

— Votre travail est important. Cependant il est trop vaste, trop abstrait. Il faut que les gens fassent dans leur froc. On ne fait pas dans son froc en lisant un modèle de systèmes dynamiques. Les gens feront dans leur froc – je veux dire, vraiment – devant des phénomènes naturels, décrits par le menu. L'effet de serre. Le réchauffement dû à l'effet de serre. L'océan qui engloutit les îles du Pacifique, le désert qui bouffe l'Andalousie, des pays entiers devenus inhabitables. Le reste suivra. L'effet de serre, c'est la mère de toutes les batailles.

— Oui, abonda MacRaynald, le géophysicien. C'est notre obsession.

— L'idée, c'est qu'elle devienne celle de l'administration américaine, compléta Morsett.

Les Dundee les quittèrent rassérénés. Le tandem Morsett-MacRaynald possédait trois armes : la compétence scientifique, l'entregent et le sens du *show*, exactement ce qui manquait à Eugene (et, dans une moindre mesure, à Mildred). Et ils avaient l'oreille du conseiller scientifique du président Carter. Il faisait bon se sentir moins seuls, et voir de petits commandos déterminés à s'attaquer à la source du pouvoir. Les Dundee furent à nouveau sollicités, quoique de façon sporadique : le temps des dynamiciens des systèmes était passé. Venait celui des spécialistes du climat, des géophysiciens. De toute façon, Eugene était encore fragile. Ils répondirent à quelques interviews, signèrent une tribune à la demande de Morsett mais pour l'essentiel se contentèrent de lire la presse, fébrilement. Ils étaient en paix : enfin, les choses commençaient à bouger.

Rapidement, même. Au mois de juillet 1979, à l'initiative de la Maison-Blanche, neuf sommités mondiales de la climatologie se réunirent dans une belle maison de bord de mer, dans le minuscule village de Woods Hole, pour trancher une fois pour toutes la question du réchauffement climatique. Après plusieurs jours de travail, ils rendirent leurs conclusions dans un rapport sombre et clinique : lorsque le seuil du doublement de la concentration de CO_2 serait atteint, le monde se réchaufferait de trois degrés. Les mots « menaces mortelles pour l'humanité » étaient prononcés par des hommes et des femmes aux diplômes longs comme le bras, la voix grave, sous le dôme du Capitole. Il n'y avait pas que les scientifiques pour « faire dans leur froc » : l'industrie des énergies fossiles devenait fébrile, tandis que se rapprochait le spectre d'un décret limitant les émissions de carbone. La presse suivait. Morsett et MacRaynald, aidés par quelques sénateurs pugnaces, avaient su lui donner ce qu'elle voulait : des formules choc et des images que l'on n'oublie pas. En octobre, MacRaynald avait fait la une du magazine *People* : debout sur les marches du Capitole, il levait la main pour indiquer la hauteur des flots qui déferleraient au siècle suivant sur le bâtiment néoclassique, si le CO_2 n'était pas jugulé.

— Les choses bougent, s'enthousiasmait Mildred.

— Oui. On tient le bon bout, confirmait Eugene.

Et il entraînait Mildred dans les fougères.

4

Le 15 novembre 1979, lorsqu'une fumée épaisse envahit la cabine, quelques-uns des soixante-douze passagers du vol 444 de la compagnie American Airlines se mirent à prier à voix haute, en se balançant d'avant en arrière, selon la coutume juive. D'autres s'égosillèrent comme des putois. D'autres enfin gardèrent le silence, les yeux fermés, les mains cramponnées aux accoudoirs. Tous avaient entendu le bruit mat d'une détonation, sous leurs pieds, en provenance du ventre de l'appareil. Le commandant de bord annonça qu'un atterrissage d'urgence allait avoir lieu, il articula difficilement et n'essaya même pas de rassurer les passagers, sans doute qu'il se voyait mort, déjà. Miraculeusement, l'atterrissage fut un succès, voyageurs et équipage s'en sortirent indemnes. Les policiers du FBI découvrirent, dans la soute à bagages, une bombe artisanale d'une certaine sophistication, fabriquée à partir d'une boîte de jus de tomate et d'un détonateur. Les agents fédéraux n'avaient aucune piste alors ils se concentrèrent sur les caractéristiques de la bombe et son mode d'expédition, le colis postal. Ils fouillèrent les archives policières et dénichèrent deux histoires de colis piégés, qui avaient à demi arraché la main d'un policier et d'un étudiant, dans une université de l'Illinois, quelques mois plus tôt.

Quelques mois plus tôt une bombe identique fut envoyée par la poste au directeur d'une compagnie aérienne. Elle était dissimulée dans un livre épais et lui lacéra la main en explosant. Sur le colis piégé, deux initiales : *F.C.*, pour *Fuck Computers*. Les envois se succédèrent de 1981 à 1985, blessant des étudiants et des professeurs d'université, la plupart enseignant des matières techniques ou scientifiques. Le 11 décembre 1985, le mystérieux terroriste baptisé « Unabomber » fit son premier mort en tuant Hugh Scrutton, le patron d'un magasin d'informatique à Sacramento. Des moyens d'investigation colossaux furent mis en œuvre, et l'enquête devint bientôt la plus coûteuse de l'histoire du FBI. Mis à contribution, les *profilers* de la police fédérale conclurent que l'auteur était un homme blanc, solitaire et très intelligent.

5

En 1980, l'espoir des Dundee fut brisé net.

Au moment de voter des mesures concrètes, les parlementaires américains tortillèrent du cul, tergiversèrent. Un groupe d'experts, réunis au mois d'octobre dans un palace du golfe du Mexique, accoucha d'une souris. Au milieu des stucs rose meringue, les participants bricolèrent un texte embarrassé, bourré de conditionnels et d'incertitudes. Reagan fut élu : la fenêtre de tir se referma. Il ne se contenta pas de faire désinstaller les panneaux solaires du toit de la Maison-Blanche. Il détricota de façon systématique tout ce qui avait été fait. Les chefs des agences environnementales furent remplacés par des gens qui avaient la ferme intention de ne rien faire, et que Reagan avait choisis pour cela. Les années 1980 furent une longue apathie, zébrée par une victoire unique et spectaculaire : un traité international pour résorber le trou dans la couche d'ozone.

Pas de quoi sauter au plafond, d'après Morsett qui rendit visite aux Dundee, au mois d'octobre 1988, dans le chalet qu'ils louaient dans la forêt, à une heure de route à l'est de Salem. Le lobbyiste avait forci, ses épaules de lutteur s'étaient affaissées. Il se roula un joint, défaitiste. Depuis la terrasse, on apercevait le sommet du mont Jefferson, un volcan endormi. Le soir tombait, et les sapins tiraient vers le bleu. Morsett tira une latte et ferma les yeux.

— Le trou dans la couche d'ozone a mobilisé les gens parce que leur santé était directement menacée. Si on leur avait promis que les rayons ne brûleraient pas de rétines avant 2050, ils n'auraient rien fait.

Il expira de longues volutes qui allèrent, s'effilochant, vers le géant assoupi.

— La vérité, c'est que la partie est perdue.

L'été 1988 avait été le plus chaud de l'histoire américaine. À New York, le goudron avait fondu. Dans l'Ohio, les habitants de la ville de Clyde avaient imploré Crow Dog, un chef indien, pour qu'il fasse une danse de la pluie. Il s'était exécuté, mais le ciel n'avait pas répondu. Mildred avait écouté Morsett et s'était laissé gagner par la lassitude. Si Morsett n'y croyait plus, comment aurait-elle pu y croire, elle ?

Elle se sentait vide, sans jus. Elle était lasse de ces grands moulinets dans le vent, ces chiffres répétés cent fois. Elle n'en voulait pas à l'Amérique tout entière, elle n'en voulait pas *aux gens* ; elle venait d'une famille de la petite bourgeoisie de Saint-Louis, Missouri, ils étaient des gens aimables et dignes, qui tenaient un magasin de luminaires et s'étaient saignés pour lui payer son installation en Californie. Elle ne leur en voulait pas de continuer à nourrir des rêves de retraite au bord du lac Michigan, de tondeuse autoportée et de Chevrolet Corvette neuve dans le garage. Elle en voulait aux grands patrons, à Steve Halshey, aux hommes politiques. Eux ne se contentaient pas d'être des veaux : ils étaient condescendants. Ils revendiquaient la position d'adultes dans la pièce, alors qu'ils détruisaient l'écosystème comme des enfants tyranniques et idiots. C'est cela qui rendait fou : sentir la condescendance de ces bébés obèses, inconséquents et stupides. Se faire traiter d'utopistes et d'idéalistes par de gros nababs à courte vue qui ne faisaient rien d'autre que de foncer dans le mur en klaxonnant. Qui préféraient nier les faits si ceux-là étaient trop déprimants. Incapables de regarder plus loin que leur auge, incapables de lever une seconde leur tête lourde de l'auge odorante. Se faire infantiliser alors qu'elle et Eugene ne faisaient que décrire sobrement la réalité, avec des simulations d'une rigueur incontestable. Entendre cela attaquait votre système nerveux et vous donnait, pour le coup, l'envie d'être déraisonnable, de crever la bedaine des couenneux ministres, des industriels dodus. Cela vous donnait envie de poser des bombes mais évidemment il ne fallait pas poser de bombes, car c'était précisément ce qu'ils attendaient pour prendre une mine grave et dire « Je vous avais prévenus, ces gens-là ne sont pas raisonnables, ils sont tarés au dernier degré, on ne peut pas discuter avec eux ».

« *What a disgrace* », marmonnait Mildred cinquante fois par jour. Elle avait renoncé à changer le monde. Elle avait repéré une formation au département d'agronomie de l'université d'État de l'Utah. Trois ans seraient suffisants pour apprendre les rudiments de l'élevage bio : après, ils auraient leurs cochons. Tel était le lieu de l'existence où se tenaient les Dundee, en 1992, lorsque l'Académie royale des sciences de Suède se souvint du rapport qui portait leur nom.

6

Une légende urbaine raconte que Daniel W. Stoddard est mort en apprenant que les Dundee étaient pressentis pour le prix Nobel d'économie, au début du mois de février 1992. Le vieux professeur n'aurait pas supporté que ses anciens étudiants, auxquels il avait confié le rapport sur l'avenir du monde au XXIe siècle, puissent obtenir le graal qu'il avait espéré toute sa vie : l'ironie était trop cruelle. Son cœur aurait cédé et il aurait piqué du nez dans ses œufs brouillés, la main crispée sur son journal, ouvert à la page qui rapportait les dernières rumeurs de l'Académie royale de Suède. Mais ce n'était rien que cela, une légende. Une blague un peu malveillante, comme il en circule dans les unités de recherche et les conseils d'administration des universités d'élite, et ceux qui la colportaient en ricanant ne racontaient rien d'autre que leurs propres frustrations, leur nature envieuse – ce que serait leur réaction s'ils étaient dans la position de Stoddard. Ce genre de ragots trouvent, sans difficulté, leur public : il est plus amusant, plus épicé de raconter une histoire de cœur terrassé par la jalousie, plutôt que celle, banale, qui se résume à l'épuisement des organes internes, au tabagisme frénétique, et au goût prononcé du savant pour la charcuterie de son Nebraska natal.

Certes, l'inventeur du tore de ferrite et de la dynamique des systèmes avait rêvé du Nobel : à la fin des années 1970, il avait misé sur sa modélisation de l'économie américaine pour l'obtenir, persuadé que ce sujet était plus sérieux, moins folklorique : plus nobélisable, en fait. Mais vingt ans avaient passé et Stoddard s'était fait une raison ; il était devenu un octogénaire paisible, qui disséquait des batteries sous les yeux émerveillés de son petit-fils, bricolait des circuits électroniques. Il avait fait la paix avec tout cela, et même il se réjouissait que ses travaux aient permis un diagnostic capital pour l'avenir du monde. Cette nouvelle disposition d'esprit avait été facilitée par la délicate attention de Mildred, dans l'exemplaire de la deuxième édition du rapport, parue au début de l'année 1992, qu'elle lui avait fait parvenir par porteur. Elle y avait fait insérer une dédicace : « Pour D. W. Stoddard – ce rapport, qui lui doit à peu près tout. » La nouvelle préface du livre comportait un hommage appuyé au père de la dynamique des systèmes. Habile Mildred ! Stoddard fut satisfait, et pardonna. Au fond, c'est tout ce qui lui manquait pour faire la paix : *qu'on reconnaisse publiquement que ce rapport lui devait à peu près tout*. Aussi, lorsqu'il apprit la nouvelle, Stoddard l'encaissa sans trop de difficulté. Il fit passer la pilule avec un humour aigrelet, il rit et dit à sa femme que de toute façon le Nobel d'économie n'était pas un vrai Nobel, c'était un Nobel du pauvre, un Nobel au rabais, Alfred Nobel n'avait pas prévu dans son testament un prix pour récompenser les économistes, le Nobel d'économie était une invention sur le tard des Suédois, qui avaient voulu étendre la marque Nobel à cette discipline. Les habiles Suédois avaient voulu exploiter le filon au maximum, voilà tout, et d'une certaine façon parler de prix Nobel d'économie était un abus de langage. Ainsi s'exprima Stoddard, devant sa femme qui n'avait rien demandé, ne parlant en réalité qu'à lui-même, oubliant qu'il se serait jadis damné pour ce prix.

— Il se passe quelque chose. Je veux dire, vraiment, avait dit Simeoni, l'ancien président du Club transatlantique, en leur apprenant la nouvelle.

À vrai dire, les Dundee avaient senti aussi qu'*il se passait quelque chose*. L'année 1992 avait été l'occasion d'une nouvelle jeunesse du rapport. Toiletté par Mildred, réactualisé, il s'était vendu auprès d'une jeune génération qui ne savait pas encore lire en 1973. Le livre était auréolé d'une revanche éclatante, celle des chiffres : vingt ans après le rapport, chacune de ses anticipations s'était révélée exacte.

L'édition s'ouvrait sur une préface teintée d'ironie amère, qui pouvait se résumer à une phrase : *Qu'est-ce qu'on vous avait dit ?* Ils avaient voulu faire valider le texte par les deux coauteurs. Quérillot avait répondu, par retour de fax, un laconique « bon pour accord », griffonné à la main. La feuille portait l'en-tête de la société Systems, qui en avait fait un multimillionnaire, à la fin des années 1980. Gudsonn, ils n'avaient aucune idée du lieu où il se trouvait. « À l'impossible, nul n'est tenu », leur dit leur éditeur Bart Peabody, le vieux patron de Golden Heights & Associates, qui se frottait déjà les mains. « S'il veut être joignable, Gudsonn n'a qu'à se manifester. » Les ventes explosèrent une seconde fois, selon un phénomène rarement observé dans l'édition ; cependant, cette fois-ci, les Dundee ne connurent aucune euphorie.

Ce retour en grâce coïncidait avec le sommet de la Terre qui se tint à Rio de Janeiro, au mois de juin de cette année-là. Les Dundee avaient été invités.

Ils y croisèrent Steve Halshey, l'homme qui avait descendu le rapport en flammes à sa publication, le grand manitou de l'école de Chicago. Il était installé au bar du Sheraton, qui abritait la délégation américaine, en compagnie d'une fille très jeune à la peau blonde encore duveteuse. Le temps n'avait pas été clément avec Halshey ; son corps accusait la forme d'une énorme poire, et son visage s'était effondré, malgré des tentatives de lifting infructueuses : il ressemblait plus ou moins à Jabba le Hutt, dans *Star Wars*. L'économiste bredouilla des excuses, dit qu'il regrettait la violence de ses attaques, vingt ans auparavant, mais il était assez évident que sa gêne était liée à la présence d'une très jeune femme à ses côtés, qui lui flatta la nuque pendant l'intégralité de leur échange. Les Dundee l'écoutèrent protester de son respect à leur égard et ne boudèrent pas leur plaisir, il était agréable de regarder leur vieil ennemi se confondre en explications embrouillées. Le couple participa à des tables rondes, donna des interviews. Des lobbyistes d'Exxon ou de Chevron rôdaient dans les trois pavillons du Riocentro, pour s'assurer que rien de concret ne sortirait de la grand-messe, du moins rien d'autre que des mots et des pétitions de principe. Le sourire aux lèvres, leur badge pendouillant lamentablement au cou, ils ne se cachaient pas trop pour accoster des ministres, et s'aventuraient jusque dans les bureaux réservés aux cent soixante-dix-huit délégations nationales. Ils leur refourguaient leurs argumentaires et peut-être même un peu plus : il se racontait qu'ils n'étaient pas venus les mains vides, on parlait de valises bourrées d'argent frais. Le soir, certains sortaient dans les bars de Copacabana, mais la plupart s'envoyaient des putes dans leurs chambres d'hôtel. Quelques-uns parlaient de rester trois ou quatre jours, après le sommet.

— Tu vas voir que Quérillot va débarquer, sourit Mildred, amère.

*

Dans les allées du sommet, sur les cavalcades de tapis rouges, il arrivait parfois qu'un militant écologiste les arrête pour faire une photo et leur dise, la voix vibrante, que le rapport avait été « une claque », « l'électrochoc » qui avait déterminé son engagement politique. Mildred et Eugene n'étaient plus les jeunes doctorants exaltés. Âgés de quarante-huit et quarante-neuf ans, ils étaient devenus des sages qui déroulaient sans joie leur triste constat : l'urgence d'une action énergique et concertée n'avait jamais été si forte – et la probabilité qu'elle advienne, plus faible que jamais. L'ivresse consumériste, la voracité, l'aveuglement individualiste avaient gagné. Les taux de dioxyde de carbone grimpaient en flèche. Onze pour cent de la surface végétale de la planète avaient été dégradés depuis 1945, et la production alimentaire par habitant baissait dans de nombreuses régions du monde. Peut-être, dans ce contexte, l'Académie suédoise avait-elle voulu envoyer un message.

À quelques semaines de la remise du prix, la cote des Dundee avait été fixée à onze contre un chez les bookmakers anglais, juste derrière Gary Becker, une gâchette de l'école de Chicago, et un Chilien paranoïaque qui avait travaillé à une application de la théorie des jeux aux agences matrimoniales. Et devant Halshey, l'infâme Halshey qui pensait conjurer la catastrophe avec sa « croissance verte », et son marché des droits à polluer. Mildred avait accueilli la nouvelle sans joie excessive : ce statut de nobélisable sentait les remords, la mauvaise conscience. Il arrivait trop tard, à contretemps, alors qu'elle avait convaincu Eugene de se ménager une pause dans leurs activités conférencières, une année sabbatique pour réfléchir à un projet qui leur apporterait des joies simples et concrètes – un élevage en agriculture biologique, par exemple. Leur combat dans le désert commençait à attaquer son appétit de vivre. Peut-être fallait-il se fixer des ambitions plus modestes.

*

Mildred n'avait pas oublié que leur couple avait failli exploser, il y a vingt ans, lors de leur tournée européenne. Cette fois-ci, le danger pourrait bien venir du côté de Eugene. L'année précédente, il avait eu une aventure avec une jeune activiste de Sea Shepherd, une Espagnole aux seins prodigieux qui traquait les baleiniers, au large du Costa Rica. Mildred, elle, aspirait au calme. Trois ans plus tôt, ils avaient eu un enfant, Dan, un bébé rose avec de grands yeux noirs et des bourrelets aux jointures. Leur élevage de porcs n'était encore qu'un projet fuligineux et cependant elle en rêvait tous les jours, elle imaginait les infrastructures et les gestes nobles, la vie casanière, les jours identiques. Eugene était plus réservé. Deux ans auparavant, il l'aurait suivie sans hésiter. Mais les nuits passées avec l'Espagnole avaient modifié son équilibre interne. Un détraquement s'était opéré, discret mais durable, dans l'horlogerie de Eugene, et le poussait vers le grand large, une vie remplie de partenaires sexuelles, enfiévrée et dangereuse. Mildred constatait douloureusement qu'il est impossible de transmettre un rêve à autrui. Malgré tous ses efforts pour faire vivre sous les yeux de son mari son tableau du bonheur pastoral, ce dernier rêvait encore de seins, de pirates et de baleines. Il s'ennuyait, craignait que cet élevage soit une antichambre de la mort. La perspective du Nobel l'enchanta. Enfin, il se passait quelque chose. Quand leur cote dépassa celle du Chilien, il commença à s'agiter.

— Il faut faire campagne. Tous les autres font campagne, il n'y a pas de raison que nous ne le fassions pas, nous aussi.

Il argua que la dotation financière du prix pourrait être investie dans leur futur élevage de porcs, et surtout que cette distinction ne leur appartenait pas totalement, il fallait se battre pour les forêts, les océans, les sols, les espèces vivantes, la couche d'ozone, et surtout il fallait se battre pour Dan, le monde de Dan, il fallait offrir à Dan et aux enfants de Dan un monde qui ne serait pas inversé et maudit, un monde bien propre avec des rivières poissonneuses et de la neige en décembre.

— La neige en décembre *et* les baleines du Costa Rica, cingla Mildred, amère.

En l'écoutant, elle avait l'impression d'avoir perverti l'étudiant timoré et rigide qu'elle avait connu, engoncé dans son costume en laine vierge, à la fin des années 1960 : à présent il se retournait contre elle, comme Frankenstein contre son inventeur.

*

Une semaine plus tard, la cote du Chilien plongea, pour atteindre douze contre deux chez William Hill, un des principaux bookmakers de la place londonienne. Gary Becker avait senti le danger, d'autant plus qu'il savait les électeurs suédois séduits par un profil issu d'un pays émergent, alors que les États-Unis dominaient outrageusement le palmarès : était-ce lui qui avait fait exhumer une interview embarrassante du Sud-Américain, qui disait tout le bien qu'il pensait de la dictature de Pinochet ? À présent, les Dundee mordillaient les mollets de Becker, avec une jolie cote à neuf contre deux. Certes, leur casquette de « vulgarisateurs militants » ne plaidait pas en leur faveur, et les soutiens de Becker répétaient que l'économie et la dynamique des systèmes avaient autant à voir l'un avec l'autre que la chirurgie ambulatoire et le chant polyphonique corse. Mais les Dundee avaient de fervents supporters à Stockholm. Surtout, ils n'étaient pas de l'école de Chicago, avec sa foi religieuse dans le marché, qui avait eu son content de distinctions : ils représentaient un vent frais, des challengers inattendus qui éteindraient les critiques contre l'Académie. Halshey était derrière, en embuscade.

Dans leur chalet orégonais, le téléphone sonnait sans arrêt. Des gens qui n'avaient pas donné de nouvelles depuis vingt ans leur envoyaient des mots de soutien, des fax d'encouragement. Eugene prenait ses coups de fil sur le balcon

– sa cabine de capitaine au-dessus de la houle de sapins.

Simeoni les avait avertis d'une difficulté : « Vous êtes quatre à avoir signé ce rapport. Les usages de l'Académie permettent, à la rigueur, de le décerner conjointement à trois personnes. Quatre, cela ne s'est jamais vu. » Eugene n'avait pas trop de scrupules à l'endroit de Quérillot ; d'ailleurs, Simeoni n'avait-il pas précisé que le comité Nobel était sensible à l'engagement de « toute une vie » ? Quérillot avait rejoint un pétrolier français, avant de créer sa propre société. L'associer à la candidature serait quasi suicidaire.

Et Gudsonn ? Eugene avait espéré voir débarquer le Norvégien aux obsèques de Stoddard, qui s'étaient déroulées quelques mois plus tôt dans sa ville natale, dans le Nebraska. Cela ne s'était pas produit. Mildred y avait vu une porte de sortie : « On ne peut rien faire sans le consulter. Ce ne serait pas convenable. » Alors Eugene avait paniqué. Il avait vu une salle blafarde où un professeur aux épaules tombantes leur parlerait de la nécessité, pour l'éleveur porcin, de tenir une comptabilité rigoureuse. Il avait vu le piège se refermer. Il avait un peu enquêté. Lors d'une assemblée générale des Enfants de la Terre, il avait croisé un physicien de Berkeley qui lui avait fait part de rumeurs. On racontait que Gudsonn était devenu une sorte d'ermite. D'autres disaient qu'il avait refait surface aux États-Unis. Le physicien avait parlé aussi d'un internement, dans une clinique du New Hampshire.

« Il prétend être en contact avec le monde de l'invisible », avait-il ajouté.

Depuis sa terrasse, Eugene fixait le mont Jefferson, tapi dans l'ombre, et se demandait ce qu'il adviendrait de leur chalet si cet ancien volcan venait à se réveiller. Mildred se glissa derrière lui, et lui entoura la taille.

— Gudsonn ne fera pas de difficulté, dit Eugene à Mildred, lorsqu'elle s'enquit de ses démarches auprès du Norvégien.

*

— D'après Simeoni, Halshey et Becker ont mandaté des cabinets de relations publiques, fulminait Eugene. Il n'y a pas de raison que nous ne combattions pas à armes égales.

Un matin où le froid était si intense que Washington D.C. fumait, ils pénétrèrent dans le bureau d'un associé du cabinet de relations publiques Seals & Seven. Mark Seals était un homme jovial et fantasque, avec un large cou pris dans un col roulé, qui se vantait (mensongèrement, apprirent-ils par la suite) d'avoir obtenu le Nobel de la paix pour Kissinger, en 1973 (« Kissinger ! Vous vous rendez compte ! Le gars a rasé le Vietnam, et bombardé le Cambodge ! »). Le lobbyiste écouta Eugene, puis parla lentement, les yeux clos, comme un médium : « Vous êtes des outsiders, mais il y a quelque chose à faire. Le tout, c'est de tenir un *récit*. Il faut raconter une histoire. »

En quittant son bureau, Mildred se sentit nauséeuse. Tout ce qu'elle voulait, c'était enseigner à Dan le langage muet des porcs. Et aussi se laisser bercer par la voix de Eugene, sa voix d'avant, douce, qui déployait des phrases rassurantes, et ses grandes mains de pasteur. Mildred pensait à son petit garçon qu'elle avait laissé à sa belle-sœur, pour venir à D.C. : il n'était pas vraiment en avance, il ne marchait toujours pas malgré ses deux ans bien tassés mais elle ne l'en aimait que davantage. Parfois, elle le regardait et tentait de se rappeler le petit paquet fripé et violacé, de faire correspondre cette image avec le garçonnet dodu qu'il était devenu ; elle n'y parvenait pas, et s'ébahissait du chemin parcouru.

Tout cela, pensa-t-elle, méritait qu'elle se batte. Vingt ans avant, Eugene avait encaissé sans broncher son histoire avec le poète italien. À présent c'était le moment de son mari. Sa revanche, même. Eugene avait pris avec succès le tournant de la quarantaine, il était abîmé juste ce qu'il fallait, et rétrospectivement il était évident qu'il faisait partie de ces hommes dont la jeunesse n'est jamais qu'un brouillon raté, et qui ne trouvent leur forme achevée qu'au mitan de l'existence. Au début des années 1990, Eugene était arrivé précisément à ce point-là, et les jeunes filles lui jetaient parfois des regards ambigus, mais les jeunes hommes ne jetaient plus de regards ambigus à Mildred. Et cependant elle savait qu'elle était faite pour Eugene et que Eugene était fait pour elle. Leur histoire valait mieux, pensait-elle, que la banale et consternante et galvaudée rupture après que l'homme a foutu le camp avec une étudiante, ce serait un gâchis grotesque. Il fallait qu'elle les sauve, qu'elle fasse le bonheur de Eugene malgré lui. Il fallait qu'elle le sauve de la facilité car il n'était pas fait pour la facilité, il fallait qu'elle le sauve du reniement car il n'était pas fait pour le reniement. Et d'abord il fallait qu'ils sortent du piège de cette compétition absurde.

Dans l'avion du retour, ils parlèrent peu. Eugene était très agité, il se lissait les sourcils avec l'index et le majeur, il débloquait complètement :

— On pourrait parier sur Becker chez les bookmakers anglais. C'est-à-dire parier *contre nous*. Comme ça, s'il l'emporte, on aura quand même gagné quelque chose. Ou alors on embauche Mark Seals. Ou les deux.

Mildred se pinça l'arête du nez et réprima une envie de pleurer. Elle leva la tête doucement, lui saisit la nuque et plongea son regard dans le sien.

— Je t'aime, Eugene. Ton Espagnole était une pute, une vilaine petite pute. Tu m'as brisé le cœur. Je t'aime, Becker va avoir son Nobel, et nous allons élever des porcs dans l'Utah.

Eugene regarda sa femme et il l'aima, à nouveau. Une semaine plus tard, Becker l'emporta au premier tour de scrutin.

7

En 1993, un an après les obsèques de Stoddard, un hommage scientifique fut organisé par l'université de Berkeley. La réunion eut lieu dans le pavillon réservé à l'association des anciens, qui abritait un patio arboré ainsi qu'une salle de conférence équipée d'un rétroprojecteur flambant neuf et de tables en bois clair. Le campus était quasi vide : les vacances de printemps avaient débuté l'avant-veille et beaucoup d'étudiants étaient rentrés dans leur famille. Les plus chanceux étaient allés en bande s'éclater la tête au bord du lac Tahoe, à Cancún ou à Punta Cana. « Journée d'hommage scientifique à Daniel W. Stoddard », renseignaient des panonceaux fléchés, installés pour guider les invités jusqu'à la salle.

Une cinquantaine de personnes avaient fait le déplacement : anciens collègues et anciens étudiants. La date était très mal choisie, s'était plaint un emmerdeur notoire. C'était la seule qui nous permettait d'organiser le buffet dans le patio des alumni, avait répondu l'organisateur – un Portugais replet et hyperactif, dont la thèse sur les dynamiques non linéaires à l'œuvre dans l'évolution de populations de poissons à reproduction tardive avait été la dernière dirigée par le vieux Dany. Plusieurs intervenants étaient inscrits au programme. Comme il est d'usage, chacun avait fait une présentation sur un aspect de l'œuvre scientifique du défunt. Celle de Eugene, qui traitait des *boucles de rétroaction stoddardiennes*, fut mollement applaudie. Mildred Dundee eut plus de succès, en donnant à son intervention un ton personnel. Après tout, dit Mildred, les exposés en hommage à l'œuvre du défunt étaient une vieille tradition scientifique mais l'œuvre de « Dany » n'avait pas besoin d'une journée d'hommage pour faire son chemin, elle était considérable et solidement établie dans des manuels connus, et bien sûr le premier d'entre eux, *System Dynamics*, qui était ni plus ni moins que la bible de la discipline, ou ses tables de la loi. Un livre qui n'avait pas perdu de sa pertinence, au contraire. Comme un certain rapport qui lui devait beaucoup. Bref : au diable les traditions, dit Mildred. « J'avais préparé quelques diapos sur un sujet technique que vous connaissez tous par cœur, mais je crois que je vais les laisser de côté. » Elle avait parlé du vieux maître et de son énergie communicative. « Avec lui, la dynamique des systèmes n'était pas moins passionnante qu'une exploration aux pôles, ou la conquête spatiale », se souvint Mildred. Elle avait rappelé qu'il était le pédagogue idéal, et qu'elle n'aurait pas été surprise de voir les écureuils du parc de l'université cesser leurs allées et venues sous les arbres et se presser contre les portes-fenêtres pour venir l'écouter mâchonner ses stylos, et faire tourner dans sa bouche les concepts par lui forgés.

Quérillot avait fait le déplacement, et elle l'aperçut au fond de la salle, qui applaudissait du bout des doigts. Elle ne s'attendait pas à le voir là. Il s'était tassé, avait pris du poids. Elle lui trouva la peau cireuse d'un vieux Sardanapale. Elle avait lu quelque part que sa société éditait des logiciels de modélisation, à l'usage des entreprises. Ils se saluèrent sans un mot, ou presque, et Mildred en conçut un peu de tristesse. Sans grande surprise, Gudsonn n'était pas là.

8

En 1998, Mildred et Eugene se battent dans l'Utah. Des promoteurs immobiliers ont jeté leur dévolu sur une ancienne base militaire, à cent cinquante kilomètres au sud de Salt Lake City. Un projet est à l'étude mais des militants ont débarqué de toute l'Amérique dans ce coin paumé et planté des tentes, déterminés à faire échouer la transformation de l'ancienne base en parc de lotissements.

Mildred et Eugene ont cinquante-cinq ans, mais les longues marches dans les grandes forêts de l'Oregon leur ont bâti une allure sportive. Dan est un petit garçon de huit ans qui court d'un groupe à l'autre, impressionne par son érudition précoce, sans que cela l'éloigne des enfants de son âge car il est joyeux et casse-cou. Il prend déjà part aux discussions et peste contre l'administration Clinton avec des airs sérieux qui font mourir de rire son parrain, Ray Morsett, le vieux compagnon des premières années de lutte. Près de mille personnes campent sur le site, dans une ambiance festive mais déterminée. Des enceintes géantes passent *Born in the U.S.A.*, de Bruce Springsteen, et *Beds Are Burning*, de Midnight Oil (le premier jour de l'occupation du site, Ray Morsett a eu l'idée de faire jouer l'hymne américain, histoire de rappeler à ceux d'en face qu'on ne déteste pas l'Amérique, seulement on en rêve une autre, comme on rêve d'une autre planète). Le soir, des feux de joie sont allumés et l'on brûle deux grands mannequins qui représentent les hydres malfaisantes de Smithsonian, le promoteur immobilier américain, et de la Citibank qui finance le projet. Mildred et Eugene sont à l'apogée de leur osmose amoureuse, ils s'embrassent comme des adolescents dans leur tente igloo. La veille, Mildred a extirpé un petit Leica de son sac à dos et immortalisé le visage de son mari, front contre front avec un garde national. L'année précédente, ils se sont même retrouvés en garde à vue, après avoir participé à une opération de cloutage d'arbres, visant à empêcher la découpe du bois. Mildred est fière de Eugene, de son panache, de sa détermination. La fille de Sea Shepherd est oubliée. On ne les a pas oubliés, eux. Ils reçoivent des marques de respect de jeunes gens qui ont fait leurs premières manifestations au début de la décennie, contre la guerre du Golfe.

— Je suis bien, Eugene, murmure Mildred. J'espère que tu te sens bien, toi.

Eugene ne répond pas. Il sourit, lui serre la taille. Certes ils sont toujours inquiets, et pessimistes. Seulement, ils ont décidé de ne pas être malheureux. Pourquoi ne pas s'aimer, pourquoi ne pas chanter à pleins poumons et porter une casquette « The Simpsons » pour faire rire leur fils ? La lutte pour récupérer les terres de l'ancienne base militaire de D. est un combat local, qui peut être gagné. Ils veulent que Dan assiste à un combat joyeux et victorieux. S'ils l'emportent, Eugene l'a promis, ils s'installeront sur ce terrain et élèveront des bêtes. Elle lui parle déjà de *leurs porcs*, avec tendresse. Elle ferme les yeux pour décrire leur silhouette basse, leur ventre blanc qui racle le sol, leurs groins duveteux. Elle dit qu'elle leur trouve de la noblesse, peut-être parce qu'ils traînent une mauvaise réputation.

Eugene rit. Debout devant sa tente, il inspire puissamment. Il a enfin libéré les forces qui sommeillaient en lui. Il s'est brouillé avec sa famille ; la société de promotion immobilière de son père avait mis des billes dans le projet de réhabilitation de l'ancienne base militaire : en s'y opposant, Eugene a défié son sang. Il s'est libéré et n'a plus d'autres liens que ceux qu'il s'est choisis : Mildred, le petit Dan et ses copains, Ray et les autres. « Ne remets plus jamais les pieds ici », lui a dit le vieux Tom Dundee, au téléphone. Il est triste pour Dan, privé de ses grands-parents ; pour le reste, il n'a aucun regret.

Le soir, près d'un feu de camp, un garçon avec un anneau à l'arcade chante *Hallelujah* de Leonard Cohen. Quelques vétérans sont là, usés par le combat. Bonnie Lonzzo, de Earth First, qui s'est illustrée en sabotant des pipelines. La sorcière californienne Miriam Simos, alias Starhawk, « Faucon étoilé », qui fait lever les yeux à Ray Morsett tandis qu'elle l'entretient du culte de la déesse-mère. L'écoféministe près d'un feu de camp Patsy Hallen s'engueule avec un papy suédois, pionnier de l'écologie profonde. On parle de l'affaire Lewinsky, sans se priver d'allusions graveleuses. Et aussi du procès de Ted Kaczynski, Unabomber, le terroriste qui a envoyé des bombes par la poste à des innocents, pour détruire la société industrielle. Il vient de s'ouvrir, à Sacramento. Autour du feu, parmi les militants, beaucoup ont lu son manifeste, *La Société industrielle et son avenir*, publié trois ans plus tôt par le *New York Times* et le *Washington Post*. Ray parle gravement, boudiné par un sweat-shirt *Retour vers le futur*. À l'entendre, le manifeste de Kaczynski contient des vérités, mais le meurtre le disqualifie définitivement.

— On ne défend pas la vie en supprimant des vies, résume Ray.

Eugene et Mildred Dundee approuvent. Theodore Kaczynski ne fait pas partie de leur monde. Sur les images qui défilent à la télévision, il est hirsute, a l'air arrogant ; les jeunes militants qui défilent en chantant, à D., sont souriants et fraternels. Il faut se méfier, cependant. Ted Kaczynski séduit aux marges. La veille, un ado a exhibé un T-shirt « Unabomber » mais Mildred l'a réprimandé. Elle lui a demandé de le retirer et le gosse a obtempéré. Elle a eu ces mots tout simples : « Il a tué des gens, fils. On ne tue pas les gens. » Quand il a ôté son T-shirt, des dizaines de personnes ont applaudi.

9

Au mois de janvier 2002, Dan fait ses devoirs dans la cuisine, seule pièce à peu près vivable de la ferme en travaux. Il a treize ans. Une bâche transparente a été fixée au plafond pour préserver la pièce mais quand le marteau-piqueur attaque l'ancien carrelage de la salle de bains cette protection ne suffit plus, et de fines particules dansent au-dessus de la tête de l'enfant. De temps à autre un de ses parents ou un artisan écarte le rideau de plastique et entre pour se faire un café ; l'enfant les regarde, ils ont les cheveux constellés de plâtre et ressemblent à des cosmonautes qui regagnent la navette, après une sortie. C'est dans cette cuisine, au milieu des bruits de marteau-piqueur et des poussières de plâtre, que Mildred Dundee ouvre le courrier lui annonçant qu'elle et son mari ont reçu le prix annuel de l'institut Kiel, récompensant un apport crucial au développement d'une discipline scientifique. Elle ne laisse pas tomber sa tasse à café, ni n'appelle Eugene avec des petits cris aigus d'excitation. Trois semaines plus tard, ils ne se déplacent même pas pour recevoir leur prix, en Allemagne. À leur demande, les organisateurs lisent un court texte dans lequel les deux lauréats donnent à leur absence une portée symbolique, et rappellent l'impact désastreux du transport aérien sur le climat en insistant sur la nécessité, « pour tous, et surtout les plus privilégiés », d'adopter un mode de vie plus sobre. Pour le couple, ce n'est pas tellement un sacrifice : ils n'ont pas le cœur à trinquer au champagne et s'autocongratuler sur un monceau de cendres, un gigantesque gâchis. Ils ont cessé d'y croire, tout simplement.

III

QUÉRILLOT

1

Quand débuta la tournée mondiale des Dundee, au mois de mai 1973, Quérillot fut quelque temps sans décolérer. Le Français était sur la touche, les deux autres sillonnaient la planète tandis que lui et Gudsonn ne participèrent qu'à deux conférences, sur la côte ouest. L'organisateur de la première conférence fut particulièrement indélicat et laissa entendre qu'il aurait préféré recevoir le couple d'Américains mais qu'il se contentait des doublures européennes, faute de mieux. Une conférence à UC Irvine et une autre à Portland, Oregon : telles furent les miettes laissées aux deux Européens. Quérillot en conçut de la rancœur, et s'en ouvrit à Gudsonn. « J'arrive pas à digérer, répétait-il. Tu l'as pas mauvaise, toi ? » Il s'était mis à parler dans sa langue natale, sous le coup de la colère, mais le Norvégien la comprenait parfaitement (il l'avait apprise pour lire, sans attendre leur traduction, les revues des algébristes français du groupe Bourbaki, qu'il admirait). Gudsonn n'avait pas les *foies*, lui. Au contraire, il avait l'air soulagé de retourner dans sa grotte. Il fallait le voir, Gudsonn, sur l'estrade du grand amphithéâtre d'UC Irvine. Raide comme la justice, tournant le dos à l'auditoire dès qu'il en avait l'occasion. On se demandait comment un type comme ça donnerait un cours.

Quérillot l'eut mauvaise, jusqu'à une certaine discussion avec Stoddard, qui le conduisit à voir les choses sous un angle nouveau. Le Français n'avait jamais pénétré seul dans le bureau du maître jusqu'au jour où il le croisa dans un couloir, en chemise-bretelles, un mug à la main. Il n'était pas rare de le voir ainsi : le maître s'octroyait parfois de ces petites pauses récréatives qui consistaient à déambuler au cinquième étage du Evans Hall, toute bedaine dehors, jusqu'à ce qu'il trouve quelqu'un pour partager une infusion avec lui. Ce jour-là, il tomba sur Quérillot.

La porte de son bureau refermée, le maître mit la bouilloire à chauffer et demeura silencieux pendant un long moment, abîmé dans la contemplation d'un bonzaï en pot. Puis il dit que les Dundee allaient être attaqués violemment, très violemment. Il ne semblait ni s'en réjouir ni le déplorer, ce qui était en soi une marque d'hostilité vis-à-vis du couple, pourtant ses anciens étudiants. Il en informait Quérillot, voilà tout. Et quelques jours après il y eut la première salve, la double page dans le *Washington Times* signée par Steve Halshey. Les Dundee étaient nommément cités, mais pas une mention des deux Européens. Alors

Quérillot comprit ce que Stoddard avait voulu lui signifier, dans le bureau : « Tenez-vous à l'écart de tout cela, mes petits. Ça va tanguer. Vous êtes des chercheurs, des scientifiques : tenez-vous à l'écart des micros. Laissez les Dundee prendre le bouillon à votre place. »

Un mois plus tard, quelques jours après que Mildred eut fait sensation à la BBC, Quérillot assista sur le campus à la soirée des mécènes, qui réunissait les plus gros donateurs de l'université, et il y eut un froid lorsqu'un dirigeant du fonds d'investissement Gogg-Burney, un homme taillé comme un séquoia, laissa entendre dans son discours que le zèle de certains commençait à irriter. Que son fonds s'en voudrait d'avoir financé un programme subversif et hautement politique. Que le discours tenu par *certains* ne correspondait pas à leurs valeurs, dont ils avaient cru qu'elles étaient aussi celles du jeune département de dynamique des systèmes. « Le fonds Gogg-Burney souhaite le meilleur à l'université de Berkeley, conclut l'homme. Il est prêt à accepter beaucoup de choses. Il a conservé sa confiance à l'université au plus fort des émeutes étudiantes. Mais, en quelque sorte, il ne faudrait pas que l'université déçoive trop ses donateurs. » « Il ne s'agirait pas de nous faire regretter notre générosité », renchérit un représentant de la société IBM, qui avait fourni Gros Bébé, l'ordinateur. Quérillot croisa alors le regard de Stoddard, qui se tenait sur la tribune, derrière l'orateur. Le professeur inclina imperceptiblement la tête, et un trait de malice traversa son regard métallique (et alors Quérillot se demanda si le maître n'avait pas savonné la planche des Dundee, d'une manière ou d'une autre).

D'autres articles suivirent, dégommant méthodiquement les deux Américains, certains ne se privant pas d'attaques perfides, rappelant que Mildred avait signé une pétition encourageant les appelés à brûler publiquement leur feuille de mobilisation (ce qui était faux) ; que Eugene s'était fait exempter en faisant jouer les relations de son père et en prétextant une santé fragile (ce qui n'était que partiellement vrai, puisqu'il avait d'abord bénéficié du sursis étudiant comme des millions d'autres jeunes Américains, avant de se voir diagnostiquer un éperon osseux au talon par un médecin de Salt Lake City, certes membre actif de l'Église mormone). Ce qui n'avait pas empêché le couple de voyager en Asie, ajouta un éditorialiste ; probablement pour se gaver de drogues, au moment où des jeunes gens de leur âge faisaient la même traversée du Pacifique en avion-cargo, pour aller se faire trouer la peau. Quérillot s'avisa qu'il avait peut-être bien fait de ne pas monter au front. Un instant, il éprouva une joie mauvaise à constater que la gloire des Dundee se payait de solides emmerdements. Il éprouva aussi de la pitié, pour Eugene au moins. Il savait que Eugene était un bon garçon. Il était du dernier ridicule mais il était injuste de l'accuser de s'être drogué, lui qui buvait ses cafés à petites gorgées précautionneuses, et aussi de l'accuser de prendre son pied avec sa notoriété naissante, qui correspondait si peu à son tempérament. Déjà, sa mauvaise joie s'était envolée. D'ailleurs ces articles étaient des attaques contre leur travail commun, et contre la vérité. Or, comme l'avait dit Gudsonn, un soir qu'il était disposé à s'épancher un peu, la vérité n'est-elle pas le seul combat qui vaille la peine d'être mené sans hésiter ?

2

Au mois de juin 1973, Quérillot songea qu'il lui fallait mener à son terme son doctorat d'économie. Il avait pensé accoucher d'une thèse sur les taux de retour énergétique, qui recyclerait une partie de son travail pour le rapport 21. Cependant, à l'idée de se replonger tout de suite dans les coûts d'un forage offshore et les mérites comparés des solutions de pompage, il fut pris de vertige. Il décida qu'il était temps de quitter les paillasses universitaires et de profiter d'un semestre sabbatique, voire deux. Il en parla à Patty, une jolie blonde qui portait de longues bottes et un énorme ceinturon en laiton doré, dans un pub mal éclairé, décoré de photos de Bob Dylan et de William Burroughs. Elle s'étonna de sa nonchalance, trois mois après la publication du rapport. Il fit un geste vague, se frotta les yeux :

— Tu sais, Patty, il est probable que nous ne connaîtrons pas l'effondrement de notre vivant. Les projections les plus pessimistes du rapport tablent sur un effondrement au milieu du XXIe siècle. Donc vraiment, il n'y a pas de quoi se rendre malheureux.

Quérillot jouait les cyniques, mais c'était le monologue d'un homme effrayé – ou un enfant qui plaisante à voix haute, dans le noir, pour conjurer les monstres. Il était plus ébranlé qu'il ne voulait se l'avouer par ce qu'ils avaient découvert, seulement il renâclait à jouer le rôle du quatrième cavalier de l'Apocalypse. Qui avait envie de porter au monde ce message sinistre : décroître, ou périr ? *Décroître !* Ce mot, ils ne l'avaient pas écrit dans le rapport, Mildred ayant jugé qu'il les disqualifierait d'emblée. Elle l'avait prononcé lors de leurs réunions, cependant. Tous sentaient obscurément qu'il ne pouvait y avoir de demi-mesure dans l'attitude à adopter, il fallait prendre le bâton de pèlerin, enfiler la chasuble du paria, ou bien caler à nouveau ses pas sur le tempo dominant : celui, déchaîné, du monde moderne. Et Quérillot avait vingt-six ans. Après tout il avait fait sa part, il avait participé au rapport. À présent, le rapport était le problème des gens.

— Et les générations futures ? objecta mollement Patty (à moins que ce fût cette petite voix qui parfois chuchotait à l'oreille du Français et à laquelle il prêtait les traits de Eugene Dundee).

Bien sûr, il y avait les générations futures.

— Certes, concéda Quérillot. C'est intéressant mais je ne marche pas. Tu ne m'auras pas aux sentiments, je n'achèterai pas votre camelote morale qui suinte le sentimentalisme bon marché. Les générations futures, je n'en ai rien à carrer. Tu connais la phrase de Groucho Marx, « Qu'est-ce qu'elles ont fait pour nous, ces générations futures » ? C'était une boutade mais en réalité ce n'est pas si stupide que ça, c'est une vérité énorme si on réfléchit. La solidarité ne peut s'exercer qu'entre êtres humains vivants, Patty ! Tu ne peux pas être solidaire avec ce qui n'existe pas. C'est même rassurant quand on y pense, car il n'y a pas à se ronger les sangs, on peut *profiter un peu*.

Et comme Patty bégaya une protestation, le Français redescendit d'une octave, il inspira, parla calmement et s'excusa d'avoir été inutilement agressif, *désolé Patty, désolé petite voix*, mais certaines choses devaient être dites.

— D'abord, je n'ai pas prévu de me reproduire. Je ne veux pas avoir d'enfants, Patty. Je n'en aurai jamais. Donc je ne me sens pas de responsabilité particulière à l'endroit des générations futures. Et puis, mentit-il, je crois que certaines hypothèses de nos travaux sont exagérément pessimistes… Je l'ai dit aux Dundee depuis le début : rien que sur le rapport entre la technologie et les rendements agricoles, il me semble que…

Et Patty se tut mais la petite voix culpabilisante ne se taisait pas, elle. Alors il haussa le ton, pour couvrir la plainte de sa conscience douloureuse.

*

« Profiter un peu » : pour cela, il n'était pas nécessaire d'aller très loin, il suffisait de regarder autour de lui. La Californie était un territoire qui semblait étranger au reste de l'Amérique, c'était une sorte de zone franche, un comptoir où l'on essayait des choses pour lesquelles le reste du pays ne semblait pas tout à fait mûr. Autrefois la Californie avait attiré des gens qui cherchaient de l'or et à présent elle attirait des gens qui cherchaient des expériences psychédéliques, avec la même ferveur. Quérillot n'était pas le garçon le plus séduisant du monde : un mètre soixante-treize, épaules étroites, grosse tête triangulaire, cheveux châtain clair et drus, organisés autour d'un épi de premier communiant. Mais il avait entrepris de les laisser pousser dans l'espoir d'obtenir un casque hirsute à la Rod Stewart ; et il pouvait compter sur un regard intense et un humour désabusé qui, lorsqu'il était en forme, conduisait souvent les filles à *reconsidérer son cas*.

Des copains de Paris qui étaient en virée sur la côte ouest le visitèrent, et lui demandèrent de faire le guide, mais il dut leur avouer qu'il ne connaissait pas grand-chose : ni boîtes à la mode, ni numéro de dealer. Ils se moquèrent un peu de lui, puis l'entraînèrent dans leur exploration. Ils étaient un petit groupe très déterminé à consommer du peyotl et de la mescaline ; seulement, ils ne savaient pas où en trouver, alors ils traînèrent dans le quartier de Haight-Ashbury, qui disputait à Berkeley le titre de Mecque contestataire.

*

Les hippies l'avaient toujours emmerdé. Quérillot les avait observés s'adonner au troc, sur les grandes pelouses pelées du campus, ou dans People's Park (qui était devenu leur place Tian'anmen depuis qu'un manifestant y avait laissé la vie, en 1969). Pour un poète véritable, combien d'épaves et de charlatans, débitant leur catéchisme aussi mort que tous les catéchismes du monde ? Le gros des troupes ne valait pas tripette. Il aimait bien leurs prédécesseurs : les écrivains de la Beat Generation, Burroughs, Ginsberg, Kerouac. Certains hippies trimbalaient *Sur la route* dans leur besace. Mais ils adulaient Kerouac plus qu'ils ne le lisaient, ils l'adoraient comme un fétiche, d'ailleurs c'était une chose qui les caractérisait, leur rapport fétichiste aux choses. Les hippies américains avaient leur moment kerouaquien mais ils finissaient par réintégrer la machine, ils n'avaient pas assez de suite dans les idées pour vivre et mourir misérablement comme Kerouac (et d'ailleurs comment les blâmer, même Kerouac avait subi l'influence de la grande ville, même Kerouac avait décrit son attraction mortifère, dans *Big Sur*, il savait que rien de bon ne l'attendait dans la grande ville américaine et cependant il y revenait, comme aimanté).

Au fond, Quérillot était un incroyant. À dix-huit ans, un ami l'avait traîné à une réunion de maoïstes dans un café militant de la montagne Sainte-Geneviève : il en était sorti vacciné contre toute forme d'engagement, une moue à jamais sceptique sur sa tête habile. Cinq ans plus tard, il n'était pas davantage emballé par ceux qui tapaient sur des tambourins en récitant des mantras. Un jour qu'ils paressaient au plumard, il s'en était ouvert à Patty : « Les hippies ne sont jamais qu'une parenthèse, une mode qui passera. Elle restera dans les mémoires comme un folklore sympathique. La jeunesse contestataire ne menace pas vraiment la bourgeoisie, si la jeunesse contestataire menaçait vraiment la bourgeoisie alors la bourgeoisie aurait fait massacrer la jeunesse contestataire, en fait la bourgeoisie se moque pas mal de la jeunesse contestataire, elle la méprise ouvertement, et même une partie de la jeunesse contestataire se moque de la jeunesse contestataire. » Elle avait ouvert des yeux ronds. Il ne disait rien d'extraordinaire, pourtant ! Il suffisait d'écouter les paroles de Frank Zappa, qui se payait les branleurs de Frisco :

D'abord je vais m'acheter des perles
Et peut-être une bande en cuir
À attacher autour de ma tête
Quelques plumes et des cloches
Et un livre de tradition indienne.

*

Le voilà à Haight-Ashbury, avec ses copains français. En ce début d'été 1973, tout le monde couche avec tout le monde. Ce qui se joue là est politique : il s'agit de montrer l'exemple, ne pas laisser tomber la fièvre de Woodstock et des concerts de Joan Baez, et parfois Quérillot a l'impression que certaines filles ont l'air triste et qu'elles sont des soldats mornes de l'amour libre, mais la plupart du temps c'est assez joyeux ; un jour, il rencontre un vétéran de la révolution sexuelle, un homme court et râblé avec un nez en bec d'aigle qui a fait toutes les manifestations depuis l'été 67 et il dit à Quérillot que ses préférées sont celles qui débarquent, « les *valley girls* encore crottées qui ont fui leurs parents et qui sont excitées comme des gosses dans un parc d'attractions ». Elles sont celles qu'il préfère, les arrivantes, les « tout justes émancipées », aussi parce qu'elles ne sont pas encore irrémédiablement défoncées et que le sexe avec elles ne ressemble pas encore aux flux et aux reflux d'une marée, ce qui devient rapidement le cas après qu'elles ont pris des substances et fixé pendant des heures les murs aux papiers peints fleuris jusqu'à ce que les motifs tournoient et représentent la roue du char de Surya, le dieu Soleil. D'autres ont déjà un bébé qu'elles trimballent dans les soirées, comme un petit paquet, avant d'écrire une lettre piteuse à leurs parents, dans le Midwest, les suppliant de prendre le petit être qui est la plus grande erreur de leur vie et dont elles ne peuvent s'occuper. Mais la plupart du temps elles vont en compagnie de grands garçons maigres dans les librairies ou les parcs écouter des poètes qui leur rapportent d'Asie les enseignements des gurus. Parfois dans le public quelqu'un se lève et rend hommage au « moi étincelant », ou bien il pointe le doigt vers le ciel et déclame un vers d'Allen Ginsberg,

> *Moloch dont l'amour est pétrole et pierre sans fin !*

Tout à leur quête du cactus hallucinogène, les amis français de Quérillot abordaient tout le monde dans les soirées et cette attitude était considérée comme anti-hippie, trop insistante ; la drogue devait s'inscrire dans un programme plus global, tenta de leur expliquer un jeune homme qui portait une barbe énorme, pleine de poussière et de peluches de laine, une barbe qui retenait beaucoup de mie de pain dans son maillage serré. « Il faut vous demander pourquoi vous recherchez toutes ces choses, ce que vous attendez d'elles », dit le barbu ; il attendait, pour sa part, de connaître une expérience fusionnelle, et atteindre l'accord parfait. Il était accompagné d'une fille avec une coupe au bol, qui complétait ses phrases. Elle ajouta quelque chose à propos du bouddhisme zen et du philosophe Marcuse puis elle secoua la tête et dit à l'homme « Laisse-les, avec leur énergie négative ». « *Love is the only drug* », chantonna le barbu, en écho. Les Français ricanèrent, mais Quérillot eut un peu honte d'eux, car ils étaient incapables de se taire et d'observer avant de sauter sur les gens, de façon embarrassante et presque agressive. Mais dans le même temps il commençait à être contaminé par la fièvre de ses compatriotes, et l'idée de prendre du peyotl devint sinon une obsession, du moins un objectif à moyen terme, et il comprit qu'il ne l'atteindrait jamais en leur compagnie. Ils étaient trop nombreux, trop bruyants, or il y avait un dicton qui disait « Tu ne trouves pas le peyotl, c'est le peyotl qui te trouve » ; s'il était vrai, leur présence tapageuse risquait d'effrayer le petit cactus. Il valait mieux rester seul pour laisser venir à lui la plante magique. Surtout, ses compagnons l'ennuyaient : ils étaient des petits cons pédants, et leur arrogance était sans limites.

Quérillot trouva un prétexte quelconque pour fausser compagnie à la bande de Français, et tracer son chemin solitaire. Il décida de suivre une des routes de migration du petit peuple nomade à vestes frangées et chemises à fleurs, et l'une d'elles s'enfonçait vers le sud, jusque dans les profondeurs de l'Amérique centrale. Il prit le car qui descendait à Los Angeles où il comptait passer quelques jours mais en arrivant au terminus, à la gare centrale, il décida de monter dans un autre car pour pousser plus au sud ; il avait l'impression que Los Angeles allait l'aspirer et casser son élan qui l'entraînait loin du barnum américain, vers le pays des fous véritables et des dieux à tête de jaguar. La joue écrasée contre la vitre du car, il regarda défiler les dernières banlieues de la ville interminable. Il pensait à Gudsonn.

3

Un moment, Quérillot avait hésité à lui proposer de le suivre dans son périple. Il aimait bien Gudsonn. Pourtant ils n'étaient pas devenus amis, car le Norvégien était assez bizarre, il parlait peu en dehors du travail, il était même franchement asocial. Il ne s'autorisait aucune fantaisie et vous ne l'auriez même pas vu tenter un panier avec un brouillon froissé dans la corbeille à papier. Gudsonn jouait quatre heures au tennis, chaque semaine : c'était tout son loisir. Il n'était presque jamais apparu dans les soirées organisées par les fraternités du campus. Une seule fois, il s'était rendu à l'une d'elles et il avait regardé des étudiants de premier cycle jouer au *beer pong*, c'est-à-dire gober des balles de ping-pong et les expulser en visant une planche trouée avant de se rouler par terre, souillés de vomi. Il était resté une heure, en silence, et il était parti.

La plupart des gens avaient tranché son cas en jugeant que Gudsonn était un connard hautain. Pourtant Gudsonn n'avait rien de hautain, seulement il était timide au dernier degré et cette timidité prenait parfois la forme de la brutalité, parce qu'il ne savait pas être suave et rond, et enthousiaste. Si une idée était fausse, si un calcul était erroné il ne savait faire autrement que de le relever abruptement, et l'auteur du calcul erroné en prenait ombrage, sans s'aviser que la colère de Gudsonn visait l'erreur elle-même, non son auteur. L'erreur était, dans l'esprit de Gudsonn, un crime. Elle lui provoquait un dégoût physique. C'est précisément ce qui avait plu à Stoddard, et c'est ce qui plaisait à Quérillot. Son intégrité, qui confinait au fanatisme. Son côté moine-soldat de la mathématique, pas flagorneur, pas arrangeant pour un sou. Mais la plupart le prenaient mal, bien sûr. Gudsonn ne semblait pas comprendre que les gens étaient atrocement susceptibles et vaniteux et qu'il aurait fallu, à chaque instant, entraver la recherche de la vérité pour panser les plaies d'individus qui faisaient si grand cas d'eux-mêmes. Il ne semblait pas comprendre qu'il fallait, en toutes circonstances, ménager les gens. Et ceux qui critiquaient la raideur de Gudsonn ne s'avisaient pas que Gudsonn exerçait la même brutalité à l'égard de lui-même. Qu'il reconnaissait avec la même raideur ses propres erreurs de jugement – mais il est vrai qu'il en commettait rarement.

« Ce n'est pas un marrant », disait-on de Gudsonn. Mais Quérillot avait remarqué que souvent les marrants étaient des menteurs, et des incompétents. Non, Gudsonn n'était pas là pour « rigoler ». Il n'était pas un clown, et alors ?

Il n'était pas suave, il était raide, et alors ? On savait peu de choses de lui, à part qu'il venait de la petite bourgeoisie de Bergen, une ville portuaire où il flottait à peu près toute l'année, une cité qui s'était construite sous un rideau de pluie quasiment ininterrompu. Évidemment elle devait forger des caractères résistants, des gens qui ne se suicident pas à la première déconvenue. Disons que ceux qui avaient survécu à Bergen, ceux qui y avaient grandi et ne s'étaient pas suicidés promettaient d'être de solides gaillards. Et bien sûr la ville norvégienne noyée sous la pluie ne devait pas non plus accoucher de nombreux clowns, reconnut Quérillot. La scène comique, à Bergen, était nécessairement limitée. C'est à peu près tout ce qu'on savait de lui, en dehors de son talent de mathématicien, qui correspondait avec les algébristes du groupe Bourbaki. Et les gens qui n'avaient pas envie de creuser plus loin avaient décrété une bonne fois pour toutes que Gudsonn était un ours rendu méchant par la pluie, doublé d'un orgueilleux.

Étrange, il l'était assurément. Méchant, non. Seules quelques filles avaient tenté d'en savoir un peu plus, sans le moindre succès. Elles sont parfois moins stupides que les hommes, et quelques-unes rêvaient de coucher avec Gudsonn, le colosse impénétrable, le matheux et sa crête de cheveux blonds, mais celui-ci semblait préférer sa raquette de tennis. Une fois, Quérillot l'avait vu jouer. Il matraquait comme un métronome, à droite, à gauche, en fond de court. Puis il se dirigeait vers le filet à grandes enjambées et saluait l'adversaire de façon un peu guindée, abrupte, il lui tendait la main ou plutôt la lui jetait et secouait celle de l'autre comme un prunier, avant de regagner la petite chambre qu'il occupait sur le campus, pour travailler jusqu'à l'épuisement. Voilà un homme, pensait Quérillot, avec admiration.

4

Quérillot arriva à San Diego à la nuit tombée. Le bus pour El Paso avait déjà quitté la gare routière et il n'en partait pas d'autre avant le lendemain. Il traîna un peu sur la plage. Seul et libre, face aux rouleaux du Pacifique : cette situation ne se représenterait peut-être jamais. Il songea qu'il ne connaissait pas grand-chose. À dix-sept ans, il était passé à côté des filles, retranché derrière ses lunettes de myope léger, dans une classe préparatoire du lycée Saint-Louis. Puis l'admission à l'X, la vie de caserne en plein Quartier latin. Quelques fêtes. Son pucelage perdu dans une cage d'escalier, en marge d'une surprise-party, rue Blanche. Mai 68 était passé sous ses fenêtres : il avait voté la suspension des cours et des examens, mais profité de cette vacance pour se plonger dans d'énormes livres de Fernand Braudel qui racontaient l'histoire des foires en Haute-Champagne, et le cycle du blé. Quatre mois d'école militaire d'application à Bourges, puis huit mois de service à crever d'ennui sur la base de Satory, dans les Yvelines, sans que le quitte jamais le sentiment aigu d'être déguisé dans son uniforme de sous-lieutenant. Après l'X, malgré un classement qui lui ouvrait le corps des Mines, il avait décidé de faire de la recherche en économie. Il était parti en Amérique. Sur le campus de Berkeley, il s'était affranchi davantage, mais rien d'extravagant non plus. Il n'avait couché qu'avec trois filles (la dernière en date était Patty, cette étudiante de premier cycle qu'il avait recrutée pour l'épauler, et s'occuper de modéliser la raréfaction des ressources naturelles).

Libre ! Il traîna dans les bars et se glissa voluptueusement dans son nouveau personnage de bourlingueur, le pas léger, l'œil avide. À Ocean Beach, le fief des hippies, les forces en présence semblaient neutralisées par la chaleur, jeunesse contestataire et flics à moustache du San Diego Police Department étaient vaincus par elle, et le soleil qui les traquait partout. Ils n'avaient plus le courage de s'affronter et personne, de façon générale, ne semblait en mesure de prendre la moindre initiative. Quérillot croisa une étudiante de Berkeley, qui gravitait dans la bande des types de KPFA, la radio gauchiste du campus. Le genre sale, échevelée et sexy. Elle portait un minishort en matière souple, qui épousait gracieusement la forme de son sexe. Un petit sac à franges lui battait les hanches ; elle l'avait décoré en cousant dessus des écussons de couleur. Ils marchèrent sur la plage, où s'étaient formés de petits groupes. Une voix entonnait une plainte de Woody Guthrie, accompagnée par une guitare sèche. Le ressac la recouvrait par intervalles, et les vagues en se brisant faisaient le bruit d'un millier de perles. Le dieu de l'amour couvait ses petits-enfants et leurs rites inoffensifs, leurs danses, leurs caftans volés à Katmandou. Quérillot tira sur un joint. La fille ramassa un bâton : sur le sable mouillé, elle dessina la trompe de Ganesh, le dieu éléphant.

*

Le film *Soleil vert*, de Richard Fleischer, venait de sortir et la fille proposa de se joindre à deux de ses amis qui allaient le voir, dans le centre-ville. Quérillot suivit, bien décidé à passer la nuit avec elle. Les copains de la fille les attendaient dans un bar collé au cinéma. Ils étaient des grands garçons avec des taches de son, des mollets comme des troncs et des cheveux courts, qui se présentèrent comme des champions universitaires de football américain.

En sortant de la séance, ils allèrent boire des margaritas dans un club mexicain. Les deux sportifs assommèrent Quérillot de questions sur l'Europe (l'un d'eux était persuadé que la France et l'Italie étaient occupées par l'Armée rouge, et les dénégations de Quérillot ne le convainquaient pas, il insistait, « mon oncle m'a dit que vous étiez du côté des *rouges* »). Puis ils lui tournèrent le dos, et commentèrent le film : le tableau d'un New York caniculaire et congestionné, au bord de l'implosion, la performance des acteurs. Quérillot écoutait distraitement, bien tassé au fond de lui-même : il songea que derrière les outrances propres au cinéma de genre, il se pourrait bien que le scénario nº 8, accouché par le rapport 21, ressemble à *Soleil vert*. La scène finale du film, quand le flic joué par Charlton Heston hurle à la foule des miséreux qu'ils sont les jouets de puissances sans foi ni loi, que les petites pastilles dont on les nourrit sont fabriquées avec la chair de leurs propres morts, était prémonitoire : les prophètes de malheur sont rarement écoutés. Quérillot rit silencieusement. Un des types l'interpella :

— Qu'est-ce que t'as à te marrer, toi ?

— Rien. Je me marre, c'est tout.

Les deux champions avaient l'air soupçonneux. À observer ces deux solides Américains, il n'était pas difficile de deviner que le rapport 21 ne changerait pas la face du monde. L'éveil des consciences se heurterait à une donnée simple : l'homme était à peu près incapable de se représenter le changement radical d'une situation. Il pouvait à la limite se représenter l'aggravation ou l'amélioration d'une tendance ; l'effondrement, soit un brusque renversement des événements, excédait ses capacités d'imagination. *A fortiori* l'homme de l'après-guerre, l'homme insouciant et glorieux, le champion et bénéficiaire de la croissance effrénée ne le pouvait pas, car on ne lui avait jamais rien arraché brutalement. Lui-même, qui avait planché deux années sur l'avenir du monde, n'était pas parvenu à traduire les données du scénario nº 8 en images, même grossières. La dynamique des systèmes permettait de savoir assez exactement ce qui pouvait se passer ; mais pour se représenter et sentir cet éboulement un autre langage était nécessaire et peut-être était-ce celui de la poésie, reconnut Quérillot à contrecœur. Elle avait senti les choses bien plus tôt. Ce que les quatre de Berkeley avaient assemblé péniblement sous forme de graphiques et de tableaux statistiques, le Poète l'avait ramassé en une vision fulgurante. Il avait vu l'horreur contenue dans la civilisation des Machines, même lorsqu'elle empruntait les atours sympathiques d'une fille bien carrossée qui léchait une glace fraise-vanille devant la vitrine d'un concessionnaire automobile. Le Poète avait vu l'effondrement des tours, les famines, les faces caves et effrayées. Il avait pressenti que la démesure de ce monde portait, en germe, sa destruction future.

> « Moloch dont la poitrine est une dynamo cannibale ! »

Tout était là : il n'y avait rien à ajouter. Il fallait abattre Moloch (la civilisation industrielle) et le réduire en cendres, ou partir. Les deux champions et la fille sursautèrent. Il avait écrasé son poing sur la table, et parlé à voix haute. Il était ivre.

— Qu'est-ce que t'as ? T'es pas bien ?

— C'est un poème... de Ginsberg... marmonna Quérillot.

— Ah oui, s'esclaffa un des sportifs. Ginsberg, le mec cradingue, avec sa barbe de... de... Moïse.

— Oui, c'est ça ! Moïse, répéta l'autre.

— Vos gueules, dit la fille.

Quérillot regarda les deux gars qui respiraient la santé, leur physionomie sans malice. Il était évident qu'il n'y avait rien que le monde puisse apprendre à ces deux-là, sauf à leur confirmer qu'ils étaient de splendides éléments, des sportifs accomplis et qu'ils allaient fondre sur l'avenir comme deux éperviers pour le dépecer et s'en régaler, dans un de ces cabinets d'avocats dont le nom ressemble à une marque de pompes anglaises (Sullivan & Cromwell, Debevoise & Plimpton, Machin & Bidule). Il respectait la grande force que dégageaient leurs faces rouges, leurs mâchoires d'acier. Était-il si différent d'eux, d'ailleurs ? Il rétropédala.

— Laissez tomber. Oubliez-moi. Désolé de vous avoir interrompus.

Abattre Moloch ! Ce n'était plus son problème. La seule urgence qui requérait son intervention était la bouche de la fille, une bouche sombre et charnue qui était plus que jamais, à cette heure avancée de la soirée, un orifice sexuel, mais aussi des hanches et des fesses et un grain de beauté sous l'œil droit. Et aussi les verres de margarita abondamment tapissés de sel, qui infligeait aux lèvres une brûlure agréable. Cela, seul, était réel. Ce n'était pas un scénario, ce n'était pas une prédiction : seulement une sensation qui détruisait à la fois le passé, et l'avenir.

Quérillot décida de se concentrer sur ce type de sensations.

*

Ils passèrent la nuit ensemble dans une colocation et ils firent l'amour très doucement parce que la cousine de la fille dormait sur un matelas, dans la même pièce, et tout en pénétrant la fille Quérillot se redressa pour regarder la dormeuse dont la tête seule émergeait d'un amas de couvertures douteuses mais la dormeuse ne dormait pas, elle les fixait d'un œil jaune de crocodile, un œil plein de concupiscence ou de haine, et l'excitation de Quérillot en fut décuplée. Il ne cessa de la regarder jusqu'à la fin, dans une attitude qui tenait du défi et de l'invitation (à un moment les couvertures se mirent à bouger, elle remua un peu et Quérillot crut qu'elle allait se lever pour les rejoindre mais elle s'immobilisa et se contenta de regarder, de son œil ivoire de saurien). Le lendemain, le matelas était rangé le long du mur et Quérillot trouva ses affaires éparpillées dans l'appartement ; 50 dollars manquaient dans son portefeuille. La fille de Berkeley s'excusa mollement et lui dit que sa cousine, à moitié folle, était coutumière de la chose, qu'il n'y avait rien à faire. Il lui dit qu'il voulait descendre au Mexique, la fille rit et répondit que justement sa cousine ambitionnait d'y aller pour prendre des champignons, il y a une sorcière là-bas qui en donne aux hippies, ajouta-t-elle, sans plus de précisions.

— À toi de voir, si tu veux voyager seul tu peux toujours prendre le bus, mais le trajet est assez horrible, il dure quasiment vingt-quatre heures, tu paies 75 dollars pour te faire tasser les vertèbres et écrabouiller par ton voisin en écoutant des mariachis à la radio.

— OK, dit Quérillot qui se retrouva dans une Volkswagen Beetle verte marbrée de rouille, modèle 1966, avec la fille aux yeux jaunes et son petit ami qui avait l'air d'avoir seize ans. Les deux ne s'occupaient pas trop du Français et parlaient sans discontinuer d'une chamane qui vivait à Huautla de Jiménez, une femme aux pouvoirs extraordinaires. Le voyage commença par la traversée de la frontière. Tijuana prolongeait San Diego : un mur, cependant, la séparait de sa jumelle américaine. Il courait jusqu'à la mer.

— Évidemment, c'est plus facile de traverser dans ce sens-là, ricana la fille.

Quérillot mourait d'envie de lui demander pourquoi elle lui avait volé les 50 dollars, et il admira qu'après l'avoir détroussé, sachant qu'il le savait, elle n'ait pas l'air gênée pour un sou, et cette absence de gêne la rendait excitante, malgré le fait qu'elle soit assez laide. Et aussi Quérillot aurait voulu lui demander pourquoi elle ne les avait pas rejoints, dans le lit, mais le petit ami avait l'air un peu inquiétant. Étudiant à Nevada City, il portait à la ceinture un Opinel rangé dans un étui, et semblait intarissable sur les soucoupes volantes, l'affaire Roswell, et les anciens nazis qui contrôleraient l'industrie américaine. Il dit à Quérillot qu'il ne servait à rien de s'emmerder avec un boulot car tout cela (et alors il eut un petit mouvement circulaire de l'index qui semblait désigner la planète entière) serait englouti. Seules quelques zones montagneuses resteront émergées, dit-il, et ceux qui auront eu la bonne idée de s'y réfugier seront ramassés par des soucoupes pour aller dans une autre galaxie créer des colonies de peuplement et fonder une humanité nouvelle. De temps à autre il passait la langue sur ses grosses lèvres, comme on lustre un outil de travail.

Quand ils passèrent Chihuahua, Quérillot commençait à se lasser de leur flot incontinent et se plongea dans la lecture de l'édition de 1970 d'un guide prisé par les autostoppeurs (*Le Mexique et le Guatemala avec moins de 10 dollars par jour*), qui traînait sur la banquette arrière. Il ne décrocha plus un mot. Tandis que défilaient les déserts et les petites villes laides du nord du Mexique, qui grignotaient chaque année un morceau de désert, il commençait à comprendre ce que Gudsonn avait voulu dire, une semaine avant son départ, un soir où ils avaient marché ensemble sur les hauteurs de Berkeley, par *entendre le bruit de l'effondrement*.

*

C'était la première fois qu'il se livrait. Ils s'étaient croisés dans un parc floral appelé le Rose Garden, perché sur une colline, au-dessus du campus. Quérillot venait de quitter Patty, qui habitait dans le coin, et avait décidé d'y entrer pour respirer le parfum d'herbe coupée et de fleurs pourries. Les plantes poussaient sur les gradins d'un amphithéâtre en plein air, construit à flanc de colline, d'où l'on jouissait d'une vue sur la Baie et le Golden Gate. Depuis le sommet des gradins, Quérillot avait aperçu Gudsonn en contrebas, assis sur un banc, en train de caresser le feuillage clair et liseré de blanc d'un fusain du Japon, les yeux clos. Le Norvégien parlait seul, à voix basse. Il était assis à l'équerre, comme Quérillot l'avait toujours vu faire, mais en s'approchant il vit que son collègue était plus pâle qu'à l'accoutumée. Ses traits, d'ordinaire d'une fixité remarquable, étaient tordus par un dialogue intérieur, et Quérillot eut le sentiment de surprendre une dispute intime où les protagonistes sont pris entre la colère et la nécessité de ne pas hausser le ton, pour ne pas attirer l'attention. Il avait décidé de ne pas déranger son collègue, rebroussé chemin et attendu le Norvégien à la sortie, où il feignit la surprise en tombant sur lui. Ils étaient rentrés ensemble, par les rues en pente abrupte qui descendaient jusqu'à Shattuck Avenue. Gudsonn s'était mis à parler. Il avait dit que son pays lui manquait, et qu'il venait dans ce coin parce qu'on y avait construit de petits chalets en bois, qui lui rappelaient la Norvège. Il avait dit que de son pays il aimait les matins d'hiver, « quand l'aube révèle la terre immobile des grands froids ». Il avait parlé fébrilement, en se frottant les mains.

— Il faut modifier notre regard sur les choses, Paul. Regarder chaque morceau de terre comme une parcelle d'un tout épuisable et fini. *Éprouver* la surface limitée de toute chose. Mentalement. Et dans le même temps, éprouver l'emprise humaine sur le monde. Son emprise grandissante. Chaque hectare de nature sauvage irrémédiablement perdu. Il faut laisser la panique gagner, et tirer *toutes* les conséquences du rapport. Cela signifie : inverser la direction du monde. Inverser la force énorme d'expansion. Moi, j'ai entendu le bruit de l'effondrement.

Quérillot n'avait rien dit. Il s'était demandé si Gudsonn n'avait pas bu. Que s'était-il passé, chez son collègue nordique ? Pendant tout le temps de leurs recherches, le Norvégien était apparu exclusivement préoccupé par la perfection du modèle, comme s'il n'avait pas saisi les implications concrètes du rapport derrière le brillant exercice de simulation. Il avait voulu, pour reprendre les mots de Stoddard, bâtir « une cathédrale de systèmes dynamiques » : il n'avait pas vu la nature saccagée, les famines, la destruction. À présent, il avait des accents mystiques – comme s'il avait enfin reçu l'horrible prédiction dans le plexus, de façon différée. Ils marchaient côte à côte, dans les rues vides. Au-dessus d'eux, les nuages défilaient en formation rapprochée. Quérillot l'avait raccompagné jusqu'au pied du bâtiment où Gudsonn louait une chambre, sur le campus. À présent, il comprenait mieux ce que le Norvégien avait voulu dire. Seulement, il préférait tenir tout cela à distance, en faisant le chemin inverse de Gudsonn. Précisément, il s'efforçait de ne pas trop imaginer les couleurs du désastre, afin que tout cela demeure un ballet d'équations sur des cartes perforées. Son instinct lui dictait de rester dans son couloir de nage et de laisser les autres faire la révolution.

*

À Mexico, Quérillot prit congé du couple et descendit dans une auberge de jeunesse, près du Zócalo envahi par les marchands ambulants. Il passa quelques jours à flâner dans la ville gigantesque et sale. Dans la capitale mexicaine, la route du petit peuple nomade et contestataire se séparait en deux : celle du sud conduisait dans l'antre de María Sabina García, la sorcière de Jiménez avec ses champignons magiques, et celle de l'ouest filait jusqu'à la côte Pacifique. Il choisit la deuxième et prit un bus pour Oaxaca, puis Puerto Escondido. Il y passa quatre jours à fumer sur la plage de Zicatela, en regardant les surfeurs américains que les petits Mexicains dévoraient des yeux comme s'ils étaient des dieux vivants, aussi mystifiés que l'avait été l'armée de Moctezuma devant les hommes de Cortès, confondu avec le dieu Quetzalcoatl. Un matin, l'un d'eux, un grand blond au regard éteint par la dope, cassa la queue de sa planche et la donna à un de ces enfants. Le garçon hurla de bonheur et d'autres plus costauds attendirent que le dieu blond s'éloignât pour se jeter sur lui et la lui arracher. Quérillot observa la scène sans broncher. Il fut un peu choqué, mais il était gagné par la torpeur et il considéra que les choses qui avaient lieu devaient avoir lieu, qu'il ne servait à rien de lutter contre la violence du monde. Il prit des champignons que lui fila gracieusement un Hollandais, un banquier qui avait tout plaqué pour venir s'échouer au bord du Pacifique et se faisait plumer par les locaux qui lui louaient un hamac à 10 dollars la nuit. Quérillot eut une courte hésitation : qui sait si on se remet tout à fait de ces trucs-là, qui sait si on ne garde pas de séquelles ? D'une certaine façon il jouait avec son outil de travail, comme on racontait qu'un célèbre intellectuel allemand avait joué avec le sien en prenant du LSD dans la vallée de la Mort en compagnie de deux jeunes disciples. Mais Quérillot décida qu'il ne serait pas bégueule alors il y alla à fond, le décor était propice, la mer était festonnée de bandeaux écumants et le soleil descendait sur elle avec la solennité d'une grosse soucoupe. Sans doute, ces champignons étaient moins mémorables que ceux de la prêtresse de Huautla de Jiménez et néanmoins Quérillot s'aperçut qu'une vie souterraine grouillait sous le sable ; il colla son oreille sur le sol, comme un Sioux, pour s'émerveiller des cités entières qui vivaient là-dessous et que, seul, il savait exister. Puis la sensation devint désagréable quand il vit que le ciel se rapprochait et menaçait de l'écraser, alors il se mit à creuser frénétiquement dans le sable, afin de rejoindre le monde souterrain avant d'être aplati par le ciel, comme une mouche.

Le lendemain, il s'installa contre une souche de bois flotté dont la blancheur évoquait inévitablement celle d'un os géant (un tibia de diplodocus qui aurait été nettoyé par des ptérodactyles). Il se fit apporter des petits beignets au poisson, et de l'alcool. De temps en temps il levait le nez et regardait les surfeurs, leurs corps longs et souples. Il admira leur grâce quand ils sautaient sur le morceau de bois et se tenaient arqués, comme des chats prêts à bondir. Il ne pouvait détacher ses yeux de ce spectacle et aussi il les regardait quand ils sortaient de l'eau, repus, extatiques, clignant des yeux et babillant des petites choses sans conséquence, à propos du soleil et de l'eau, des choses purement descriptives et incontestables, et Quérillot comprit qu'il était attiré par eux. Il fut désarçonné : était-ce un effet persistant du champignon, ou bien était-ce un élément de son moi profond qui avait attendu des circonstances particulières (l'os géant, le sable, le soleil blanc) pour apparaître ? Il regarda mieux les surfeurs, qui s'échangeaient des amabilités et des bourrades et des « *yeah, man* » et il comprit que leurs corps seuls ne l'attiraient pas. C'était aussi leur air parfaitement stupide qui l'attirait, la rencontre de leurs corps admirables et de leur air parfaitement stupide, leur air stupidement béat qui se contentait d'accueillir les rayons de soleil sur leur peau, et aussi leur nonchalance et leurs petits bruits d'animaux yankees, de petites brutes cool qui faisaient s'agrandir tout ronds les yeux des Mexicains qui les volaient en leur vendant des bières plus cher qu'ils ne l'auraient jamais rêvé et ne les en admiraient que davantage (car se laisser voler aussi nonchalamment était pour les Mexicains le signe d'une aura magique). Leur corps, pensa Quérillot, était plus intéressant que celui de leurs petites amies qui folâtraient sur la plage, dans leurs tuniques de squaws hippies ; il pensa aussi que le corps des surfeurs ne leur appartenait pas, qu'ils étaient trop stupides pour habiter vraiment cette enveloppe admirable et qu'il était possible, et même légitime de les regarder comme des objets charmants, des hommes-objets. Il pensa à l'Opinel de l'étudiant à Nevada City et aussi au meurtre perpétré sur une plage, à cause du soleil, dans un roman français. Il était excité, et d'un autre côté il ne bandait même pas. Il s'en tint là, d'ailleurs. Il partit le lendemain. Il rentra à San Diego, en repassant par Mexico. De là, il fit du stop jusqu'à San Francisco.

5

De retour à Berkeley, il se rendit dans la colocation qu'il partageait avec un étudiant en linguistique, en bordure de l'université, et releva le courrier. Il y avait une lettre des Dundee accompagnée d'une carte postale de Notre-Dame de Paris, l'informant qu'ils « continuaient à porter la bonne parole », et aussi un article du *Monde* plié en quatre retraçant leur tournée française. Occupant une pleine page, l'article était titré :

« QUATRE SCIENTIFIQUES TIRENT LA SONNETTE D'ALARME »

Le mot « quatre » avait été souligné : il est évident que les deux Américains avaient mauvaise conscience, qu'ils se doutaient que Quérillot souffrait d'être sur la touche. Deux mois plus tôt cela n'aurait pas déplu au Français qu'ils culpabilisent un peu, mais à présent il n'avait plus vraiment de ressentiment, de ce point de vue les champignons avaient fait leur effet. La lettre des Dundee lui semblait venir d'une planète très lointaine. Il n'était pas en roue libre, pourtant, il n'avait aucune intention de laisser son errance se prolonger au-delà du raisonnable, seulement il n'en avait pas fini avec elle. Donc, il reprit ses quartiers dans sa colocation mais il ne dit pas à ses camarades du département d'économie qu'il était rentré, et s'aventura un peu dans les bars gays de Castro, pour voir. Il savait qu'il devait aller jusqu'au bout de cette histoire de surfeurs, de corps anguleux et plats. Au début il ne fit qu'observer. Il admira les drag-queens déguisées en bonnes sœurs, et aussi les héros de cuir avec les pince-tétons et leur émouvante fraternité. Il les trouva grotesques mais aussi admirables en un sens, il fallait imaginer tout ce qu'ils avaient traversé avant d'en arriver là, à porter une moustache et un débardeur et à déambuler déguisés en Indiens queers. Ils sont des pures volontés, pensa Quérillot, de purs accomplissements, et leur fréquentation est galvanisante, parce qu'ils vous poussent à être exactement ce que vous voulez être, sans aucune transaction. Et qu'est-ce qu'il voulait être, lui, Quérillot ? Il n'en savait rien, mais ces quelques mois de vagabondage lui permettaient d'éliminer quelques options. Il ne voulait pas être Eugene et Mildred Dundee, non, il ne voulait pas être un moine-soldat du combat contre la société industrielle, en guerre contre son temps. Il ne voulait pas non plus devenir un hippie dupe de tout ce cirque, une loque précocement édentée qui croirait réellement que les substances hallucinogènes sont un passeport vers la connaissance de soi. Et il ne voulait plus être un scientifique austère, vivre dans le microcosme où Stoddard avait fait sa carrière, dans les petits bureaux exigus de la tour du Evans Hall, occupé à rédiger des articles pour *The Economist Review*.

Dans les bars de Castro, il flirta un peu, mais ne ressentit rien de comparable au trouble qui l'avait pris à Puerto Escondido. Il comprit que l'attirance qu'il avait éprouvée pour les jeunes surfeurs était supérieure et que cela tenait à une raison très simple : les jeunes surfeurs étaient de petites brutes hétérosexuelles, qui ne pouvaient pas envisager un instant l'amour avec un homme, et c'était précisément cela qui lui plaisait tant. Cela rendait l'affaire très compliquée. Il décida de s'en tenir là et il retrouva, intact, son appétit pour l'odeur boisée des filles.

*

Un mois plus tard, alors qu'il était allongé sur son canapé et digérait une côte de bœuf dégustée en compagnie d'un compatriote aux projets indéterminés (photographie de nus, ouverture d'une lamaserie, concours de la fonction publique), Quérillot reçut un coup de téléphone du paternel qui s'inquiétait. Qu'est-ce qu'il foutait depuis trois mois ? Visiter la Californie ce n'était pas un travail, il allait falloir qu'il redescende sur terre, et le fils répondit qu'il était un chercheur de vingt-cinq ans et le propriétaire d'un compte à la Bank of America où ne tarderaient pas à s'entasser 30 000 dollars, lorsque ses droits d'auteur du rapport lui seraient versés ; de sorte que le ton paternaliste, le ton condescendant, le ton autoritaire qui ne disait pas son nom, ça ne marchait plus. Cela, il fallait que son père se le mette tout de suite dans le crâne. Et sans doute il était difficile de découvrir que l'on ne commande plus rien ni personne, mais il ferait mieux d'en prendre son parti. Donc tout doux, *padre*.

Cela étant dit, Antoine Quérillot était un homme dont il appréciait les conseils, un type assez avisé. Il était un de ces technocrates qui s'étaient recasés avec succès dans l'industrie, caste de gens pragmatiques, héritiers du Centre polytechnicien d'études économiques de l'entre-deux-guerres, également méfiant du soviétisme et du laisser-faire anglo-saxon, refusant longtemps de choisir entre la peste et le choléra (ce jusqu'à ce que la peur des chars russes, l'âge et son portefeuille d'actions aient raison de son sens de l'équilibre, et le fassent nettement pencher du côté du choléra). Mais surtout, il faisait partie de cette génération qui avait pris des décisions très rapides qui engageaient leur vie entière, parce que c'était la guerre, faut-il partir en zone libre, faut-il rester, faut-il laisser oncle Hugues en le confiant à un voisin, faut-il embarquer oncle Hugues mais celui-ci tiendra-t-il le coup sur la route sous la chaleur de juin, faut-il retirer tout son argent de la banque, ce genre de questions. Ces gens-là avaient une certaine expérience de la vie. Quérillot fils vida son sac :

— Voilà, je sais plus trop quoi faire.

— Tu sais plus trop.

— Non. J'ai bossé comme un âne pendant trois ans et puis je me suis bien amusé et tout, mais voilà, c'est comme si j'arrivais au bout.

— Au bout de quoi.

— D'un cycle.

— Ah oui. Bon.

— Et qu'est-ce que tu ferais, toi ?

— Moi ?

Le père réfléchit. Puis :

— Tu as fait de la recherche, c'est bien. Mes copains de l'X disent que ton rapport c'est des théories, disons, un peu *tsoin-tsoin*, mais c'est bien, je suis fier de toi. Attention, tu ne vas pas changer la marche du monde, hein, mais ça c'est un autre sujet. L'argent appelle l'argent, le progrès appelle le progrès. C'est comme ça. Bon, tu as tracé ton chemin en Amérique. Bien. Tu sais ce que je pense de la recherche universitaire. Je le pense toujours. Certaines personnes sont faites pour s'abîmer les yeux et faire des colloques. Il y en a toujours eu. Ce sont les scribes. Ils sont nécessaires. Une société a besoin de scribes. Mais tout le monde n'est pas fait pour être scribe. Certains sont faits pour aller à la guerre. Certains sont faits pour prendre un sabre, détruire l'ennemi, le piller et planter sa tête sur un pieu, pour laisser un message. Tu comprends ? Toi, tu es un Quérillot. Tu n'es pas un scribe. Tu es un guerrier. Comme Marcel Dassault, Rockefeller ou Gengis Khan. Je l'ai toujours senti. Tu comprends ?

Paul Quérillot soupira. Il connaissait cette chanson par cœur. Déjà, quatre ans auparavant, à sa sortie d'école, lorsqu'il avait choisi la recherche plutôt que de rejoindre le corps des Mines, le père avait tiqué. Seulement, il ne pouvait pas reprocher grand-chose à Paul, qui avait rempli les deux clauses du contrat : passer le concours de Polytechnique, et sortir dans les cinq premiers.

« Tu es un Quérillot », avait dit Quérillot le Vieux. Quérillot fils se rejeta sur son canapé. Invoquer les mânes d'un esprit de famille, qui s'imprimerait à chaque nouveau rejeton de la lignée, lui paraissait une connerie très profonde, une connerie moyenâgeuse. Le patriotisme n'était déjà pas trop sa tasse de thé mais alors l'esprit de clan, la fierté de celui qui se rengorge en faisant la liste de tout ce qui ne changera jamais. *On est ceci ou cela*, avec le jabot bien gonflé, c'est aussi à cause de ce discours que les centaines de paumés qu'il avait croisés dans son odyssée californienne s'étaient barrés de chez eux, pour échapper à la malédiction du sang et de la terre qui ne mentirait pas, et révélerait les hommes à eux-mêmes, foutaises.

Il passa une journée à essayer de décaper cette phrase poisseuse, ce rappel aux origines par-delà l'Atlantique. Il alla au cinéma, prit une séance en cours (*Serpico* de Sidney Lumet, avec Al Pacino en flic intègre en butte à la corruption généralisée), acheta des bières chez un épicier italien, rameuta une connaissance chez lui, lui fit l'amour, et pendant que la fille faisait ses ablutions dans la salle de bains il attrapa le premier bouquin à portée de main et tomba sur *System Dynamics*, le livre de Stoddard. Couverture crème, méticuleusement plastifiée par ses soins : c'était un ouvrage de vulgarisation et Quérillot avait lui-même été son étudiant de sorte qu'il n'y avait rien, *a priori*, qu'il puisse apprendre dans ce livre, et pourtant il le feuilleta avec plaisir. Dans l'avant-propos, Stoddard évoquait le but poursuivi par la dynamique des systèmes. Il rappelait qu'elle était un outil véritablement riche, surpuissant. Si elle avait permis à Quérillot et ses collègues d'identifier des problèmes majeurs qui se profilaient à l'horizon (l'appauvrissement brutal de l'humanité, la contraction spectaculaire de l'économie mondiale, les famines), elle pouvait servir à d'autres fins, innombrables. Cela, il ne fallait jamais l'oublier. Quérillot se replongea dans l'ouvrage et c'était comme s'il prenait dix, cent pas de recul par rapport aux trois dernières années de sa vie. Et ce qu'il savait en théorie (l'impressionnant potentiel de déclinaisons pratiques des théories de Stoddard) ne se révélait à lui que maintenant. Il appuya son front contre la fenêtre et observa un jardinier qui ratissait les feuilles jaunes et fauves, sous les grands arbres. Évidemment, il aurait pu rempiler dans l'équipe de Stoddard, celui-ci le lui avait proposé. Ou bien suivre le cours naturel d'une carrière de chercheur et d'universitaire français, qui devait le conduire à vivre dans un appartement tapissé de livres, faire de courts séjours à l'étranger, intriguer pour obtenir une chaire à la Sorbonne, se prémunir contre toute angoisse matérielle et renoncer à être riche, dans le même mouvement. Ce serait, pensait-il, la pente naturelle d'un jeune chercheur ; pas celle, toutefois, de son tempérament. Alors la phrase de son père revint résonner à ses oreilles, mais cette fois-ci elle ne sonnait plus abrutie, elle ne sonnait plus bas du front, elle était chargée d'insinuations, elle lui susurrait à l'oreille, comme le serpent Kaa.

Tu es un Quérillot.

Un guerrier, pas un scribe ! Il repensa aux deux sportifs de San Diego, leur énergie stupide et puissante. C'était le bien précieux qu'il rapporterait d'Amérique. Cette ambition désinhibée, et le goût de l'argent. Quérillot le sentait : pour s'épanouir vraiment, son plaisir avait besoin de l'argent. Il voulait mettre l'argent entre le monde et lui, pour ne choisir du monde que le meilleur, le plus exquis, le plus amusant. N'avait-il pas affronté le couple Dundee sur ce terrain-là ? N'avait-il pas découvert, à cette occasion, sa nature véritable : celle d'un squale avide ? Toujours plus haut, toujours plus avide. Son père lui avait montré le chemin. Et Stoddard lui montrait la manière. Les modèles informatiques, les simulations. L'idée se précisait. Dans ce domaine comme dans d'autres, la France avait dix ans de retard sur les Américains. Un dynamicien des systèmes serait accueilli comme le messie dans les entreprises soucieuses de long terme, désireuses de mieux comprendre le fonctionnement d'un marché.

Il venait de prendre cette décision capitale lorsque la fille sortit de la salle de bains, en culotte, une serviette enroulée sur la tête qui la faisait ressembler à un dignitaire de pays exotique. Quérillot la regarda avec surprise. Il l'avait complètement oubliée, il était d'ailleurs à deux doigts de le lui dire. Elle lui adressa une moue boudeuse, et il eut envie d'elle à nouveau. Il se leva et l'enlaça.

— Mais alors, dit la fille en riant, la douche n'aura servi à rien !

*

Le lendemain, il alla chez Trader Joe's, acheta de grands sacs en papier où il fourra ses fringues de hippie, à l'exception d'une chemisette en coton ornée de bouches de femme et de cornets de glace, une ceinture imitation python, quelques cols roulés et ses pantalons de cuir, mais pour le reste il fourra tout dans les gros sacs et les déposa au pied de son immeuble, au cas où un clochard serait intéressé. Une grosse valise recueillit le reste de ses biens terrestres. Il passa à l'agence Stoneway où il laissa un chèque correspondant à trois loyers, soit la période de préavis, il héla ensuite un taxi pour l'aéroport. Le soir, la fille attendit de longues minutes devant Mister Squid, où il lui avait donné rendez-vous pour dîner. Elle lâcha quelques jurons à l'endroit de la gent masculine, et des petits cons d'intellos foireux en particulier. Puis elle croisa deux amies, qui l'emmenèrent danser.

6

Quérillot jeta un œil à travers le hublot et contempla, à la faveur d'un ciel décapé, la mosaïque familière de parcelles céréalières et des pâturages. Le vieux pays. Il était difficile d'imaginer cette immobilité menacée par le Concorde, les hypermarchés et le marché commun. C'est ce qui se passait, pourtant.

— Ce doit être le Perche, le renseigna son voisin, un homme d'une soixantaine d'années qui ronflait depuis qu'on avait passé Terre-Neuve.

Le steward annonça que l'appareil entamait sa descente. Quérillot ferma les yeux, et fit mentalement une petite cérémonie d'adieu toute simple, pour clore définitivement le chapitre californien qui était une parenthèse utile, qu'il fallait avoir vécue mais qu'il fallait savoir refermer. Ainsi était Quérillot, soucieux d'exploiter le temps qui lui était imparti. Il avait toujours regardé avec un mélange subtil d'admiration et de mépris ceux qui le laissaient filer avec désinvolture. Lui en soupesait chaque unité, en investisseur rusé.

— Vous êtes arrivés à l'aéroport d'Orly.

Et Quérillot sut, tandis qu'il regardait distraitement les petits bonshommes courir sur le tarmac autour de l'avion à l'arrêt, qu'il n'avait pas totalement vécu l'expérience californienne. Il avait roulé sur l'asphalte à l'arrière de bécanes chromées, il avait traversé sous un soleil implacable les avenues larges de la Cité des Anges avec la nonchalance requise, pour acheter une bière à une station-service, le regard retranché derrière le verre fumé de ses Ray-Ban Caravan ; il avait participé à des fêtes peuplées de silhouettes costumées et vu le soleil se lever sur des pelouses jonchées de corps immobiles et repus, mais il avait manqué l'essentiel de l'expérience californienne et hippie. Et cette expérience, l'expérience ultime, consistait à perdre la mesure du temps. Oublier le temps qui file cruellement : cette grâce ne lui serait jamais accordée, du moins de façon durable (il ne comptait pas les moments subreptices où il avait été sous l'emprise de drogues fortes et où il avait eu l'impression que le temps ne s'égrenait plus, qu'il avait atteint un plateau).

Alors Quérillot, qui n'était pas du genre à s'apitoyer sur son sort, ressentit une pointe de tristesse en y songeant, ce qui équivalait chez un autre à une vallée de larmes. Il pensait à tout ça tandis que la pluie giflait le taxi et qu'ils traversaient la ville familière et que pénétrait dans l'habitacle l'odeur de graillon et d'essence mêlés. Ils passèrent Sceaux et ses maisons en meulière, Montrouge et ses usines, et abordèrent Paris par la porte de Versailles.

*

Bientôt ce furent les quais de Seine, les parapluies luisants, les bouquinistes qui bâchent leur étal. À hauteur des Halles, son attention fut attirée par un vide. Jusqu'ici, tout était plus ou moins conforme à ses souvenirs. Il demanda au chauffeur de ralentir et se pressa contre la vitre, fasciné. Les halles de Baltard, les douze élégants pavillons armaturés de fer et de fonte, avaient disparu. Le Ventre de Paris n'était plus. Là où il s'était dressé, s'ouvrait une fosse gigantesque. Il se souvint que son père lui avait parlé au téléphone d'une gare RER, du déménagement à Rungis. Quérillot savait, mais c'était autre chose de voir le trou béant, sillonné de camions et de grues. On aurait dit une carrière à ciel ouvert, en plein Paris. Il imagina les boules de démolition exploser le squelette de fonte, si délicat. Il se rappela les travées bondées, l'odeur de clope et de chou et les montagnes de cagettes vides à la fin de la journée, comme après une orgie. « On ne nourrit pas une ville de deux millions d'habitants sous une halle qui date de Napoléon III », s'était réjoui son père, au téléphone.

Le reste du trajet, jusqu'à la rue Caulaincourt où habitaient ses parents, l'apaisa. Tout était conforme, quelques néons lumineux supplémentaires peut-être, des enseignes plus criardes, au lettrage plus contemporain. Paris n'était plus une promesse depuis longtemps mais au moins Paris tenait-il toujours ses engagements, et ils étaient ceux d'un environnement sale et dense et monumental qui tolérait quelques enclaves interlopes, ce qui était déjà pas mal. Alors la tristesse s'en alla complètement et Quérillot se sentit bien. Il était de retour au pays.

7

Quérillot dîna avec ses parents et leur raconta ses années californiennes, en insistant sur ses recherches à Berkeley. Il revit de vieux copains de lycée et raconta à nouveau, en insistant sur les filles et Haight-Ashbury. On l'accueillit comme un roi mage : il venait les bras chargés de disques survoltés (Lou Reed, Bowie, Sparks, etc.) qui contribuèrent à son prestige au moins autant que sa participation au rapport célèbre (il faut dire que les jeunes Parisiens subissaient l'atroce « rock pompidolien »).

Il passa quelques mois de relative oisiveté, à *laisser voir venir*. Il retrouva avec bonheur les odeurs de cuisine, les vieux parquets et l'ironie frelatée qui fait dire à Cioran que tout ce qui est pourri en lui est français. Il loua un appartement rue de Seine et sous ses fenêtres il y avait un clodo surnommé Mouna qui proposait d'« ouvrir le boulevard Saint-Michel jusqu'à la mer », mais en réalité il avait piqué la formule à un hurluberlu qui s'appelait Ferdinand Lop et racontait déjà la même chose après la guerre. Il coucha à droite et à gauche, vit des hommes décharger des carcasses fumantes dans les petites rues du quartier de la Bourse, signa une pétition pour le désarmement nucléaire, acheta un coupé Fiat et fit la queue pour faire le plein, dans un Paris frappé par les pénuries d'essence.

Ensuite ? Il alla voir *Les Aventures de Rabbi Jacob* au Grand Rex, se brouilla avec une fille qui avait détesté le film, la traita de snobinarde, s'en voulut parce qu'elle était quand même très excitante, visita Bruxelles et le Mont-Saint-Michel. Il marcha sur des planches pourries qui enjambaient des détritus pour aller voir un copain devenu chercheur à Nanterre, mangea son premier ris de veau au petit matin dans un restau près des Halles qui ne fermait jamais. Il lut le traité sur le libre arbitre de Schopenhauer, au début par intérêt véritable, puis par défi, et l'oublia aussitôt le livre refermé. Il trouva que ses parents avaient beaucoup vieilli. Il envoya une lettre à Stoddard pour les vœux de la nouvelle année et regretta parfois la Californie, la lumière sur les plages de Big Sur, et la couleur ocre qui dominait vers la fin de l'après-midi. Il rencontra un universitaire qui avait vu les Dundee pendant leur séjour français, et s'amusa de les imaginer vampirisés par une mondaine qui les appelait « ses petits Américains » et les introduisait à ses invités avec le sourire corrompu d'une vieille maquerelle qui présente ses dernières recrues à son meilleur client.

Plus tard, il traîna dans les cafés, faillit se battre avec un homme qui travaillait aux dépôts de vin de Bercy et qui ne voulait pas laisser son tour au flipper, déjeuna avec un ancien professeur de classe prépa, perdit 350 francs sur le champ de courses de Maisons-Laffitte, mentit en expliquant qu'il avait participé à une orgie dans l'appartement d'un producteur célèbre, à West Hollywood, fut incapable de s'expliquer ce mensonge alors qu'il était avec de vieux amis. Et aussi il regarda un peu autour de lui, pour voir ce qu'il en était, quelle était l'ambiance, dans le petit milieu intellectuel, le microcosme des forts en thème auquel il appartenait.

*

De fait, il se tramait pas mal de choses. Le grand cri vital de 68 s'était calmé et la rébellion s'était réorganisée en une kyrielle de groupes gauchistes qui pullulaient à Paris. Le maoïsme dominait. Dans les colocations aux papiers peints losangés les jeunes gens flirtaient, jouaient au 421, fumaient des Gauloises Caporal achetées à l'unité et feuilletaient les grands cahiers rouges de la revue de Benny Lévy. Le mouvement antinucléaire prenait de l'ampleur. À la centrale du Bugey il y avait eu un gros raout avec vingt mille participants et les gens s'étaient baignés à poil, dans l'Ain. Autour du crâne glabre d'Alexandre Grothendieck, sandales de moine et dégaine de maître yogi, s'agglomérait une petite troupe de très haut niveau, qui publiait une revue avec dessins potaches et articles politiques, *Survivre... et vivre*. Génie des mathématiques, figure majeure de la géométrie algébrique qu'il avait entièrement refondée à trente ans, Grothendieck avait tout planté en 1970, en apprenant que l'institut de recherche où il enseignait recevait des fonds du ministère de la Défense. Les mathématiques ne suffisaient pas à cet homme qui envisageait l'existence comme une guerre totale. Il vivait désormais dans l'Hérault, et conduisait sa petite troupe dans des chemins de radicalité sans retour, proposant même de cesser toute recherche scientifique ; Quérillot se souvint que Gudsonn lui vouait une espèce de culte, et avait même entamé une correspondance avec lui. Or, Grothendieck était de passage à Paris, et donnait une conférence à la faculté d'Orsay. Quérillot y assista. En écoutant le génie au crâne lisse, Quérillot se sentit terriblement terne, mou et institutionnel. Grothendieck faisait partie de cette race d'hommes qui démissionnent avec fracas, et quittent immédiatement une situation si elle ne leur plaît pas. Grothendieck, Gudsonn : race de moines-soldats. Lui, Quérillot, avait la souplesse du roseau.

À plusieurs reprises, dans des cercles d'amis, des garçons ou des filles le félicitèrent de son travail à Berkeley, et lui assurèrent, la voix tremblante, que « le rapport avait changé leur vie ». Il en conçut de la vanité ; mais aussi un malaise, et un sentiment d'imposture. Il avait l'impression que ceux qui le félicitaient tenaient pour acquis que le rapport avait changé la sienne. Tel n'était pas le cas, pourtant. Certes il lui arrivait, au cœur de la nuit, d'entendre le bruit de l'effondrement : le chant infernal des plateformes de forage, le craquement des glaciers, les hurlements d'enfants affamés. Alors il s'efforçait de les convertir en un élégant schéma de boucles de rétroaction, un systèmes dynamiques à la Stoddard, et les bruits disparaissaient.

*

Un soir, il rencontra une jeune fille très désirable, dans un grand appartement de l'avenue de La Bourdonnais. Une fille de grande famille, mille ans de chrétienté coulaient dans ses veines bleues et délicates mais elle était stupide comme une oie, et néanmoins il engagea une conversation avec elle car elle avait une sœur, qui avait de petits yeux mobiles et avides qu'elle promenait partout, une coupe à la mode, soit un carré arrondi qui encadrait son visage de souris. Quérillot entreprit de séduire la sœur, qui s'appelait Noémie, et l'emmena danser dans une boîte à la mode. Il la trouva drôle, vive et un peu garce. De son côté, si la sœur éprouva une vive attirance pour le garçon pressé qui tenait le volant de son coupé Fiat du bout des doigts, ce sentiment resta très raisonnable, bien en deçà des transports violents décrits par les magazines féminins. Elle le fit monter le premier soir dans son appartement où traînaient des numéros de revues d'avant-garde (*Deux*, *Actuel*, *Tout !*), un godemiché, une photo dédicacée de Jacques Dutronc, des vinyles et une invitation au bal annuel de l'Association d'entraide de la noblesse française, au château de Meslay, Loir-et-Cher.

Le jour de leur mariage, au moment fastidieux des discours, tandis que son père égrenait ses mérites universitaires de façon embarrassante, Paul Quérillot croisa le regard d'un cousin de Noémie, un grand garçon mince avec un nez qui formait une seule ligne avec le front, des pommettes saillantes. Il comprit que la part homosexuelle de lui-même n'était pas tout à fait morte en Californie, comme il l'avait décidé.

*

Quand s'ouvrit la campagne présidentielle, au mois d'avril 1974, à la mort de Georges Pompidou, il fut approché par le directeur de campagne d'un certain René Dumont, qui avait été adoubé par le mouvement écologiste naissant pour représenter ses idées. L'ingénieur agronome Dumont était un type charismatique qui savait y faire, ramasser l'insoluble équation écologique en une formule simple : son livre-événement, publié quelques mois plus tôt, s'intitulait *L'Utopie ou la Mort*. À la télévision, il avait fait sensation en expliquant que le verre d'eau qu'on venait de lui apporter deviendrait une ressource rare ; si elle était abandonnée aux appétits privés et aux égoïsmes nationaux, alors il n'y aurait plus de verre d'eau, tout simplement. Le directeur de campagne assura à Quérillot que le candidat avait lu le rapport 21, et il ne lésina pas sur les superlatifs, il parla d'« uppercut », de « révolution copernicienne », de « texte fondateur » et de « travail historique ». Dumont voulait Quérillot dans son équipe, il lui manquait des grandes voix, plaida le directeur de campagne au téléphone. Le candidat avait une armée de militants chevelus et très motivés, des gens très compétents pour organiser un sit-in naturiste ou une grève de la faim, certains, même, avec des compétences politiques réelles ; mais il manquait cruellement de scientifiques, or les scientifiques pouvaient parler aux bourgeois. « Le cœur des bourgeois est atrophié mais leur cerveau demeure, pour certains, à peu près fonctionnel », plaida le directeur de campagne. Quérillot était jeune, mais il était brillant. Il pourrait être cette caution scientifique. Quérillot fit semblant d'hésiter avant de répondre, aimablement mais fermement, qu'il préférait *cultiver son jardin*.

*

Quérillot ne perdait pas de vue son plan d'action. La dynamique des systèmes était quelque chose d'admirable, mais plus admirable encore était la richesse de ses applications pratiques. Il en avait fini avec le monde des pures idées. Il était prêt à vendre son art de la modélisation au plus offrant, à des entreprises de pétrochimie ou des ministères ou des fabricants de prothèses ou des fédérations sportives. Et il n'eut pas à attendre longtemps pour être contacté par la société Elf Aquitaine, propriété de l'État français. Le contexte était favorable. Il était de plus en plus difficile de comprendre le fonctionnement du marché du pétrole, d'une dangereuse volatilité, les paramètres étaient tellement nombreux. Il y avait, sans doute, des flambées qu'on ne pouvait prévoir : comme celles allumées par les dirigeants arabes, en réponse à la guerre du Kippour. L'Occident venait d'en faire les frais, en 1973. Pendant plusieurs semaines, les Européens avaient connu les mesures de restriction, les limitations de vitesse, l'arrêt des éclairages publics. Les pétroliers en avaient bien profité, en augmentant leurs prix. Ils avaient besoin d'un oracle, cependant : quand aurait lieu la prochaine flambée ? Quels rapports entretenaient le prix, la demande et le coût de l'extraction ? Quelles étaient les conséquences d'une évaluation erronée des réserves existantes ? Ils voulaient, en outre, préparer le siècle à venir, avec des perspectives très sombres qu'il fallait connaître, pour mieux les dissimuler au public : l'inéluctable baisse des ressources pétrolières, qui plongerait dans les ténèbres une civilisation qui vivait grâce à cette énergie bon marché, dense, simple d'utilisation et facile à transporter. Quand atteindrait-on le pic pétrolier ? Quand atteindrait-on le moment fatal où il faudrait brûler deux barils pour en extraire un de la Terre Mère ? Or, Quérillot était un spécialiste du taux de retour énergétique, qui calcule le rapport entre l'énergie produite et celle investie. Il avait esquissé, dans un article qu'il avait conçu comme l'ébauche de sa thèse de doctorat, un modèle convaincant et précis qui décrivait les conséquences d'un taux négatif sur les prix. Il était aussi un des rares à maîtriser les techniques de modélisation à la Stoddard, et s'était spécifiquement occupé de la partie du rapport qui avait trait aux ressources énergétiques. Cette double compétence faisait que Quérillot était lui-même, en quelque sorte, une ressource rare. L'approche eut lieu au moment où il s'y attendait le moins, lors du dîner de Noël 1974 auquel participa un oncle de Noémie, directeur adjoint de la branche raffinage-chimie du groupe. Un type massif, avec un sourire direct, qui donnait l'impression d'exploser dans ses costards. Il s'était toujours montré amical avec ce jeune garçon qui était passé par Polytechnique, comme lui, selon ce phénomène hautement masturbatoire que l'on appelle l'*esprit de corps* et qui revient à valoriser chez l'autre ce qu'il a de commun avec vous, de sorte que faire monter sa cote participe marginalement à faire monter la vôtre.

— Nos conditions d'embauche sont *très* avantageuses, Paul. En fait, tu n'en trouveras pas de meilleures, dans l'industrie française.

Alors la petite voix, à laquelle il associait toujours les traits de Eugene Dundee, s'éleva. Une voix de pasteur haut perchée et un peu sentencieuse. *Pense au salut de ton âme, Paul.* Quérillot songea à Gudsonn, à leur discussion au Rose Garden, sur les hauteurs verdoyantes de Berkeley. Il se souvint des lignes d'un éditorialiste à la une d'un journal suisse : « Le rapport 21 est le réquisitoire le plus cinglant de tous les temps contre la civilisation obèse de la croissance sans limites, la civilisation de la dope énergétique, du confort et de la vitesse. » Toutes choses, Quérillot le savait bien, qui étaient la condition même de l'existence d'une société comme Elf – sa raison d'être, même. *Le salut de ton âme, Paul.* Cependant l'oncle réduisit la voix au silence : sans colère, presque à regret, comme on étouffe un vieillard sous un oreiller.

— Je sais ce que tu peux penser. Mais il ne faut pas se tromper de combat. J'ai lu ton rapport, votre rapport. D'abord, dis-toi que nous ne faisons jamais que répondre à une demande. Tout le monde veut du pétrole. Nos sociétés en raffolent pour des raisons évidentes : facile à transporter, et à stocker. Tout le monde veut vivre dans un monde plus prospère, plus rapide, plus confortable. Tes amis feraient mieux de changer la mentalité des gens, plutôt que s'en prendre à une boîte qui ne fait jamais que répondre à une demande. Si nous ne le faisons pas, d'autres s'en chargeront. Le pétrole que nous n'extrairons pas sera extrait par les Russes et les Saoudiens. Et laisse-moi te dire qu'ils se contrefichent de ralentir la croissance. Tu crois que la Saudi Aramco a prévu de laisser des gisements inexploités, tu crois que la Saudi Aramco va se convertir à la sobriété à cause d'un rapport scientifique ? Il faut raisonner en adulte, Paul. Regarder les choses en face.

Quérillot rencontra des responsables de l'entreprise au siège, rue Nélaton, dans le XVe arrondissement. Comme il était d'usage, ils s'engagèrent à lui payer sa « pantoufle », soit les frais de scolarité qu'un polytechnicien devait rembourser à l'État s'il partait travailler dans le privé à la sortie de l'école (n'ayant pas terminé son doctorat à Berkeley, il ne pouvait prétendre à l'exonération au titre du jeune décret pantoufle, obtenu par les élèves après 1968). Puis ils indiquèrent un montant sur une feuille de papier. « Une offre qu'on ne peut pas refuser », dit Don Corleone dans *Le Parrain*. En l'espèce, Don Corleone était un cadre en costume anthracite et au crâne plat, proche des socialistes français. Il sourit à Quérillot, en inclinant la tête sur le côté : « Nous ne sommes pas indifférents aux questions environnementales », dit-il avec chaleur. « Nous ne vous avons pas attendu, d'ailleurs », ajouta un de ses collègues, en costume bleu nuit, équipé d'implants capillaires. Il rappela qu'en 1971, la « boîte » avait créé un Centre d'information et de recherche sur les nuisances, le CIRN. Qu'elle suivait de près l'évolution du consensus scientifique sur l'origine du réchauffement climatique. Il lui donna une brochure éditée par l'Union des chambres syndicales de l'industrie du pétrole, qui reconnaissait du bout des lèvres l'existence d'un réchauffement causé par l'augmentation du taux de dioxyde de carbone dans l'atmosphère, tout en mettant en garde contre les « prédictions apocalyptiques des futurologues ».

« Tu ne renies rien, avait dit Noémie. Mon oncle est un type bien, et je crois qu'il a raison. C'est bien joli de se préoccuper de l'avenir du monde, mais il ne faut pas oublier le tien. Le nôtre. » Elle imaginait déjà une grande maison et des week-ends en Relais & Châteaux. Une fois, il avait essayé de lui faire lire le rapport 21, mais elle avait abandonné rapidement, avouant que cela lui cassait la tête. Il demanda une semaine de réflexion. Il rappela trois jours après, pour accepter.

*

Ainsi débuta la carrière de Paul Quérillot au sein de la direction recherche scientifique et technique du pétrolier Elf. Son bureau avait été installé dans l'annexe du 9 *bis*, rue Nélaton, à côté du siège. Avec sa table en verre et ses fauteuils en cuir miel, il aurait pu être celui de tout le monde, à l'exception d'un exemplaire du rapport 21, d'un livre de Kerouac et d'un morceau d'ambre brut rapporté de sa virée mexicaine, qu'il utilisait comme presse-papier. En se collant à la baie vitrée, on pouvait apercevoir la tour Eiffel. Quérillot y peaufinait ses modèles de ce marché instable dont dépendaient l'Occident et le développement économique du monde. Son prestige, au sein du groupe, avait été assuré moins de quatre mois après son arrivée, par une note interne intitulée « Incertitude sur l'évaluation des gisements et stratégie de développement », que son récipiendaire avait trouvée si excellente qu'il avait demandé sa publication au bulletin technique du groupe. Plus tard, son « modèle dynamique entre les activités d'exploration et de production dans un bassin pétrolier » avait achevé de faire sa réputation. Le pédégé l'avait fait monter dans son bureau pour le féliciter en personne, devant tout son cabinet. Le comité exécutif raffolait de ses modèles : ils étaient facilement compréhensibles et permettaient de représenter de façon stylisée les mécanismes à l'œuvre dans ce marché. Ils plaisaient particulièrement aux cadres dirigeants les plus prudents, qui répugnaient à agir à l'aveugle et s'abritaient volontiers derrière les « machins dynamiques de Quérillot » pour justifier une campagne de licenciements massifs ou l'abandon d'un projet d'exploration. Il recevait des commandes de filiales étrangères, des directions régionales, du siège. Rapidement, il demanda un budget pour embaucher. On le lui accorda.

La boîte le payait grassement : la « Pompe Afrique », comme l'appelaient les plaisantins, était généreuse avec les siens. Elle l'était aussi avec les dirigeants étrangers et les hommes politiques français, mais Quérillot ne se mêlait pas de cela, il était un expert économiste et à ce titre il ne lui appartenait pas de savoir comment son employeur décrochait des permis d'exploitation dans d'anciennes colonies, ni de connaître la nature exacte de ses rapports avec le pouvoir giscardien.

Il s'était acheté une maison à La Baule. Il y fit construire une piscine à l'eau de mer, et un tennis. Il avait un amant cubain qu'il avait rencontré dans un club de salsa, et Noémie passait ses week-ends avec un professeur de natation dont la silhouette athlétique était prolongée par une tête d'hidalgo bourru à la Jean Yanne. Comment en étaient-ils arrivés là ? Ni l'un ni l'autre ne le savaient vraiment.

La situation était née de silences qui étaient devenus un accord tacite, puis un *modus vivendi*. Paul ne dit rien quand Noémie prit le train pour passer deux jours en Provence, et qu'une connaissance commune l'y croisa avec un homme barbu qui n'était pas *sa meilleure amie*. Noémie ne dit rien quand elle vit Paul au théâtre avec son amant. Petit à petit, ils s'enhardirent, se cachèrent de moins en moins. Leur amour s'en trouva étrangement renforcé : ils s'étaient choisi le compagnon idéal pour cette course de fond où l'on peut supprimer certains obstacles en décrétant qu'ils n'en sont pas vraiment. Lorsque la discussion eut lieu, Paul proposa de passer un contrat entre eux pour réglementer ces « amours contingentes ». Noémie éclata de rire :

— Pourquoi tout gâcher avec des contrats ? Voilà bien un réflexe de notaire : des contrats !

Et comme tout ce petit monde avait les idées larges, bientôt le rêve de Quérillot se réalisa et ils partirent en week-ends à quatre. Au fond Quérillot et Noémie aimaient passer du temps ensemble, même si l'affaire prenait un tour vaudevillesque, l'amant cubain dragouillant le professeur de natation mais celui-ci repoussant ses avances en riant, le professeur de natation lui disant en singeant un accent sud-américain *Tou es oune obsédé que cé n'é pas poussible* et l'autre répondant *Caramba, encore raté*. Parfois Quérillot avait un pincement en voyant le professeur de natation se pencher au-dessus du cou de Noémie, Noémie ressentait une blessure d'orgueil de ne pas avoir pu faire oublier à

Quérillot son goût pour les garçons, mais chacun prenait sur lui parce que la situation leur procurait une jouissance supérieure, celle de s'être affranchis des pesanteurs de leur temps, d'avoir triomphé du mariage bourgeois. Ils se sentaient libéraux et glorieux, extraordinairement libres.

Il était encore invité dans des colloques de dynamique des systèmes, mais se gardait bien de replonger tout à fait, il restait à distance : pas question de rempiler avec les soutiers de la recherche scientifique. Il refusa de monter une chaire de dynamique des systèmes à Paris-Dauphine. Lorsque Stoddard fut invité à Paris en 1978 pour un séminaire, il fut naturellement présent mais prit soin de ne pas se laisser entraîner dans les passes d'armes entre les Américains et les francophones, belges et français. Une controverse eut lieu sur la possibilité d'enrichir les modèles stoddardiens de la dynamique des systèmes avec la théorie des catastrophes et les analyses de bifurcation, Stoddard ne fut pas emballé et ses affidés de Berkeley s'empressèrent de doucher les velléités des francophones ; si ça se fait, dirent-ils en substance, ce sera sans l'aval du patron. Marier la dynamique des systèmes avec ces nouvelles théories mathématiques, c'était déjà l'obsession de Gudsonn, se souvenait Quérillot, qui ne voudrait pas s'en mêler. Pourtant les francophones vinrent le trouver en délégation : on voulait qu'il apprivoise les Américains, après tout il les connaissait bien, il connaissait bien

Stoddard, il avait étudié à Berkeley, il avait mangé leurs steaks énormes, il avait conduit sur leurs autoroutes interminables, il saurait trouver les mots. Mais Quérillot se défila, il ne voulait pas se faire entraîner là-dedans, il garda son cap, *money money money*.

8

1986. Quérillot s'enfonce dans la sellerie en cuir couleur havane de sa Renault 25 et s'engage sur le périphérique, en direction de la Défense. Le siège d'Elf Aquitaine vient d'y déménager, dans une tour dont la paroi bleutée reflète ses voisines, plus modestes. Il a trente-huit ans, une ride au coin des lèvres, des golfes naissants. Il triture l'autoradio et insère le dernier album de Peter Gabriel, l'ex-chanteur de Genesis. Le tube *Big Time* emplit l'habitacle : un morceau de pop vitaminée, qui monte en quelques accords un décor minimaliste et flashy : une fête peuplée de robots et de mannequins qui ne sourient jamais. Il enchaîne sur *That Voice Again*, *Red Rain* et *Don't Give Up*, douce et puissante exhortation à ne pas céder au désespoir. D'une main, il réajuste le nœud de sa cravate. Il se sent frais, affûté. Il vote Rocard, se rase de près et s'est acheté un portable Motorola qu'il porte à la ceinture, dans un étui en cuir. Il le dégaine à tout bout de champ : pour acheter une chaise en carbone d'un designer danois, dégoter les meilleures places du concert de Madonna au parc de Sceaux, des billets de Concorde pour un week-end avec Carlos, voire un tirage homoérotique de Pierre et Gilles dont il décore la garçonnière de la rue Cassette. Il possède deux voitures, huit costumes sur mesure, douze demi-mesures, sept paires de Berluti, une suspension mobile Philippe Starck, deux montres Omega, une terre crue mexicaine du XVIIe siècle représentant la tentation de saint Antoine, un tirage numéroté du *Mick Jagger à la banane* photographié par Jean-Loup Galthié, une cave assurée par le Lloyd's, une maison en Loire-Atlantique, un appartement à Paris, un studio en location à Asnières-sur-Seine, une lettre de Joséphine de Beauharnais à Napoléon Bonaparte et des actions Elf en pagaille (une première privatisation partielle a eu lieu un mois plus tôt, avec un contingent d'actions réservé aux cadres et salariés). Il a depuis longtemps abandonné son projet de coiffure à la Rod Stewart, et il ne porte plus de lunettes depuis qu'un chirurgien l'a opéré au laser (lui rendant sa vue en même temps qu'il lui prenait un bras).

La journée, il dirige une équipe de quatorze personnes. Les cartes perforées ont fait long feu, place aux PC compacts et surpuissants, équipés d'une interface graphique. Mémoire colossale, vitesse de fonctionnement foudroyante. Ils permettent à Quérillot de faire des présentations, lors des comités exécutifs, en faisant « vivre » les modèles sur l'écran, sous la forme de bulles reliées par un réseau de flèches (les bulles grossissant ou diminuant à la demande, sous les yeux d'une assistance ébahie). Son analyse des conséquences à long terme d'évaluations erronées des réserves pétrolières a attiré l'attention bien au-delà des bureaux de la « Pompe Afrique ». Le concurrent, Total, a essayé de le débaucher.

Le soir, l'expert Quérillot desserre la cravate et navigue, hardiment, vers les îlots gays de la capitale. Il commence ses soirées au Vagabond, visite les clubs de la rue Sainte-Anne, fait parfois un saut au Keller (ambiance hardcore et odeur de caoutchouc brûlé) avant de finir au Royal Opéra, au milieu des travelos. Noémie sait, en gros (elle ne cherche pas à connaître les détails). Leur accord tient toujours. Leur amour aussi, même s'il n'est pas sans nuages : Noémie aurait voulu un enfant. Quérillot, sur la question, est inflexible. Peut-être se souvient-il du serment qu'il a fait à Patty, il y a douze ans. *Ces générations futures, qu'est-ce qu'elles ont fait pour nous ?*

De septembre à janvier, il lui arrive d'aller chasser chez son beau-père, en Picardie. Noémie aime enfiler des knickers en peau de chamois, des chaussettes à pompons, et pousser des cris gutturaux, bien alignée avec les autres rabatteurs (« Allez là, hop hop hop hop hop, chope-le »). Quérillot est moins enthousiaste : tirer sur des faisans lâchés la veille par des gardes-chasse l'ennuie un peu. Les battues au gros gibier l'amuseraient davantage mais il tire comme un pied ; au moins peut-il profiter de longues minutes de silence, sur le mirador, dans le froid, le doigt bleui sur la détente de son juxtaposé. Il trouve son véritable plaisir après, au dîner. Sous les voûtes de la salle aux trophées, les hommes et femmes en loden se changent en animaux mondains. Les chevalières en or mat sonnent contre les flûtes de Roederer et Quérillot jouit de se glisser comme un chat dans les décors de l'aristocratie et de la haute bourgeoisie catholique d'affaires. À Rome, fais comme les Romains. Les vieilles familles et leurs manies (héraldique et *Bottin mondain*), ce monde immobile n'est pas tout à fait le sien, alors il redouble de souplesse et d'affabilité. Que dirait sa voisine (vieille ruine au sang intact et pourtant vicié, veste tyrolienne, des bajoues comme les sacoches d'un âne de bât) si elle savait qu'il s'est envoyé un jeune Arabe, la veille, à l'abri des murs capitonnés d'un club spécialisé ? Peut-être qu'elle le sait, d'ailleurs ; seulement elle lui sait gré de maintenir les apparences et de ne pas bouleverser l'économie de ce dîner en claironnant qu'il est *de la fanfare*. Il navigue d'un monde à l'autre, agile, caméléonesque.

Parfois les hommes se rapprochent de la cheminée monumentale, et les discussions se font à voix basse, à fronts touchants. Ils parlent affaires. Lorsqu'il a la main lourde sur le bordeaux, l'oncle de Noémie raconte des choses au mari de sa nièce. Il n'est plus le directeur adjoint de la branche raffinage-chimie, mais un membre du comité exécutif, dans le secret des dieux. Cette année-là, le comité a reçu un rapport alarmant de son directeur environnemental. À la réunion annuelle de l'Association internationale de l'industrie pétrolière et gazière, à Houston, les gars d'Exxon étaient très pessimistes. La question du changement climatique est en train de s'imposer comme une donnée incontestable. Certaines organisations militantes réclament déjà une taxe sur les énergies fossiles. « L'industrie doit organiser sa défense », a insisté le directeur environnemental dans son rapport.

— Ton nom est sorti du chapeau, ajoute l'oncle. Tu viens du monde scientifique. Tu viens de chez eux. Nous avons besoin d'un lobbyiste de choc. Convaincre le monde que toute régulation serait prématurée. Jusqu'ici, on a laissé les Américains s'en occuper pour nous. Cette période est révolue. Maintenant, on sort le lance-flammes, et on crame tous ces petits enculés d'écolos de mes deux.

9

Cette fois-ci, Quérillot attend l'expiration de son délai de réflexion pour prendre sa décision. S'asseoir sur le doublement de sa rémunération n'est pas une décision facile. Il regarde le rapport, posé sur l'étagère de son bureau. Il lui est impossible de se mentir à lui-même quant à l'obscénité de ce nouveau « travail ». Elle est totale. Payer des études bidonnées pour écorner le consensus scientifique sur la réalité du réchauffement climatique et ses origines. Discréditer, mentir, manipuler. « L'obscénité » : ce fut la raison qu'il invoqua pour expliquer son refus, auprès des ex-amis maos. Ce ne fut pas la seule raison, pourtant. Ce n'était même pas la raison principale. La raison principale était simple : il avait trouvé un moyen de gagner encore plus d'argent.

*

Depuis plusieurs mois, il se dit qu'il se fait endormir par Elf, qu'il s'est laissé enfermer dans une cage dorée alors qu'il sent monter en lui de grandes forces. Quérillot supporte de moins en moins les lourdeurs bureaucratiques de la machine Elf, les petites cours qui se forment autour des chefs, et aussi ces types incompétents qu'il faut saluer bien bas parce qu'ils connaissent le ministre, ces rebuts de la politique qu'on a recasés ici parce qu'il fallait bien les recaser quelque part.

Depuis 1982, la micro-informatique commence à faire son trou et donne une seconde jeunesse à la dynamique des systèmes. Quérillot décide de déployer grand ses ailes, majestueusement, et de s'envoler comme un oiseau de paradis. Il se rend au greffe du tribunal de commerce pour créer Systems, société anonyme dotée d'un capital de 25 000 francs (il a pensé à Simulations mais Systems est plus mystérieux, la simulation n'est jamais que la méthode, alors que la chose fascinante, la chose qui faisait triquer Stoddard et Dundee et les autres, c'étaient les systèmes ; Systems le place au-dessus de la mêlée et sera l'oriflamme idéale pour s'avancer résolument, quoique sobrement et sans chichi, dans le monde moderne). Elf panique, propose de doubler son salaire ; le deuxième choc pétrolier est passé par là et on a plus que jamais besoin d'un expert de l'envergure de Quérillot, quelqu'un capable de traduire toute cette incertitude en équations différentielles puis en schémas simples et accessibles, pour rassurer ces actionnaires avec qui il faut désormais composer, depuis la privatisation partielle. Mais Quérillot refuse et explique que sa décision est prise, histoire de couper court à une négociation qui devient embarrassante. Ça n'est pas forcément un adieu, ajoute-t-il, soudain caressant, si vous voulez être mes premiers clients, *be my guest*. Elf marche, et Quérillot signe son premier contrat de mission avec son ancien employeur. Puis l'oiseau de paradis entame son ascension. Débute alors la grande aventure de Systems, success-story à la française, racontée dans un numéro de *L'Usine nouvelle* et aussi, sur quatre pages, dans le magazine *Challenges*, où l'on voit Quérillot poser avec ses équipes, toutes bretelles et canines dehors, un pouce levé, de trois quarts, en bras de chemise et cravate-chaussettes – et, bien entendu, dans le milieu feutré des dynamiciens des systèmes, on ricana un peu, et on le jalousa secrètement, aussi. Elf lui maintient son salaire et une activité à mi-temps, le temps qu'il fasse ses premiers pas de consultant.

Il part deux mois plus tôt que prévu, et les choses vont très vite. Quérillot débauche quelques têtes d'œuf à la sortie d'école, des jeunes gens brushés qui portent des chemises en popeline bleues à col blanc et se prennent pour Michael Douglas dans *Wall Street*, des pur-sang qui sont excités comme des puces à l'idée d'appliquer en France des méthodes conçues à Berkeley ou au MIT. Avec ce qui lui reste des royalties du livre et de l'argent d'Elf, Quérillot a de la trésorerie d'avance, à peu près neuf cent mille francs. Il ne veut pas voir débarquer trop tôt des investisseurs gourmands, qui lui chercheraient des poux et feraient fondre sa quote-part comme neige au soleil. Il veut être indépendant. Donc, il décide d'emprunter aux banques, d'engloutir ses neuf cent mille francs dans Systems et de louer des bureaux dans une haute tour construite à la décennie précédente dans le quartier du Montparnasse, avec de grandes baies vitrées sur lesquelles on peut faire de la buée en soufflant, avant de tracer des schémas avec l'index, pour impressionner les stagiaires. Il y a aussi des paperboards et des chaises en plastique blanc, et de la moquette, et l'on fume bien entendu. Pourtant tout cela n'est que de l'intendance, un décor, la valeur de Systems se situe ailleurs. Dans trois choses, en fait. *Primo*, le jus de cerveau des jeunes gens surdiplômés et testostéronés, rapides et agiles, qui piaffent devant leurs bureaux ergonomiques, qui finissent vos phrases, qui pigent vite, qui s'ennuient vite aussi, à qui il faut confier des missions difficiles, comme on jette un morceau de viande à des fauves, pour les calmer. *Deuxio*, les micro-ordinateurs de marque IBM et le logiciel de simulation STARS, héritier sexy et facile d'utilisation du vieux langage MODELO jadis conçu par Stoddard. *Tertio* : lui, Quérillot. Sa double casquette d'affairiste et de scientifique. Sa puissance de travail. Et aussi le carnet d'adresses de son père, qui appelle par leur prénom la moitié des titans du capitalisme français.

10

Un jour, à la fin des années 1980, dans une petite société savante de dynamique des systèmes, quelqu'un raconte que Gudsonn est devenu fou. Il se dit qu'il n'a pas supporté que le rapport 21 n'ait servi à rien. Qu'il s'est fait beaucoup d'ennemis dans les milieux de la recherche universitaire, que l'aigreur l'a perdu. D'autres affirment que ça n'a rien à voir avec le rapport, c'est la solitude qui l'a rendu dingue, et aussi son obsession pour les maths pures, et d'ailleurs est-ce qu'il n'était pas déjà dingue, avant le rapport ? Quelqu'un prétend qu'il est rentré en Norvège et qu'il vit comme un marginal, dans les bois. Un autre, qu'il enseigne dans un lycée. Ce qui est certain : il a été licencié de son poste de professeur à Berkeley.

On le répète en présence de Quérillot, en lui coulant des regards par en dessous, il est le seul ici à l'avoir connu et peut-être espère-t-on qu'il lâchera une petite vacherie, pour éclairer leur hypothèse. Peut-être aussi qu'on lui adresse un reproche parce que tous savent que Quérillot n'a pas l'air d'avoir été affecté par la stérilité de leur travail prophétique, Quérillot ne roule jamais que pour sa pomme et il semble s'être assez bien accommodé de tout ce qui a suivi, au point de travailler pour une major du pétrole, et devenir un squale avide. Mais Quérillot ne dit rien, il n'infirme ni ne confirme, et lorsque les regards deviennent trop insistants il lâche une banalité, quelle tristesse, *quel gâchis pour la communauté scientifique*. Le soir, dans le petit appartement de la rue Cassette (il ne dort guère plus qu'une fois par semaine dans l'appartement conjugal), tandis que le beau Carlos installe un vinyle de Sting sur la chaîne stéréo, Quérillot songe à ses années à Berkeley et à Johannes Gudsonn, cet homme secret dont les yeux brûlaient comme des becs Bunsen. Il avait le sentiment que derrière ses silences, sa pudeur extrême, couvaient d'atroces tourments. Il l'avait décelé aussi à quelques manies, comme celle de se laver les mains compulsivement, dix fois par jour. Et surtout aux emportements, très rares, auxquels il avait assisté. Une fois, il l'avait vu se mettre dans une colère noire, les bras croisés comme s'il voulait faire disparaître ses mains, la tête se balançant d'avant en arrière. Agacée de le voir sans réaction devant les conclusions du rapport, Mildred l'avait interpellé un peu vivement. Gudsonn avait explosé et avait crié qu'il avait fait son travail et que formuler des opinions n'en faisait pas partie, que sa collègue n'avait pas le droit de lui demander cela. Il avait dit cela en roulant des yeux et Quérillot avait pensé à ces animaux qui révulsent les yeux lorsqu'ils attaquent une proie, pour les protéger. Plus tard, il y avait eu cette discussion, au Rose Garden. Le ton de Gudsonn avait changé, et il avait parlé de la peur de l'effondrement comme d'une expérience intime.

Johannes, l'oiseau rare, l'algébriste inouï, le petit prince des mathématiques. Johannes, Quérillot se souvient l'avoir admiré.

*

Il savait que Gudsonn avait, auprès de Stoddard, un statut particulier. Tout le monde le savait : Stoddard avait fait des pieds et des mains pour que le jeune Scandinave intègre le groupe de recherche. Le recrutement de Quérillot, lui, tenait davantage du hasard. Il avait lu, le premier, la petite annonce placardée dans le département d'économie, au mois de juin 1970. Le travail lui-même n'était pas très clair, il était question de modéliser les interactions entre les activités humaines et les ressources naturelles, et Quérillot avait été séduit par le caractère à la fois vague et pharaonique de la recherche, et la perspective d'un travail rémunéré. Quelques milliers de dollars ne seraient pas de trop, avait pensé Quérillot qui rêvait de prendre une année sabbatique pour visiter le Mexique, le Honduras ou le Guatemala. Il avait répondu. D'autres avaient répondu mais le Français avait été pris, et il avait appris plus tard que sa connaissance des cycles économiques de l'énergie avait fait la différence, ainsi que sa qualité d'étranger, les commanditaires du rapport ayant insisté auprès de Stoddard pour qu'il y ait un ou deux « internationaux » dans l'équipe de recherche. Mildred, elle, avait été recrutée parce qu'elle était l'assistante de cours de Stoddard. Elle était sa fidèle écuyère, son ombre efficace et besogneuse et aussi une bonne rédactrice – or Stoddard avait toujours dit que pour faire un bon rapport il fallait quelqu'un qui sache écrire. Eugene ? Un dynamicien chevronné, doté d'un solide bagage en économie et en statistiques. Et surtout le petit ami de Mildred, avaient persiflé quelques-uns.

Gudsonn, lui, n'était pas arrivé par hasard. Il n'était le petit ami de personne, il n'avait pas envoyé de candidature. Gudsonn, on était allé le chercher. Le Norvégien n'appartenait pas au département d'économie ni à celui de dynamique des systèmes mais à celui de mathématiques, et pourtant il s'était pointé à un cours de Stoddard, en auditeur libre, ce qui en disait long sur sa bizarrerie : aucun autre étudiant au département de mathématiques n'aurait eu l'idée d'assister à un cours de dynamique des systèmes *pour le plaisir*. Il s'était assis au fond de l'amphithéâtre et il avait écouté Stoddard, qui exposait le modèle d'un système de gestion des stocks dans le secteur de la grande distribution. Puis il avait posé une question, qui avait bluffé le maître ; il avait demandé si le modèle en question se comportait de façon chaotique. Et Stoddard ne s'était pas départi de son calme, il avait observé le grand garçon pâle et il avait répondu que le modèle se comportait bien parce qu'il représentait fidèlement la dynamique de phénomènes réels qui ne sont pas chaotiques, et pour lesquels on n'observe pas, en réalité, des choses aussi singulières que du chaos ou des bifurcations. Le grand garçon ne se départit pas de son assurance et rétorqua qu'il ne l'interrogeait pas sur les propriétés des phénomènes observés, mais sur les propriétés générales du modèle mathématique impliqué par les équations écrites. Il y eut un silence, le jeune et haut Scandinave crêté de blond hésita avant d'ajouter (sans animosité, comme on formule une observation, pour soi) qu'à son avis Daniel W. Stoddard ne comprenait ni ne maîtrisait les propriétés mathématiques essentielles de ses propres modèles. Plus tard, Stoddard s'était renseigné sur l'étudiant qui était passé comme une comète dans son cours de dynamique des systèmes, une petite question bluffante et puis s'en va. On lui avait expliqué que Gudsonn était norvégien et qu'il était un jeune espoir des mathématiques.

*

On peut dire que le talent de Gudsonn fut sous-exploité dans le rapport sur l'avenir du monde au XXIe siècle. Parce que les compétences mathématiques nécessaires au rapport étaient assez rudimentaires, c'est-à-dire qu'elles ne l'étaient pas pour le profane mais qu'elles l'étaient pour un spécialiste, et *a fortiori* un garçon de la trempe de Gudsonn, un garçon que l'on pouvait qualifier sans abus de langage d'étoile montante, qui allait déjà précédé de sa légende. Pourtant le Norvégien avait choisi de rejoindre l'équipe de Stoddard, et cela lui donnait, dans ce contexte particulier, des airs de desperado ou de poète maudit. De prodige inconséquent et dispendieux, qui laisse filer son génie avec nonchalance dans le caniveau, le gaspille. Demander à Gudsonn de faire des statistiques et des équations différentielles (c'est ce qu'on attendait de lui, *grosso modo*, dans le cadre du rapport 21) revenait à demander à Glenn Gould de jouer de la musique militaire, c'était un gaspillage de compétences, avait dit Ransom Pompey, le directeur du département de mathématiques. Il en voulait à Stoddard d'avoir débauché Gudsonn. Il estimait que ce faisant il nuisait au futur de la recherche mathématique, que c'était du gâchis et que Stoddard était aussi ignoble qu'un vieillard libidineux pratiquant le détournement de mineur, il avait attiré égoïstement le jeune prodige dans sa douteuse cuisine d'économiste (et Ransom Pompey eut un haut-le-cœur en prononçant ce mot, *économiste*) sans penser à la perte sèche pour les mathématiques. Et c'était à se demander si ce n'était pas là le véritable but de la manœuvre de Stoddard, nuire aux mathématiques en tant que discipline, les priver de sang frais, car il était notoire que l'inventeur du tore de ferrite les haïssait. Il tolérait à la rigueur les mathématiques appliquées, mais il estimait que l'amour des mathématiques pures était contraire à la saine passion des âmes anglo-saxonnes pour le savoir utile. Car telle était la vocation de la civilisation anglo-saxonne, selon Stoddard : engendrer des scientifiques avec les pieds sur terre et laisser les mathématiques pures aux pays de détraqués, elles étaient le terrain de prédilection des pédés français, aimait-il à dire, il le disait même devant Quérillot, les pédés français avaient plus de médailles Fields que n'importe quel autre pays au monde, ils traînaient l'amour des mathématiques pures comme une mauvaise fièvre depuis le XVIe ou le XVIIe siècle, cela s'était décidé dans ces eaux-là, disait-il encore.

Stoddard, lui, était solidement arrimé au plancher des vaches. Il était le fils de Seymour John Stoddard et d'Abigail Leigh Stoddard, des instituteurs qui arrondissaient leurs fins de mois avec un petit élevage, dans le Nebraska. Pendant des années le petit Daniel avait fait des kilomètres à cheval pour aller à l'école, il avait construit un générateur pour apporter l'électricité au ranch parental, il s'était sali les mains en éviscérant des batteries et en dépiautant des sonnettes, en autopsiant des appareils électriques défectueux. Cinquante ans plus tard il avait inventé le tore de ferrite qui permettait aux premiers ordinateurs de stocker des données. Toujours les mains sales, toujours le savoir utile dans la pure tradition américaine, la vieille tradition anglo-saxonne.

Tout cela, avait pesté son confrère berkeleyen, était un tas de conneries fascistes et anti-intellectuelles. La méfiance de Stoddard pour le savoir théorique était une preuve de son fascisme et de sa vulgarité, expliquait le mathématicien. Et cette vulgarité était en passe de contaminer un esprit d'élite, un esprit de tout premier ordre. Or, il était du devoir des hommes de science et des éducateurs d'affecter de façon optimale des aptitudes aussi rares que celles de Gudsonn, et au lieu de cela ces aptitudes seraient gâchées et le virtuose s'abrutirait pendant dix-huit mois (*Dix-huit mois !* avait gémi Ransom Pompey) dans des équations sans beauté, des équations rustiques tout juste bonnes à occuper un doctorant de niveau correct, dans une université d'État. Le jeune Scandinave allait s'abîmer en plongeant ses mains délicates dans le matériau odorant et glaiseux de la réalité, un rapport commandé par des *industriels,* sifflait Pompey, comme il eût prononcé les mots *proxénètes* ou *marchands de sommeil,* l'objet du rapport était affreusement trivial, tenter de deviner ce que pourrait devenir le monde, ce qu'il deviendrait, et cela supposait de s'occuper de choses affreusement réelles, du nombre de bébés qui naissent (*des bébés !* chuintait le directeur du département de mathématiques) ou du nombre de voitures sortant d'usine ou de la taille des files de chômeurs ou des hectares de forêts détruits et cela n'était pas digne d'un homme tel que Gudsonn. Son cerveau qui était une horlogerie de précision allait s'encrasser à force de gros raisonnements triviaux, il perdrait inévitablement la main et c'était dommage, vraiment, *Dany,* disait son collègue mathématicien à Daniel W. Stoddard.

Il lui en voulait d'avoir subjugué le jeune Gudsonn en exaltant la supériorité des sciences appliquées, du *savoir utile*, en lui présentant sous un jour louche et défavorable la solitude du mathématicien et son goût inhumain de l'abstraction et ce que cela charrie de maladies psychiatriques et de névroses ; on sait comment a fini Kurt Gödel, aimait dire Stoddard, on sait comment ont fini John Nash et Alan Turing, tous zinzins au dernier degré, fous comme des guêpes, tarés complets, voilà la réalité, voilà ce qui menace quand on met le pied dans le monde de la pure abstraction, tandis que le travail d'équipe, le côtoiement rude de la réalité, l'observation attentive et féconde des hommes et des choses nourrissent son homme, et le paient de saines satisfactions. Car c'était cela que lui proposait le « boss » : traduire en équations les relations entre les hommes et les choses, entre les choses et les choses, et entre les hommes et les hommes. Et aussi s'assurer de la robustesse mathématique d'un magnifique systèmes dynamiques, une cathédrale de systèmes dynamiques, la plus vaste qu'on ait jamais bâtie. Un travail d'ouvrier mais aussi de maître d'œuvre, et si au terme de ce travail le jeune Gudsonn n'avait pas pris goût à la richesse de la dynamique des systèmes et à sa beauté (car il existe une beauté spécifique de la dynamique des systèmes, le rassura Stoddard), s'il n'avait pas accroché, eh bien il retournerait à son monde d'abstraction pure, il retournerait dans son Olympe décharné et il pourrait devenir zinzin autant qu'il voulait, il pourrait devenir schizophrène paranoïde et bipolaire autant qu'il voulait, il pourrait aller se branler dans des parcs la nuit et parler seul à haute voix, il pourrait regarder soixante-dix fois le *Blanche-Neige* de Walt Disney parce que c'était ce qu'avait fait Alan Turing, par exemple, je veux dire regarder soixante-dix fois *Blanche-Neige*.

Et Gudsonn marcha. On pourrait le voir comme une victoire de Stoddard. C'est ainsi que le présenta le collègue berkeleyen, écumant, vociférant. Mais il était possible aussi de voir les choses différemment. Il était possible, certains l'ont fait, de considérer ce débauchage comme une victoire de Gudsonn, qui avait subjugué Stoddard, au point que ce dernier mette toute son énergie à le subjuguer en retour. Et la débauche de persuasion mise en œuvre par Stoddard en disait long sur le degré de fascination que Gudsonn exerçait sur lui. Lequel, rappelons-le, n'avait pas vingt-trois ans. Il avait fait un choix vraiment osé, compte tenu des espoirs placés en lui. Un choix suicidaire, selon son directeur de thèse. Tout cela faisait qu'il était auréolé de mystère car il n'y a rien qui fascine plus que le génie jeté nonchalamment aux orties, hypothéqué en conscience par son propriétaire.

— Gudsonn, c'est différent, disait Mildred. Les types comme ça, ils ne fonctionnent pas comme nous.

11

Systems s'agrandit, et bientôt les frontières françaises furent trop étroites pour contenir les appétits des jeunes chiens colletés et cravatés, il fallait que Quérillot leur offre un terrain de jeu plus vaste. Un matin de février 1992, il se rendit à Londres avec Noémie pour y inaugurer un bureau dans un immeuble de Fleet Street, dans la City. Champagne, bouchées aux crevettes, table nappée de blanc, collaborateurs, clients ou prospects. Un type des pages saumon du *Figaro* les avait rejoints pour couvrir l'événement et plus sûrement tenter de s'envoyer une Anglaise ; une fine pluie de pellicules avait neigé sur ses épaules et pendant le cocktail il s'enquit auprès de tous des projets qu'ils avaient pour la soirée, les gens lui battirent froid alors il tint la jambe à Noémie qui supplia Quérillot de la sortir de cette mauvaise passe. Quérillot demanda à sa femme de tenir encore un peu, il porta un toast à la réussite de la filiale britannique de Systems, et les gens applaudirent du bout des doigts parce qu'ils étaient tous encombrés d'une flûte à champagne. Quérillot serra quelques mains, puis il prétexta des maux de ventre pour s'éclipser avec sa femme, et marcher dans Londres. Un taxi les déposa à Hyde Park, une pluie perfide leur coulait dans le cou alors ils enfoncèrent les mains dans leurs manteaux, et marchèrent vite.

— Il fait un temps à repêcher un noyé, dit Quérillot.

— Ou à s'enfermer dans un pub pour boire de la bière brune très épaisse en écoutant les conversations des voisins, rit Noémie.

Elle avait la tête penchée sur son épaule, comme une petite fille. La pluie ne tombait plus que goutte à goutte et puis elle s'arrêta. Au nord-est du parc, près de Marble Arch, il y avait un attroupement. Le couple s'approcha et Quérillot reconnut le célèbre « Speakers' Corner », le coin des orateurs où les badauds se pressaient depuis trois cents ans pour écouter les harangues d'hommes et de femmes, plus ou moins dérangés.

— Allons voir, dit Quérillot, c'est amusant. Ça me rappelle les prêcheurs hippies sur Telegraph Avenue, à Berkeley. Allons faire un tour.

Perché sur un escabeau, un homme portait des bois de cerf en mousse sur un serre-tête et criait que la monarchie anglaise était corrompue, qu'elle s'était abreuvée du sang des colonies, et que la reine était une gorgone malfaisante. Il ménageait de longs silences entre deux philippiques, pour boire dans une petite gourde en aluminium, et laisser les gens méditer ses révélations. Contre son escabeau était appuyé un écriteau qui proclamait la chute prochaine de Babylone. Un vieux monsieur en gilet cria : « Pauvre type ! » L'orateur se trémoussait, il jetait des œillades à la ronde et tentait d'accrocher un regard, comme s'il voulait compromettre ses auditeurs.

— Viens, on avance. Il me met mal à l'aise, dit Noémie.

Les orateurs n'étaient pas très éloignés les uns des autres, et chaque discours s'invitait dans celui du voisin.

— Jésus est ton ami, mec ! Jésus t'aime plus que sa propre vie, chacun de n…

— Menteur !

— Jour de gloire…

— Il ne tient qu'au peuple…

— *Allah akbar… Allah…*

— Ceci n'est pas un jeu ! Ceci est une adresse solennelle à la nation !

— Êtes-vous à ce point aveugles…

— L'hôpital public qui n'a de public que le nom…

— Je vous pose la question…

— Viva…

— Rendez l'argent… Rendez l'…

— Manipulateurs coprophages aux masques grimaçants…

— *Viva el Líder Máximo !*

— Il vient, il vient…

— Tombez vos masques et montrez-vous !

— Le voyez-vous qui vient ?

Plus loin, un prêcheur en costume sombre et cravate à losanges parlait d'un débit morne et ennuyeux, en se balançant légèrement vers l'avant ; à chaque fois qu'il disait « Dieu » il prononçait une petite formule rituelle, il regardait par terre, les yeux mi-clos. Il ressemblait à un somnambule et n'avait pas l'air de vouloir convaincre quiconque de quoi que ce soit, ou bien avait renoncé à le faire ; il donnait l'impression que certaines choses devaient être dites, c'était tout, et il opposait au monde une résistance sourde et têtue. Les gens lui jetaient un regard et passaient leur chemin, gênés. Ils se pressaient nombreux devant une dame gouailleuse, elle avait un visage de bouledogue anglais et une robe à fleurs et un pull tricoté, et une doudoune. Juchée sur une caisse à outils, elle faisait le spectacle, apostrophait ceux qui avaient le malheur de se mettre au premier rang, leur demandait leur nom, leur âge, posait des questions grivoises, et brodait un long monologue à partir des réponses.

— Vous, monsieur. Vous avez une femme ?

— Non.

— Heureux homme !

Quelques gros rires. Ailleurs, un quinquagénaire très fébrile avait installé des chaises devant lui et faisait circuler une boule de laine qui représentait un bâton de parole. Il tentait de créer un débat sur la Communauté européenne : un enfant saisit la boule et la jeta par terre. Sa mère le gronda : « Rends la boule au monsieur ! » Son voisin avait plus de succès, il portait un Stetson et une chemise à franges de chanteur de rockabilly, il hurlait comme un putois des phrases sur Jésus, qui l'avait sauvé alors qu'il souffrait d'une tumeur réputée inopérable. Devant lui une jeune femme hocha la tête. Encouragé, le cow-boy essaya de faire scander le petit groupe qui s'était amassé, en lui posant des questions qui appelaient une seule réponse : Jésus ! Ça commençait à prendre mais soudain un homme en qamis s'approcha et se planta devant lui, face au public, et hurla « Allah », index pointé vers le ciel, le Texan tenta de couvrir sa voix et dit « Frère, toi aussi tu es aimé de Jésus », mais le qamis renchérit et psalmodia « *Allaaaaaaaah… Allaaaaaaah* », l'autre s'impatienta un peu et lui dit qu'il n'avait qu'à prendre un escabeau et se trouver un coin comme tout le monde, mais le qamis gueulait toujours, alors le cow-boy lui saisit l'index et le poussa, le qamis se dégagea violemment, le cow-boy désarçonné tomba de l'escabeau, des insultes fusèrent et un père ravi se pencha vers son fils et lui dit : « Tu vois, c'est ça le coin des orateurs, c'est pour ces moments que l'on vient. » Deux étudiants se marrèrent, l'un d'eux dit quelque chose sur les Monty Python. Le ciel gris mat se fendilla sous la poussée d'un soleil blanc pâle, un rayon apparut et la pluie se remit à tomber, à contretemps.

Le type en qamis fila en grommelant, sous les sifflets, il bouscula Noémie qui lâcha un petit cri aigu et serra le bras de Quérillot.

— Allons-nous-en.

— OK, on s'en va.

— Allons-nous-en, allons-nous-en.

Quérillot suivit Noémie avec une pointe de regret, il serait bien resté un peu, mais Noémie le serra plus fort.

Il se retourna pour regarder une dernière fois le petit attroupement de parapluies au-dessus duquel les orateurs émergeaient comme des échassiers, hérauts détrempés et pathétiques. Soudain il fut pris d'un tremblement et se dégagea de Noémie. Elle le regarda avec étonnement.

— Qu'est-ce qu'il y a ?

Quérillot cherchait quelque chose ou quelqu'un, il avait l'air d'avoir vu un spectre.

— Laisse tomber, ce sont des tarés, dit Noémie. Moi, j'en ai assez vu.

— Oui, bien sûr. Des tarés.

Au-dessus de la petite houle des flâneurs il avait cru voir une silhouette familière. Une silhouette haute et sèche, coiffée d'une crête de cheveux blonds.

12

18 décembre 2022, stade de Lusail, Qatar. Le gardien argentin, auteur ce soir-là de deux arrêts somptueux, brandit le Gant d'or, qui récompense le meilleur « portier » du tournoi. Puis il le place sur son sexe et mime une masturbation, devant deux milliards de téléspectateurs. L'émir qui le lui a remis le regarde sans broncher, en d'autres temps ou en d'autres lieux il aurait prononcé son arrêt de mort et l'aurait fait enterrer vivant ou jeter aux chiens, ou écarteler, mais il se contente d'un sourire crispé, il faut avoir l'air cool pour devenir la Suisse du Moyen-Orient. L'émir prend sur lui. Dans les rues de Paris, des supporters sont moins stoïques, et shootent dans des poubelles : la France a perdu aux tirs au but. Des gens pleurent et jurent de ne plus jamais regarder un match, d'autres sont moins affectés, de petits commandos d'adolescents défoncés au Rivotril ciblent les plus bourrés qui s'aventurent dans les rues perpendiculaires aux Champs et les détroussent ; la plupart coopèrent sans difficulté, quelques-uns font des histoires et il faut bien les tabasser un peu. Au numéro 15 de l'avenue

de Friedland, devant une vitrine célébrant les valeurs de la banque anglaise HSBC, un supporter portant sur le dos le numéro 10 de Lionel Messi nargue un autre floqué du numéro 7 d'Antoine Griezmann en chantant *Ramenez la coupe à la maison*, de Vegedream. Le numéro 7 propose au numéro 10 de « manger ses morts », le numéro 7 a bu l'équivalent de deux packs de Heineken, le numéro 10 s'est arraché la tête à la vodka-orange, il chante encore plus fort, le numéro 7 s'approche et brise l'arête du nez du numéro 10, libérant un flot de sang noir. Dix étages plus haut, errant sur un toit-terrasse décoré d'une forêt de bambous, Paul Quérillot vient de fumer un cigare au goût de noisette et d'amaretto. La nuit est tombée. Il fait froid alors personne ne s'aventure dehors, malgré les parasols chauffants, Quérillot en profite et marche entre les plantes, en tétant le cigare éteint. Il a soixante-quinze ans.

Il est un des cent vingt invités d'un cocktail donné par le pédégé du leader mondial de la réassurance, il connaît pas mal de monde mais il ne connaît personne vraiment. Il contemple Paris, les coulées lumineuses des boulevards. Ces dernières semaines, il a reçu des e-mails de journalistes qui souhaitent l'interviewer sur la genèse du rapport 21, à l'approche de son cinquantième anniversaire. Il a hésité à appeler Mildred pour lui demander si elle comptait leur répondre, elle, et puis il a renoncé. Leur dernière rencontre avait été associée trop intimement à la mort de Eugene, et il s'imagine qu'il est devenu pour elle une figure maudite. Elle n'avait jamais donné suite à sa lettre de condoléances, envoyée à son retour à Paris. Il n'a plus de nouvelles fraîches mais on lui a dit qu'elle continuait à s'occuper d'élevage, dans sa ferme de l'Utah, avec son fils Dan. Fidèle, tenace, droite dans ses bottes en caoutchouc. Douloureusement cohérente, jusqu'au bout. Dans son interview donnée en 2009 au mensuel *Live !*, avant de se murer dans le silence, elle avait eu cette phrase, d'un cran incontestable : « Sur ma tombe – je suis très sérieuse –, j'ai déjà prévu mon épitaphe : *We warned you, morons !* ("On vous avait prévenus, abrutis"). » Il avait souri : ni la tragédie ni l'amertume n'avaient émoussé l'humour tranchant de cette petite bonne femme.

Il sait, lui, qu'il est devenu le méchant du film, même s'il a tenté sur le tard de se racheter avec des initiatives misérables, comme ce don au programme « Toujours verts ! » visant à végétaliser les halls d'accueil des Ehpad de l'agglomération marseillaise – cela lui avait coûté un million et n'avait guère attiré que les sarcasmes des Soulèvements de la Terre, l'accusant (à raison) de *greenwashing* et (c'était incontestable) de faire le tiers de son chiffre d'affaires auprès des cinq entreprises les plus polluantes du pays.

Que voulaient-ils, les journalistes ? Une phrase définitive et spectrale sur les « années perdues », un mot sur l'ambiance de Berkeley. Ou bien un énième commentaire sur la personnalité de Mildred et de Eugene, sur l'*extraordinaire force dégagée par ce couple*. Ils se réveillaient tous les dix ans, pour faire des papiers sur « le rapport de l'Apocalypse » (qui était devenu, ces derniers temps, « le rapport qui avait eu tort d'avoir raison trop tôt »).

Et Gudsonn ? Des questions sur le Norvégien, on ne lui en avait jamais posé. Il était pourtant le plus énigmatique de nous quatre, pense le vieux millionnaire. Il n'a pas oublié cet après-midi pluvieux où il avait cru l'apercevoir, parmi les orateurs de Hyde Park, en train de prêcher : maigre, flottant dans un imperméable, le dos courbé tandis que ses mains battaient la mesure, fouettant l'air, aussi expressives que si elles étaient de petits êtres autonomes, l'une pointant un index vers le ciel tandis que l'autre se refermait comme les serres d'un aigle sur des proies invisibles (comme s'il tentait de saisir des vérités fugitives, qui toujours lui échappaient). Que disait-il ? Ils étaient loin, et il n'avait pas pu revenir sur ses pas : Noémie l'avait entraîné hors du parc, elle avait fait une petite attaque de panique et il avait fallu revenir à l'hôtel, la calmer. Le lendemain, il avait reculé de quelques heures son retour à Paris. Il était retourné au coin des orateurs. Il avait cherché, en vain, son ancien collègue dans cet étrange cirque humain, parmi les bateleurs et les faux prophètes.

D'humeur taquine, le DJ passe *I Will Survive* de Gloria Gaynor tandis que les images de Mbappé en pleurs défilent sur les trois écrans installés dans la salle de réception, mais en vérité personne n'est vraiment traumatisé, les riches ont déjà digéré la défaite, tous considèrent plus ou moins la qualité de fan absolu de l'équipe de France comme une tare des classes moyennes, ou pire : un passe-temps de Gilets jaunes. D'ailleurs à peine Kingsley Coman avait-il raté son tir au but que le pédégé du groupe de réassurance a pris Quérillot par le bras pour lui faire visiter son bureau, vaste cube entièrement vitré qui offre un accès direct au toit-terrasse végétalisé qu'il a fait installer au dernier étage de l'immeuble, à quelques dizaines de mètres de la place de l'Étoile. Il y a fait installer une ruche qui produit un miel de fleurs de bonne qualité, commercialisé auprès des seuls salariés de la société. Le pédégé est un petit homme chauve, cultivé et sympathique, quoique sa réputation professionnelle soit plutôt celle d'une hyène vorace. Il a pris Quérillot par le bras et lui a tout expliqué, en détail, il a dit qu'en équipant une des abeilles d'un mouchard il s'était aperçu qu'elles poussaient leur expédition jusqu'au Trocadéro et Quérillot a opiné du chef, l'air pénétré, avec les années il s'est composé un masque assez efficace dans ce type de situation, une expression d'*écoute active* qui consiste à froncer les sourcils en se mordant la lèvre inférieure. Puis, de façon cérémonieuse, le pédégé l'a entraîné à l'autre bout du bureau et lui a montré un tableau d'époque médiévale, un petit format non attribué. Il représente une ville stylisée, formée de trois tours et de remparts et au milieu de laquelle trois habitants, presque aussi hauts que la forteresse, figurent la population. Les personnages (un marchand, une femme et un soldat) contemplent avec effroi un volcan en éruption, en haut à gauche du tableau.

— L'auteur est un moine allemand du XIVe siècle, dont nous ne connaissons pas le nom. Je l'ai acheté dans une vente, avec ses deux petits frères. Comme ce tableau n'a pas de titre je lui en ai donné un, je l'ai appelé *Les Actes de Dieu*. C'est du jargon de réassureur.

Quérillot lui a dit bien, très bien, le pédégé a eu l'air déçu et lui a répondu vous ne me demandez pas ce que cela signifie. Si, a dit Quérillot, si.

— Ah, vous savez.

— Non je veux dire si, je vous le demande.

— Bon, bon, eh bien dans les assurances, les « actes de Dieu » sont les catastrophes naturelles incontrôlables. C'est en train de devenir notre locomotive, notre activité la plus rentable dans un monde où le pire devient probable. Les catastrophes naturelles se multiplient alors il a bien fallu concocter des polices d'assurance pour les actes de Dieu, et c'est bibi qui l'a fait.

Puis il a traîné Quérillot vers un autre tableau du même style représentant l'effondrement d'un échafaudage, broyant des ouvriers, il gloussait silencieusement.

— Là vous avez *Les Actes des hommes*, *Acts of Men* en anglais, qui représente les risques technologiques – une catastrophe nucléaire, par exemple. Et enfin – à tout seigneur tout honneur – il y a *Les Actes du démon*.

Il a mis la main sur l'épaule de Quérillot et l'a fait pivoter amicalement pour le placer devant un troisième tableau où domine la figure d'un démon, affublé de cornes et d'une grande bouche sensuelle, d'un ventre rond et rose, de pattes de bouc. Il est occupé à dévorer les habitants d'un village massés au pied de la forteresse. Une femme, la bouche agrandie dans un hurlement muet, tente de dérober son enfant à sa voracité, mais le démon a l'air très déterminé.

— « *Acts of Devil* », comme nous les nommons dans notre petit sabir professionnel. Ce sont les destructions volontaires commises par les hommes, les attentats terroristes par exemple. Là encore, nous avons des contrats spéciaux, et laissez-moi vous dire qu'ils ne sont pas piqués des hannetons, nous avons débauché des juristes qui ne rigolent pas du tout.

Quérillot l'a félicité, et le pédégé lui a jeté un regard oblique. Il lui a adressé un clin d'œil et a dit :

— Vous savez, j'ai lu votre rapport, je l'avais lu à sa sortie, en 1973. Vous avez eu un sacré pif à l'époque. Et contrairement à vos petits amis, ces Américains dont j'ai oublié le nom, vous n'en avez pas tiré de conséquences déraisonnables. C'est ça que j'aime chez vous. Il faut faire confiance à notre espèce. Elle a toujours créé les solutions en même temps que les problèmes. Regardez-moi : un problème, une assurance ! Le pire, ce serait de renoncer au progrès. Moi, je dis : roule jeunesse ! Nous allons être à court d'énergies fossiles ? Vive les bagnoles électriques et les avions à hydrogène !

Puis il s'est éclipsé et a planté Quérillot face au démon grimaçant.

*

Ramenez la coupe à la maison, allez les gars,
Allez

Il est 23 heures passées, Quérillot ne se sent pas très bien, c'est assez fréquent depuis quelques mois, les cocktails le fatiguent de plus en plus tôt. D'un autre côté s'il s'assoit il a envie de dormir. Son corps, chaque jour, devient un peu plus une source de problèmes. Bientôt, dans deux, trois ou cinq ans, son corps sera le problème. Or Quérillot déteste les vieux qui parlent complaisamment de leurs pépins de santé, qui se passionnent pour l'énumération des pièces défectueuses. S'il devient un de ces vieux-là, autant se flinguer, pense-t-il. Il décide de prendre un peu l'air et sort à nouveau sur le toit-terrasse, se penche pour regarder l'avenue. Il observe le reflux des supporters accablés, les supporters condamnés au trottoir et aux fan zones tandis que lui est abonné aux toits-terrasses. Les choses du monde ne lui parviennent que d'en bas : quand on est riche, la vie des gens est une rumeur étouffée par la circulation.

Il est amer. Depuis dix ans, il est séparé de Carlos et a multiplié les aventures, de plus en plus décevantes. Son compagnon du moment a quarante-deux ans, il est officiellement *chasseur d'appartements pour particuliers en quête de biens d'exception*, la réalité est plus floue ou peut-être qu'elle est très claire, la réalité est qu'il ne travaille pas. Évidemment Léonard a voulu faire l'aller-retour au Qatar pour voir le match en loge VIP, alors qu'il n'a jamais manifesté le moindre intérêt pour le foot, et Paul Quérillot a dû passer des coups de fil pour lui obtenir une place mais Léonard l'a à peine remercié. Pour le faux chasseur d'appartements il est important d'en être, de dire qu'il était sur place, sur le ton de l'évidence, comme s'il n'était pas envisageable d'assister à ce genre d'événement autrement qu'en étant sur les lieux, et à cet instant il lui apparaît que Léonard est un con. Paul Quérillot le savait sans doute déjà, mais il lui est pénible de le formuler aussi nettement, *j'ai passé les trois dernières années de ma vie avec un con*, c'est un peu rude, Noémie est douce et intelligente, Carlos est drôle et généreux et Léonard est infatué et stupide pourtant j'ai choisi de vivre avec Léonard et de ne plus vivre avec Noémie ou Carlos, c'est un peu raide mais c'est la stricte vérité. L'homme qui le fait souffrir est un abruti et aussi une fausse valeur, grossièrement surcotée, une bulle spéculative dans le milieu gay, ce garçon a peut-être un des plus beaux culs de Paris mais il n'a rien dans le bide, il n'a aucun sens du tragique, tout juste un vernis culturel qui lui permet de faire illusion auprès des filles à pédés, il est délicieux mais en réalité c'est un ectoplasme. D'ailleurs il n'est plus tellement délicieux, il l'est avec les autres mais il ne l'est plus avec Quérillot, comme s'il voulait lui faire comprendre qu'il n'était plus question de le séduire, lui, il était juste question de lui prendre son fric, de voir jusqu'où il pourrait lui prendre son fric sans faire de frais. Il le sait, Léonard va inévitablement le tromper au Qatar. Il va faire monter des escorts pakistanais ou philippins dans sa chambre d'hôtel payée par lui, Paul Quérillot, là encore c'est rude mais c'est la vérité. Le vieil homme a financé l'orgie qui va se dérouler, dans moins de deux heures, dans l'émirat du Qatar, il a tout payé, du taxi à Orly à la cocaïne qui sera consommée ce soir sur la table basse de la suite prestige nichée au soixantième étage d'une tour en forme de suppositoire géant. C'est dur, mais c'est ainsi. Il pense à l'empreinte carbone de Léonard l'aspirateur et là encore c'est assez déprimant, Léonard confond le Qatar et l'Arabie saoudite et les confondra toujours à son retour, quel est le sens de son déplacement, il est INJUSTIFIABLE, ce voyage ne saurait être justifié d'aucune façon, il est là-bas mais il aurait pu tout aussi bien être ici, et Quérillot repense au cinquantenaire du rapport et par voie de capillarité à Gudsonn qui n'aurait jamais permis ça, Eugene non plus n'aurait jamais permis ça, je n'ai aucune colonne vertébrale, pense Paul Quérillot, je suis l'être le plus corrompu au monde, je ne fais que suivre l'argent, je suis la piste de l'argent sans regarder autour de moi et tout à coup je lève la tête et je suis dans une décharge publique. Je ne peux m'en prendre qu'à moi-même, je suis incapable de prendre de la hauteur, je devrais rentrer chez moi et écouter de la musique planante. *Shine on You Crazy Diamond* ferait l'affaire, oui, Pink Floyd m'apaiserait et me téléporterait au temps béni de mon corps non délabré et de mes espoirs intacts, les longs solos de guitare feraient l'effet d'une perfusion d'antalgique à moyenne puissance et me plongeraient dans un engourdissement salutaire mais au lieu de cela je pense à coucher avec quelqu'un pour me venger de Léonard. Dans cette soirée il y a un jeune serveur qui porte un plateau rempli de coupes de champagne et il doit me trouver laid car j'ai un gros ventre et des traits affaissés mais peut-être que lui aussi suit la piste de l'argent, peut-être qu'il marchera, je pourrais coucher avec lui pour me venger mais quelle tristesse d'en être arrivé là, d'être aussi peu philosophe, d'être aussi fébrile et déstabilisé par un rien, alors qu'il suffirait de décider que ce qui se passe au Qatar ne me concerne pas, c'est la sagesse la plus élémentaire. J'ai soixante-quinze ans et je ne suis même pas capable de la sagesse la plus élémentaire, j'ai soixante-quinze ans et *je ne suis pas plus avancé*, en aucune manière. Je suis la figure du vieux pédé humilié, qui pleure sur sa jeunesse fanée et cherche à s'entourer de sang frais et quémande l'affection de jeunes gens cruels et égoïstes, je suis un mendiant de l'amour. J'ai réussi ma vie mais j'ai raté ma vie, pense Quérillot. Ma vie est un mauvais documentaire et du pire genre, un documentaire sur la vie d'un ACTEUR, c'est-à-dire le documentaire le plus inauthentique qui soit. Toute ma vie j'ai joué à un jeu et ce jeu est devenu un vaste échiquier avec des relations amicales et amoureuses, et professionnelles, de sorte que je suis mouillé jusqu'au cou, prisonnier de ce rôle qui n'avait jamais été, au début, qu'une boutade. Ce rôle qui, par un mouvement de glissements subreptices, est devenu ma vie (mettons à part Noémie qui est une amie très chère, peut-être même une amoureuse, j'étais sans doute amoureux de ma femme mais il a fallu que je m'installe avec l'éphèbe stupide pour m'en rendre compte). Et pour sortir de ce piège il aurait fallu renverser le plateau de jeu, seulement je n'ai jamais été doué pour cela, constate Quérillot. Je ne suis pas quelqu'un qui renverse les choses. Moi, j'ai toujours transigé mais j'ai toujours admiré l'intransigeance. J'ai toujours renoncé mais j'ai toujours admiré ceux qui ne renoncent jamais. Cela, on ne pourra pas me le retirer : d'avoir accepté la mauvaise conscience. De ne pas m'être défilé, face à la mauvaise conscience. La plupart de ceux qui renoncent détestent les intransigeants qui sont comme des reproches vivants, des empêcheurs de vivre dans la tiédeur de la nullité. Les intransigeants leur sont insupportables alors ils se débrouillent pour les zigouiller, ou au moins les détruire symboliquement, ou les écarter. Moi, j'ai gardé intacte mon admiration pour Gudsonn et Grothendieck, alors que chacun de leurs actes est le miroir inversé des miens. Moi qui ai trahi dans les grandes largeurs, moi qui ai navigué à vue, ne suivant que mon intérêt bien compris, je leur ai toujours gardé mon admiration fidèle, dans le secret de mon cœur…

Soudain il ressent une forte douleur aux poumons, se plie un peu en portant la main au ventre. Il s'appuie à la rambarde et inspire puissamment, les yeux clos, le jeune serveur s'approche et lui demande si ça va et Quérillot répond que oui, merci, il n'a besoin de rien, attendez, peut-être un peu d'eau, oui, un peu d'eau serait bien. Déjà la douleur est partie, reste son empreinte, comme une surchauffe de son système nerveux. Il boit un peu d'eau, il va mieux. Il entame une discussion avec le jeune serveur mais il sait qu'il faudra revenir, plus tard, à cette histoire de douleur. Et il se passe quelque chose d'étrange : lui si rationnel, exigeant de ses collaborateurs une religion des faits, ne se fiant qu'à l'expertise, lui, Paul Quérillot, a la certitude qu'il va mourir dans l'année.

IV

RUDY

« Et je commencerai par ceci : si j'étais vraiment fou, je ne serais sans doute pas en mesure de dater et d'articuler aussi nettement, comme je m'apprête à le faire ici, les étapes qui conduisirent à mon éveil, et mon activité de prédication. »

Johannes Gudsonn. Soldat de l'invisible,
par Johannes GUDSONN,
non daté

1

Le trajet avait été long et Philippe avait parlé sans interruption, il s'épanchait sur son « travail », et j'avais prié pour que cesse ce débit de phrases creuses dont chacune découvrait les failles narcissiques du photographe, béantes et ouvertes aux quatre vents. Philippe parlait et parlait encore de sa série de portraits de femmes détenues, de son projet de reportage en Sicile et je n'écoutais que d'une oreille distraite mais percevais très distinctement le sous-texte de ce fastidieux monologue, et il disait *je ne suis pas reconnu à ma juste valeur, je végète en faisant des photoreportages et j'en souffre horriblement, je voudrais être exposé dans des musées nationaux, je suis le Walker Evans français et quand les gens s'en apercevront il sera trop tard*. Ensuite il y eut un silence, la source s'était tarie d'un coup, Philippe avait dit ce qu'il avait à dire et il demanda s'il pouvait allumer une clope en ouvrant la fenêtre et je lui rétorquai que c'était une bagnole de location, j'avais laissé un chèque de caution, il pouvait quand même tenir dix minutes.

— T'es un cendrier vivant, Philippe.

— On vient de quitter l'Essonne, nota le photographe, qui avait cette manie de commenter les panneaux.

Nous quittâmes la nationale pour enfiler les petites routes de la Beauce, à travers les champs de céréales et de betteraves sucrières. Paysage à peu près nu, tendu de lignes électriques. Nous traversâmes un hameau où une vieille en blouse imprimée se tenait devant le pas de sa porte, passâmes un château d'eau et une déchetterie. Bientôt, une série de panneaux publicitaires annoncèrent l'entrée imminente dans une zone urbaine, ce que confirma un kilomètre plus loin un panneau blanc liseré de rouge indiquant la ville de Saint-Bour.

— Vous êtes arrivé, indiqua le GPS.

— On y est, commenta Philippe.

Je déboulai dans une rue où se toisaient deux rangées de pavillons, fis un créneau malhabile, raclai le trottoir trop haut, et calai la Peugeot 208 bleu vertigo entre une mocheté de chez Volkswagen et un bac à fleurs géant. Je me massai les tempes en m'inspectant dans le rétroviseur. Yeux de mérou malade, teint gris, cernes de sénateur.

— On y va.

Claquement de portières, réponse véhémente d'un chien. Philippe ouvrit le coffre et déchargea son matos. Chant bref du système de verrouillage de la bagnole, nouveaux aboiements. Le numéro 9 correspondait à un portail blanc en PVC, qui coulissait le long d'un rail pour découvrir une allée gravillonnée, encadrée par un moulin miniature et une petite statue de Poséidon en plâtre. Il y avait aussi des orangers du Mexique. La maison ressemblait à une villa grecque, et forcément ça détonnait un peu vu qu'on était dans le Loiret. Au-dessus de la porte, une vigne artificielle était entortillée autour d'une treille en bambou. Une parabole télé avait poussé sur le toit.

— Je vais faire quelques photos de contexte. Le moulin, là, le moulin dégage un truc, je trouve.

Philippe avait enclenché le mode *safari dans le pays réel* : l'après-midi allait être pénible.

— Attends qu'on ait sonné. C'est plus correct. On parle d'abord à la femme, ensuite on fait les photos.

La maison était équipée d'une sonnette à trois notes. *Do, mi, sol.* La porte s'ouvrit et une femme apparut. Elle tenait un bébé dans les bras, qu'elle balançait doucement. La femme : quarante ans ou approchant, traits lourds, des sourcils noirs et des cheveux qui n'avaient pas toujours été blond vénitien. Elle portait une robe légère et ses seins se balançaient au rythme de la respiration de l'enfant. Visiblement, elle s'était un peu préparée pour les photos. Philippe était probablement déçu car il aimait les sujets au naturel. Elle aussi eut l'air déçue, elle regarda par-dessus mon épaule, vers la bagnole, pour voir s'il n'y avait pas quelqu'un d'autre. Peut-être imaginait-elle une équipe, ou un journaliste avec la gueule de Robert Redford dans *Les Hommes du président*.

Mais ce n'était que moi et ce con de Philippe, Philippe avec sa pomme d'Adam qui faisait du yo-yo sur son cou décharné.

— Entrez.

Nous la suivîmes jusqu'au salon-cuisine, une vaste pièce à la peinture passée. Au sol, un lino imitait les motifs d'un parquet à l'ancienne. Un pan de mur entier était occupé par une collection de plaques d'immatriculation vintage : j'en avais déjà vu de semblables et savais qu'elles avaient été patinées en usine, en Chine ou au Pakistan, avant d'être revendues sur les marchés comme des objets de décoration pas trop chers. La femme nous montra des photos de son mari, un grand frisé à fossettes et menton galoché. Il travaillait sur une plateforme logistique, après avoir passé une formation l'habilitant à conduire des chariots élévateurs électriques. Ils avaient deux enfants, le bébé et un adolescent. « Mon petit homme », dit la femme en montrant une autre photo, celle d'un garçon de treize ou quatorze ans en maillot de foot que j'identifiais comme celui de la Juventus de Turin. Sur le cliché, il prenait une pose populaire chez les adolescents, le « dab » : tête plongée dans le pli du coude droit, bras gauche levé à l'oblique vers le ciel.

— Il a attrapé le démon du foot, lui aussi. Il a commencé chez les minimes. Il joue au milieu, comme Adrien Rabiot, son idole. Du coup, quand tout cela s'est passé, ç'a été très dur pour lui.

Sa voix se brisa légèrement, et puis elle redressa la tête avec un sourire vaillant.

— Vous voulez un café ? J'ai des capsules, il y a plein d'arômes différents, vous me direz ce que vous voulez.

Nous n'étions pas les premiers journalistes à venir. *La République du Centre* avait déjà fait une demi-page, c'était le genre d'histoire que les gens aimaient, parce qu'ils pouvaient s'identifier et aussi secouer la tête tristement en disant qu'on vivait dans un monde de dingues, ce qui était une chose qu'aimaient faire les gens, en Europe au moins. Un type, David Routourou, père de famille, salarié exemplaire, jouait dans une équipe de Régional 1 à raison de huit heures d'entraînement par semaine. Son équipe avait réalisé un parcours épique en Coupe de France, une compétition qui permettait à des clubs amateurs d'affronter les grosses écuries des ligues nationales. Ils s'étaient retrouvés en huitièmes de finale, et la région entière s'était enflammée pour les amateurs de l'USM Saint-Bour, l'éternel combat de David contre Goliath était toujours mobilisateur, la fierté locale aussi, le coin était plutôt sinistré alors tout le monde s'était rué au stade le soir des huitièmes. Un monde les séparait de leur adversaire, un bon club de Ligue 2, et cependant les supporters avaient envie de croire au miracle, et le miracle avait eu lieu, en première période du moins : la petite équipe avait fait le bus devant les cages en espérant planter sur un contre et cette stratégie avait fonctionné, l'équipe de Ligue 2 avait campé dans leur surface mais rien ne rentrait, jusqu'à la soixante-dixième minute, une tête plongeante d'un international ghanéen, le gardien pétrifié. Alors l'USM avait sonné la révolte, il ne restait que vingt minutes et chaque joueur croyait à son étoile et savait que l'occasion ne se représenterait jamais, les joueurs qui étaient employés municipaux ou flics ou commerçants ou salariés ou chômeurs étaient devenus des fous furieux, ils couraient au-delà de leurs limites physiques et réveillèrent des fonctions corporelles inconnues, des muscles inusités. Le second miracle se produisit dans les arrêts de jeu, un attaquant de l'USM qui travaillait à l'accueil d'un service de pompes funèbres reçut une passe dans les pieds et réussit une percée monumentale, jusque dans la surface, avant d'être fauché par un bourreau de l'équipe adverse, une « saloperie de tacle sournois à la Sergio Ramos », dirait plus tard sa mère qui le regardait depuis les tribunes.

Un penalty fut sifflé. Dans le secret du vestiaire, avant le match, il avait été convenu que l'attaquant fauché tirerait le penalty qu'il avait provoqué. Cependant celui-ci était encore carbonisé par sa chevauchée fantastique, le souffle court, alors David Routourou s'était avancé, il n'était pas un tireur de penaltys aguerri mais il avait travaillé l'exercice au dernier entraînement et surtout il le sentait, ce soir-là, pour une raison inexplicable ; il avait l'étrange conviction que tout ce qu'il tenterait à partir de ce moment précis serait couronné de succès. Il s'était proposé et les autres le regardèrent un peu dubitatifs : ce n'était pas le plus fort de l'équipe, loin de là, et cependant il avait l'air si sûr de lui. Serein, la main tendue qui réclamait le ballon comme s'il était son dû – comme s'il savait ce qui allait se passer, éclairé par quelque message du futur. L'autre lui céda le ballon et Routourou le déposa au point de penalty.

Il inspira, et pensa à son fils qui rêvait de devenir un milieu élégant à la Adrien Rabiot. Cette vision lui inspira une idée insensée, non seulement il allait marquer ce penalty mais il allait le faire avec la manière, il allait étonner le monde avec un geste éblouissant de panache, un geste de seigneur, il allait faire une panenka – geste baptisé d'après le nom d'un joueur tchèque des années 1970 qui avait inventé ce but audacieux consistant à ralentir sa frappe au dernier moment, alors que le gardien s'est déjà élancé, pour le feinter d'un petit lob vicelard. Oui, il allait offrir à son fils une panenka, le geste ultime du patron, devant les milliers de spectateurs et les centaines de téléphones qui filmaient – cette circonstance expliquant peut-être l'ivresse de Routourou, son sentiment d'hyperpuissance (la certitude, qu'il décrirait plus tard, qu'il était Zinedine Zidane face à Gianluigi Buffon, en finale de la Coupe du monde de 2006). David Routourou s'élança, arma son pied droit, mais au moment de tirer il écrasa excessivement sa frappe et le ballon fit une cloche ridicule qui retomba deux mètres devant le but, le gardien qui avait esquissé un plongeon eut le temps de se relever et de le cueillir, un sourire aux lèvres. Ses coéquipiers le regardèrent, incrédules, pourtant il fallut très vite se reprendre car le gardien avait relancé le jeu et ce n'est qu'au retour au vestiaire que leur colère explosa, il avait gâché l'occasion d'une vie et humilié le club le jour où il entrait dans la cour des grands, en pleine lumière. Le coach avait dû intervenir, il avait fait barrage de son corps pour éviter que cela dégénère, les insultes avaient volé mais David Routourou ne disait rien, il était dégrisé et ne comprenait toujours pas ce qui s'était passé, pourquoi le pied s'était alourdi d'un coup, comment avait-il aussi grotesquement calibré cette frappe, il se sentait cotonneux et si ses coéquipiers l'avaient passé à tabac il est probable qu'il n'aurait pas réagi, qu'il aurait abandonné aux coups son corps défaillant.

Dûment filmé par des centaines de téléphones portables, le penalty vendangé avait fini sur les réseaux, sur des vidéos de bêtisiers : la première occurrence lorsqu'on tapait le nom de Saint-Bour sur Google était « pire penalty de l'histoire du foot ». Or Saint-Bour était une petite ville. David Routourou devint rapidement un paria, déchaînant les ricanements partout où il allait. Il fit une dépression, fut placé en arrêt-maladie pour une durée d'un mois, qu'il passa à picoler et à lire les commentaires insultants qui s'amoncelaient sous la vidéo virale. Il y eut des visites de contrôle et à deux reprises le médecin du travail ne le trouva pas chez lui, il était parti se balader en forêt. L'employeur tenait son motif de licenciement : Routourou fut viré. Alors il se rendit chez Leroy Merlin, acheta une sangle d'arrimage, la fixa à une branche de cerisier et se pendit. Par miracle, sa femme se trouvait alors dans la cuisine, la fenêtre entrouverte, et elle entendit le sifflement sec de la sangle que l'on attache au bois. Elle laissa passer quelques secondes, jeta un coup d'œil à la fenêtre, vit la scène macabre, se rua dans le garage, attrapa un cutter, monta sur l'escabeau renversé et sectionna la sangle. L'asphyxie n'était pas allée à son terme. Il était toutefois prématuré de parler de chance : David Routourou était plongé dans le coma, et il n'était pas certain qu'il puisse recouvrer ses fonctions cérébrales. Voilà, le rédac chef de *Zones* était tombé sur un article qui racontait l'affaire, il avait trouvé que c'était un vrai sujet, et même qu'« il y avait tout dans ce sujet », et puis il s'était souvenu que je suivais un peu le foot.

*

L'interview fut assez rapide. Nous nous installâmes sur des poufs marocains, autour d'un café. La femme parla de la détresse de son mari. Elle fut prise de sanglots en avouant qu'elle aussi lui en avait voulu, après le match. Elle ne se le pardonnait pas et ne pardonnait pas aux coéquipiers de son mari, non plus. Elle songeait à déménager loin, elle travaillait dans le secteur médical, il y avait besoin de monde un peu partout, mais il fallait d'abord attendre que David sorte du coma, ce sur quoi elle manifestait un étrange optimisme (pourtant je n'avais pas vu de signes religieux dans la maison, je les imaginais plutôt athées, l'idée qu'elle triture un chapelet me paraissait incongrue). Philippe demanda à s'éclipser pour fumer une clope. Nous sortîmes tous ensemble. Le photographe fit quelques pas sur la pelouse, il cherchait un endroit pour faire le portrait, évidemment il pensa au cerisier où le type avait tenté de se pendre, le cerisier aurait permis la photo ultime, il furetait de l'œil au fond du jardin et je le fusillai du regard, l'air de dire *n'y pense même pas*. Philippe reçut le message, et décréta que la terrasse ferait l'affaire. Il prépara son objectif. La femme proposa d'aller se passer la tête sous l'eau car elle avait pleuré mais Philippe lui dit « surtout pas », il ajouta même « gardez vos larmes » comme il aurait pu dire « gardez votre veste » et je me rappelai les mots d'un présentateur vedette devant le spectacle des tours jumelles en flammes, « c'est énorme », avait dit l'homme de télévision, ce malade bandait dur devant l'attentat, Philippe était de ce bois-là. Il installa ses réflecteurs, et une pluie fine se mit à tomber. Il fallut se hâter.

*

Je déposai Philippe chez lui avant d'aller rendre la voiture de location, porte de Versailles. Puis je pris le tramway jusqu'au magazine, porte d'Ivry. Les façades en brique rouge des anciennes habitations à bon marché défilaient. Couples… Vieillards lents… Rideaux métalliques… Murs de pignon défigurés par des publicités digitales (« *Bail-Bail, les loyers impayés !* »).

La journée avait été pénible, l'histoire de Routourou m'avait déprimé, l'humanité était décidément un cloaque malodorant et la prétendue supériorité de l'Homme sur les autres espèces un postulat bien fragile, c'était une journée à devenir antispéciste, il n'y avait rien à sauver de ce reportage à part l'image des seins de la femme, que je stockai soigneusement dans ma bibliothèque mentale. Cette image fugace pouvait-elle compenser les quelque huit heures passées en présence de Philippe ? Non, bien sûr. Non, non, non. Je sentis monter un sentiment d'injustice. À trente-sept ans, je méritais d'être mieux considéré. J'avais été un soldat fidèle, j'avais accepté de me coltiner les déplacements le dimanche au prétexte que je n'avais pas de « petite famille », je m'étais accommodé d'un statut de pigiste alors que Cédric avait les moyens de me salarier (il se vantait assez du soutien de l'actionnaire pour que j'en aie la certitude). Je ne m'étais jamais plaint. Aujourd'hui, pour la première fois, je demanderais quelque chose. Je parlerais de Philippe à Cédric. Je ne pouvais plus l'encadrer, je voulais faire équipe avec un autre photographe ; ce n'était pas une exigence exorbitante, après tout il fallait un minimum d'entente pour travailler en binôme.

Ensemble, nous avions près de dix reportages au compteur : il y avait eu le type à Lussac qui avait vu des ovnis dans son jardin, les brancardiers de Lourdes, l'employé municipal qui avait gagné un million d'euros en achetant des bitcoins, le présentateur de Faf & Curious, le groupe Bondy System of Sound, et j'en passe ; à chaque fois nous avions dû enquiller des centaines de kilomètres ensemble, et parfois même partager une chambre dans un motel, il y avait eu des déjeuners dans des routiers et des Courtepaille, c'était insoutenable, en plus Philippe avait une haleine de mort.

Cédric m'écouterait.

Le patron de *Zones* avait soixante-quatre ans. Il pouvait sans exagération être qualifié de sympathique, ce qui n'était pas si courant, surtout à la tête de la rédaction d'un mensuel de société. Il était loin d'être un saint mais son cœur s'ouvrait, par intermittence, aux souffrances des autres hommes ; il m'arrivait même de penser que s'il avait vécu pendant l'Occupation, il aurait caché un résistant dans sa cave (peut-être qu'il ne l'aurait pas fait spontanément mais si un résistant traqué s'était présenté devant sa porte et l'avait supplié, oui, le rédacteur en chef l'aurait probablement caché).

Ancien de la revue *Explo*, il avait pris la tête de la rédaction de *Zones* en 2011. « Le mensuel qui rend intelligent » était à la peine et venait d'être racheté par un milliardaire, qui voulait son magazine comme un gosse réclame un vélo (c'était son caprice et la preuve qu'il avait vraiment beaucoup d'argent : il pouvait se permettre d'en perdre en toute connaissance de cause). Avec l'appui du nabab, après d'âpres renégociations des contrats publicitaires et une refonte totale de la politique d'abonnement, le rédacteur en chef avait relancé le titre, au milieu du champ de ruines de la presse généraliste. *Zones* s'était imposé comme un mensuel de bonne facture, avec des reportages fouillés, des immersions longues et une certaine tenue littéraire – un des rares qui surnageaient, dans un secteur moribond.

Cédric était-il mon mentor ? Quatre ans plus tôt, il m'avait mis le pied à l'étrier et m'avait proposé mes premières piges au moment où j'étais dans l'impasse, après une décennie à occuper des emplois qui ne m'intéressaient pas, dans des bureaux qui sentaient la souris. Une fois terminées mes études à Sciences Po Grenoble, j'étais allé m'enterrer trois ans à Newcastle, dans une Alliance française. Puis j'étais rentré en France, et j'avais gâché les six années suivantes en me persuadant que la *veille législative et réglementaire* était une tâche exaltante ; qu'écrire les discours du président de la Fédération française des métiers du plâtre et de l'isolation ne se refusait pas ; et que promener le chien dudit président était un continuum logique à mon travail de scribe (un jour, j'avais refusé de promener le chien, et les relations s'étaient dégradées).

Je n'avais aucun diplôme d'école de journaliste, mais Cédric m'avait tendu la main. Avait-il voulu être fidèle à l'esprit de sa jeunesse, cette époque où l'on embauchait à l'instinct, en se fiant à une poignée de main ? Nous avions sympathisé dans un bar, autour d'un vieux baby-foot en bois. Cédric s'était tordu de rire en m'écoutant raconter mon quotidien, contrefaire les tics de la secrétaire, imiter le chien du patron. Je n'avais gardé aucun souvenir de cette soirée du vendredi que j'avais finie comme tant d'autres, à genoux devant la cuvette des gogues, à demi assommé par l'alcool. « Tu sais raconter : tu sauras écrire », aurait tranché le journaliste, c'est du moins ce qu'il racontait encore quatre ans plus tard, sans que l'on sache vraiment ce que le récit devait à sa mémoire ou à son imagination. Après tout, Cédric était un vieux conteur parisien.

Il est vrai qu'il m'avait confié une pige, pour voir. Je m'étais jeté sur ce rôle, laissé vacant le temps d'un numéro par un journaliste que terrassait une mononucléose. Je sentis que je tenais là ma porte de sortie pour échapper aux forces de l'ennui, aux salades de fusilli picorées devant mon ordinateur, et surtout à l'*accoutumance,* la pente dangereuse qui me faisait me réjouir du grammage des nouvelles cartes de visite, m'extasier d'un déjeuner professionnel chez Hippopotamus ou d'un déplacement à Louvain-la-Neuve. Il faut croire que Cédric avait aimé ce qu'il avait lu : les piges étaient devenues de plus en plus régulières, et bientôt j'avais fait partie des meubles.

Cédric portait un cuir avec revers en mouton, des baskets pourries, et toutes ses jouissances passées étaient inscrites sur sa face burinée de vieil ado attardé, avec un gros pif sensuel et des cheveux mi-longs d'ancien flambeur, couleur poivre et sel. Jeune, il avait ressemblé à Depardieu dans *Buffet froid* et ne se privait pas de le rappeler. Des rides lui pinçaient le coin des yeux qui riaient encore de tous les plaisirs tirés de l'existence ; parfois je me disais que ce genre de trogne avait disparu avec la croissance et le plein emploi, c'étaient des trognes magnifiques, de gens qui ne nourrissaient aucun regret, qui avaient croqué dans les fruits juteux de la vie avant de s'essuyer avec la manche, en reniflant. Ces trognes narguaient ma génération à moi, Rudy, qui avait eu dix-huit ans au tournant du millénaire. J'avais fait mon lycée à Lyon, sous Jospin : je me souvenais boire des bières et du rosé en cubi en écoutant Louise Attaque. Combien de fois mes amis et moi avions-nous trempé un gressin dans un bol de houmous industriel, en rêvant d'amour physique ? Parfois, nous oubliions une 1664 au congélateur, et elle explosait. *Allez viens, je t'emmène au vent...* hululais-je, sans trop y croire. À l'époque, je portais un serre-tête sur mes cheveux longs, gras et huileux. Ce n'était peut-être pas un hasard, pensai-je, si les années 1990 avaient accouché de l'âge d'or du death metal français, musique de désespérés qui avait vu le jour dans les garages des premières maisons Phénix et dans les granges où l'on décrochait, déjà, les corps sans vie des agriculteurs.

La relation que j'entretenais avec le rédacteur en chef était bonne, elle était même quasi filiale au début même s'il m'agaçait avec cette façon qu'il avait de rappeler sans cesse que les grandes heures du journalisme étaient passées et de le dire sans tristesse, avec une espèce de plaisir, parce qu'il en avait bien profité. Dix fois par jour, il fallait l'écouter sans broncher égrener ses souvenirs, il disait qu'avant les journaux payaient mieux, il y avait « un fric de dingue » et aussi cent cinquante titres en kiosque, on notait son numéro sur un ticket de métro avant de le refiler à une fille qu'on retrouvait le soir même, on avait une ardoise dans son bistrot favori, ça clopait sur les plateaux télé, on pouvait disparaître pendant six mois, il régnait dans les arts une liberté totale et Desproges pouvait dire « On me dit que des Juifs se sont glissés dans la salle ? », un clodo pouvait entrer au Palace et danser à côté de Grace Jones, on trouvait un job en moins de soixante-douze heures. J'avais élaboré une théorie pour ne pas me laisser trop atteindre par ces récits d'âge d'or, d'ailleurs c'était mieux qu'une théorie, c'était un constat factuel et imparable : cette parenthèse enchantée, cette époque faste n'était rien d'autre qu'une anomalie dans l'histoire de l'humanité. L'histoire des Hommes avait toujours été celle de la peur, de la mort, de l'obscurité et de la stagnation, et les temps présents étaient en quelque sorte un retour à la normale, voilà, et puis il ne fallait pas trop se plaindre, j'étais journaliste dans un magazine et gagnais correctement ma vie, grâce à de petits à-côtés (le dernier en date avait consisté à écrire un texte pour définir l'« identité de marque » des magasins Marionnaud et je l'avais fait dans la douleur, en compulsant une brochure intitulée « Marionnaud, soixante ans au service des femmes »).

Je passai mon badge à l'accueil du grand immeuble de verre. J'adressai un signe de tête à la fille de l'accueil (une jolie brune dont l'air maussade me suggéra de me la carrer derrière l'oreille), fis cap sur les ascenseurs, visai le quatrième étage que le magazine partageait avec une webradio protestante. *Ding !* L'ascenseur émit une sonnerie de micro-ondes. Je traversai l'« espace partagé », saluai le collègue en charge de la rubrique mode qui ne me répondit pas, absorbé par la vidéo d'un combat entre un cobra et une mangouste. Je frappai à la porte du bureau du rédacteur en chef.

— Ouvert ! répondit la voix cassée du vieux boomer.

Renversé sur sa chaise à roulettes, Cédric était occupé à éplucher une mandarine. Il m'accueillit avec un large sourire.

— Alors, ce pendu de Saint-Bour ?

Il était de bonne humeur, signe qu'il avait « levé une petite » la veille, ou déjeuné avec l'actionnaire. À chaque fois qu'il revenait de son rendez-vous mensuel avec l'actionnaire il était en joie, parce qu'ils déjeunaient dans un étoilé et que l'actionnaire lisait vraiment le magazine, et lui disait à quel point il était heureux de perdre de l'argent dans un « beau contenu » avec des reportages fouillés, des éditos inspirés et des photos irréprochables. Il était de ces propriétaires qui aimaient bien interroger leurs gens, de temps en temps, sur leurs activités. Il traitait le rédacteur en chef comme un égal – comme certains seigneurs libéraux qui se tapent la cloche avec leur intendant, dans les romans russes. Cédric exultait.

— Il a adoré ton papier sur Lourdes, et les photos de Philippe. Je lui ai parlé du papier sur le footeux, et là, je dois dire, il m'a scotché, il voyait très bien de quoi je parlais, le mec suit la Coupe de France, il connaissait le score. Il pèse un demi-milliard, il habite dans un putain de manoir à Marnes-la-Coquette et il a suivi le match avec... avec...

— L'USM Saint-Bour.

— Ouais, l'USM Saint-Bour. Il était à deux doigts de me citer le nom du club.

— Et il ne l'a pas fait.

Il y eut un silence. Je compris que je gâchais sa bonne humeur. Je me grattai le sommet de l'arête du nez.

— Au fait, à propos de Philippe.

Le rédac chef soupira.

— Philippe est un bon photographe. Pas aussi bon qu'il le croit lui-même, mais c'est un bon photographe.

— Il commente tout. Il ne s'arrête jamais. Et il pue de la gueule.

— Fais un effort, Rudy. Figure-toi que lui n'est pas non plus ravi de faire équipe avec toi. Il dit que tu le brides. Je ne sais pas trop ce que ça veut dire, pourtant c'est le mot qu'il a prononcé.

— Il se prend vraiment pour Robert Capa, Cédric. Alors, évidemment, je le bride. Le gars considère que mon reportage de vingt mille signes n'est qu'une longue légende de ses photos. Il en est là. Alors, forcément.

— Bon. Dis-moi plutôt comment va le pendu.

— Mal. Il est dans le coma. Du coup je vais y aller doucement sur le côté racoleur.

— Oui, bien sûr. Enfin il faudra trouver un bon titre, quand même. J'ai noté deux ou trois trucs, j'avais pensé à quelque chose comme : « Le match, la corde et la panenka ».

Je ricanai.

— Et moi j'avais pensé à : « Routourou ne voulait pas jouer les prolongations ».

Cédric ne saisit pas le sarcasme.

— C'est pas mal, pas mal du tout. Tu as raison, je crois qu'on gagnerait à faire des trucs plus grinçants, il y a un créneau à prendre, celui de *Hara-Kiri*, ou du *Charlie Hebdo* de la grande époque. L'actionnaire nous aime bien, mais il regarde un peu les ventes, tu sais. Il me met la pression, il est d'accord de perdre un peu d'argent mais pas trop non plus. Qu'est-ce qu'il m'a dit, déjà ? « Tenir la ligne impertinente et sexy. » Et tu sais quoi ? Je suis d'accord avec lui. À ce propos…

Cédric aplatit les mains sur le bureau et passa une petite langue pointue sur sa lèvre supérieure. Chez lui, ce tic précédait souvent l'annonce d'une très bonne ou d'une très mauvaise nouvelle.

— Tu parles bien anglais, hein ? Je veux dire : vraiment bien ?

J'acquiesçai, soulagé.

— *Sir, yes, sir*. C'est la seule chose que j'ai rapportée de Newcastle.

(Pendant trois ans, j'avais organisé des *rétrospectives Luc Besson* et des dégustations de fromages pour de jeunes Anglais amorphes. À force, j'avais fini par discuter avec eux.)

Cédric grogna, satisfait. Il se frotta les yeux du bout des doigts. Il essayait de formuler quelque chose.

— Tu sais que je n'ai jamais rien lâché sur notre indépendance, Rudy. Et tu sais que l'actionnaire a toujours été respectueux des statuts. Tu sais tout ça. Eh bien. Comment dire. Pour la première fois l'actionnaire a émis une requête. Disons, un souhait. En fait il nous demande un reportage.

Il donna un coup de reins pour ajuster sa chaise de bureau, se redressa, se passa les mains dans les cheveux, les aplatit.

— Tu connais le « rapport 21 » ? Non, bien sûr. Pas un truc de ta génération. À peine de la mienne, d'ailleurs. C'est une étude qui a été publiée en 1973, sur les dangers de la croissance. Un rapport écolo avant l'heure, quoi. Confié à une équipe de l'université de Berkeley, par un collectif d'industriels. Ça avait fait pas mal de bruit, et puis les gens sont passés à autre chose. Probablement le seul truc déprimant qui soit sorti des années 70, quand tu y penses. Des chercheurs de premier ordre, des tronches. Leurs noms…

Il jeta un coup d'œil à un carnet, posé devant lui.

— Voilà. Mildred et Eugene Dundee. Paul Quérillot, un Français, qui dirige une très grosse boîte de conseil en je-ne-sais-pas-quoi. Et un quatrième dont j'ai oublié le nom, un matheux, finlandais ou norvégien. Il a plus ou moins disjoncté, avant de disparaître de la circulation. Quatre. Enfin trois, parce que l'Américain est mort. Ça va être l'anniversaire des cinquante ans du rapport, et l'actionnaire veut absolument qu'on fasse un truc là-dessus. Il dit que c'est important, que… Je ne sais pas trop ce qu'il a dit, en fait. Je crois que sa femme lui a monté le bourrichon, tu sais, elle n'arrête pas de dire que nous ne parlons pas assez d'écologie. Moi, tu sais ce que j'en pense… Société d'angoissés… Culpabilisation permanente… Il n'est pas né, celui qui m'empêchera de me taper une côte de bœuf… Enfin, l'actionnaire voudrait… Et comme il ne demande jamais rien… Le fait qu'il demande, là, je me dis… Je sais, je ne suis pas clair. D'un autre côté c'est super excitant. Tu vas faire un reportage *international*, mon pote, ça te changera des pompiers de Bédarieux.

2

Je pris le métro et rentrai chez moi, à Bagneux, dans mon deux-pièces de l'avenue Aristide-Briand, au bord de la nationale 20. Je jetai mes clés dans le vide-tout, m'affalai sur mon canapé convertible et entrepris de retranscrire les bandes de mon interview de l'après-midi, à Saint-Bour. Je travaillais à l'ancienne : dictaphone numérique, vingt heures d'autonomie, qualité japonaise. Offert par Cédric pour mes trente-cinq ans. Parfois, je doublais d'un enregistrement sur mon iPhone, au cas où la première technologie (depuis longtemps abandonnée par mes jeunes confrères) ferait défaut. J'écoutai le terrible récit de Mme Routourou, sélectionnai minutieusement les passages que je garderais dans mon papier… « Un coup de massue… Si je n'avais pas été dans la cuisine… » Je tapai vite, accompagné d'un album du Bondy System of Sound, qui enchaînait les tubes : *Grosse colère*, *L'Ivresse*, *Mon polo crocodile*… Mon salon baignait dans une lumière agréable, jaune orangé. Un paquet de chips crevé traînait sur la table basse, à côté d'une bédé. J'expédiai la tâche en moins d'une demi-heure.

Cédric m'avait prêté son exemplaire du rapport 21. Le livre me faisait de l'œil, posé sur une pile de vieux numéros de *Zones*. Le rédac chef n'avait même pas fait l'effort de me le vendre : « Le seul truc déprimant qui soit sorti des années 1970 »... N'en jetez plus ! Très bien, juste après le pendu... Je l'attrapai, fis défiler les pages avec le pouce. Publié aux éditions Gai-Savoir, c'était un livre épais, à couverture souple. Les première et quatrième de couverture étaient illustrées par une encre représentant une silhouette filiforme, dans le style de l'*Homme qui marche*, de Giacometti. Elle avançait, d'un pas décidé, vers un précipice. Un bandeau rouge vif annonçait : « LE RAPPORT QUI AVAIT TOUT PRÉVU – ÉDITION ACTUALISÉE ». Il avait été réédité dix ans plus tôt, pour le quarantième anniversaire de sa publication. Je n'avais pas trop le choix : il fallait l'attaquer, sans attendre.

Je descendis au Bar des Suisses, un rade où subsistaient quelques éléments d'un décor Paris 1900, au milieu des écrans plasma branchés sur BFM TV. Il était avantageusement situé à deux numéros de mon immeuble. Le patron, un Sri-Lankais dodu, était occupé à exterminer des mouches avec une raquette électrique. Je m'installai en terrasse, commandai une bouteille de blanc, me calai sur la chaise en osier, et ouvris la première page.

3

Le livre était atrocement ennuyeux. Il s'ouvrait sur une préface signée par la veuve Dundee, sous forme d'hommage à son mari, décédé en 2007. L'Américaine expliquait le rôle central joué par Eugene dans ce travail, et combien sa connaissance de l'informatique, rare à l'époque, avait été précieuse. Elle rappelait qu'une question aussi difficile que les limites de la croissance n'aurait pu être explorée sans le concours de ce qui était encore, à l'époque, une technologie révolutionnaire et mal connue. Les modèles étaient trop complexes, faisaient intervenir trop de paramètres pour être maniés par le cerveau humain. Mildred ajoutait que l'édition initiale avait été actualisée, pour prendre en compte l'évolution postérieure au rapport. Ces nouvelles données confirmaient leurs projections de 1973, en pire. « En pire », tels étaient les mots employés. Mildred Dundee saluait le travail des deux autres chercheurs, le Français et le Norvégien, mais c'étaient des remerciements de circonstance, rapidement expédiés. On devinait que les quatre de Berkeley avaient été beaucoup attaqués, car l'Américaine s'échinait à défendre la rigueur de leur travail, leur méthodologie. Ils avaient eu à cœur, écrivait-elle, de rendre leur rapport accessible au plus grand nombre, ce qui supposait de ne pas infliger au lecteur des formules mathématiques. Le scénario de l'effondrement était exposé en termes clairs, sans passion, et même avec une neutralité monocorde qui lui conférait une crédibilité accrue.

À titre personnel, j'étais plutôt acquis à la cause, quoique ma conversion à l'urgence écologique fût assez récente, encore très incomplète et ne s'était pas faite sans de longs détours. Je revenais de loin. Adolescent, je n'avais guère connu qu'un seul militant vert : Benoît, un cousin de ma mère qui déambulait avec un bâton de pluie et fredonnait du Miossec, l'air perdu, comme si la sobriété qu'il prônait devait s'étendre à l'utilisation des fonctions cérébrales. J'en avais déduit un peu hâtivement que les écologistes étaient des gens déséquilibrés, qui ne présentaient pas très bien. Au milieu des années 2000, alors que je terminais mon master à Sciences Po Grenoble, la lecture de brillants pamphlétaires conservateurs m'avait fourni un petit argumentaire rustique mais efficace, quelques éléments de langage à l'usage d'un lecteur moyennement cultivé du *Figaro Magazine*. En gros : les écologistes formaient une caste d'emmerdeurs professionnels, de gens qui détestaient la vie ; non contents d'y renoncer pour eux-mêmes, ils ambitionnaient de gâcher celle des autres. Je m'en servais volontiers lorsque le sujet venait sur la table, pour le plaisir de voir se décomposer mes camarades du master « Management de la culture et des médias ». Un jour, une fille plutôt en verve avait explosé :

— Détester la vie... C'est quoi, *la vie* ? Sauter dans un avion pour aller en boîte à Budapest ? S'agglutiner comme des mouches à merde autour d'un brasero, en hiver ?

Plus tard, j'avais reconnu qu'elle marquait un point. Sur le moment, encouragé par sa mine déconfite, j'en avais rajouté, délaissant l'argumentaire pépère du *Figaro Magazine* pour celui, plus inquiétant, du prophète nihiliste : « Nouveau déguisement du judéo-christianisme ! Nouvelle *religion des faibles*, nouvelle ruse du ressentiment moderne ! » Ce n'était pas totalement joué. Avec leur « principe de responsabilité », les écolos révoltaient le fasciste qui sommeillait en moi (un Jiminy Cricket qui me susurrait parfois à l'oreille et qui empruntait alternativement les traits de Ceausescu ou de Mussolini). Tout cela était un peu con. Il y avait, sans doute, un rejet atavique du milieu des cathos de gauche qu'avait fréquenté ma mère, quand j'étais enfant. Et un fond de beauferie de droite que j'avais porté comme une armure commode, confondant la paresse intellectuelle avec le panache insouciant et viril du mousquetaire français.

À la fin des années 2000, je m'étais un peu ravisé. Le sujet était loin de me préoccuper quotidiennement, mais j'avais lu, regardé quelques documentaires. Et puis, je travaillais pour un syndicat professionnel des métiers de l'isolation, ce qui m'avait conduit à rédiger de nombreux discours sur les « passoires énergétiques », que mon président déclamait, dans les assemblées générales et les salons professionnels. Je voyais bien qu'il y avait un problème. Seulement, il me semblait qu'il n'était pas nécessaire de tout remettre à plat, c'était un problème localisé, il suffisait de changer un peu, de protéger les maisons avec de la laine de verre, remplacer les radiateurs de type « grille-pain » par des poêles à granulés, faire le tri. Ce n'était pas la peine de se mettre la tête à l'envers, quoi.

Jiminy Cricket me susurrait encore à l'oreille, mais il ne portait plus la toque du Duce, il l'avait troquée contre une chemise Bruce Field immaculée et des petites lunettes carrées de cadre chez Areva. Au lieu d'éructer il parlait doctement, ses mains jointes en chapiteau : « Le cri d'alarme des écologistes est justifié, mais pourquoi s'accompagne-t-il d'autres réflexions totalement délirantes qui jettent le doute sur tout le reste : animisme, hantise des vaccins, obsession antinucléaire, et surtout (pensais-je alors) technophobie primaire qui les conduit trop souvent à jeter le bébé avec l'eau du bain ? »

Évidemment, j'étais encore loin du compte. Il me fallut quelques années supplémentaires pour comprendre que les pamphlétaires conservateurs, tout brillants qu'ils fussent, étaient des imbéciles. Que l'amateur de Miossec, tout ralenti qu'il fût, avait raison. Que les conservateurs au regard d'aigle, qui revendiquaient un *sens aigu du réel* et une *douloureuse lucidité*, étaient tout sauf lucides, et avaient perdu le sens du réel. Je voudrais pouvoir dire que j'avais fait le chemin tout seul. Que la voix du Jiminy Cricket mussolinien s'était éteinte définitivement à l'été 2019, lorsque je tombai par hasard sur une photo aérienne de la mer d'Aral vidée de son eau. La vérité était moins reluisante. La vérité était que j'étais un zombie grégaire. Au fond, plus que toutes les photos de toutes les mers d'Aral du monde, c'est de voir des gens *comme moi* s'inquiéter qui m'avait décidé à m'inquiéter, à mon tour. Tant que ceux qui s'inquiétaient ne me ressemblaient pas, je ne prenais pas les choses au sérieux. Il n'y avait pas de quoi être fier. D'un autre côté, quarante ou cinquante pour cent des gens ne raisonnent pas autrement.

Qui étaient-ils, mes semblables ? Depuis quelques années, on voyait des petits jeunes propres tout droit sortis de leur grande école devenir décroissants, des ingénieurs et des cadres supérieurs qui proposaient de renverser la table. À Polytechnique, HEC ou Agrotech, des garçons ou des filles prônaient la « désertion », ou la « bifurcation », refusant les offres alléchantes des grosses boîtes prodigues en CO_2. Cette nouvelle génération d'écolos avait pour idole l'agronome Pablo Servigne, l'astrophysicien Aurélien Barreau ou l'ingénieur Jean-Marc Jancovici – pas un marrant celui-là, une dégaine à animer des séminaires de codage informatique et un sourire de professeur courtois mais ferme qui jouit perversement de siffler la fin de la récré, il était l'inventeur du concept de l'empreinte carbone, ses vidéos étaient regardées par des millions d'internautes, et *Zones* avait publié une enquête sur le sujet (« Le gourou s'habille en Quechua », n° 44, juin 2020).

Les quatre de Berkeley étaient du même tonneau. Le ton du rapport était austère et réaliste. Pas d'eschatologie millénariste, pas de délires new age. Des graphiques simples illustraient le texte, et quel que soit le graphique (production de denrées alimentaires, production industrielle, démographie, etc.), il prenait la forme d'une pente ascensionnelle raide qui brutalement se mettait à stagner, comme un plateau de montagne, déclinait en pente douce ou bien plongeait (cette dernière hypothèse était celle de l'effondrement). Le message était clair : la croissance nous conduisait dans le mur, et il était illusoire de s'en remettre au progrès technologique pour éviter le crash. Les limites physiques de la planète ne pouvaient pas être dépassées impunément.

À l'époque, le livre avait été un best-seller. Il n'était pas le premier consacré à l'urgence écologique, mais le rapport 21 avait, le premier, apporté une vision panoramique et chiffrée du système-monde. Le premier, il avait démontré scientifiquement l'impasse de la croissance dans un monde fini. Il avait été violemment critiqué, aussi. Il était effarant de lire un livre vieux de cinquante ans qui disait tout.

4

J'avais lu une soixantaine de pages quand mon téléphone sonna. Ma mère était au bout de la ligne. Elle habitait à Lyon, et m'appelait quatre fois par semaine. Bon fils, je décrochais, surtout depuis qu'on lui avait diagnostiqué un diabète, l'année précédente. Marie-Ange ne dévoilait jamais d'entrée de jeu le but réel de son appel, il y avait toujours un petit prélude de considérations météorologiques, elle tournait autour du pot, elle aurait voulu que je lui demande ce qu'elle avait fait, ce qu'elle pensait du monde, et comme je n'en faisais rien elle finissait par cracher le morceau. Ce jour-là, elle venait de regarder un documentaire, *Le Secret des pyramides*.

— C'est un reportage incontournable si tu t'intéresses un peu à l'histoire. Et à ce que l'on fait dire à l'histoire.

Elle connaissait mes réserves alors elle y alla doucement, avec des précautions de langage. Mais, rapidement, elle s'échauffa :

— C'est assez incroyable. Il y a quand même des choses extraordinaires. En fait, les pyramides n'ont pas été construites comme ils disent qu'elles ont été construites.

— Qui ça, « ils » ?

— Eh bien, eux, les spécialistes, enfin les soi-disant spécialistes parce que quand tu regarderas le reportage, tu verras les manipulations et...

— Maman, je ne regarderai pas ton reportage de merde. Qu'est-ce qu'il raconte, que les pyramides ont été construites par des extraterrestres ? Et c'est fait par qui, d'ailleurs ? Un ancien escroc avec un diplôme de sophrologie ?

— Eh bien, d'abord tu pourrais être gentil avec ta mère, ensuite ce n'est pas dit comme ça, le documentaire est très sérieux, il n'affirme rien. Simplement, il constate. Qu'avec les outils qui existaient à l'époque, il était scientifiquement impossible de construire les pyramides, ce n'était simplement pas... Et qu'il y a des coïncidences incroyables, le plan des pyramides a été conçu à partir du nombre d'or, qui n'avait pas été découvert à l'époque... Et puis tu retrouves des pierres taillées pareil sur l'île de Pâques... Bref, ça fait beaucoup de hasards... C'est compliqué à expliquer, et de toute façon si tu te braques... C'est quand même étonnant ce mépris, dès que je te parle de quelque chose qui n'est pas dans tes journaux... Tu es journaliste, tu devrais être curieux, sinon ça sert à quoi d'être journaliste ? La forme des pierres, sur l'île de Pâques, c'est quand même incontestable, je veux dire... Ce sont des choses qui peuvent être vérifiées...

Elle s'enhardit :

— Et du coup, oui, je ne vais quand même pas avoir peur de te dire ce que je pense, oui, on peut se demander si une autre civilisation n'aurait pas construit les pyramides, une civilisation qui se serait développée *ailleurs*… Alors évidemment tu vas caricaturer, tu vas imaginer des petits bonshommes verts. Tu peux te moquer, mais ce n'est pas ce que dit le documentaire, il dit seulement qu'on ne peut pas exclure…

*

Je me resservis un verre, le téléphone calé entre la joue et l'épaule. La terrasse du Bar des Suisses, où je m'étais installé, était vide. À l'intérieur, derrière la baie vitrée, une dame en imperméable cherchait des pièces dans son porte-monnaie. Je me sentis un peu déprimé. Au bout du fil, ma mère continuait à marmotter des paroles incohérentes. Je changeai de sujet, lui expliquai en deux mots l'objet de mon futur papier. Ma mère était née en 1958, elle était trop jeune pour avoir lu le rapport 21 à sa sortie, et ces questions ne l'avaient jamais intéressée. Elle insista cependant pour me donner les coordonnées d'un de ses anciens amis « qui était dans ces machins-là », quand elle était étudiante. J'étais toujours mal à l'aise quand elle sortait du chapeau une vieille connaissance dont je n'avais jamais entendu parler. Sa jeunesse dans les années 1980 me faisait l'effet d'un endroit trouble, qui ne laissait aucune prise à mes tentatives de reconstitution.

Elle en parlait peu. Je savais seulement qu'elle avait fumé pas mal d'herbe, et vécu dans un appartement communautaire à l'est de Lyon. À vingt ans, elle avait rencontré cet homme qui était mon père et que je n'avais jamais connu. Après ma naissance, elle avait rejoint un courant charismatique, et fréquenté des salles trop chauffées où l'on chantait les paumes tournées haut vers le ciel, au son de guitares sèches (où l'on « dévissait les ampoules », se moquaient les curés traditionalistes, les accusant de dénaturer la liturgie avec leurs rites relâchés, hérités de 1968 et de la théorie de la libération). Petit, elle m'y avait traîné plus d'une fois, et j'avais gardé un mauvais souvenir de cet univers où l'on mangeait des salades de riz en échangeant des paroles bienveillantes avec un air légèrement halluciné.

Je lui souhaitai une bonne nuit, raccrochai, et tentai de reprendre la lecture, mais les lignes gondolaient dangereusement. « Si les prévisions actuelles relatives à la croissance des populations humaines se vérifient et que l'activité humaine sur la planète ne... » « Il est urgent que nous retrouvions le sens des limites, et prenions conscience de l'importance des ressources terr... »

L'effondrement : qu'est-ce que c'était, au juste ? Un nouveau Far West grunge ? Quelques images du premier *Mad Max* (Mel Gibson sur sa bécane, bandana, pecs) me vinrent à l'esprit (et évidemment j'étais Mel Gibson et je butais allégrement les pirates de la route qui prospéraient en l'absence d'État, avant de lutiner une rescapée éperdue de reconnaissance, au milieu d'une plaine désolée). Et aussi les émeutes de 2005, *La Route* de Cormac McCarthy (ambiance caddie et cannibales), et les bédés de *Jeremiah* (là, je n'étais pas le héros trop lisse mais son acolyte Kurdy Malloy avec son casque à plume, et je cherchais des partenaires sexuels dans des no man's land hérissés de carcasses de bagnoles brûlées, ou dans les bars louches de petites bourgades dirigées par des sociopathes). En fait, c'était toujours l'anarchie et l'insécurité qui s'imposaient quand je tentais de me figurer l'effondrement, davantage que les privations – cela, j'avais plus de mal à me le représenter. Et pourtant les États tiendraient peut-être le coup, et alors ce serait beaucoup moins romantique que dans *Mad Max*, ce serait des files de gens hâves et silencieux, devant un potager urbain, personne ne lutinerait personne, tout le monde resterait digne et souffrirait de la faim.

Justement, j'avais commandé une assiette de calamars frits. Je l'attaquai, mâchai sans joie : ils avaient la consistance de joints d'étanchéité. Autour de moi les choses allaient leur cours tranquille. Un serveur avait commencé à empiler les chaises. Derrière son zinc, le patron du Bar des Suisses poursuivait son œuvre de mort, giflant le vide avec sa raquette électrique. Placide, concentré.

5

À la rédaction, porte d'Ivry, Cédric était sur les nerfs, obsédé par l'organisation de la fête d'anniversaire du magazine, qui était prévue pour la fin du mois de juin. Entre deux coups de fil aux fournisseurs, il eut quelques nouveaux accès nostalgiques (il évoquait les noubas du magazine *Globe*, dans les années 1980, « C'était absolument phénoménal, tu ne peux pas te représenter ça », répétait-il, l'œil humide). Je pris des cafés, terminai l'article sur le pendu de Saint-Bour. J'avais tenté de restituer l'ambiance de la petite ville en demeurant sur une ligne de crête, entre émotion et distance journalistique. J'avais encore en tête la remarque de Cédric, qui m'avait demandé un papier « quelque part entre Ken Loach et les frères Dardenne » (voilà le genre de phrase qu'on finissait par prononcer quand on restait trop longtemps dans ce métier, on envisageait les tragédies humaines sous l'angle de leur potentiel éditorial ou pire, dans le journalisme de reportage, de leur caractère « cinématographique »). Dieu sait que Cédric n'était pas le pire, pourtant : il voyait encore les gens derrière les histoires, enfin il ne les perdait pas complètement de vue.

Je terminai le rapport. Le livre n'était pas une lecture aisée, et cependant il était d'une puissance rare. Il racontait, en creux, un aveuglement collectif qui durait depuis cinquante ans. Un demi-siècle après sa publication, même un lecteur averti le prenait en pleine face. Sans doute parce que le désastre programmé était envisagé de façon globale, là où l'actualité saucissonnait les sujets, traitant séparément le réchauffement climatique et l'épuisement des métaux rares, la question démographique et celle de la biodiversité. C'était pathétique : être « réveillé » par un rapport de 1973.

Je remuai un peu la vase, sur Internet. Il existait une foule d'articles sur le livre, alternativement nommé « rapport 21 » ou « rapport Dundee ». Pour ces recherches liminaires, je décidai d'appliquer la technique éprouvée de l'« entonnoir » : d'abord le contexte, les généralités ; ensuite les hommes. Le rapport avait été rendu possible par une discipline nouvelle, la dynamique des systèmes, qui ambitionnait d'exposer le fonctionnement des systèmes complexes. D'abord utilisée pour expliquer le fonctionnement d'une industrie, ou d'un marché, elle avait été étendue aux politiques publiques, et même à l'aménagement urbain. Jusqu'au rapport 21, qui projetait de modéliser... l'avenir du monde. Sur Google Images, une photo datée de 1972 montrait Daniel W. Stoddard, son fondateur, entouré de ses quatre chercheurs : Paul Quérillot était un jeune homme de taille moyenne, au sourire futé. Sa tête était proéminente, ornée de longs cheveux qui lui caressaient les épaules. Eugene Dundee portait un épais collier de barbe et des lunettes cerclées. Sa chemise blanche, froissée, bouffait aux hanches. Il était grand et mince, avec un air doux. Mildred, une petite souris intelligente, lui donnait le bras. De loin le plus à l'aise, Stoddard ne devait pas peser moins de cent kilos. Johannes Gudsonn le dominait d'une tête : sec, large d'épaules. Ses cheveux blonds formaient une crête sur le sommet du crâne. Il était raide : d'une raideur de joueur d'échecs ou d'ancien militaire. Le visage était organisé autour de pommettes saillantes, d'un large front et d'une mâchoire rectangulaire, étroite et puissante. Son regard ne lâchait pas sa proie.

Je continuai à draguer le fond de l'étang. Rien sur le Norvégien, à l'exception de cinq articles aux intitulés abscons, publiés dans une revue spécialisée, *The American Mathematical Monthly*. Au contraire, la moisson était faste sur le couple Dundee : photos, articles du monde entier. Des confrères de *Bang* étaient allés les rencontrer dans leur ferme de l'Utah, au début des années 2000 (« L'amour se met au vert », avait titré le magazine, peu inspiré). Mildred et Eugene avaient l'air de gens durs au mal, sérieux. Ils ressemblaient à ce fermier et sa fille à l'air sévère, dans le tableau *American Gothic* de Grant Wood (l'homme avec sa fourche, la fille avec son col Claudine et son médaillon).

Paul Quérillot était mentionné dans plusieurs canards en ligne, presque toujours en sa qualité de dirigeant du groupe Systems, dans des articles traitant de l'actualité économique. Je dénichai une photo récente du Français, sur le site Purepeople : il posait avec un éphèbe aux lèvres énormes, à l'avant-première d'un film. L'homme d'affaires était moulé dans un smoking prune, dont la ceinture satinée était tendue comme une sous-ventrière de cheval. Il était méconnaissable : le cou avait disparu, remplacé par un bourrelet luisant. Les dents, très blanches, souriaient toutes seules. Il avait l'air l'absent. Je contactai son secrétariat, pour lui transmettre une demande d'interview : je reçus une réponse quelques heures plus tard, m'indiquant que le président Quérillot était disposé à me recevoir, et me proposerait rapidement quelques dates.

*

Lorsque je discutai par Zoom avec le vieil ami de ma mère, sa voix chevrotait presque :

— Le rapport Dundee ! Évidemment. Toute une époque. On peut dire que l'écologie politique est vraiment née dans ces années-là. Moi, j'avais déjà plongé dix ans plus tôt, en lisant un livre sur Kateri Tekakwitha, une Indienne iroquoise, sainte patronne des écologistes américains. Mais je connais quelques types dont ce rapport a changé la vie.

C'était un vieux catho décroissant aux sourcils tombants, qui portait un chandail à frise et une chemise écrue. Je les connaissais un peu : des gens qui lisaient la revue *Limite* et faisaient des randonnées à dos d'âne dans les Cévennes, sur les traces de Stevenson. Des individus très pacifiques qui avaient applaudi des deux mains lorsque le pape avait produit une encyclique à forte teneur écolo, *Laudato si'*, à la fin des années 2010. Il avait rencontré ma mère dans les locaux d'Habitat et Humanisme, à Lyon, où elle faisait la petite main auprès de son fondateur, le père Devert, quand j'étais bébé. Il ne s'était jamais intéressé aux quatre auteurs, cependant. Il ne savait même pas qu'il y avait un couple derrière le nom Dundee. « Je croyais que c'était une seule et même personne. »

Sur Twitter, j'interpellai l'éditeur français du rapport, Joël Pérouel, qui sévissait sur le réseau sous le pseudo Rastapopoulos. Son profil le présentait comme un « dynamicien des systèmes, éditeur, centralien et fan de randonnée ». Sa dernière publication datait de deux ans : « Le 3 mars, retrouvons notre auteur Bernard Poitevin, Centrale Paris, pour un café-débat autour du thème : "Le chaos fractal dans les systèmes de production". » Étonnamment, il me répondit le soir même. Nous prîmes rendez-vous pour une interview.

6

Dire que j'avais été happé par mon sujet serait très exagéré. D'ailleurs je n'étais pas en mesure d'être happé par quoi que ce soit, alors que je sortais à peine d'une solide dépression. Trois mois plus tôt, ma copine Bianca m'avait largué, conclusion logique au week-end que je lui avais infligé dans les Vosges, dans une cabane Abritel que l'on ouvrait avec un code (avec le recul, je comprenais bien que ce choix était suicidaire du point de vue amoureux, pourtant elle aurait pu faire un effort pour s'intéresser, au lieu de quoi elle s'était plainte de se retrouver dans une campagne qui n'était pas la côte basque ni le Lubéron). Une semaine après la rupture, je l'avais croisée dans la rue, main dans la main avec Henri Mainate, dit « Riri », un gars de chez *Bang*. C'était un genre de demi-habile pirouettant et idiot, à tête de furet – il se prenait pour Jack London depuis qu'il avait fait deux semaines en immersion dans un ancien quartier de corons qui votait Le Pen. Mais son profil Instagram était plus visité que le Louvre, et il avait une citation d'Oscar Wilde tatouée sur le cou. Bianca et lui, dans la rue : ça m'avait mis dedans. Les semaines qui avaient suivi, j'avais le ventre constamment noué. Je pataugeais dans mes pensées noires, comme dans un bain sale, plein de complaisance pour ma « douleur » (j'étais le gars le plus malheureux du monde, etc.). « Tu ne souris jamais », m'avait fait remarquer Isaure, l'illustratrice du magazine, une fille gentille qui regrettait qu'il n'y ait pas une application pour tout. Je m'en étais tiré avec une blague. La vérité, c'est que je n'avais envie de rien. Mon médecin traitant m'avait prescrit des antidépresseurs, tout en précisant qu'il était formellement interdit de les prendre avec de l'alcool. Drôle de remède, avais-je pensé, qui commence par arracher une béquille à un cul-de-jatte, avant de lui ordonner de marcher. Je n'avais pas touché aux plaquettes de Stilnox et de Seroplex et m'étais soigné avec ma médecine personnelle : bière et mâcon-villages. De temps à autre, je descendais au Bar des Suisses. Calé sur la banquette en skaï bordeaux, je grattais des Banco et dessinais des spirales sur des serviettes en papier. Puis, les choses commencèrent à s'arranger un peu. Les jours s'allongèrent. Dans la rue, je souris à une fille, qui me sourit. À nouveau, un soleil chaud embrassa les choses. Je sortis, tel un blaireau de son terrier, après l'hiver. Voilà le lieu où je me trouvais, au mois d'avril 2023, quand le rapport 21 m'était tombé sur le paletot : affaibli, mais vivant.

7

Joël Pérouel, alias Rastapopoulos, l'éditeur français du rapport 21, avait insisté pour que nous nous rencontrions chez lui, à La Frette-sur-Seine, dans le Val-d'Oise. Ce n'était pas pour me déplaire : les interviews en visioconférence sont toujours embarrassantes, surtout les premières minutes, qui vous donnent inévitablement l'impression d'un rencard foireux.

La Frette. Seine brune, cygnes, platanes, petites maisons construites le long d'une promenade. Le paysage semblait attendre la visite d'un vieux peintre au crépuscule de sa vie. L'eau montait au ras du quai. Au numéro 68 *bis*, la maison de Pérouel était un peu différente des autres : recouverte de chaux blanche, construite à flanc de roche. Le jardin était envahi par de hautes herbes, des ronces et du fenouil sauvage. Un palmier se dressait, incongru, dans ce paysage francilien. Joël Pérouel m'attendait sous le porche. Il me serra rapidement la main.

— C'est beau, hein ? Triste et beau. C'est ce que pensait Pissarro, qui a peint ce quai cinquante fois. Donc, vous êtes d'accord avec Pissarro. Vous êtes un homme de goût.

Joël Pérouel portait un gilet en grosse laine qui s'effilochait aux manches. Ses longs cheveux gris étaient ramassés en un catogan qui tombait jusqu'entre ses omoplates. Son nez court et large distribuait deux yeux verts, au globe proéminent. Il s'était lui-même frotté à la dynamique des systèmes, avant de raccrocher pour se lancer dans « l'édition de la connaissance ». Les éditions Gai-Savoir publiaient des livres de vulgarisation scientifique. À côté de son activité éditoriale, il fabriquait des jouets en bois.

— Mon dernier-né est un casse-tête chinois. Je les fabrique en série de dix, que je vends sur mon site.

Nous nous installâmes dans le séjour. Une vaste fenêtre, ornée d'une ferronnerie Art déco, recueillait la lumière du soir. Sur les murs, des lambeaux de peinture se détachaient, comme une mue de serpent.

— Il y a eu une inondation, l'année dernière. Ici, les maisons ne sont jamais qu'à deux mètres au-dessus de la Seine. Lors de la crue centennale, ce sera plié. Au moins, je pourrai sortir de chez moi en gondole, en passant par la fenêtre du premier étage. Ce sera quelque chose. J'espère vivre assez longtemps pour voir ça.

Il me servit un thé. Avec sa permission, j'enclenchai mon dictaphone.

Je lui demandai comment il était devenu l'éditeur français du rapport 21.

— Décrocher les droits, je n'y croyais pas. Les Presses universitaires de France étaient sur le coup. J'y suis allé au culot. Je connaissais le frère de l'éditeur américain, Bart Jr Peabody, de Golden Heights & Associates. Notre offre n'était même pas la plus haute. Il paraît que Mildred Dundee était sensible à l'idée que les droits étrangers soient cédés à de petites maisons indépendantes.

Il but le breuvage en aspirant un peu d'air, très bruyamment, comme s'il grumait un grand cru de bordeaux. Puis il se lança dans un cours magistral sur la dynamique des systèmes.

— La pensée de Stoddard est articulée autour de deux grandes idées. La première, c'est que la structure du système est responsable de sa dynamique. La deuxième, c'est qu'un système complexe à caractère dynamique est structuré par des boucles de rétroaction en interaction. Le grand truc de Stoddard, quand il initiait de nouveaux étudiants à sa discipline, c'était d'expliquer un enchaînement de boucles de rétroaction. Vous savez ce que c'est, une boucle de rétroaction ? Non, bien sûr. Le phénomène A entraîne un phénomène B, qui renforce le phénomène A. Par exemple : la hausse de la température moyenne de la Terre entraîne une hausse des incendies, qui relâchent des grosses quantités de CO_2, lesquelles aggravent le réchauffement climatique, etc.

— Ou bien : « Je bois, ça me déprime et dégrade mon amour-propre, donc je bois encore plus. »

— C'est un exemple… original, mais c'est à peu près ça. Vous avez trouvé un exemple de boucle de rétroaction *positive*. Un phénomène d'emballement, en quelque sorte. Les boucles de rétroaction *négatives* fonctionnent dans le sens inverse : la croissance de la pollution fait baisser l'espérance de vie, et donc la taille de la population, ce qui en retour fait baisser la pollution. Stoddard avait conçu des modèles, qui étaient de gigantesques assemblages de boucles de rétroaction. Il transformait la complexité en modèles, vous comprenez. Comment vous dire ? Les modèles de Stoddard, c'était un mécanisme d'horlogerie suisse. Imaginez le mécanisme d'une montre suisse. Espace clos, imperméable. Une Patek Philippe, bien robuste. Pensez système. Pensez structure. L'assemblage des pignons et des roues dentées. Le plus infime mouvement d'une pièce qui entraîne le mouvement de toutes les autres. Langage universel et rigoureux de la montre suisse, langage universel et rigoureux de la dynamique des systèmes. Et sa symphonie ultime, il l'a écrite dans un avion entre Cologne et San Francisco, de retour d'un congrès. Le Club transatlantique lui avait confié un modèle prédictif sur l'avenir de la planète. Le système-monde, modélisé. Et voilà ce qu'il a pondu. Attendez, j'en ai une copie.

Joël Pérouel se hâta vers un secrétaire, fouilla des chemises bourrées de papiers jusqu'à pousser un cri de triomphe :

— La voilà !

Il exultait. Il me tendit une photocopie : la feuille était remplie d'une cinquantaine de bulles, contenant des sigles obscurs. Elles étaient reliées entre elles par un réseau compliqué de flèches, auxquelles étaient associés le signe + ou le signe –. On eût dit une galaxie de planètes, dessinée par un fou.

— Le modèle Global1 ! Le brouillon qui allait devenir le rapport 21 ! Un trajet d'avion ! Cologne-San Francisco ! Stoddard s'installe près du hublot, commande un verre de vin, et il pond ça. On raconte qu'il l'a griffonné sur un set de table en papier. La fin de la croissance, l'effondrement du système-monde : il avait tout prévu ! Les boucles positives qui l'emportent sur les négatives, déclenchant une croissance exponentielle, laquelle génère une crise quand elle se heurte à des seuils infranchissables. Regardez, là (il pointa un coin de la feuille, où était massé un petit groupe de planètes) : le taux de mortalité chute, sous l'effet des progrès médicaux et alimentaires, entraînant une hausse exponentielle de la population. Or, la surface des terres arables étant fixe, la production alimentaire maximale l'est aussi, d'où une chute brutale de la population une fois ce seuil atteint. Simple et élégant : *Game over*.

— Donc, si je vous suis, l'effondrement n'est plus une simple hypothèse ?

— Elle l'était à l'époque du rapport. Aujourd'hui, l'effondrement de nos conditions de vie est inéluctable. Il ne frappera pas tout le monde au même moment, il est probable que l'Europe s'en sorte mieux que l'Afrique subsaharienne, en gros, dans un premier temps. Mais des seuils ont été franchis. D'où la fameuse déclaration de Mildred Dundee, dans son interview de 2009 : « Il y a cinquante ans, nous nous battions pour que nos sociétés humaines évitent l'effondrement. Aujourd'hui, la seule chose que nous puissions faire, c'est les préparer à encaisser le choc. »

— Il y a une chose que je ne comprends pas : pourquoi Stoddard a-t-il confié la mission à d'anciens étudiants ? Je veux dire, si c'était son grand œuvre ?

L'éditeur s'assombrit d'un coup. À l'évidence, je n'étais pas un interlocuteur à la hauteur, incapable de goûter la beauté unique des « symphonies » de Stoddard. J'étais comme tous les journalistes : d'une décourageante trivialité.

— Stoddard rêvait d'avoir le prix Nobel d'économie. Donc... Il faut se replacer dans le contexte de l'époque. La modélisation du système-monde, ce n'était pas vraiment un sujet sérieux, d'un point de vue universitaire. Disons que ça l'était et que ça ne l'était pas. Le sujet sérieux, c'était l'économie américaine. Faire un modèle pérenne et fiable de l'économie américaine. C'est ce qu'a voulu faire Stoddard. Et puis, ce rapport, quoi qu'on pense, c'était un boulot ingrat. Ils étaient à la pointe de la pointe... au paléolithique. Leur IBM 360, c'était la meilleure charrue sur le marché, mais c'était une charrue. Il occupait un étage entier, à Berkeley, et il faisait le bruit d'un tank. Ils ont trimé comme des fous. Avant de déterminer les tendances futures, il leur a fallu collecter des données sur le passé : tout ce qui s'était passé de 1900 à 1972, en gros. Des milliers de données sur la surface des terres cultivées, la production industrielle, les ressources d'eau, etc. J'en ai parlé à Quérillot. Ils avaient passé deux ans à travailler pour confirmer que les intuitions de Stoddard étaient fondées. Et, bien sûr, elles l'étaient.

— Vous avez rencontré les auteurs, donc.

— Seulement Paul Quérillot, une fois. Un type étonnant. Il vous parle de sa réussite, de ses copains ministres, et tout à coup il cite Lénine ou Mao Zedong – qu'il semble avoir vraiment lu, d'ailleurs. Un gros bonhomme très élégant, assez drôle. Goût pour la provocation. Pourtant il m'a suffi de voir la tête de son assistant pour comprendre qu'il doit y avoir un autre Quérillot, quand il fait des affaires : le pauvre gosse était terrorisé. J'étais venu le voir pour lui demander s'il voulait préfacer l'édition française, et il a refusé. Il était sur la défensive. On peut le comprendre : il est allé travailler chez un pétrolier, après le rapport. Pour lui, c'est compliqué. Il a fini par démissionner pour monter sa société, mais il est resté très lié avec l'oncle de sa femme, qui a été l'un des artisans du programme de lobbying mis en place par Elf, à la fin des années 1980. Le but était de faire échec aux politiques visant à limiter les émissions de carbone. Un professionnel du mensonge, en quelque sorte. Il a fini en correctionnelle.

— Quérillot ?

— Non, son oncle. Pas pour ses activités de lobbying anti-environnemental, vous pensez bien. À cause d'une histoire de corruption au Gabon, du temps où il dirigeait la branche raffinage-chimie.

— Et Mildred Dundee ? Vous l'avez rencontrée ?

— Jamais. Elle vit plus ou moins recluse dans sa ferme, depuis la mort de Eugene, en 2007. Pour les cinquante ans du rapport, vous pouvez imaginer qu'elle a été très sollicitée : eh bien, elle a tout refusé. Sa dernière interview remonte à 2009, et elle l'a donnée à un magazine militant, parce que ce sont des copains. Autant dire qu'à mon avis, vous pouvez vous brosser.

Restait le Norvégien.

Pérouel écarta une poussière imaginaire, sur la table basse.

— Johannes Gudsonn a eu une carrière qui n'était pas très… linéaire, pour parler comme un dynamicien des systèmes. À vingt ans, il est considéré comme un des meilleurs jeunes mathématiciens de Berkeley, qui est alors un des meilleurs départements du monde, dans cette discipline. Il se passionne pour des mathématiques ultraformalistes, très en vogue à l'époque, que pratiquent les algébristes français du groupe Bourbaki. À vingt-deux ans, de façon très étonnante, il rejoint l'équipe de Stoddard.

— Pourquoi, « très étonnante » ?

— Pour un pur matheux, aussi prometteur, c'était un choix académique suicidaire. Les mathématiques qu'on y pratiquait étaient pour le moins rudimentaires. Ça l'a sans doute frustré : après la publication du bouquin, il retourne à ses mathématiques. En 1974, il obtient un poste de professeur. Deux ans plus tard, il quitte Berkeley, et rentre en Norvège. Je crois qu'il est devenu professeur dans le secondaire, quasiment instituteur. Vous imaginez ! Une star montante des maths, qui enseigne le théorème de Thalès à des adolescents. D'un autre côté, ça correspond à une époque. Les années 1970, ce sont beaucoup d'expériences militantes radicales. Des pontes qui quittent la citadelle universitaire pour aller enseigner hors les murs, parfois aux publics exclus. Dans le contexte d'après-68, certains mandarins ne veulent plus être des mandarins. Alors, Gudsonn...

— Qu'est-ce qu'il a fait, ensuite ?

— Je crois qu'il s'est pas mal marginalisé. Il a milité un peu pour l'écologie profonde. C'était un courant né en Norvège, créé par un certain Arne Næss. En 1973, la même année que le rapport. Næss voulait transformer radicalement le rapport de l'homme au monde. L'homme ne doit pas protéger la nature parce qu'elle lui est nécessaire : il doit la protéger parce qu'elle est vivante. Un grand tout qui vibre et qui a des droits, lui aussi. Je connais bien ce courant : nous avons publié certains de leurs auteurs. Il semblerait que Johannes Gudsonn n'ait pas pu s'intégrer à leur groupe, à cause de son caractère difficile. Il s'est éloigné, puis il a disparu. Quand j'ai acheté les droits du rapport à Bart Jr Peabody, de Golden Heights, il m'a dit qu'il ne savait même pas si Gudsonn était encore vivant.

Le jour déclinait. À présent l'obscurité gagnait les murs lépreux. Pérouel me lâcha un sourire.

— Voilà, je crois que je vous ai tout dit.

Nous nous levâmes. Je le complimentai sur ses objets en bois, et il me raccompagna jusqu'au portail. Avant de partir, je l'interrogeai :

— Qu'est-ce que vous en pensez ?

— De Gudsonn ? Je crois que la pratique intensive des mathématiques pures peut nuire à certains organismes. Je crois aussi que le rapport les a marqués, tous les quatre.

— Non, je veux dire... Qu'est-ce qu'il adviendra de nous, lorsque tout s'effondrera ? Par exemple, quelqu'un comme moi ?

Joël Pérouel réfléchit.

— Vous maîtrisez un savoir artisanal ? N'importe quoi : vannerie, plomberie, élevage amateur, charpente ?

Je grimaçai : je ne savais rien faire. Joël soupira.

— Écoutez, je ne vais pas vous mentir. Ce sera probablement difficile. Votre profession est déjà paupérisée, en raison de sa faible utilité sociale.

D'une voix étranglée, j'objectai une banalité sur le *quatrième pouvoir*. Joël Pérouel la balaya poliment.

— Je ne dis pas qu'elle est inexistante, ou négative, comme celle d'un constructeur de smartphones, ou d'un gérant de « fonds vautour ». Reconnaissez cependant qu'elle ne remplit aucune nécessité vitale. Moi, je vous appelle les « journalopes », mais ne le prenez pas mal, c'est pour rire. Comprenez-moi bien :

je ne sais pas à quoi ressemblera l'effondrement, et ceux qui vous disent ce qui va se passer exactement sont des escrocs. Je sais seulement qu'il aura lieu. La chronologie des crises et les contours exacts du monde d'après ne peuvent être déterminés à l'avance. Je ne fais ici qu'une hypothèse, qui est la suivante : l'effondrement aura une vertu d'assainissement. Retour aux valeurs fondamentales. Les activités humaines enfin rétribuées à leur juste valeur, en fonction de leur utilité sociale. Concrètement, cela signifie que les métiers semi-parasitaires subiront une sérieuse décote. On peut parier que le chiendent de l'économie tertiaire, les boulots inutiles inventés pour répondre à des besoins artificiellement créés, tout cela disparaîtra et alors le menuisier, le soudeur, le médecin, le bûcheron, l'électricien seront les maîtres. L'agriculteur tiendra les couilles du pays dans ses mains calleuses.

— Et, dans ce scénario, vous pensez que le journalisme disparaîtra ?

— Les journalistes demeureront, comme les comédiens, les banquiers d'affaires, les responsables qualité, les psychanalystes ou les écrivains. Mais ils seront une caste d'intouchables, payés misérablement. Par contre, en cas de *total collapse*...

— Pardon ?

— Je veux dire, si l'effondrement économique entraînait celui des structures sociales du pays, remplacées par une multitude de communautés autonomes, alors... Alors, il vous faudrait trouver un emploi de substitution, et en l'absence de compétence technique...

— C'est bon, je crois que j'ai compris, grommelai-je. Je devrai casser des cailloux.

— Ou vous prostituer.

*

Assis sur un strapontin, dans le Transilien du retour, j'étais d'humeur maussade. Une odeur aigrelette s'épanouissait, par bouffées : quelqu'un avait dû pisser dans la voiture. Je me décalai de quelques rangées, et m'assis à côté d'un adolescent à capuche. Je fermai les yeux, laissai filer mes pensées. Pissarro... Gudsonn qui enseigne à des collégiens... L'effondrement... La meilleure littérature de la fin du XXe siècle s'était trompée : notre civilisation n'allait pas mourir d'ennui, son cœur n'allait pas s'arrêter doucement, dans un sommeil d'opiomane décadent, au milieu des brocarts pourpres et des vanités. Elle allait bel et bien mourir de mort violente. La faim, le besoin d'eau, la nécessité d'approvisionner les villes en nourriture, toutes ces questions que nous croyions avoir réglées allaient redevenir notre lot d'angoisses. Les catastrophes attendaient, cachées dans un futur proche, en embuscade. Qu'est-ce qui se grippera en premier ? Le système alimentaire ? L'accès à l'eau ? Alors le mécanisme des boucles de rétroaction se mettra en branle, avec la précision d'un mécanisme d'horlogerie diabolique. À côté de moi, mon voisin regardait une vidéo de K-pop, sur TikTok, et les imprécations de la pythie de La Frette emplissaient le wagon : *Vous la sentez, dans l'air, la menace ? Le souffle épique et la pilule du tragique qui va se planter dans vos culs boudinés ? Vous les voyez, les oiseaux qui volent bas ?* Il était effrayant que l'espèce humaine soit à ce point mentalement affaiblie, au pire moment.

À Saint-Lazare, je me glissai dans la foule des voyageurs qui se mêlait à celle des usagers du centre commercial. Je traquai, avec suspicion, les signes avant-coureurs de la déréliction : dans un regard vide ou dans le spectacle d'une canalisation qui fuit et que personne ne songe à réparer. La veille, je m'étais procuré *Comment tout peut s'effondrer*, le best-seller de Pablo Servigne. À l'automne 2018, sa publication avait coïncidé avec la création d'Extinction Rebellion et un nouveau rapport du GIEC, et participé à mettre la science de l'effondrement sous les projecteurs. Selon Servigne, à l'approche du « seuil de basculement », des signes avant-coureurs pouvaient être décelés. L'un de ces signes était un allongement du temps de récupération, après les chocs mineurs. Je voyais assez l'image : celle d'un presque quadragénaire qui paie d'une migraine la moindre fête, dont il se serait remis en quelques heures, vingt ans plus tôt.

Dans le métro, serré contre mes pairs, je repensai à l'horrible prédiction de Joël Pérouel : « vous prostituer ». Je m'imaginais accroupi sur le sol boueux d'une ZAD, le croupion offert contre un peu de nourriture, ne recueillant que le regard indifférent d'artisans affairés, portant un rabot ou une tarière. C'était une perspective terrible, même si j'aurais la consolation de voir Philippe à mes côtés. Et aussi Cédric, qui tomberait de plus haut. Je me sentis gagné par l'angoisse, et songeai combien il était frustrant de ne pas pouvoir donner une forme cohérente et définitive à l'espèce de dégueulasserie qui me serrait le cœur.

*

Les journées qui suivirent ne furent pas très fécondes. Quérillot ne donnait plus de signe de vie. Un de mes amis d'école, qui travaillait chez un concurrent de Systems, me dit qu'on avait diagnostiqué un cancer à son dirigeant. À force de le harceler, je finis par joindre le secrétariat par téléphone. Sur un ton embarrassé, une jeune femme me confirma que notre projet d'interview était mis en pause, jusqu'à nouvel ordre. Cela n'arrangeait pas mes plans, d'autant que j'espérais beaucoup de cette rencontre. J'avais retrouvé une vieille interview de Quérillot, publiée aux *Échos*, en 1996, dans laquelle il égratignait les deux Américains : visiblement il y avait de l'eau dans le gaz et ça promettait un entretien avec des indiscrétions, un terrain glissant et riche où les rancœurs, les incompréhensions pouvaient permettre à un professionnel aguerri de tirer un scoop, ou, à défaut, quelques anecdotes juteuses.

Au moins, je gardais espoir de le rencontrer plus tard. Tel n'était pas le cas avec Steve Halshey, le vieil adversaire des quatre de Berkeley, qui les avait traités de « futurologues de bazar » dans une double page du *Washington Times*. Il était mort paisiblement, à l'âge de quatre-vingt-quinze ans, dans une maison de repos du sud de la Floride.

*

Depuis la rencontre avec Pérouel, la figure du Norvégien me trottait dans la tête. Il demeurait dans un angle mort, à côté des Dundee et, dans une moindre mesure, de Quérillot. Il était l'unique vignette vide dans un album Panini. Je n'avais rien le concernant, à part les cinq articles dans des revues de matheux. Je les imprimai. Les trois premiers avaient été publiés entre 1969 et 1970, et portaient sur la géométrie algébrique. Les deux derniers, publiés après le rapport 21, traitaient de la (joliment nommée) théorie des catastrophes. Wikipédia la définissait comme « la théorie mathématique des modifications spectaculaires ou soudaines ». Forgée par le Français René Thom, elle visait à « décrire les phénomènes discontinus à l'aide de modèles mathématiques continus ». Je nageais là dans des eaux hostiles. Je savais tout juste faire un produit en croix, et le seul mathématicien que je remettais était Cédric Villani : avec sa broche en forme d'araignée et ses manches en dentelle, le très médiatique lauréat de la médaille Fields ressemblait à un courtisan tout droit sorti de *Barry Lyndon*. Je l'avais écouté aux *Grosses Têtes*, sans déplaisir et sans comprendre, expliquer la théorie des ensembles à Philippe Candeloro. Je suspectais que tous n'étaient pas aussi flamboyants.

J'obtins un rendez-vous téléphonique avec Bart Jr Peabody, le patron de Golden Heights & Associates. En 1994, il avait succédé à son père Bart Peabody, l'éditeur américain du rapport, qui avait fait fortune grâce aux quinze millions d'exemplaires vendus. À l'autre bout du fil, le fils avait une voix nasillarde ; elle déraillait parfois dans des notes aiguës qu'il ne semblait pas contrôler.

Il se répandit en compliments stéréotypés sur Mildred (prononçant une dizaine de fois les mots « *great* » et « *awesome* » et « *terrific* »). Je l'imaginai signer des courriers tandis qu'il me débitait ses éléments de langage, en pilote automatique. Il évoqua son courage, les épreuves traversées par la native du Missouri. *She-is-so-brave-She-is-so-inspiring*. À propos de Eugene, il dit qu'il était un « grand, grand, grand monsieur » (« *a big, big, big man* »). Je lui posai quelques questions précises, pour le faire sortir de ses rails. La manœuvre fonctionna, et il abandonna son ton mécanique pour parler d'un épisode qui m'était parfaitement inconnu :

— En 1992, des centaines de scientifiques et d'intellectuels ont signé une tribune très médiatisée pour dénoncer « l'alarmisme irrationnel des écologistes ». Des scientifiques, vous vous rendez compte ? L'« appel de Heidelberg » a été un coup pour les Dundee. Ça les a beaucoup heurtés, plus que tout le reste. Surtout Eugene. Que les coups viennent de sa famille. Plus tard, on a su que la publication de cette tribune avait été orchestrée par les industries de l'amiante et du tabac.

Il connaissait moins Quérillot (« Il n'était pas là à l'enterrement de Eugene. J'ai cru comprendre que Mildred ne lui avait pas pardonné. ») Enfin, il me confirma ce qu'il avait dit à Pérouel : il n'avait plus de contact avec Gudsonn.

— Ni moi ni mon père avant moi. C'est Mildred, à l'époque, qui était sa principale interlocutrice. C'est elle qui supervisait la rédaction du bouquin. C'était, en quelque sorte, la… la… la « *porte-pââârole* », ajouta-t-il en français.

— Avez-vous au moins une adresse ? Pour Gudsonn ?

— *Nope*. Écoutez, je vais vous faire une confidence.

À l'autre bout du fil, je sentis qu'il cédait au plaisir d'une bonne anecdote et d'un interlocuteur complaisant. J'avais appelé à 16 heures, heure française. À San Francisco, la journée commençait à peine. Sur le site de la maison d'édition, Bart Jr Peabody était joufflu, les cheveux plaqués en arrière. Je l'imaginais bien renversé dans son fauteuil, avec un diplôme encadré, dans un bureau lambrissé. Il devait être de bonne humeur, encouragé par mon écoute polie. Il s'éclaircit la voix :

— *Well*. Ce que je vais vous dire reste entre nous. Vous ne me citez pas là-dessus, hein ?

Bon. Le rapport a été publié il y a cinquante ans. Eh bien, croyez-le ou pas, votre gars, Gudsonn, n'est jamais venu réclamer ses droits d'auteur. Il a un paquet de dollars bien frais qui l'attend depuis un demi-siècle, sur un compte séquestre. Il n'est jamais venu le réclamer. Vous croyez ça, vous ? Quand mon père était vivant – *God bless him* –, il disait à propos de Gudsonn : « Si seulement les auteurs étaient tous comme ça ! »

— Est-ce qu'il reçoit vos courriers, au moins ?

— Plus depuis 1987. Avant, nous avions une adresse à Bergen, en Norvège. Il ne répondait pas, mais les courriers ne nous étaient pas retournés. À partir de 1987, ils nous ont été renvoyés. « Le destinataire n'habite plus à cette adresse. » Il était parti. Où ? Je n'en ai pas la moindre idée.

— Disparu ?

— Évaporé. *Gone*. Bon, nous n'avons pas engagé de détective privé, non plus. Les gens ont le droit de disparaître, si ça leur chante. Eugene prétendait que Gudsonn avait fait l'objet d'un internement psychiatrique. Quérillot, qu'il l'avait vu à Londres, dans un parc, au début des années 1990.

— Vous avez une photo de lui ? Je n'en ai trouvé qu'une.

— La fameuse photo des quatre, avec Stoddard ? « Les quatre cavaliers de l'Apocalypse », avait écrit cette fouine de Halshey. C'est la seule que j'ai, moi aussi. J'en donne une copie à toutes mes secrétaires, pour qu'elles aient le visage de Gudsonn en tête. Je leur dis : si cet homme se pointe à la réception, avec un fusil, pour demander son argent, venez me chercher !

Je ris très fort. Il grogna, satisfait. Puis :

— En revanche, il apparaît sur une vidéo. Un reportage de la télé danoise, au début des années 1980. Quelqu'un de chez nous avait trouvé ça. Le genre d'archives qui traîne sur Internet. Je vais vous l'envoyer.

Avant de raccrocher, je lui demandai, sans trop y croire, s'il accepterait de me donner les coordonnées de Mildred. Il soupira :

— J'ai des consignes claires. Mildred ne donne plus d'interviews. Sauf si vous êtes son ami Ray Morsett, que vous la connaissez depuis quarante ans et que vous dirigez un magazine d'écologie politique. *Sorry, Mister Merlin*.

*

Bart Jr Peabody tint promesse, et je reçus le lien sur ma boîte mail, peu de temps après avoir raccroché. C'était un reportage de 1983 consacré à Arne Næss, le « parrain » de l'écologie profonde dont m'avait parlé Pérouel. La caméra filmait trois hommes en train de discuter, dans un paysage minéral, recouvert de lichen fauve. Une voix off en danois, sous-titrée, commentait :

« C'est ici, en Norvège, sur le plateau de Hallingskarvet, qu'est née il y a dix ans l'écologie radicale, autour de la figure d'Arne Næss. Portée par des jeunes gens amoureux des grands espaces, elle propose de redéfinir notre rapport avec la nature, et desserrer l'emprise des activités humaines sur la planète... »

Arne Næss parlait avec animation. Il était déjà âgé. Il avait des yeux clairs, un visage ouvert, plissé par un sourire enfantin. Il portait un gros pull de montagne, et des brodequins d'alpiniste. Le deuxième était un garçon roux, vêtu d'un poncho de pluie, au visage rond, les yeux dissimulés par des lunettes de soleil équipées de coques en cuir, sur les côtés. La caméra zoomait progressivement vers leur petit conciliabule.

« Dans ce pays où la nature est omniprésente, au pied du mont Folarskardnuten, Arne Næss a construit une cabane, de ses mains. "Tous les êtres vivants ont une valeur intrinsèque, clame le philosophe. Chacun a le droit de vivre et de s'épanouir, et..." »

Le troisième était Gudsonn. Je l'avais laissé en costume, à Berkeley, sur une photo des années 1970. Dix ans plus tard, il portait une barbe légère, un gilet en laine qui descendait jusqu'au-dessus du genou, et une chemise boutonnée jusqu'au col. Il se taisait, en écoutant les deux autres. Sur son visage, un quart de sourire intriguait : un imperceptible retroussement du coin de la bouche qui pouvait être interprété de diverses manières ; comme un défi, ou bien le signe de connivence de celui qui sait qu'il est filmé. Toujours, le visage racé et austère, le corps sec. Les oreilles étaient larges et décollées.

Les pommettes, hautes, formaient des demi-lunes sous les yeux. La voix off continuait. À un moment, Gudsonn tournait lentement la tête vers la caméra, et fixait l'objectif. Au fond de ses orbites, deux pupilles dansaient avec obstination, comme des flammèches emprisonnées dans une lampe-tempête, sur le pont d'un bateau.

8

À trente-sept ans, j'étais devenu le pote célibataire que l'on regardait avec un mélange d'envie et de commisération. Tous mes amis étaient en couple, certains avaient même procréé, ils avaient réglé pas mal de questions et ils n'étaient plus libres au débotté, c'est-à-dire qu'ils n'étaient plus en mesure de rappliquer dans un bar sur commande, en quelques minutes, à l'appel du tocsin, avec la diligence et l'exactitude d'une force d'intervention rapide. Autrefois il suffisait d'un texto pour qu'un ou deux se rendent disponibles ; à présent il fallait envoyer des dates, une soirée de biture supposait des échanges fastidieux qui aboutissaient rarement, et il était un peu vexant d'en être presque toujours l'initiateur, d'être l'homme le plus disponible du monde. Je les voyais moins.

Depuis deux ans, il m'arrivait d'aller boire des bières avec Abdelkrim, un autre pigiste du journal. De dix ans mon cadet, il professait une philosophie sombre consistant à prendre de la MDMA, le regretter et en prendre à nouveau.

Ce n'était peut-être pas une amitié très saine, plutôt une solidarité entre oiseaux mazoutés – le genre de relation où l'on maintient l'autre debout autant qu'on l'empêche de s'envoler. Entre deux descentes, c'était un journaliste redoutable, tenace : un vrai chien à sanglier. Ce soir-là, penché sur la cantine bosselée qui lui servait de table basse, Abdelkrim engloutissait des Tuc goût bacon en parlant d'une voix basse, comme s'il s'apprêtait à commettre l'irréparable. Il me faisait part de ses vues sur une commerciale de quarante-deux ans, rencontrée sur une application. Abdelkrim avait un long visage d'assassin, avec des marques d'ancien acnéique. Je le laissai terminer et l'entretins de mon papier sur Gudsonn. Bien sûr, il connaissait le rapport 21. Et, bien sûr, il ne l'avait pas lu. Je lui montrai l'extrait du documentaire danois.

— Ton Gudsonn, c'est Keyser Söze, rigola Abdelkrim, en référence au mystérieux personnage de *Usual Suspects*, dont tout le monde parle et que personne n'a vu.

Il n'avait pas tort. Gudsonn était peut-être vraiment mystérieux, ce qui me plaisait assez. Ce type d'individus était devenu rare, on ne pouvait guère citer que le duo des Daft Punk, Banksy, l'écrivaine Elena Ferrante et le sous-commandant Marcos. Cédric m'avait souvent parlé de ce dernier, personne ne savait qui se cachait derrière la cagoule du chef de la rébellion zapatiste et le rédacteur en chef avait passé une semaine dans la jungle du Chiapas, à la fin des années 1990, sans parvenir à percer le mystère. « Le sous-commandant Marcos est le dernier romantique », disait Cédric. Avec Johannes Gudsonn, peut-être, pensai-je avec satisfaction.

*

L'idée s'installait. « Le mathématicien disparu » : ça me semblait plus intéressant qu'un énième papier sur les Dundee, le couple mythique, figé sur le papier glacé, auquel étaient invariablement associés les mêmes mots : ténacité, amertume, exemplarité, visionnaire. Avec Gudsonn, je tenais un sujet confidentiel, pointu. Revêche au premier abord, mais un SUJET. C'étaient mes préférés : les vilains petits canards de sujets, qui attendaient qu'un journaliste leur donne vie. Au sens où ils pourraient tout aussi bien ne jamais être traités. Il n'y aurait rien de scandaleux, du point de vue du droit à l'information, à ce que personne n'écrive de longue enquête sur Johannes Gudsonn ; cet homme, qui n'était même pas un des auteurs principaux du rapport 21, avait disparu des radars. Mon papier, seul, l'élèverait à la majesté de sujet journalistique. Et ce que je reniflais ressemblait, à mesure que je m'approchais, à un festin. Cette mue du jeune matheux en militant radical puis sa disparition suggéraient quelque glissement séditieux, une vie d'orages et une soif d'absolu.

*

Mai.

Cédric m'informa que le numéro 134 de *Zones* « démarrait fort dans les kiosques ». Le rédacteur en chef était content : depuis deux mois, nos ventes rattrapaient celles de *Bang*. La femme de Routourou m'appela pour me remercier. Elle n'avait pas aimé se voir en photo, mais l'article lui avait plu. Elle me raconta que son mari avait ouvert les yeux, la veille, et qu'il lui avait souri. Je le dis à Cédric. « Très bien ! Très bien ! » lâcha-t-il en s'éloignant, guilleret.

Une autre bonne surprise vint de Pérouel, qui m'avait laissé un message téléphonique. Avait-il deviné ma fascination naissante ? Grâce au réseau de ses auteurs, il m'avait dégoté les coordonnées de Gunnar Agabsen, un pionnier de l'écologie profonde, qui avait rencontré Gudsonn à son retour d'Amérique. Il vivait à Oslo. Nous échangeâmes quelques e-mails, et le vieux militant accepta de me rencontrer quand je m'y rendrais. Je remerciai Pérouel, qui aurait voulu m'aider davantage. De toute évidence, il se rêvait dans le rôle du rubicond docteur Watson, comme s'il n'avait pas assez de son travail d'éditeur. C'était sympathique, quoiqu'un peu envahissant. Il m'envoyait de grosses enveloppes kraft par la poste, dans lesquelles il avait glissé des articles découpés dans d'obscures revues d'épistémologie, d'histoire des sciences ou d'écologie radicale, accompagnés de remarques en lettres capitales : « Ça vous intéressera ! », « Ça devrait vous intéresser ! », ou bien « Pas inintéressant ». J'en lisais quelques-uns. Mis bout à bout, ils dessinaient un arbre généalogique aux fruits féconds et mal connus, dont l'Occident redécouvrait les vertus sur le tard. Ils s'appelaient Jacques Ellul, Lanza del Vasto, André Gorz, Günther Anders, Simone Weil et autres ; ils étaient des intellectuels à la notoriété discrète, qui avaient poussé au XXe siècle un cri réfractaire et têtu : critiquant l'emprise de l'homme sur la nature, et l'emprise de la technique sur l'homme. Jouant depuis leur retraite une musique dissidente et souvent inaudible, à l'ombre des églises dominantes (Washington ou Moscou, pour schématiser). Une pensée humaine et radicale qui atomisait l'axiome le plus établi de leur temps, selon lequel le progrès technique était l'horizon indépassable de l'humanité. Qui refusait de se prosterner devant l'idole de la Vitesse et de la Consommation. À l'image d'un Bernanos (l'ombrageux catholique qui n'avait pourtant pas grand-chose à voir, au premier abord, avec le libertaire André Gorz), ces frondeurs magnifiques dénonçaient la « tyrannie du Nombre », un joug plus pernicieux que la tyrannie de la Force. Celle-ci, au moins, avait un visage et des quartiers généraux : le Nid d'Aigle de Hitler, ou le bureau de Staline. La Force était un adversaire qui avançait à visage découvert, prenait des places au grand jour, s'arrogeait des territoires. Le bruit des bottes était épouvantable mais c'était encore un bruit, et l'on pouvait s'exercer à le reconnaître. Le « système technicien » ne faisait pas de bruit, lui. Il n'avait pas de visage non plus, ni de quartiers généraux. Il n'était dirigé par personne. Il obéissait à sa logique propre, morne et implacable : la technique seule peut résoudre les problèmes engendrés par la technique. Aliénant les êtres humains sans cesse davantage, interdisant que l'on questionne son utilité, et *a fortiori* sa participation au bonheur humain. La technique est autonome, alertaient les penseurs-mutins. Chaque invention de merde appelle une autre invention de merde, sans que personne songe à enrayer cette routine. Qui aurait osé mettre en question la sortie d'une nouvelle génération d'iPhone ? En 2023, c'eût été aussi incongru que de vouloir inverser un courant maritime, ou la rotation de la Terre.

Emprise invisible, mille fois plus sournoise que celle du fascisme. Contre elle, il était difficile de se révolter. Il aurait fallu, pour s'en libérer, nous révolter contre nous-mêmes.

*

L'éditeur Pérouel m'envoyait parfois une salve d'e-mails, contenant une pièce jointe chacun, à des heures avancées de la nuit. Je compris qu'il parlait de mon enquête (qui devenait de plus en plus la nôtre, à l'entendre) à tous ses contacts dans les deux mondes qu'il fréquentait, ceux de la pensée écologique et de la recherche scientifique. Poser des lignes et attendre : cette méthode payait parfois. Elle paya. Il m'appela quatre jours plus tard pour m'annoncer qu'un séminaire se tenait à l'Institut des hautes études scientifiques, à l'occasion du centenaire de la naissance de René Thom, l'inventeur de la théorie des catastrophes. Il pourrait m'y cornaquer. Je m'y inscrivis en auditeur libre. « Il y aura pas mal de vieux barbons. Avec un peu de chance, me dit Pérouel, vous pourrez dénicher un ancien du département de maths de Berkeley. » L'inscription était gratuite : le repas, seul, coûtait 10 euros.

9

L'Institut des hautes études scientifiques était niché dans un vaste parc, sur le plateau de Saclay où se préparait le grand pôle technologique français, mêlant recherche de pointe et industrie. Je passai devant une maison de gardien, et m'engageai sur une allée gravillonnée. Quelques pavillons bas, datant des années 1960, avaient poussé sous de grands cèdres. Vestige de temps plus anciens, le bâtiment où se tenait la conférence était planté au sommet d'une pente abrupte. Il avait la silhouette d'un pavillon de chasse, exception faite des immenses baies vitrées. Joël Pérouel m'accueillit sur le perron, en habitué des lieux. Il portait une chemisette mauve, et des sandales de randonnée.

— L'endroit est un des deux ou trois meilleurs centres de recherche mathématique dans le monde, m'expliqua l'éditeur sans même me saluer. Il a été créé sur mesure pour Grothendieck, le grand mathématicien, qui a refondé la géométrie algébrique. Un type hors du commun. Il est mort en 2014, après avoir vécu plus de vingt ans en ermite, dans un petit village de l'Ariège. D'autres ont fait la gloire du lieu : René Thom, par exemple, y a enseigné pendant vingt ans. Ici, aucune obligation d'enseignement. Liberté absolue. C'est une sorte d'éden intellectuel.

Une quarantaine de personnes patientaient dans le hall du pavillon, en attendant que débute la conférence. Je me fis remettre un badge par une hôtesse d'accueil. La moyenne d'âge était plutôt élevée. Des hommes, pour l'essentiel. Pérouel me désigna un vieillard frêle, qui portait un bob et des lunettes en sautoir. « C'est un spécialiste de géométrie aléatoire. Il a eu la Fields il y a quarante ans, pour son travail sur la forme des nuages. » Je laissai mon guide saluer quelques têtes connues, et pénétrai dans l'amphithéâtre, où je m'installai au dernier rang. Un homme, d'origine asiatique, prit la parole pendant une heure sur la beauté d'une théorie dite des enveloppes. Il recouvrit le large tableau vert d'équations. Puis il fit coulisser le tableau vers le haut, découvrant un deuxième qui fit les frais de sa frénésie intellectuelle. En conclusion, il se lança dans une digression, laissant entendre que René Thom s'était longtemps disputé avec un dénommé Prigogine. J'écarquillai les yeux : qu'est-ce que ce mathématicien français pouvait bien avoir à faire avec le patron de la milice Wagner, chef d'une armée de mercenaires sanguinaires ? J'interrogeai Joël Pérouel, après la conférence. Il éclata de rire : « Prigogine est un Prix Nobel de chimie. Il a affronté Thom sur la question du déterminisme, et du chaos. » Puis il m'abandonna.

J'en profitai pour me concocter une assiette, au buffet. La burrata était crémeuse, parfaite. Le vin n'était pas mal non plus. J'avais la sensation d'avoir poussé la porte d'une société secrète, un cénacle ignorant les frontières et pourtant restreint. Plus d'une fois, mon métier m'avait conduit à pénétrer des cercles fermés où j'avais croisé des regards soupçonneux, voire hostiles. Rien de tel ici : les mathématiciens courtois me souriaient en tentant de déchiffrer mon nom, sur mon badge. Je m'étais rarement senti aussi étranger, pourtant. C'était le monde de la première vie de Johannes Gudsonn. La géométrie algébrique de Grothendieck, la théorie des catastrophes de Thom : telles avaient été les passions du prodige scandinave, à l'âge où la plupart de ses pairs écoutaient Janis Joplin dans leur chambre d'étudiant. Je sortis sur la terrasse, avec mon verre de rouge. Pérouel m'y rejoignit dix minutes plus tard, accompagné d'un homme trapu, qui ne ressemblait pas aux autres participants du colloque : il avait une chevelure ondulée et portait un jean moulant, constellé de fausses taches de peinture. Un bronzage orangé colorait sa face de vieux beau. Pérouel me le présenta avec un grand sourire, fier de rapporter un gibier qui fumait encore.

*

Nous nous installâmes autour d'une table de jardin, avec nos assiettes en carton. En contrebas, deux étudiants en T-shirt et tongs jouaient au ping-pong, sur une terrasse. Shadi Bliss était franco-libanais ; il avait étudié à Berkeley à l'époque du rapport.

— Vous me faites faire de la spéléologie, là. Des années inouïes. J'habitais dans un duplex à Mission, avec un Indonésien bipolaire et un bouledogue français. Je vous avoue que je me souviens surtout de mes soirées dans la Baie. C'était... comment dire... sauvage. On savait s'amuser. Je portais une tunique sans manches, en cuir de vachette, avec des lacets au torse. Comme Robin des Bois, sauf que Robin des Bois n'écoutait pas The Flying Burrito Brothers en prenant de l'acide, lui. Et puis on avait des professeurs extraordinaires. Un endroit étonnant, Berkeley : le berceau de la contreculture et... de la bombe nucléaire. Vous ne saviez pas, hein ? Oppenheimer et Teller y ont inventé la bombe ! La bombe H sort directement des douces collines de Berkeley !

Il fut secoué par un rire haut perché. Nos voisins nous jetèrent un regard en biais, puis retournèrent à leur discussion. Shadi Bliss poursuivit de son débit de mitraillette.

— C'était vraiment une époque. Moi, j'ai surfé toutes les vagues. Bouddhiste satori *et* technologies. Eh oui, on ne le dit jamais assez : ce sont les hippies qui ont fait le monde moderne. Sacré paradoxe, hein ? Parmi les jeunes gars qui bidouillaient des ordinateurs dans leur garage, beaucoup croyaient dur comme fer que l'informatique n'allait pas se faire avaler par le capitalisme. Qu'elle serait un espace alternatif. D'un côté nous détestions l'armée, Wall Street, et de l'autre nous étions persuadés que la technologie allait sauver le monde. On lisait des livres de science-fiction, et on se passionnait pour les soucoupes volantes et les dômes géodésiques. On voulait revenir aux valeurs primitives tout en bidouillant des ordinateurs. C'était sauvage, et aussi... ridicule. La technologie ne peut pas être contrôlée. C'est un train sans conducteur, lancé à toute vitesse. Comment veux-tu détourner un fleuve furieux ? Il n'y a rien à faire. Ce qui peut être inventé sera inventé. Si l'état de nos connaissances nous permet de créer une application pour se filmer l'intérieur du fion, cette application verra le jour. Moi, j'ai toujours dit : perdu pour perdu, autant être celui qui la met sur le marché. Donc, j'ai fait du blé comme tout le monde. Je travaille dans l'intelligence artificielle, à Paris. Avant, j'ai fait dix ans chez Buzzfood, un des premiers sites putaclic. Vous allez voir, l'histoire est amusante.

Il prit une inspiration. Sa chemise, largement échancrée, découvrait un torse mat, parfaitement épilé. Il portait des baskets énormes.

— Je croise mon ancien colocataire – l'Indonésien bipolaire dont je vous parlais – à Tokyo, en 2009. Il venait de créer Buzzfood, et il me dit : Shadi, ça te dirait de devenir un pionnier du *marché de l'attention* ? Évidemment, je me méfie. Le gars carburait aux amphétamines. Obsédé par la musculation, mais un gros bagage en mathématiques appliquées. Je lui demande ce que c'est, le *marché de l'attention*. Là, il m'explique. Il était parti d'un constat : à l'époque, aucun entrepreneur ne s'était donné la peine de comprendre vraiment le cerveau humain. Pourtant celui-ci est un organe passionnant, avec des territoires qu'il envisageait, lui, comme de vastes friches, et notamment la zone corticale prosencéphalique où l'on trouve des champs gras et fertiles pleins de neurones dopaminergiques, qui grouillent de plaisir lorsqu'on les nourrit de questions suscitant la curiosité. Et il s'était aperçu que cet endroit fabuleux ne demandait qu'à être nourri par un média qui le solliciterait sans répit, lui apportant la nourriture qu'il réclamait. Il me regarde dans les yeux – je m'en souviens comme si c'était hier –, il a les yeux injectés de sang et il me dit : celui qui aura l'audace de créer ce média créera quelque chose de plus puissant que LA DROGUE. Je lui dis : « Tu exagères. » Il me répond : « Je n'exagère pas du tout, Shadi. Une DROGUE, Shadi. » Il m'attrape les épaules, il est à deux centimètres de mon visage et il me dit : « Zuckerberg est un génie, bien sûr, mais Facebook est fragile, l'intérêt de Facebook dépend de l'utilité sociale que les gens attribuent au réseau, et c'est une donnée vacillante. Buzzfood sera une DROGUE DURE, car elle s'adressera au consommateur solitaire. Nous allons fabriquer les appâts les plus puissants pour capter la disponibilité mentale des gens. Des excitants surpuissants. » Il me dit ça comme ça, et il me demande si je veux en être. Évidemment que je voulais en être ! Et voilà, j'étais ferré. J'ai bossé dix ans là-bas. Des rythmes insensés, et un défi professionnel qui vous réveillait la nuit. Nous étions des pionniers. Nous travaillions avec un laboratoire d'imagerie cérébrale, des professeurs en neurosciences. C'est comme cela que nous avons créé nos appâts incomparables : les titres de nos articles. Ces titres, c'étaient des quartiers de viande dans un aquarium de requins. Le premier que nous avons testé, je m'en souviens très bien : « VOUS NE DEVINEREZ JAMAIS CE QU'EST DEVENUE COURTNEY LOVE ». C'était extraordinaire : les neurones dopaminergiques du cobaye frétillaient, comme des éperlans. Ensuite il y a eu « CINQ CHOSES QUE VOUS NE SAVIEZ PROBABLEMENT PAS SUR HITLER ». Une tuerie. C'était fascinant. Les gens étaient aimantés. Là, on s'est dit qu'on tenait quelque chose.

Il clignait des yeux furieusement. Sous la table, ses jambes battaient la mesure.

— Et Berkeley…

— Oui, bien sûr. Berkeley. Vous êtes allé à San Francisco, je veux dire, récemment ? Des gamins précocement enrichis qui boivent des smoothies à la grenade, et des clochards qui se détruisent au fentanyl et à la xylazine, un antidouleur pour les chevaux. À mon époque, c'était différent. C'était la révolution de l'amour. *Summer of Love !* Ordinateurs, gong tibétain et gros pétards, c'était ça l'ambiance.

J'attendis qu'il ait fini. Shadi Bliss faisait partie des gens qui adorent parler à un journaliste, mais préféreraient écrire eux-mêmes les questions.

— Et Gudsonn ? lui demanda Pérouel, gêné par le tour que prenait la « conversation ».

Le vieux beau technophile eut l'air de descendre d'une expédition solitaire sur Mars.

Il me regardait sans comprendre. L'éditeur insista :

— Oui, c'est lui qui intéresse notre jeune ami. Tu m'as dit que tu avais été son étudiant à Berkeley.

— Oui, oui. Bien sûr. Johannes Gudsonn... Gudsonn était... Gudsonn. Il n'avait pas l'air d'aimer beaucoup les gens, si vous voulez mon avis. Pas un type sympa. Il donnait l'impression que vous n'étiez pas au niveau. Enfin... Au fond, on ne le connaissait pas. Nous savions tous qu'il avait participé au rapport 21, et c'est à peu près tout. Je l'ai eu comme prof en 1974, un an après la publication du rapport. Il est parti en 1976.

— Il a démissionné ?

— Pas vraiment. Il...

Il regarda à la ronde, comme s'il craignait que le Norvégien surgisse d'un bosquet.

— Gudsonn était un professeur... à part. Il était à peine plus âgé que nous, et vous auriez cru qu'il avait quarante ans de plus.

— Physiquement ?

— Non. Dans sa façon d'être. Très solennel. Au début, je me suis dit que ce devait être culturel. Je n'étais jamais allé en Scandinavie, vous comprenez. Ou alors un problème de timidité. Avec le temps, j'ai compris qu'il n'était pas si timide que cela. Au milieu de l'année, il a commencé à tenir des propos étranges.

— Je vous écoute, monsieur Bliss. Je vous écoute très attentivement.

— D'abord, il faisait son possible pour décourager ses étudiants. Il commençait tous ses cours en rappelant que les maths n'étaient qu'un « jeu de langage », sans rapport avec la réalité. Rien de nouveau : un philosophe avait dit cela vingt ans avant lui. D'ailleurs, pour certains, cette idée fait précisément l'attrait de la mathématique : sa pureté. Mais il répétait cette idée sans cesse, avec une espèce de rage. Il était rempli de sarcasme, vous voyez ? Et il critiquait l'université. Il disait que certains membres du conseil d'administration de l'université avaient des intérêts dans les industries fossiles, le pétrole, le gaz. Que les étudiants devaient s'insurger, qu'ils devaient interpeller le conseil d'administration. Il savait jouer de notre foi hippie. Il nous mettait face à nos propres contradictions en disant : et alors ? On joue aux contestataires ou on en est, pour de vrai ? Bon, il ne le disait pas comme ça, il était très... désuet, mais c'était l'idée.

— Il s'est fait virer, c'est ça ?

— Ils n'ont pas reconduit son cours, ce qui revient au même, et a le mérite de la discrétion. À mon avis, ils avaient peur qu'il crée une communauté, ou quelque chose dans le genre. Qu'il aille dans la montagne avec ses meilleurs étudiants, faire l'expérience concrète de la nature sauvage.

— Vous l'avez revu ?

— Non. La dernière fois que j'ai entendu parler de lui, c'était il y a vingt ou vingt-cinq ans. Un ami, mort depuis, m'a dit qu'il l'avait croisé à Bergen, en Norvège, en train d'attendre un bus. Qu'est-ce qu'il m'a dit ? Attendez. Voilà : « Une allure de mystique russe ou de marathonien. » Je me suis dit : encore un qui n'est jamais vraiment revenu des années 1970. Et puis je n'y ai plus repensé.

— Et maintenant ? Vous savez où il se trouve, aujourd'hui ?

Shadi Bliss s'arrêta. Il regarda vers le pavillon, il semblait regretter de manquer une joute avec des gens de son calibre. Je l'ennuyais. J'insistai un peu, mais son regard fut traversé par un éclat glacé.

— Donc, si je comprends bien, notre séminaire sur René Thom ne vous intéresse pas plus que cela ?

La conversation était terminée.

10

J'étais de belle humeur quand mon avion atterrit sur le tarmac de l'aéroport de Gardermoen, cerné par les forêts de sapins. J'avais profité du voyage pour lire un bon polar nordique. Ce serait, avais-je pensé, une excellente façon de préparer mon voyage et me plonger dans l'atmosphère du pays. À Roissy, un Norvégien m'avait fait de l'œil, dans une boutique Relay ; il était signé par un certain Niels Boe qu'un bandeau présentait comme « le roi du polar venu du froid ». Je savais qu'il fallait se méfier des bandeaux mais le livre avait un titre prometteur, *Dégel*, et la couverture de l'édition de poche m'avait plu : sur une photo en noir et blanc, une main raidie émergeait d'une épaisse couche de neige. Je l'attaquai dans l'avion, bien calé dans mon fauteuil, en classe éco.

Le livre s'ouvrait sur la découverte d'un cadavre par un garde-chasse, à la faveur du dégel printanier. L'inspecteur Peter Aken était chargé de l'enquête. Il travaillait à la brigade criminelle de Bergen, la deuxième ville du pays, pratiquait un alcoolisme intense et jouissait d'un certain succès auprès de filles de son service, séduites par l'aura bourrue de ce flic borderline. Très vite, Aken soupçonnait un tueur psychopathe atteint de zézaiement, qui répondait au nom évocateur de Sobibor. Il violait et assassinait des jeunes filles handicapées mentales qu'il abordait aux alentours de centres spécialisés, en se faisant passer pour un témoin de Jéhovah. Peter Aken était un très bon enquêteur, conforme aux règles classiques du genre, c'est-à-dire qu'il avait des méthodes peu orthodoxes et une tendance à mépriser toute forme de hiérarchie. Il travaillait sans relâche, sacrifiant sans états d'âme les congés que lui offrait la social-démocratie norvégienne. Une question demeurait : comment faisait-il pour avoir de telles fulgurances (et relever, en un quart de seconde, la seule incohérence dans un rapport d'expertise ADN) alors qu'il était bourré la plupart du temps ? L'auteur ne donnait aucune réponse à ce mystère, mais après tout Chandler ne donnait pas tellement plus de réponses à propos de Philip Marlowe, et Chandler était considéré comme un très bon auteur de polars... Moi-même, n'avais-je pas écrit, dans le même état, certains de mes meilleurs papiers ? Quoi qu'il en soit, le livre était réussi. La nature était omniprésente et beaucoup de gens semblaient vivre dans des maisons isolées, au cœur de fjords somptueux aux noms imprononçables. Je pensai que je pourrais offrir des polars nordiques à ma mère, cela l'éloignerait de ses documentaires délirants sur les pyramides tout en rassasiant son goût pour les faits divers glauques et les mystères. Ce pourrait être un nouveau lien entre nous, plus apaisé, un lien entre adultes.

*

J'étais arrivé trois jours avant Philippe, pour profiter un peu de la ville avant de me mettre au travail. Je pris un bus qui me conduisit jusqu'au centre-ville d'Oslo, où j'avais loué une chambre en Airbnb. Sur le bord de la route défilaient de petites maisons de bois peintes en blanc, jaune, gris ou un rouge bordeaux. Plus tard, nous longeâmes un vaste parc, qui abritait un cimetière où les stèles en pierre claire semblaient avoir poussé sur la pelouse, d'un vert éclatant. Je m'imaginais rentrant chez moi, tel un inspecteur Aken fatigué, après une mission longue : trop familier pour regarder vraiment la ville, n'accordant aux lieux qu'une attention distraite. Je descendis à l'arrêt indiqué par SMS par la propriétaire. Le quartier, appelé Smestad, était résidentiel. Je trouvai l'adresse, un petit immeuble d'architecte revêtu de lamelles de bois clair. Dans le hall, un pan de mur était entièrement végétalisé. Ma logeuse m'ouvrit la porte : Ana était une femme d'une quarantaine d'années, vêtue d'un sweat-shirt en pilou. De complexion robuste, elle avait un front haut et des yeux délavés, d'un bleu très clair. « Bonjour ! dit-elle en français. Comment-allez-vous ? » Elle avait passé un an d'échange à Paris, et s'excusait de ne pouvoir en dire plus.

Elle m'installa dans une chambre, après m'avoir demandé de retirer mes chaussures.

*

Je passai les deux premiers jours dans une quasi-sobriété. Je me contentai d'une bière, le deuxième soir. La journée, je louai une trottinette électrique et filai sur les larges trottoirs. Le ciel était net, d'un bleu irréprochable. Il faisait froid et sec. Dans le quartier de Smestad, les rues en pente offraient une vue plongeante sur le fjord, et les maisons respiraient un individualisme prospère et propre (mais pas la propreté angoissante des Suisses : une propreté décontractée). Parfois, une Tesla apparaissait, silencieuse, et son propriétaire s'arrêtait respectueusement pour laisser passer les piétons. Pourquoi y avait-il autant de Tesla ? Je sillonnai la ville, humant l'air vif. Sur une artère cossue, entre deux immeubles de style néoclassique, j'aperçus le lycée scientifique où Gudsonn avait étudié, à l'internat. Je m'arrêtai pour prendre quelques notes, tandis que les grandes portes dégorgeaient un flot d'adolescents chahutant, dérouillant leurs longs bras trop longtemps entravés. Il était difficile d'imaginer la violence faire irruption dans cette ville paisible. Elle sévissait pourtant, comme ailleurs : en 2011, la jeunesse avait été ciblée par Anders Breivik, un tueur néonazi, sur l'île d'Utøya, à quelques kilomètres de là, dans le fjord d'Oslo. Je tentais d'imaginer Anders Breivik en train de faire la queue pour acheter un pain aux céréales, chez Godt Brød, à Oslo-la-cool : ça ne collait pas. J'avais lu à ce sujet un détail étonnant : avant de passer à l'acte, Breivik avait rédigé un manifeste de mille cinq cents pages, une longue logorrhée hallucinée, mégalomaniaque et raciste. Or, la presse avait relevé qu'il s'était inspiré du manifeste du Theodore Kaczynski, le célèbre Unabomber, jeune mathématicien devenu terroriste, ennemi déclaré de la modernité industrielle. Certains passages étaient même des plagiats purs et simples, Breivik se contentant de modifier quelques mots, pour adapter la prose de Theodore Kaczynski à ses propres obsessions : l'islam, et non la technique. Étrange cosmogonie de la terreur, où l'on se lit entre tueurs : Breivik, inspiré d'Unabomber. Lequel, selon certains spécialistes, s'était inspiré de Jacques Ellul, paisible intellectuel bordelais, mort en 1994, un des penseurs iconoclastes auxquels Pérouel m'avait initié. J'avais lu quelques pages du *Système technicien*, publié en 1977 : sa charge contre la modernité était puissante, visionnaire. Il était également un théologien protestant, qui puisait dans les Écritures pour étayer sa malédiction et lui donner un sens profond, intemporel. Dans *Sans feu ni lieu* (1975), il avait vu dans le règne de la technique un fait urbain, et dans l'explosion urbaine le signe de celui qu'il nommait « l'Ange de la ville » : l'esprit bâtisseur de Caïn, insufflé dans l'Homme par le Malin.

Le soir, dans ma chambre, j'ouvris mon ordinateur et me renseignai sur Kaczynski, afin de me familiariser avec l'atmosphère de la Californie des *seventies* et des universités, qui avait été le décor du rapport 21. Je découvris avec stupeur que le tueur technophobe avait enseigné les maths à Berkeley, de 1967 à 1969. Est-ce que Gudsonn l'avait rencontré ? Cela faisait partie des innombrables questions que j'espérais lui poser, si la chance était de mon côté.

Trouver Gudsonn ! C'était le défi majeur. Personne n'avait pu me renseigner. Pérouel pensait qu'il était en Norvège, sans autre argument que son intuition. Bart Jr Peabody n'en savait rien. Cédric m'avait prévenu : le cas échéant, il faudrait me résoudre à raconter sa vie avec les seuls mots de ceux qui l'avaient côtoyé. J'avais bien l'intention de ne m'y résoudre qu'en dernier ressort. L'excitation montait, réveillait un instinct de chasseur. Je me souvenais du récit d'un vétéran de *L'Express* me racontant ses trois mois de lente approche, d'espoirs douchés et d'efforts réitérés pour entrer en contact avec un tueur repenti du gang corse de la Brise de mer, et lui arracher une interview exclusive. Pas un reportage : une traque. C'est pour goûter ce genre d'adrénaline que j'avais quitté mon job à l'Union des métiers du plâtre et de l'isolation, pris une carte de presse. Et puis j'en avais assez de traficoter des articles « enlevés », qui caressaient gentiment la surface des choses, j'en avais assez du dilettantisme à la Cédric, avec son culte des titres-qui-font-la-moitié-du-succès-d'un-journal (l'autre moitié c'étaient les photos, rappelait Philippe en découvrant ses dents gâtées). Je voulais sentir le fumet d'une bête pistée, renifler les crottes fraîches. Je trouverais Gudsonn. Et s'il fallait aller jusqu'au-delà du cercle polaire, alors j'irais là-bas, le débusquer de sa retraite. Je sentais mon indolence congénitale céder sous une force souterraine, une lame de fond qui nous emportait, moi et Gudsonn, dans des courants furieux, vers des zones dangereuses où l'attraction réciproque du journaliste et de son sujet est une danse macabre, un combat à mort ou même un corps-à-corps amoureux, un de ces accouplements qui doit se résoudre par la mort d'un des deux protagonistes. J'irais là-bas : dans ces régions d'où l'on sort fou ou métamorphosé, où le pisse-copie se mue en grand reporter. J'enquêterais comme enquêtent les grands maniaques ; ceux qui poussent les portes interdites, furetant, mordant, reniflant. Poursuivis la nuit par le sujet qu'ils poursuivent le jour. J'irais dans cette forge mythique où l'on fomente les grands papiers.

*

Le soir du deuxième jour, l'euphorie retomba un peu. Je fus tenté d'envoyer un texto à mon ex, Bianca. Je pensais à sa bouche et à ses seins qui bougeaient, sous ses chandails, comme deux petites bêtes autonomes. J'étais à nouveau fragile, impulsif. Depuis le balcon, je contemplais la baie, les eaux sombres du fjord qui recueillaient les lumières des tours du « Barcode », ainsi que les surnommaient les Osloïtes. Je remuais des pensées tristes, comme on touille un café froid. Je pensais à ma mère. Lors d'une récente conversation, elle m'avait demandé de surveiller mon hygiène de vie et m'avait conseillé un livre sur la diététique, avant de se raviser (« Non, ne l'achète pas, je vais te l'offrir, ça me fait plaisir »). J'avais raccroché, soucieux : j'avais l'impression qu'elle s'affaissait et s'éloignait des réalités. Que son petit appartement se refermait sur elle, comme un tombeau.

*

Le lendemain matin, je fis un tour au musée Munch, dans le quartier ultramoderne de Bjørvika, au bord de l'eau. Je passai de longs moments dans une salle plongée dans le noir où étaient exposées les œuvres les plus sinistres du peintre, accompagnées de la musique d'un célèbre groupe de metal norvégien, Satyricon. Les tableaux, seuls, étaient éclairés. L'un d'eux représentait une femme vampire, penchée sur le cou de sa victime. L'homme avait le visage enfoui dans son giron. La goule l'entourait de ses bras, sa bouche collée à la nuque de l'homme : elle semblait veiller et protéger sa victime, autant que la vider de son sang. Ses longs cheveux rouges étaient étalés sur lui. Le morceau de Satyricon, diffusé en boucle, avait été spécialement composé par le groupe pour les besoins de l'exposition, et plongeait le spectateur dans une atmosphère de crypte. D'une cinquantaine de minutes, il consistait en un grésillement inquiétant, rehaussé d'orgues lancinantes et de violons, qui grinçaient comme des cordes de pendus. Parfois des guitares rugissaient, menaçantes. Je sortis, un peu assommé. Dans le fjord, une pluie fine faisait des ronds dans l'eau. La faible luminosité me serra le cœur. La tristesse du Nord avait pénétré mes veines, comme un ténia insatiable.

J'eus presque envie que Philippe rapplique plus tôt que prévu, d'entendre son babillage familier et ses analyses inoffensives sur tout. Je me sentis loin de chez moi : la Norvège, après tout, n'appartenait même pas à l'Union européenne, ce qui lui conférait une sorte d'aura barbare. Elle se dressait, étroite (en sa partie septentrionale) et longue, aux confins de l'Empire. J'achetai un hot-dog local, avec une saucisse enrobée de lard, faillis m'étrangler en découvrant son prix – 130 couronnes, pas loin de 12 euros. Cédric s'étranglerait aussi, en découvrant mes notes de frais. À 14 heures j'entrai dans un bar. Autour d'un billard se pressaient de grands types avec des barbes de bûcherons dont la complexion contrastait avec les gestes délicats, surtout quand ils mettaient du bleu au bout des queues en acajou ; elles semblaient minuscules entre leurs énormes pattes et pourtant ils calibraient parfaitement la puissance de leurs coups. Je regardai quelques parties, séchai mon verre, sortis et marchai jusqu'à un square, où je m'assis sur un banc. Des enfants jouaient à l'intérieur d'une étrange installation, qui consistait en une vaste cage parcourue de larges boyaux en plastique, où les gosses s'engouffraient comme des petits mulots. Autour de moi, les parents discutaient paisiblement.

Les Norvégiens sont un peuple d'élite, pensai-je en observant la ville aérée où les richesses semblaient allouées de façon harmonieuse, avec un souci de l'intérêt collectif qui donnait envie de s'asseoir et de pleurer doucement. Depuis que j'étais arrivé, je n'avais vu aucun clochard. Les inégalités étaient un des cancers abordés par le rapport 21. De façon curieuse, d'après Mildred Dundee et ses collègues, elles participaient de la frénésie consommatrice. Une société inégalitaire consommait plus, écrivaient les auteurs. Ce, à cause d'un phénomène appelé *consommation ostentatoire*, forgé par un sociologue américain au début du XXe siècle. Il se résume assez simplement : chaque classe sociale veut imiter celle du dessus, et notamment ses habitudes de consommation (les « signes extérieurs de richesse »). De cette manière, les inégalités entretiennent une compétition mortifère et alimentent la spirale infernale qui conduit à l'épuisement des ressources.

Je quittai le square, poursuivi par le tic-tac de l'horloge diabolique, hanté par le ballet des boucles de rétroaction stoddardiennes. Je traversai le quartier branché de Grünerløkka, respirai mieux. Dans les boîtes, des jeunes faisaient la fête. Je cherchai, parmi les passants, le fantôme du jeune Gudsonn, sa silhouette mal fagotée de lycéen, marchant les mains dans le dos, méditant quelque épineuse question mathématique, indifférent aux chants et aux cris de ses pairs. À la nuit tombée, je me mis en route vers mon Airbnb. Sous un pont qui enjambait un parc, je fus abordé par un vendeur d'héroïne. Il se tenait embusqué derrière un bosquet, et ses yeux brillaient dans la pénombre. J'accélérai le pas, jusqu'à un point de location de trottinettes. Sur le chemin du retour, alors que je filais comme une flèche, me forçant à redresser les épaules, je me sentis un peu mieux.

*

À mon retour, je fis part à la logeuse de mon admiration pour son pays. Elle roula des yeux effrayés : « Ce n'est pas vraiment comme ça que nous nous représentons les choses. » Certes, de nombreuses familles arboraient le drapeau national dans leur jardin, mais c'était une fierté bon enfant. Cosmopolites, les Osloïtes répugnaient à verser dans un nationalisme de mauvais goût. « Et puis, il n'y a pas lieu de se vanter. Nous avons eu beaucoup de chance. » La chance, en l'espèce, avait la couleur d'un sang noir et épais : celui des vastes gisements pétroliers découverts dans la mer du Nord, à la fin des années 1960. Le pays avait eu l'intelligence de ne pas céder ce trésor aux appétits étrangers, et un fonds gérait cette manne : c'était le plus grand fonds souverain d'investissement du monde.

« Avant, la Norvège était un pays de pêcheurs, un des plus pauvres d'Europe. À présent, nous sommes riches. Le fonds est le bien de la communauté. » Elle ouvrit un placard et en sortit un cubi de bordeaux acheté au Vinmonopolet, seul magasin habilité à vendre de l'alcool à emporter. Elle nous servit deux verres, en pressant le petit robinet en plastique. Elle avait visité toute l'Europe occidentale, l'Australie, la Patagonie, le Vietnam, les pays du Golfe ; à l'entendre, il n'y avait là rien d'extraordinaire dans ce pays plein aux as, où le moindre salarié devenait un nanti hors de ses frontières, avec son pouvoir d'achat norvégien. Je compris, avec une douleur discrète, que mon pays, la France, était tiers-mondisé. Ce n'était pas seulement le pétrole qui manquait aux miens : c'était cette espèce de colonne vertébrale qui consiste à gérer ce trésor vertueusement, comme des pères de famille avisés, comme les pères qui emmènent leur progéniture dans une carriole en bois dans le parc Vigeland, pour pique-niquer d'un sandwich à la saucisse.

Je pris congé et me couchai tout habillé sur le lit, dans la chambre décorée de photos de taxis new-yorkais. Un moment, je crus entendre pivoter la poignée de ma porte, avant qu'elle se redresse, comme on se ravise. À deux heures du matin, je me réveillai en sursaut. Je marchai à pas de loup dans la cuisine et ouvris le réfrigérateur, qui éclaira faiblement la pièce d'une lumière bleutée. Je bus deux bières, retournai dans ma chambre, me dévêtis et m'endormis.

11

Gunnar Agabsen enseignait l'économie solidaire à l'université. C'était un vieux monsieur au front haut et au crâne de forme ovoïde, presque entièrement dégarni. Son nez était fin, comme le bec d'un oiseau. Aussi loin que je me souvienne, j'avais toujours aimé les vieux. Nous marchions le long d'une promenade, sur les quais : une enfilade de passerelles, au pied d'immeubles futuristes.

Il parlait vite, dans un anglais guttural. Plusieurs fois, je le fis répéter.

— À l'origine de l'écologie profonde, il y a Arne Næss. Notre camarade professait une refondation du rapport de l'homme avec la nature, fondée sur l'humilité et l'harmonie. Quand nous manifestions contre l'abattage d'arbres, nous ne le faisions pas seulement en tant qu'humains, pour défendre un écosystème nécessaire à notre survie. Nous manifestions *pour* la forêt. Nous étions les représentants de la grande muette, celle qui est tout et qui ne dit rien : la biosphère, le grand tout. Il existe, dans la pensée de Næss, une dimension spirituelle, parfaitement assumée.

J'avais profité de ces derniers jours pour m'instruire, ce qui me permit de crâner un peu.

— « Fouler la terre d'un pas léger », et « laisser le moins de traces possible ».

— C'est ça, dit Agabsen, agréablement surpris. Moi, j'étais un gros balourd d'Islandais, qui avait débarqué en Norvège en 1969, en espérant trouver du travail dans les montagnes, et gagner assez d'argent pour me payer un voyage en Inde. À la place, j'ai rencontré Næss, et je ne suis jamais parti en Inde. Næss vivait une partie de l'année à la montagne, dans une cabane, dans le massif de Hallingskarvet. Il l'avait bâtie de ses propres mains, en 1938, en montant les planches à dos d'âne, depuis le village d'Ustaoset. C'était un homme vraiment exceptionnel. Aucune morgue chez lui, pas de charabia d'universitaire. Il n'était pas seulement un penseur : c'était un alpiniste hors pair, un sportif, un ami. Grand lecteur de Spinoza, et capable de fendre trois stères de bois sous la pluie. Notre plus gros succès a été l'action contre le barrage hydroélectrique, près de la Mardalsfossen, à l'ouest du pays. Nous avions planté nos tentes sur la route menant au chantier. Et nous les avons fait plier ! Vous imaginez ça : trois cents clampins, qui tiennent tête à un gouvernement. Ça, c'était en 1970.

— Gudsonn était encore à Berkeley.

— Vous avez raison. Lui, je l'ai rencontré plus tard. À la grande action contre le chantier de la Statkraft, en 1979, à Finnmark. Ils voulaient créer un lac artificiel et inonder un village de Sames, une communauté indigène. Et, par la même occasion, saccager l'environnement des rennes. Nous avions organisé un énorme sit-in. Nous étions six mille, cette fois-ci. C'est là que j'ai vu Gudsonn pour la première fois. Avec sa taille, il en imposait. Il avait des traits… durs. Comme ceux qui ont mené des combats intérieurs, et les ont remportés. J'avais compris qu'il avait déjà rencontré Næss, à Oslo. Il voulait prendre part à notre lutte, et bien sûr nous lui avons fait une place. Nous avions du respect pour lui. Quitter l'université américaine pour enseigner dans un lycée ! Quitter le confort de Berkeley pour venir piétiner dans la boue. Cela nous plaisait et cela plaisait à Næss, qui avait lui-même quitté un poste de professeur, à l'université d'Oslo.

— Et Gudsonn avait été un des auteurs du rapport 21.

— Certes. Mais ce n'était pas ce que nous admirions chez lui. Dans notre esprit, le rapport 21 avait pas mal de défauts. C'était un travail de scientifiques occidentaux, de techniciens froids et rationnels. À l'époque, je ne suis pas sûr que Mildred Dundee aurait signé notre manifeste et son article 1 : « L'épanouissement de la vie humaine et non humaine a une valeur intrinsèque. » Gudsonn, lui, semblait prêt à aller plus loin.

Une mouette cria, depuis le toit d'un immeuble en verre. Gunnar ajouta :

— Il cherchait quelque chose. Il était très intense.

Il s'arrêta, pivota et regarda vers les eaux du fjord.

— Seulement... Après quelque temps, nous nous sommes aperçus que la mayonnaise ne prendrait pas. Comment vous dire... Il lui manquait une dimension qui est essentielle, dans la vision de Næss : la joie, la confiance. Cet aspect est très important. Or, il n'y avait pas de joie chez Johannes Gudsonn. Il était sombre, cadenassé. Attention, ne croyez pas que nous étions de gentils montagnards avec un sourire béat. Seulement, Næss encourageait à « être chez soi dans la vie », à trouver l'apaisement dans les plaisirs simples, la méditation. Nous avions coutume de dire : « Au commencement était la joie. » Après vient la colère, la révolte. Chez Gudsonn, on sentait que la colère était là au commencement, au milieu, à la fin.

La voix du Gunnar était grave et ronde, d'un velouté agréable. Je lui demandai de préciser ce qu'il entendait par « colère ».

— Je veux dire, par exemple, que Gudsonn avait un goût pour la violence. Or, nous étions viscéralement non violents. Notre référence, c'était Gandhi. Pour nous, pas question de tirer sur les flics, ou que sais-je. Gudsonn n'était pas d'accord là-dessus. Il ne nous disait pas de tirer sur les flics, seulement il disait qu'on ne pouvait pas écarter cette option *a priori*. Il me faisait penser à votre Saint-Jutte.

— Saint-Just.

— Voilà. Le genre hyper-rationnel, et un peu effrayant. Toujours à parler de la Vérité, de la

Justice. Jamais de Joie, ni de Beauté. Il avait ce style très dogmatique. Je le revois encore. Émacié, avec ce côté professoral qui ne passait pas du tout. Et son regard, qui vous punaisait au mur. Je me souviens d'une dispute, lors d'une randonnée avec Næss, sur les hauts plateaux de Hallingskarvet. Nous avions marché deux heures en silence, avant de rentrer au refuge. À un moment, un de nos amis s'est mis à parler. Il était bouleversé parce qu'une opération de cloutage d'arbres, dans le Nord, avait occasionné de graves blessures à un bûcheron, dont le visage avait été lacéré par sa tronçonneuse.

— Clouter des arbres, pour les protéger ?

— Le cloutage d'arbres vise à rendre la découpe du bois dangereuse, et dissuader les exploitations forestières d'y procéder. Là, ça n'a pas marché. Notre ami est effondré, il a les larmes aux yeux. Gudsonn s'énerve. Il lui dit qu'il est un être faible, geignard : en participant au cloutage, nous savons que nous risquons de blesser des bûcherons, car certains patrons ne renonceront pas à couper le bois. Il lui dit : « C'est un risque pesé, que tu as accepté. Tu n'as pas le droit de geindre. » Il était comme ça. Très dur, et...

— Arrogant ?

— Oui. En un sens, il heurtait notre mentalité scandinave. Vous connaissez la mentalité scandinave ? Elle peut se résumer en quatre mots : « Tu n'es pas spécial. » Personne n'est spécial. Tu n'es qu'une particule insignifiante de la communauté. Jeune, je détestais cette mentalité, qui sert à étouffer la jeunesse. Eh bien, au contact de

Gudsonn, je me suis aperçu qu'elle avait du bon, tout de même. Et que j'en avais hérité, aussi. L'humilité. C'est ce que la montagne nous apprenait, lors de nos longues marches, avec Næss.

— Vous pensiez avoir raison contre le monde, pourtant. Contre votre époque, même.

— Oui. Seulement nous voulions convaincre dans la joie. Nous voulions gagner les cœurs. Gudsonn, lui, avait ce côté prêcheur sombre. Il disait que la Norvège était « échevelée comme une putain ». Il était obsédé par la Norvège d'avant : sobre et austère, avec sa nature inviolée. Il détestait les villes, parlait avec le plus grand mépris de la jeunesse américanisée. Nous, nous défendions la vie en plein air. Le *friluftsliv*, comme nous l'appelons. Mais nous n'étions pas du tout puritains !

— Joël Pérouel, l'éditeur français du rapport 21, m'a dit qu'il avait fini par quitter votre groupe.

— Oui. À vrai dire, il est parti de lui-même. Vers 1984, je pense. À mon avis, il a fini par être agacé par ce qu'il appelait nos « mièvreries ».

Il rit joyeusement.

— Enfin, quand je vous raconte ça, on a l'impression que c'est un événement majeur. En réalité, c'était une anecdote, dans notre lutte. Les gens venaient, repartaient. C'est la vie de toutes les organisations militantes. Des gars bizarres, on en a toujours eu autour de nous.

À nouveau, son regard plongea dans les eaux du fjord. Il murmura :

— Leur centrale électrique ! Ils nous l'ont bien mise dans le cul, cette fois-ci.

— Vous avez perdu contact ?

— Un peu plus tard, au milieu des années 1980, il a disparu. Une amie m'a dit qu'il avait quitté son poste de professeur de lycée, à Bergen, à l'ouest. Plus une trace. Vous me direz que je n'ai pas cherché à le retrouver, non plus. Je sais tout de même qu'il a refait surface, à Bergen, quinze ans plus tard, avant de disparaître à nouveau.

Gunnar Agabsen se tut. Il réfléchit.

— Il y a une fille que vous devriez interroger. Dans les derniers mois, il venait à nos réunions accompagné d'une fille. Elle buvait ses paroles. Plus il s'isolait, plus elle le regardait comme un demi-dieu. C'était assez malsain. Plus tard, j'ai su que c'était une de ses élèves… Très maigre… pâle. Des piercings… Son nom… Désolé, je l'ai oublié… Elle portait tout le temps des mitaines… Les gens comme Gudsonn se font beaucoup d'ennemis, vous savez. Ils exercent aussi une puissante séduction. Certains jeunes sont comme des fétus de paille promenés par le vent, et lorsqu'ils rencontrent un type habité par la foi…

Avant de partir, je lui montrai le reportage de la télé danoise que m'avait envoyé Bart Jr Peabody. Gudsonn, Næss et le troisième homme : un trentenaire à fossettes, avec son casque de cheveux roux.

— Et lui, vous le connaissez ?

— Pas trop mal, oui.

— Qui est-ce ?

— Eh bien… C'est moi.

Son regard brilla d'un éclat malicieux tandis qu'il me lança en français, avec son bel accent du Nord :

— La vieillesse est un naufrage, monsieur Merlin. Un naufrage !

*

Le soir, je saluai rapidement la logeuse et m'enfermai dans ma chambre. Une demi-lune éclairait un pan de mur et se reflétait dans le cadre d'une photo. Je jetai quelques notes, qui serviraient de fond de sauce pour mon article. *Être cérébral, farouche, tourmenté... Aura de révolutionnaire russe en exil... Sens du combat... Ombrageux...* Gunnar lui rendait coup pour coup. *La joie... Au commencement était la joie... Amitié... Compassion... Méditation...* Les mots du vieux militant m'avaient troublé. Cet homme qui parlait de « joie », comme si c'était la chose la plus naturelle du monde... Dans une autre bouche que celle de Gunnar Agabsen, j'aurais trouvé ce mot chiqué, mièvre ou pornographique. D'où me venait cette méfiance ? Peut-être des longues heures passées, enfant, à chanter des psaumes en compagnie de ma mère, dans une église en béton baignée d'une lumière grise et froide. « Tressaillez de joie », entonnait le prêtre, comme s'il n'y avait ni béton, ni lumière grise et froide. La joie de Gunnar Agabsen semblait d'une autre nature : simple, animale. Une chaleur qui vous enveloppait et qu'il vous suffisait d'accueillir, en vous laissant aller. J'essayais de me concentrer sur ce mot lorsque je reçus un coup de téléphone de Cédric. Le rédac chef me demanda comment se présentaient les choses. Je lui assurai que mon enquête avançait, sans entrer dans les détails. Sans lui dire, surtout, que mon reportage sur les quatre de Berkeley s'était transformé en enquête sur le seul Johannes Gudsonn. Après avoir raccroché, je reçus un texto de Philippe, qui annonçait son arrivée pour le lendemain. Je lui donnai directement rendez-vous à la gare centrale, pour aller à Bergen.

12

Le train filait à travers des forêts interminables, transperçait une montagne avant de s'élancer en plein soleil, sur la ligne d'un pont. Les nuages se déplaçaient en grosses masses lentes ; j'observai un peu leur géographie changeante, puis m'assoupis. Lorsque je rouvris les yeux, il n'y avait plus un seul arbre. Nous traversions un plateau de montagne, tout en déclivités faibles, partiellement enneigées.

— C'est le plateau de Hallingskarvet, renseigna Philippe, qui feuilletait un *Lonely Planet*.

Dans le train, la social-démocratie avait tout prévu : espace de jeux pour les enfants afin d'éviter qu'ils ne vagissent, pendant des heures, les yeux révulsés, comme c'est l'usage dans les trains français. Mon voisin, un quadragénaire en polo Napapijri, regardait paisiblement le paysage. Je tentai, à mon tour, de m'absorber dans la contemplation de ce plateau désolé. Je songeai aux explications de Gunnar Agabsen, la veille, sur la promenade : c'est ici qu'était née l'écologie profonde, et c'est ici qu'il avait rencontré son maître à penser, Arne Næss.

Il n'était pas difficile de comprendre pourquoi. La terre nue, les blocs de granit, le lichen invitaient au dépouillement de l'âme, à l'ascèse. Est-ce que le vent du plateau avait parlé à Johannes Gudsonn, comme il avait parlé à Arne Næss ? Je sais ce qu'il m'aurait dit, à moi : tu es un bobo de merde avec son frigo Smeg couleur vert d'eau, son petit attirail high-tech, sa pile de T-shirts et son étagère de bouquins annotés. Un personnage que la vie irriguait à peine, sous la forme d'un ruisselet timide, un succédané d'homme, qui avait tué le grand singe qui sommeillait en lui. Je n'avais plus de contact avec la nature. La destruction de la nature me rendait triste, pourtant. Mais de façon intellectuelle. Comme on l'est du décès d'un père qu'on n'aurait jamais connu.

*

À notre arrivée, nous nous rendîmes au lycée Sigrid-Undset, où Gudsonn avait enseigné pendant dix ans, à son retour d'Amérique. Situé au sud de la ville, dans un quartier moderne en bordure d'un parc, l'établissement était rutilant. La façade était composée de deux murs courbes en pierre naturelle, reliés par une passerelle en acier. Philippe fit quelques photos en extérieur. Je lui fis remarquer que les murs ne nous apprendraient rien sur Johannes Gudsonn : une plaque, à l'entrée, indiquait que le nouveau bâtiment avait été inauguré en 2016. Le directeur Viktor Larsen nous attendait à la guérite de l'accueil. Chaleureux, en veste, T-shirt et baskets blanches, il ressemblait davantage à un publicitaire qu'à un directeur de bahut – du moins, l'idée que je m'en faisais, avec la veste en velours côtelé et l'odeur de tabac froid. Comme nombre de ses compatriotes, il parlait un excellent anglais. Il nous cornaqua dans un dédale de couloirs immaculés, à l'exception d'un pan de mur décoré de fresques urbaines, célébrant les sports de glisse. Je l'interrogeai sur le quartier. Il m'expliqua que Nygård n'avait pas toujours été tranquille : jusqu'au début des années 2000, le parc avait été une plaque tournante du trafic d'héroïne. « Le coin a beaucoup changé. Le lycée aussi », conclut-il, avant de se lancer sur un sujet moins sensible, plus conforme à son enthousiasme bénin : le nouveau terrain de handball, digne d'une équipe pro. « Vous pourriez y faire de belles photos, je crois », dit-il à Philippe, qui comprit le message et s'éloigna en marmonnant. J'attendis d'être dans son bureau pour évoquer Gudsonn. La seule mention du Norvégien effaça le sourire de son visage. Je jugeai bon de ne pas dégainer le dictaphone.

— J'espère que vous n'êtes pas venu jusqu'en Norvège pour me voir. J'avais dix ans, à l'époque, monsieur Rudy. Ce sera difficile pour moi de dire quoi que ce soit, et le directeur de l'époque ne pourra pas vous répondre non plus. Il est décédé il y a quinze ans, ajouta-t-il avec satisfaction.

Il regarda un bloc-notes.

— Ce que je peux vous dire tient en une ligne. « Gudsonn a enseigné ici de 1976 à 1987. »

— Vous m'aviez écrit que vous interrogeriez des collègues retraités, en poste à l'époque.

— J'en ai appelé un. Que vous dire ? Gudsonn avait participé à un rapport célèbre, sur l'écologie. Pour un lycée, c'était un recrutement prestigieux.

— En effet, ce n'est pas anodin. Quitter une université américaine pour aller enseigner au lycée, dans un quartier ravagé par le trafic de drogue.

Larsen tapota sur son bureau, avec le majeur et l'index.

— Je ne fais que vous répéter ce que m'a dit le collègue. Gudsonn enseignait les maths. Il n'y avait rien à lui reprocher, d'un point de vue académique.

Je bluffai grossièrement :

— Pourtant, une de ses connaissances m'a dit qu'il avait causé des… problèmes.

Larsen se frotta le nez. Je regardai son carnet. Il était noirci de notes. Il renifla.

— Il a eu un comportement inapproprié avec une élève, c'est vrai.

Il dut voir une lueur dans mon regard de chien truffier, car il s'empressa d'ajouter :

— C'est ce qui s'est dit. La vérité, c'est qu'on n'en sait rien. Personne ne sait rien. Oubliez ce que je vous ai dit. Et, s'il vous plaît, ne me citez pas là-dessus, dans votre article.

— Vous avez bien un dossier disciplinaire ?

— Je crains que non. Ce sont des faits de trente ans, ajouta-t-il, contredisant ce qu'il venait de dire, sur le caractère hypothétique de ces accusations. Nos dossiers disciplinaires sont confidentiels, monsieur Rudy. Et nous les détruisons après vingt ans.

Sous ses dehors cool, Larsen était un apparatchik pur jus. Il protégeait l'institution. Langue de bois, éléments de langage et fausse courtoisie. Chacun de ses traits m'invitait à fouiller les poubelles ailleurs.

— Est-ce que je pourrais avoir les coordonnées de ces collègues retraités que vous avez contactés ?

Je connaissais déjà la réponse, mais c'était amusant de voir la face de Larsen se durcir, et ses mâchoires se contracter légèrement.

— Je suis le directeur de l'établissement, monsieur Rudy. Il va falloir vous contenter de ma pauvre personne.

*

Avant de le quitter, j'obtins tout de même une liste des anciens élèves, des promotions 1982 à 1985 : il me l'avait lâchée aussi aimablement que l'on jette un os à un chien errant, pour qu'il vous libère les mollets. Le nom de la fille dont m'avait parlé Gunnar Agabsen s'y trouvait forcément. Je lui envoyai la liste par texto, au cas où elle raviverait ses souvenirs. Le vieil activiste me répondit deux heures plus tard. Il avait parcouru le document, et reconnu le nom d'Erika Lovland.

— C'est elle.

En m'aidant de la liste, je trouvai les coordonnées professionnelles de six des camarades de classe d'Erika, parvins à joindre trois d'entre eux. Les deux premiers m'envoyèrent promener. Le dernier, que je contactai au standard de son agence immobilière, put me renseigner. Il était formel : quand Erika n'était pas dans la rue, elle était en cure de désintoxication, dans un des établissements de Bergen où l'on s'occupait de ces choses-là. Il me souhaita bon courage, sans que je sache ce que ces mots recelaient d'ironie.

13

— Qu'est-ce que je vous avais dit ? Hein ?

Nous étions trois dans une petite salle du centre d'addictologie de Bergen-Nord. Moi, Erika Lovland et Sonia Lovland, la cousine d'Erika. C'est la cousine qui parlait. Elle avait demandé que Philippe quitte la pièce : il avait obtenu de faire une photo d'une chaise vide, juste avant de partir. Erika ne parlait pas. D'après mes calculs, elle était âgée de cinquante ans. Elle en faisait aisément soixante-cinq. Yeux caves, cornée jaune. Son nez, pincé au-dessus des ailes, gardait les traces d'une opération chirurgicale ratée. Elle portait un débardeur noir, taché par endroits, et des mitaines dissimulaient ses avant-bras. Elle fixait un point au-dessus de mon épaule gauche. Je me retournai et évidemment il n'y avait rien, rien d'autre qu'un mur blanc d'hôpital.

Sa cousine ricanait.

— Vous pourriez rester toute la journée, elle ne broncherait pas !

Au téléphone, Sonia Lovland m'avait prévenu, dans un français presque parfait. Erika avait perdu l'usage de la parole suite à une surdose d'héroïne. « Une aphasie transcorticale mixte », avait-elle dit, fière d'avoir appris sa leçon. « La surdose a provoqué l'arrêt de la distribution sanguine de l'oxygène, qui a affecté l'aire de *le* parole. » Quand elle avait compris que je voulais tout de même rencontrer Erika, elle avait insisté pour être présente. Elle avait dit : « Aujourd'hui, Erika n'a plus que moi dans *son* vie. » Après dix minutes de conversation, j'avais compris à qui j'avais affaire : la cousine moralisatrice et fielleuse, qui s'était persuadée que ce qui était arrivé à Erika était la manifestation d'une justice immanente, qui punissait les filles perdues. Je devinai aussi qu'Erika avait dû plaire à des hommes ; qu'elle, non. Sonia parlait d'elle sans ménagement, en sa présence. Parfois, elle jetait un regard à la muette, à moitié goguenarde, comme si elle la mettait au défi de la contredire.

— Vous auriez dû la voir à l'époque. Un corbeau ébouriffé, deux œufs au plat à la place *de les* seins. Elle s'était coupé les cheveux avec des ciseaux de cuisine, en espérant ressembler à je ne sais qui. Et elle avait acheté *le moulure* de crâne en plâtre. Hein, ma cocotte !

L'autre ne cillait pas. Elle fixait toujours le mur. Sonia Lovland était rose, le nez petit et rond, des cheveux noirs coupés au bol, comme Agnès Varda. Elle portait un gilet bordeaux et une robe de laine. La pièce sans fenêtre était entièrement peinte en blanc, carrelée au sol, et sentait le chlore. Un moment, je crus voir la lèvre inférieure d'Erika bouger.

Je proposai à la cousine de faire quelques pas dans le jardin. La présence muette d'Erika m'indisposait. Sonia Lovland me suivit, à regret. Elle raconta. En 1985, Erika était une lycéenne rebelle, qui vendait des T-shirts à la sortie des concerts de Kill the Human Robots, « le groupe norvégien le plus minable de tous les temps ». Elle avait été élevée par la mère de Sonia, qui était sa tutrice légale. Les deux cousines ne s'entendaient pas.

— Elle passait le plus clair de son temps enfermée dans *son* chambre qui sentait la culotte sale, en écoutant ses cassettes de metal et de... je ne sais pas quoi. Et, bien entendu, ma mère et moi nous étions des fascistes, et *le* famille royale aussi, tout le monde il était fasciste. Ma mère était *le* fasciste qui la nourrissait et la logeait. On peut dire que la gratitude ne l'a pas étouffée...

Elle et Gudsonn avaient commencé à se voir en dehors des cours. Elle le prenait « pour une sorte de druide clairvoyant ».

— Au début, ma mère, sa tutrice, avait fermé les yeux... Il lui avait interdit de boire, de fumer... Ma mère pensait qu'après tout cette histoire pouvait, l'un dans l'autre, lui être bénéfique... Il faut voir ce qu'elle allait pêcher, avant... Les bassistes boutonneux, les disquaires alcooliques... Leur histoire a duré deux ou trois ans.

— Elle vous l'a présenté ?

— Non. Il n'en a jamais été question.

Ses yeux brillaient de mépris.

— Après quelques mois, elle s'est mise à passer des week-ends avec lui, dans *le* cabane qu'il avait près de Lonevåg, sur l'île d'Osterøy. Sa *hytte*, comme on dit ici. Ça, ma mère n'était pas au courant, bien sûr. Elle disait qu'elle allait chez « une amie »... Une fois, Erika m'a raconté. C'était le genre à ne rien raconter, pourtant. Mais là, c'était plus fort qu'elle. Elle était persuadée de vivre quelque chose d'exceptionnel. Elle était tellement fière ! Un jour, elle m'a dit qu'ils étaient « comme Adam et Ève ». Elle racontait que là-bas, le professeur Gudsonn était différent. Il était un bûcheron, un pêcheur, un menuisier. Et bla, et bla. Il pêchait beaucoup. Elle disait qu'ils vivaient très simplement. L'été, ils se lavaient dans le fjord, vous voyez ? Enfin, Erika, pour ce qui est de se laver... Il lui avait appris à reconnaître les baies comestibles, il... ils discutaient. Enfin, tout cela n'a aucun intérêt.

Je répondis un peu vivement :

— Ça m'intéresse, madame Lovland. C'est pour cette raison que je suis ici.

— Je vois... En vérité, elle était très discrète sur leurs conversations. Mais, parfois, elle disait des choses, et on voyait bien qu'on les lui avait fourrées dans le crâne.

— Quelles choses ?

— Vous savez, le genre d'idioties que racontaient les types qui s'enchaînaient devant les grilles de la Statoil, pour emmerder les travailleurs. Des nuisibles, si vous voulez mon avis. Nous avons été bénis par le pétrole de la mer du Nord, et grâce à cela notre pays est devenu prospère. Sans le pétrole, nous n'aurions pas les pensions de retraite et des allocations chômage, que ces nuisibles sont bien contents de…

— Parlons de Gudsonn, s'il vous plaît. De ce qu'il disait à Erika.

— C'était du charabia. Il parlait de livres et d'un autre côté il disait que tous les livres sont ineptes. Il disait que la vérité était dans la nature vivante qui nous entourait. Ça l'arrangeait bien, Erika, qui était une cancre finie ! Il était entré dans sa tête. À mon avis, elle n'y comprenait pas grand-chose elle-même, elle se contentait de répéter, comme un perroquet, c'était quelque chose : « Gudsonn sait tout, il a tout percé à jour. » Elle s'était mise à déblatérer contre « les foules de Bergen »… Elle disait : « Bergen la maudite ». Des foules, dans notre chère petite ville de Bergen ! Vous voyez ce que nous avons dû endurer, avec ma mère. Erika avait l'impression d'écouter le Bouddha, pas moins. Et elle le trouvait beau. Moi, je trouvais qu'il ressemblait à un loup efflanqué.

— Est-ce qu'ils… ?

Sonia gloussa.

— Une jeune fille et un homme dans une cabane, monsieur Merlin !

14

La suite de l'histoire fut rapidement expédiée. L'aventure de la lycéenne et de son professeur était arrivée aux oreilles du directeur. Gudsonn avait été viré. Il s'était retiré dans sa cabane d'Osterøy, et avait disparu peu de temps après.

— Erika était inconsolable. Elle m'a dit : « Il est parti au désert. » Allez savoir ce que ça voulait dire. Ils s'étaient bien trouvés, ces deux-là. Elle, avec ses symboles ésotériques, ses signes vikings. Et lui qui parlait d'« harmonie universelle », d'« orgueil Yang »... Après son départ, elle a fait *un* dépression, et elle a commencé à traîner au parc de Nygård. À l'époque, les seringues y poussaient comme du pissenlit... Ça a été une longue dégringolade. Moi, à son âge, j'étais déjà très mature, mais elle... La pauvre. Aujourd'hui, ça me paraît clair : il l'a prise, il l'a bousillée, et il l'a jetée. Elle est devenue majeure et ma mère a perdu sa tutelle. Elle était hors de contrôle... s'est mise à traîner avec les clodos, elle se piquait. On la mettait dans *le* hôpital, et puis elle sortait, et elle recommençait. Parfois on la retrouvait sur l'île d'Osterøy. Je vous montrerai où elle est, sur une carte. Je m'en souviens très bien : j'ai dû aller la chercher là-bas, une fois. C'était une petite cabane de rien du tout, enfin vous verrez vous-même. Je crois qu'elle attendait son retour. Elle y retournait, comme un chien revient à son maître. D'une certaine façon, c'était presque touchant. Et voilà le résultat. Aujourd'hui, elle n'est même pas autorisée à garder un rasoir, et elle mange avec des couverts en bois.

— Il n'est jamais revenu ?

— Il a été vu à nouveau sur l'île, il y a une vingtaine d'années. En 2000, peut-être. Pas très longtemps. À l'époque, Erika était en cure, et elle allait un peu mieux. Je me suis bien gardée de lui dire.

Quand je lui demandai si elle savait qui avait dénoncé Gudsonn au proviseur, son regard vacilla imperceptiblement.

— Je ne sais pas. Et si vous voulez mon avis, cette personne a voulu très bien faire.

*

Nous nous sommes quittés devant le centre d'addictologie. Quand Sonia Lovland eut tourné au coin de la rue, quelqu'un m'appela. Une infirmière marchait vers moi. Elle me tendit un petit papier. Elle articula péniblement, en anglais :

— Elle a donné ça pour vous.

— Elle ?

— Prenez.

— Elle peut écrire ?

— Prenez, je vous dis.

J'ouvris le petit papier. Il y avait une phrase en norvégien, en grosses lettres capitales. L'écriture tremblotait. Elle avait dû l'écrire au prix d'un effort infini.

— Qu'est-ce que ça veut dire ?

— « Sonia is a bitch. » Sonia est une connasse, dit l'infirmière, sans un sourire.

Sous la phrase, Erika Lovland avait dessiné, d'un trait hésitant, une spirale en forme de coquillage.

15

En quittant le bâtiment, j'attrapai Philippe par le bras.

— Viens, on va aller visiter une île.

Gudsonn était en train de coloniser mon cerveau, lentement. Le Norvégien était proche et loin. Je me tenais au bord d'un lac et Gudsonn me regardait en silence, depuis la rive opposée. Il se tenait à distance, légèrement arqué, comme un homme ensauvagé. Une barque était arrimée à un poteau et j'hésitais à faire un pas vers elle car j'avais le sentiment qu'au moindre mouvement il disparaîtrait instantanément. Je lui parlerais doucement, comme à un animal qu'on tenterait d'apprivoiser. Je lui dirais que je venais sans armes et sans jugement. Ce ne serait pas facile. Le portrait dressé par Gunnar suggérait un caractère difficile : prédicateur, sans doute, mais en comité restreint. Pas le genre de type qui se rue sur les micros, pour délivrer son message au monde.

Nous repassâmes à l'hôtel, afin que Philippe prenne son matériel pour les extérieurs. Il déblatérait sans discontinuer sur la « lumière du Nord », et je l'écoutais d'une oreille distraite. Je pensais à cette adolescente pâle, en 1985. La gosse aux mitaines, qui pousse le petit cri de la jeunesse en colère… En me quittant, Sonia Lovland avait eu cette phrase cruelle : « Ça me fait de la peine de vous dire ça, parce qu'Erika est ma cousine. Mais il faut voir les choses en face : cette fille, ce n'était jamais que du fretin pour gourou. Il n'a eu qu'à se baisser pour la ramasser. » Gunnar avait dit la même chose, à sa façon élégante : « Certains jeunes sont comme des fétus de paille promenés par le vent… » Je songeai qu'à ma manière, j'étais une Erika Lovland. Comme elle, je faisais partie de la grande famille des velléitaires : individus disponibles, absorbant tout, qui ne demandent qu'à être *fécondés* intellectuellement. Les gens comme moi sont naturellement attirés par les obsessionnels, ceux qui poursuivent leur idée contre le monde, qui brûlent d'un grand feu et n'ont pas besoin de chercher, à l'extérieur, des raisons de croire et d'exister. Pour nous, les obsessionnels sont des points de fixation. Des pôles magnétiques, qui nous attirent, et dont nous recherchons la compagnie.

Nous marchâmes jusqu'à la gare routière de Bergen, et prîmes un bus pour nous rendre sur l'île d'Osterøy, reliée à la terre par un pont. Je jetai un œil à la carte qui s'affichait sur mon téléphone, et m'aperçus que la retraite de

Gudsonn était très proche de la ville. J'avais imaginé une île au large, accessible en bateau. En réalité, elle se trouvait à moins de cinquante kilomètres de Bergen. C'était une île intérieure, protégée par les eaux calmes des fjords. Le bus nous y conduirait en moins de deux heures. Le chauffeur était belge. Il avait quitté un job de directeur des ressources humaines, à Bruxelles, pour conduire des bus dans les fjords.

— Vous comprenez, c'est deux fois mieux payé…

*

Je profitai du trajet pour appeler Pérouel. Il décrocha immédiatement, et me demanda si « la Norvège avait tenu ses promesses ».

— Je vous dirai ça à mon retour. Disons que je réserve mon jugement. Kill the Human Robots, un groupe de death metal, ça vous parle ?

— Pardon ?

— La fille que je viens de voir a eu une histoire avec Gudsonn. Elle vendait leurs T-shirts à la sortie des concerts, dans les années 1980. Elle m'a fait un dessin… une… spirale, je dirais. Voilà. Une spirale, vous savez, comme en font les enfants lorsqu'ils dessinent une coquille d'escargot.

Je lui envoyai une photo du dessin, par texto. Il me rappela dans la foulée.

— Eh bien, je ne suis pas trop au fait de la musique « metal ». Mais si votre jeune fille a une appétence pour les mathématiques, je dirais qu'elle a dessiné une suite de Fibonacci.

— Fibo-qui ?

— Fibonacci. Un mathématicien italien, au XIIIe siècle. Dans son livre le plus célèbre, le *Liber abaci*, il a inventé une suite dont chaque nombre est égal à la somme des deux précédents. Une fonction exponentielle, donc. En géométrie, cela donne une spirale dans le genre de votre dessin. Pour illustrer sa suite, Fibonacci donne l'exemple d'une population de lapins. Un couple de lapins, devenu adulte au bout d'un mois, donne naissance à un mâle et une femelle. Au bout d'un an, vous obtenez cent quarante-quatre lapins. Et cætera. La suite de Fibonacci est assez prisée par l'ésotérisme ; disons, par tous ceux qui croient à la dimension symbolique, voire divine, des nombres. Pour une raison simple : le rapport entre deux termes successifs, dans la courbe de Fibonacci, tend vers le nombre d'or.

Je me souvenais que ma mère m'avait parlé de ce « nombre d'or », à propos d'un reportage délirant sur les pyramides. J'en fis part à l'éditeur.

— Pas étonnant ! glapit-il. Le nombre d'or, ou « la divine proportion », est présent dans la nature : par exemple, dans les spirales formées par les écailles d'une pomme de pin ou d'un ananas, les fleurons du tournesol. Et aussi dans les chefs-d'œuvre de l'art et de l'architecture, comme *La Joconde*, les pyramides de Gizeh ou le Parthénon. Pour certains, il est le symbole de l'harmonie universelle. Un symbole de perfection, du dessein divin, contenu dans une formule mathématique. La trace que Dieu a laissée de sa présence, sur terre.

16

— La cabane doit être au bout du chemin. Au bord de l'eau.

Je levai le nez et reniflai un trait de morve fraîche. Nous étions descendus dans le minuscule village de Lonevåg, et marchions depuis une heure. Si les indications que m'avait données Sonia Lovland étaient exactes, nous touchions au but. Philippe était chargé comme une mule ; pour la cabane de Gudsonn, il avait sorti le grand jeu : trépied, set d'éclairage et trois appareils aux zooms longs comme un bras d'enfant, qu'il trimballait dans un sac étanche. Nous remontâmes un sentier au milieu des prés. Je me sentais fébrile, comme à l'approche d'un rendez-vous amoureux. Les feuilles scintillaient. L'eau était partout : dans l'air, sur les troncs moussus. La terre odorante avait bu tout ce qu'elle pouvait boire. Trois poneys chevelus nous observaient derrière une clôture barbelée. Nous slalomions entre les petites flaques. Nos pas s'enfonçaient dans la terre spongieuse et des croûtes se formèrent sous nos chaussures, alourdissant la marche. Nous pénétrâmes un bois de sapins immenses, qui barraient le ciel. Je m'imaginai qu'ils conspiraient pour Gudsonn, ondulaient pour l'avertir et chuchotaient à son intention. Philippe parla tout à coup, comme s'il poursuivait à voix haute un monologue intérieur.

— Et s'il nous tire dessus ?

— S'il te bute, je prendrai les photos à ta place. Je te rendrai un petit mot d'hommage dans l'article. Une ou deux lignes. Sobre et élégant.

— Je suis vraiment mort de rire, Rudy.

Nous entendîmes le bruit furieux d'une rivière, qui faisait plus de boucan qu'un barrage hydraulique.

— Ça doit être par là.

Sur la carte, Sonia Lovland avait indiqué une croix, sur la partie nord du fjord, le long d'un cours d'eau qui le traversait en son centre.

Bientôt nous aperçûmes la cabane, en contrebas. Elle était modeste, trapue. Son toit en pente forte était recouvert de mousse, et même d'herbes hautes en certains endroits. Le bois était gris, décapé par les intempéries. Ponton, bac en pierre pour préparer le poisson : ma logeuse m'avait expliqué qu'on en trouvait dans la plupart des *hytter*, le long de la côte. Elle avait ajouté qu'un foyer sur trois possédait un de ces minuscules chalets pour passer le week-end ou les vacances au milieu de la nature sauvage (« Les *hytter* correspondent à un idéal de vie rustique, authentique ; sauf qu'aujourd'hui, elles sont souvent équipées avec le wifi... »). Celle de Gudsonn était située à l'endroit précis où une rivière furieuse se jetait dans les eaux calmes du fjord.

— Idéal pour le bar, ne put s'empêcher de commenter Philippe.

— Si ça trouve, il en pêchait depuis le ponton.

J'avais baissé la voix, instinctivement. La nuit tombait déjà. Une vitre était cassée.

— Tu peux commencer tes photos. Moi, je vais à l'intérieur.

— Tu es sûr ? C'est une violation de p...

— Ta gueule.

Je m'approchai. Il y avait l'invitation de ce carreau cassé, qui suggérait un abandon. La porte n'était pas fermée, et bâillait un peu. Un cadenas rouillé pendait à un anneau, vissé dans le chambranle. Je tirai la poignée. La porte s'ouvrit un peu et se bloqua. Un léger relief, sur le sol, empêchait de l'ouvrir en grand. Elle laissait un passage tout juste suffisant pour une personne, de profil. Je me faufilai à l'intérieur.

*

Je fus assailli par une puanteur atroce. J'eus le temps de plaquer mon nez dans le pli du coude, déglutis pour faire refluer mon dernier repas qui se bousculait déjà à l'entrée de l'œsophage. Je balayai la pièce du regard, à la recherche d'un pigeon putréfié. Dans la demi-pénombre, je distinguai un poêle à bois, une chaise renversée, et une étagère qui supportait quelques gros classeurs rigides à spirale. Un « bureau » était collé au mur qui faisait face à la porte. Il l'avait bricolé avec une planche gonflée d'humidité, posée sur deux piles de moellons. Sur le sol, un manche de pelle et des bacs de rangement en plastique. Une brique gisait au milieu des éclats de verre. Au-dessus de ma tête, des araignées avaient tissé d'impressionnants ouvrages. Elles avaient eu le temps de travailler, plusieurs années peut-être. Une tringle à rideaux, à demi arrachée, pendait le long d'une fenêtre. Je repérai une kitchenette, microscopique. Je m'approchai et vis : quelqu'un avait chié dans l'évier. Les étrons n'avaient pas eu le temps de sécher mais quelques grosses mouches bleues vrombissaient autour du récipient. Je sortis, suffoqué.

— Squatteurs.

— Pardon ? dit Philippe, de dos.

Il installait son trépied.

— Ce n'est pas lui qui a fait ça, poursuivis-je en haussant la voix. Ce sont des squatteurs. Ils n'ont pas l'air d'y vivre. Plutôt de l'utiliser comme sanitaires.

Le soir tombait. Je déchirai un mouchoir au menthol, m'en fourrai un morceau dans chaque narine. J'installai ma lampe frontale sur le crâne. Puis j'extirpai un T-shirt de mon sac de rando et le nouai autour de mon visage, comme un black bloc, avant d'entrer à nouveau. Je balayai les murs. Le saccageur y avait laissé quelques hautes pensées, à l'aérosol : un pénis de belle taille, stylisé, ainsi que quelques mots en norvégien, en grosses lettres irrégulières.

— Putain !

Ma lampe s'était accrochée à un machin qui dépassait d'une étagère, et s'était éteinte en tombant par terre.

— Merde !

J'avais crié un peu trop fort, comme on fait quand on se sent menacé. Le boîtier s'était ouvert, et les piles avaient roulé je ne savais où. Par le carreau cassé, on distinguait à peine la masse sombre des arbres. Un oiseau s'envola, tel un espion qui a eu ce qu'il voulait savoir. Je jetai un œil à la fenêtre, cherchai une silhouette entre les arbres complices. Rien. Philippe entra en se pinçant le nez, et me tendit sa torche de l'armée. Je récupérai ma frontale, enfonçai les piles en jurant et poursuivis ma fouille. Je trouvai un jeu de cannes à pêche toutes simples, en bambou. Un verre de cantine rempli de vis rouillées. Des cadavres de bouteilles. Des cartons qui avaient absorbé l'humidité comme des buvards. Je promenai le faisceau sur les murs, le sol. J'essayai de supprimer, mentalement, toute cette ordure laissée par d'autres, après le départ du Norvégien. Je retrouvai alors la cabane de Gudsonn, ma cabane de Gudsonn. J'avais fini par dresser un portrait-robot en mettant bout à bout les témoignages, le rapport, la vidéo, mes intuitions, et sans doute quelques fantasmes de journaliste. J'avais imaginé Gudsonn tel qu'il devait être, conforme au papier que j'avais déjà décidé d'écrire. Un ermite méthodique et discipliné, qu'une surchauffe mentale avait éloigné des hommes. J'avais imaginé un de ces athlètes de l'esprit, devenu à moitié aveugle à force de regarder le soleil en face, que sa quête de vérité avait mis à la torture, et qui avait fini par vivre dans la grande pauvreté. Un savant qui lisait d'énormes livres, à la bougie, dans le silence de la nuit norvégienne.

Cette *hytte*, nettoyée mentalement par mes soins, *était* Gudsonn. L'habitat naturel de l'homme qui s'est débarrassé de tout le superflu, qui a passé sa vie à dégraisser ce qui pouvait l'être. Le corps : rien que des os et des muscles fins. La cabane : un lit de fer, un bureau et une kitchenette. Gudsonn dégageait cela, l'obsession et le combat. Les relations avec le monde réduites au strict nécessaire. Seul dans sa cabane, avec sa doctrine.

— Il faut rentrer. On se pèle les miches, là.

Philippe avait parlé. Je levai la tête, et ma frontale éclaira le visage disgracieux du photographe, qui me suppliait en expulsant de petits panaches de vapeur. Je ne l'avais pas entendu entrer derrière moi. Il se balançait d'un pied sur l'autre en grelottant. Il avait rangé son matos depuis longtemps.

— Et je n'ai plus de clopes, ajouta-t-il d'une voix lugubre, comme le rescapé d'un crash d'avion aurait annoncé à ses compagnons l'épuisement de leurs réserves d'eau dans la vallée de la Mort.

Il balaya la pièce du regard.

— Regarde, y a un truc, là.

Il désignait un carton du bout du pied, l'air dégoûté. Ce con avait remarqué une caisse en bois, avec des livres.

— Pousse-toi.

Je m'accroupis. Les livres étaient foutus. Les pages n'étaient plus qu'un morceau de pâte molle. Il avait probablement plu dans la cabane, à travers la fenêtre cassée ou même le toit, troué comme un vieux gruyère. Je les sortis un à un, précautionneusement, et les posai sur le bureau. Sur certaines couvertures, le titre était encore lisible. Quelques-uns en norvégien, dont une bible de poche. D'autres étaient en anglais. *Industrial Dynamics*, de Daniel W. Stoddard. Un manuel sur la pêche au bar. Quelques ouvrages universitaires, dans des collections érudites, aux couvertures rébarbatives, traitaient de démographie, et aussi d'occultisme ou de spiritualité orientale, dont une brochure intitulée *Le Cœur des enseignements* de Jiddu Krishnamurti. Le *Liber abaci* de Fibonacci, une étude critique de Spinoza, un jeu de cartes de tarot égyptien, un livre d'entretiens avec René Thom, *La Société industrielle et son avenir*, de Theodore Kaczynski. Des livres de télékinésie, de botanique, d'astronomie, de numérologie, et un guide traitant de survie en milieu naturel. Deux livres étaient en français : un essai de Jacques Ellul, et l'Apocalypse de saint Jean. Lorsque j'extirpai la dernière couche de livres, je découvris deux porte-vues. Le premier contenait des manuscrits dactylographiés, en norvégien. La couverture plastifiée les avait protégés, contrairement aux livres. Le deuxième porte-vue contenait un carnet à couverture rigide. Lui non plus n'avait pas trop souffert. Il était frappé d'un écusson doré qui représentait un grimoire ouvert, et une légende :

University of Berkeley, suivie de la devise de l'université californienne : Let there be light – Qu'entre la lumière. Une étiquette blanche était collée sur le dos du cahier. Je déchiffrai : Johannes Gudsonn Dagpok. Je fis défiler les pages, accroupi, éclairé par la frontale. Le cahier était rempli de courts textes en norvégien. L'écriture était élégante, quoique d'une régularité maniaque – comme celle des enfants qui font des lignes. Chaque bloc était précédé d'une date et d'un lieu. Je riais silencieusement. J'étais un explorateur et je venais de tomber sur le code de Hammourabi, en trébuchant sur une pierre. C'était le journal de Gudsonn.

*

J'emportai le porte-vue avec le manuscrit, et nous rentrâmes à l'hôtel, à Bergen. Le soir, à la lumière de ma lampe de chevet, je scrutai le texte, la silhouette haute et guindée des *t* et des *l*, la régularité des *ø* norvégiens. Je parvins au moins à comprendre les dates. Elles m'apprirent que le journal commençait en 1968, et s'achevait en 1995. Et qu'il n'avait pas été tenu de façon régulière : les périodes d'écriture soutenue alternaient avec de longues ellipses, dont une de dix ans, entre 1983 et 1993. Le lendemain, à la première heure, je trouvai en ville une étude de traduction. J'exposai l'affaire à la patronne, une petite dame frisée, qui ressemblait à Eva Joly. Elle regarda le carnet avec dégoût, et m'expliqua qu'elle n'aimait pas trop traduire les documents manuscrits : déchiffrer une écriture constituait une difficulté supplémentaire. Elle me factura un supplément de 4 000 couronnes norvégiennes pour le travail en urgence. De mauvaise grâce, elle accepta de scanner les pages du journal, afin que je puisse repartir avec l'original. Le délai était de soixante-douze heures. Je n'envoyai pas la facture à la compta du journal, pour la simple raison que je ne voulais pas en parler tout de suite à Cédric. Pour la première fois de ma carrière, je gardais un document par-devers moi. J'étais certain que le rédac chef ne m'aurait plus lâché avant que je le pille sans vergogne, pour les besoins de l'article. Il y avait peut-être une autre raison, plus trouble, à ce premier acte de déloyauté. Le fantasme que je pouvais faire beaucoup mieux qu'un article de cette matière vivante.

*

Nous rentrâmes à Paris. Dans mon deux-pièces de Bagneux, je trompai l'attente en lisant le manifeste de Kaczynski, dont un exemplaire pourrissait dans le refuge de Gudsonn, sur l'île d'Osterøy. Je le trouvai facilement en PDF, sur Internet. Je connaissais les grandes lignes de la sombre épopée du tueur : il avait vécu vingt-cinq ans dans une cabane, dans le Montana, où il concoctait des bombes artisanales qu'il envoyait par la poste. Il avait été arrêté par le FBI en 1996. Son orgueil l'avait trahi : il avait exigé que son manifeste, *La Société industrielle et son avenir*, soit publié dans la presse, en contrepartie de l'arrêt de ses activités criminelles. Deux journaux décidèrent de s'exécuter, sur conseil du FBI. En lisant le manifeste, la belle-sœur de Kaczynski reconnut la patte de son beau-frère. Je me plongeai dans la prose de l'ermite du Montana. De façon surprenante, le terroriste s'y exprimait sans passion, en termes clairs. Je m'étais attendu à de longues diatribes haineuses, or le ton était tout sauf celui d'un fou : plutôt celui d'un honnête disciple des penseurs « technocritiques », dont il avait lu les ouvrages – et notamment le Français Jacques Ellul, professeur à Bordeaux. Kaczynski y démontrait, de façon séduisante, que la technologie, véritable centre du pouvoir dans la société industrielle, était une force ultrapuissante, bien supérieure au désir de liberté. Que son expansion, et son emprise grandissante sur nos vies, ne pouvait être jugulée ; qu'il était naïf de vouloir séparer les « bons » et les « mauvais » aspects de la technologie, celle-ci se développant selon sa propre logique, résistant aux misérables tentatives d'en réguler l'expansion. Le style était net, sans effets. Dans le texte organisé en deux cent trente-deux paragraphes, au milieu de considérations politiques ou philosophiques, une phrase, seule, découvrait l'abîme meurtrier de l'auteur : « Pour transmettre publiquement notre message avec l'espoir de produire un effet durable, nous avons dû tuer des gens. »

Je me rendis à la rédaction, où j'errai comme un chien qui n'a pas d'os à ronger. Je dépannai en écrivant deux mini-rubriques (rémunérées

60 euros pièce, ça payait le pass Navigo) pour les pages culturelles. D'un triangle vengeur (« À ne pas voir »), je passai mes nerfs sur une série inégale qui explorait l'univers des administrateurs de biens (Hélène de Fougerolles et Franck Dubosc se partageant les rôles-titres de cette « dramédie » primée au festival Séries Mania, à Lille). Puis j'encensai *Dégel*, le polar de Niels Boe, terminé dans l'avion du retour. Cédric me salua à peine : il était en ébullition, en plein bouclage pour le mois de juin (« Je compte sur toi pour celui d'août, hein ? » me lança-t-il depuis son bureau, entre deux coups de téléphone).

Je sortis et marchai dans les rues tristes de la banlieue sud, rongeant mon frein. En attendant de lire son journal, j'endossai les lectures de Gudsonn, pour mieux pénétrer son univers mental. Je me laissai gagner, sans difficulté, par leur puissance séditieuse et corruptrice. Comment ne pas donner raison à Unabomber sur le fond ? Partout, la technologie étendait son empire du laid. Visages grimaçants, penchés sur leurs écrans, addictions mortifères, cerveaux ravagés. Elle était la seule tyrannie dont personne ne songeait à contester l'empire. Je revoyais le visage grimaçant de Shadi Bliss, le mathématicien botoxé, sur la pelouse de l'IHES, tandis qu'il se vantait de manipuler l'esprit humain, en toute impunité. « Comment veux-tu détourner un fleuve furieux ? Il n'y a rien à faire. Ce qui peut être inventé sera inventé. » Arrivé chez moi, je me douchai, enfilai un peignoir et dévorai un plat de pâtes, dans mon salon faiblement éclairé par une boule chinoise en rotin. Ma fenêtre entrouverte filtrait le bruit incessant des voitures, sur la N20. Vers 21 heures, je reçus un e-mail du traducteur norvégien.

V

GUDSONN

« Le cœur de l'homme est possédé par le démon de la ville. »

Jacques Ellul,
Sans feu ni lieu, 1975

1

Berkeley, 2 octobre 1968

Je suis arrivé il y a un mois et je loge dans un bâtiment à deux minutes à pied du Evans Hall qui est une haute tour de béton gris, à l'est du campus. Je n'ai pas vraiment noué d'amitié mais pour la première fois de mon existence je me trouve dans un lieu accueillant où il fait bon prêter l'oreille aux discussions des gens. Les premières semaines ont certes été difficiles, car j'affiche un retard certain dans ce qu'il est convenu d'appeler l'histoire des mathématiques, et aussi l'actualité mathématique : en discutant avec des professeurs je me suis aperçu que j'étais totalement ignorant des forces en présence et des dernières publications. Pourtant je me sens bien, car ici les gens ne parlent pas des choses habituelles. Ce qui me plaît, c'est d'être entouré de gens qui ont une dévotion pour la mathématique. Qui en parlent en dehors des salles de cours, avec fébrilité, avec le sentiment de l'urgence, avec une passion amoureuse. Ici, je peux laisser libre cours à cette passion qui souvent vous conduit à contrevenir aux usages de sociabilité classiques, à couper court aux bavardages convenus pour jeter quelques mots d'une idée qui vous a travaillé toute la nuit, sur le calcul des variations ou l'algèbre commutative. Telle est l'ambiance, au département de mathématiques de Berkeley, le meilleur du monde, ou au moins le meilleur d'Amérique.

Berkeley, 15 février 1969

Depuis trois mois j'ai plongé dans le formalisme pur du groupe Bourbaki, ce courant d'algébristes français qui ont entrepris d'unifier les mathématiques et les purifier en les séparant définitivement des autres disciplines. Leur rigueur et leur goût des structures bien propres, riches et profondes me plaisent, comme j'admire ceux qui les ont précédés dans cette tâche, les Allemands de l'école de Hilbert et avant eux le grand Cantor et sa théorie des ensembles qui, selon Hilbert lui-même, était un paradis ; un « lieu » idéal où rien d'étranger ne pénétrait. Où la pluie de Bergen et les cancaneries des commerçants et les odeurs de friture n'existent pas. Dans ce monde parfait, la mathématique trouve en elle-même son propre fondement et flotte, tel un château de nuages, au-dessus des hommes. Il n'est pas facile de se repérer dans ce palais fabuleux, où le chiffre et l'espace sont enfin réunis. Cela requiert une puissance d'imagination, une faculté d'abstraction et une rigueur inouïes. Mon intellect est mis à rude épreuve, mais mon âme, elle, y trouve le repos. Le dimanche, je prends le bus, puis le train et vais marcher dans les collines au nord de la Baie, au milieu des vignes.

Berkeley, 20 mars 1969

Je travaille quinze à seize heures par jour. J'avance hardiment, en alpiniste, sur les voies ouvertes par les bourbakistes et notamment le plus illustre d'entre eux, Alexandre Grothendieck. Je lui ai écrit pour lui dire mon souhait de participer à l'édification de sa cathédrale fusionnant l'arithmétique, la géométrie algébrique et la topologie. J'ai joint à ma lettre deux de mes deux premiers articles, qui traitaient des conjectures de W. D'abord Grothendieck ne m'a pas répondu. J'ai attendu deux mois, puis j'ai écrit à nouveau, en lui adressant un troisième article. Cette fois-ci, il m'a répondu une lettre courte mais chaleureuse. Il m'a écrit qu'il avait pris connaissance de mes articles, « non dénués de valeur », et qu'il était heureux car il avait besoin de disciples courageux pour bâtir les édifices dont il avait jeté les fondations. Il était, m'écrivait-il, davantage un explorateur qu'un bâtisseur, se désintéressant d'une question dès qu'il avait ouvert la brèche au moyen d'une de ses puissantes intuitions.

Galvanisé par la lettre, j'ai redoublé d'ardeur. J'ai tenté de parler des bourbakistes au professeur de topologie générale mais celui-ci n'a pas voulu me répondre, il est très réservé et ne souhaite pas avoir d'échanges en dehors des cours. C'est un garçon de taille moyenne, légèrement prognate. Il a un regard absent mais certainement pas vide, au contraire. Seulement, il le pose rarement sur nous. Je ne lui en veux pas, je comprends cette attitude, mais les autres élèves le détestent pour cela. Pour cette raison je crois que j'aime bien ce professeur de topologie générale. J'ai l'impression que nous sommes du même bois, pas très causant. C'est aussi pour cette raison que j'avais voulu lui parler.

Berkeley, 2 avril 1969

Des manifestations ont lieu sur le campus, des étudiants sont en colère contre la guerre au Vietnam. Il fait chaud et moite. J'ai un peu maigri. Tous les soirs, après les cours, je travaille à la bibliothèque, au rez-de-chaussée du Evans Hall, puis je rentre chez moi travailler encore. Toujours, je reviens aux motifs et aux schémas grothendieckiens. Je suis aimanté vers les étendues vides qui ne sont pas encore « cartographiées ». Au fond je ne veux pas être un bâtisseur, je veux être un explorateur, moi aussi. Je n'ai, pour y parvenir, d'autre choix que d'emprunter la voie du maître et celle-ci exige d'aller toujours plus haut, vers des sommets d'abstraction inconnus de l'esprit humain. Car telle est la méthode de Grothendieck : passer par-dessus les problèmes pour les résoudre. Aller chercher la clé dans un degré toujours plus élevé de généralité. Mais, pensais-je, existe-t-il un principe général qui surplombe les principes généraux ? Auquel puisent les principes généraux, comme à une source pure ? Et bien sûr je devinais ce que pouvait être ce principe général et je [illisible].

Berkeley, 10 avril 1969

Certains soirs, je ne quitte ma table de travail qu'à 3 ou 4 heures du matin. Toujours ma routine : le jour, je travaille mes cours ; la nuit, je lis les comptes rendus des séminaires Bourbaki. J'ai commencé à apprendre le français pour les lire sans attendre qu'ils soient traduits. Mais tout de même, ces lectures sont extrêmement difficiles. Hier, j'ai traversé un moment de véritable découragement. Les murs de ma chambre sont étroits, et j'ai dû m'allonger une heure sur mon lit pour me calmer.

Berkeley, 14 avril 1969

Je m'aperçois que mon corps misérable réclame de l'attention, comme un enfant capricieux et stupide, alors je tente de dormir davantage. Je n'y parviens guère. J'essaie aussi de me défouler et me suis remis à jouer au tennis, une fois par semaine. Cependant le sport est de peu d'effet. Les grands bains froids ne m'apaisent pas plus, ni les bandes dessinées que je feuillette parfois, même si je ne comprends pas le fameux « humour américain ». Alors je relis la lettre de Grothendieck, pour ne pas perdre courage.

Berkeley, 16 avril 1969

Plus les gens disent du mal du professeur de topologie générale, plus je l'apprécie.

Berkeley, 22 avril 1969

Sur le campus, je n'ai pas noué de relations amicales mais de temps à autre je marche avec un étudiant bolivien qui ressemble à un cheval triste. Il doit se sentir loin de chez lui, lui aussi. Et il n'y serait pas retourné pour tout l'or du monde, lui non plus. Nous nous retrouvons à la bibliothèque du Evans Hall, puis nous faisons le tour du campus et nous arrêtons à l'un des quatre bancs du minuscule jardin installé au pied du campanile. Il y a là une sculpture qui consiste en une énorme boule en pierre, posée sur un socle. Nous nous asseyons et nous regardons la boule et je lui parle des conjectures de W., et le Bolivien écoute poliment. Il hoche la tête, même s'il est évident qu'il ne comprend pas ce que je lui dis car il étudie les probabilités, et la logique. Après notre petit tour et la pause sur un banc, nous rentrons.

Berkeley, 2 mai 1969

Dispute avec le Bolivien. Après notre halte sur le banc je me suis levé pour partir, comme à notre habitude, et alors il m'a pris le bras et il m'a fait rasseoir, il m'a regardé et il m'a dit : ton château de nuages n'existe pas. Puis il a eu un petit rire joyeux, qui contrastait avec son visage mou et triste. Il a ajouté : ton paradis cantorien n'existe pas, ta cathédrale bourbakiste non plus. Les mathématiques ne sont qu'un jeu de langage. Il a dit aussi, en citant un philosophe dont j'ai oublié le nom : Rien n'existe mathématiquement tant que nous ne l'avons pas inventé. J'ai été frappé par ce raisonnement, qui m'a choqué et m'a laissé un sentiment désagréable.

Berkeley, 15 mai 1969

Il en faut un peu plus pour ébranler le mur porteur de l'étrange et néanmoins solide maison qui s'appelle Johannes Gudsonn. Je l'ai dit au Bolivien. Aussi loin que je me souvienne, depuis l'époque où je traçais des formes sur le sable, sur la plage de Stavanger, je m'imagine être un explorateur qui gratterait la poussière des murs pour trouver des signes qui EXISTENT DÉJÀ. *J'ai acquis très tôt la conviction qu'il existe un monde mathématique, caché sous le monde visible, et qui l'a précédé. Cette idée me fut chère dès le plus jeune âge, lorsque je découvris que la suite de Fibonacci était présente dans la nature, dans la forme d'un coquillage mais aussi dans la ramification des arbres ou les spirales des pommes de pin. Toujours j'ai chéri cette idée, qui était fondamentale pour contenir ma nervosité, et une tendance à certaines exaltations. Quand j'ai revu le Bolivien, je le lui ai dit. Je lui ai parlé de la suite de Fibonacci, pour lui prouver que les mathématiques existent bel et bien et qu'elles sont cachées dans la nature même. Il a eu un petit rire, à nouveau. Il a haussé les épaules, et dit : « La vérité du Nombre est ailleurs. » La semaine suivante, il n'est pas venu.*

Berkeley, 16 mai 1969

Hier, il y a eu une manifestation au sud du campus et la police a tiré. Un étudiant a été tué.

Qu'est-ce que le Bolivien a voulu dire ? C'est ce que je me demande.

Berkeley, 1er juin 1969

Mes nerfs ont lâché. Tout est faux et vain. Les livres dans ma chambre et mes trois articles publiés dans la revue The American Mathematical Monthly, *et même la lettre de Grothendieck que je gardais précieusement dans une boîte à cigares me dégoûtent, ils ne sont plus qu'un amoncellement de bavardages et de prouesses verbeuses dès lors qu'ils décrivent un monde qui n'existe que dans les mots de quelques hommes, lesquels mots ne sont qu'une suite de phonèmes qui n'ont de valeur que celle que les hommes veulent lui accorder. La vérité du Nombre est ailleurs, avait dit le Bolivien. Mais où ?*

Berkeley, 16 juillet 1969

Hier j'ai appris que le professeur de topologie a donné sa démission à l'université.

Berkeley, 4 août 1969

Ces dernières semaines, sur le campus vidé par les vacances universitaires, n'ont pas été très joyeuses. J'ai beaucoup maigri, et n'ai guère quitté ma chambre. Ransom P., le directeur du département, m'a rendu visite alors qu'il était de passage à Berkeley. Il me porte en haute estime depuis que j'ai eu la maladresse de lui parler de ma correspondance avec Grothendieck. Il m'a porté des fruits frais, du jambon et des morceaux de cheddar et s'est assis sur le bord de mon lit, et m'a parlé doucement. J'ai compris qu'il voyait en moi une promesse et même un peu plus, et qu'il était désolé de la voir dépérir à cause d'un stupide Bolivien. Il m'a dit qu'il ne voulait pas perdre un de ses meilleurs éléments. Il m'a confié qu'il avait été affecté par la démission brutale du jeune professeur de topologie générale, Theodore Kaczynski, celui que j'aimais bien. Il m'a dit qu'il plaçait beaucoup d'espoirs dans le professeur Kaczynski, et que Kaczynski était parti sans donner d'explications et qu'il ne voudrait pas vivre cela à nouveau. Il a répété qu'il ne comprenait pas que le Bolivien m'ait autant ébranlé, que je tirais de ses paroles des conséquences excessives, que mon désamour présent des mathématiques était aussi excessif que mon amour passé. Je lui ai répondu que le Bolivien tenait son argument d'un philosophe, et j'ai cité la phrase du philosophe : « Rien n'existe mathématiquement tant que nous ne l'avons pas inventé. » Alors le directeur du département s'est énervé. Il a insulté les philosophes, copieusement. Il a dit qu'ils étaient des rats, des rats puants qui jalousaient la mathématique. Cela ne m'a consolé en rien. Je lui ai demandé s'il savait ce que le Bolivien voulait dire par : « La vérité du Nombre est ailleurs. » Il ne m'a pas répondu. Il m'a demandé si j'avais de la famille en Amérique et j'ai répondu non. Il m'a demandé si j'avais des amis et j'ai fait non, pas plus. Alors il a secoué la tête et est parti sans un mot.

Berkeley, 7 août 1969

Entrepris de longues marches dans la baie de San Francisco.

Berkeley, 28 août 1969

Ai descendu la côte Pacifique en bus jusqu'à San Simeon. Suis remonté par l'intérieur des terres, à travers les montagnes de la Sierra Nevada. La phrase du Bolivien ne cesse de me hanter, elle est comme une plaie purulente qui s'infecte un peu plus chaque jour.

Berkeley, 1er septembre 1969

À Berkeley, je marche jusque sur les hauteurs, près du Rose Garden qui domine la Baie. Les maisons y sont en bois, de style scandinave. Quelques-unes sont peintes dans ce rouge sombre qu'on appelle rouge de Falun.

Berkeley, 6 septembre 1969

J'aurais voulu ne plus jamais manger, ne plus jamais boire, et ne plus subir cette pénible enveloppe charnelle avec mes gros mollets de mulet stupide, mes os épais et ma peau blanche. Et voler au-dessus des grandes étendues enneigées autour du petit village de Finse à deux heures à l'est de Bergen, dans cet endroit fabuleux où j'avais marché tant de fois jusqu'à l'épuisement.

Berkeley, 9 septembre 1969

Quelqu'un a dit qu'à Bergen, parmi mes professeurs, j'étais Jésus parmi les docteurs de la Loi, l'enfant qui fait la leçon à des vieillards étonnés. Et c'est vrai. J'étais cet enfant-là. Les vieillards étonnés étaient M. Jan Jante, professeur de mathématiques, et M. Jonas Gahr, proviseur à l'école Ole-Bull. Et dans le rôle de la Vierge Marie, ma génitrice, la grosse Ida Gudsonn, qui était affolée d'avoir pondu « ça », entre un commérage et une grille de loto. Quel casting ! Des acteurs qui renâclaient à jouer. Avec le recul il est évident que ni Jonas Gahr ni Jan Jante n'étaient à l'aise avec leur rôle de docteurs de la Loi écoutant l'enfant. Et la grosse Ida Gudsonn n'était pas à l'aise non plus, dans celui de la mère de l'enfant prodige. Ida Gudsonn aurait préféré que j'aille regarder les bateaux de retour de pêche et jeter des poissons pourris aux mouettes, ou que je guette les filles à la sortie des bordels, ce qui revient à peu près au même. Elle aurait préféré que je revienne crotté de l'école, après avoir distribué quelques gnons. Au lieu de quoi elle avait devant elle un enfant pâle et silencieux, qui noircissait des pages et nourrissait une dévotion pour la mathématique. Un enfant qui traçait des signes, sur le sable, lorsque nous allions à la plage l'été, à Stavanger, au lieu de jouer au football avec les autres garçons. Un jour elle s'approcha de moi alors que je dessinais une spirale sur le sable, elle regarda ce que je faisais et me félicita, en me disant que ma coquille d'escargot était très réussie. Je lui répondis alors que c'était une suite de

Fibonacci, qui ressemble en effet à une coquille d'escargot et qui m'attirait singulièrement à cet âge, peut-être parce qu'elle me faisait penser à une croissance infinie qui n'est pas vertigineuse ou effrayante mais au contraire apaisante et douce. Elle s'en alla en roulant de gros yeux. Un autre jour je surpris sa conversation avec une voisine. Il était question de moi et elle cherchait dans sa généalogie pour comprendre, ce devait être du côté de mon père, est-ce que son grand-père F., est-ce que sa grand-mère M. ? Mais non, il n'y avait pas ce genre d'oiseau dans la lignée paternelle, pas plus que maternelle. Ida était effrayée. L'autre secouait la tête tristement, et puis elle s'était figée en m'apercevant accroupi, comme un petit singe, derrière une commode. J'avais détalé. J'étais le vilain caneton du conte, et je crois que ma présence les dérangeait, tous. Elle leur donnait mauvaise conscience, et dérangeait l'ordre cosmique de Bergen. Et toutes ces personnes (Ida et les docteurs de la Loi) m'ont envoyé loin, d'abord à l'internat à Oslo, seulement à Oslo j'étais encore l'enfant étrange et indésiré, j'étais encore trop proche parce qu'il fallait bien m'accueillir pour les vacances, alors on m'a envoyé en Amérique. Il est évident que sous prétexte de me rendre service, de trouver un lieu favorable à mon épanouissement intellectuel, ces gens se sont débarrassés de moi. Ma présence était trop incongrue, et au fond insupportable. À l'évidence (je l'ai compris plus tard), les docteurs de la Loi aimaient qu'on les écoute, ils aimaient moins qu'on leur fasse ressentir aussi crûment, comme je le faisais, sans méchanceté pourtant, leur propre nullité. Et ma mère, la vénérable Ida, n'en pouvait plus que je la transperce de mon regard qui ne lâchait pas sa proie tant qu'il n'avait pas ce qu'il voulait et ce qu'il voulait ce n'étaient pas des gants de base-ball ou un disque de rock and roll, ou un sandwich au rosbif, c'étaient des RÉPONSES. *Un jour, j'ai vu dans ses yeux que je n'étais ni plus ni moins qu'un monstre, et qu'elle ne pouvait pas m'aimer.*

Mon père n'était pas hostile, lui. Il me regardait avec une curiosité un peu effarée, c'est du moins le souvenir que j'en ai mais rapidement il a quitté ma mère et a plus ou moins disparu du paysage, il ne pouvait plus rien pour moi. Il a quitté la Norvège avec une femme plus jeune, que je n'ai jamais rencontrée et dont je n'ai jamais su le nom, puisque l'excellente Ida ne la nommait jamais. Elle était celle dont on ne prononce pas le nom et, lorsque ma mère était forcée de le faire elle préférait parler de « la Pute », ou « la Grande Putain ». « La Pute » était une créature mythique, que j'imaginais sous les traits de la déesse Frigg, avec son casque d'or. Ceci, pour faire sentir à quel point je vivais dans un monde intérieur, dans lequel une personne que je n'avais jamais vue (« la Grande Putain ») existait davantage que les gens qui m'entouraient. Pourtant je n'étais pas malheureux. Comment pouvais-je l'être tandis que s'étendait devant moi, comme une immensité en friche, la mathématique ?

Seulement il fallut partir. Un jour, l'imposante Ida, Jonas Gahr et Jan Jante se sont ligués pour m'envoyer très loin, le plus loin possible, afin que je les laisse en paix. L'empressement avec lequel ma mère, à l'ordinaire d'une rapacité peu commune, délia les cordons de sa bourse pour payer les frais d'inscription à l'université californienne de Berkeley et un billet pour San Francisco ne peut s'expliquer autrement.

Berkeley, 25 octobre 1969

J'en ai fini avec Grothendieck et la géométrie algébrique et Bourbaki. Je suis écœuré de leur soif purificatrice et aussi de leur obsession totalitaire, et même je la trouve ridicule. Le premier volume de la Topologie générale, *que j'avais longtemps vénéré comme une Écriture sainte, me sort par les yeux.*

Berkeley, 26 octobre 1969

J'ai l'impression que cet idéal de pureté est un piège qui m'éloigne du monde sensible et symbolique.

J'ai reçu un « C » en topologie générale.

Berkeley, 1er novembre 1969

Je suis déterminé à faire n'importe quoi d'autre, à m'engager dans n'importe quelle besogne utile, loin des faux paradis cantoriens, du mensonge des espaces infinis. Je suis prêt à devenir guichetier ou saisonnier, ou plongeur, et d'un autre côté j'ai une peur terrible du monde et des rues bruyantes qui menacent, à l'extérieur de l'université et de son département de mathématiques. À Berkeley les hippies sont partout et je les ai en horreur car ils se frottent les uns les autres en criant. Ils parlent d'harmonie et pourtant ils ne sont rien moins qu'harmonieux, le son qui sort de leurs guitares est la chose la plus disharmonieuse qui soit. Ma chère suite de Fibonacci est harmonieuse mais les hippies et leur musique ne le sont pas, eux. Peut-être était-ce la raison des sentiments amicaux que m'inspirait le jeune professeur de topologie générale, Theodore Kaczynski. Il était d'une réserve extrême et vous sentiez que pour rien au monde il ne vous aurait infligé des contacts indésirés, des accolades ou que sais-je.

Berkeley, 16 novembre 1969

Je passe le plus clair de mon temps dans ma chambre et ne sors que pour aller en cours.

Berkeley, 18 novembre 1969

J'ai eu un « F » en topologie générale.

Berkeley, 1er décembre 1969

J'essaie de ne pas décrocher, mais le cœur n'y est plus. Le remplaçant du professeur Kaczynski est un type démagogique, qui veut désespérément être aimé. Tout le contraire de son prédécesseur, et je comprends en y pensant que son indifférence au fait d'être aimé ou non était le signe de sa grande intégrité.

Berkeley, le 15 février 1970

Je repense à la phrase du Bolivien.

Berkeley, 31 mai 1970

Je me promène sur le campus, dans les autres départements. J'assiste à des cours en auditeur libre. J'ai suivi un cours de psychologie des foules, un autre d'histoire de l'islam, enfin un cours de linguistique générale. Au cinquième étage du Evans Hall, j'ai assisté à un cours magistral de Daniel W. Stoddard, en dynamique des systèmes. Impressions à venir.

Berkeley, 1er juin 1970

Pourquoi ai-je aimé écouter Stoddard ? Ce qu'on apprend dans son cours est infiniment moins subtil et puissant que les topos et les schémas grothendieckiens, mais aussi moins trompeur. Comme un artisan, à l'aide de ses ordinateurs, Stoddard fabrique des outils robustes et imparfaits qui ambitionnent de changer deux ou trois choses, ici-bas. Il travaille à améliorer les organisations humaines. La science qu'il enseigne est infiniment pratique, et d'ailleurs il répugne lui-même à la qualifier de science. J'aime sa personnalité et sa façon de dire les choses. Il n'est pas démagogique, comme le nouveau professeur de topologie générale. Stoddard a l'air de chercher, à sa façon, une vérité, grâce à ses systèmes dynamiques. Lorsqu'il m'a proposé de rejoindre l'équipe du rapport 21, j'ai demandé quelques jours de réflexion et puis j'ai accepté. Par désespoir, ou par défi.

Berkeley, 4 juin 1970

Stoddard m'a dit qu'il souhaitait me confier, en plus de l'aspect mathématique des travaux de recherche, la partie relative à la démographie. Je lui ai dit que j'y voyais un signe, car l'exemple donné par Fibonacci lui-même pour décrire sa suite était la croissance exponentielle des populations de lapins. Il a ri, et il a dit que nous autres humains partagions en effet quelques traits avec les lapins. Il m'a dit que nous en reparlerions.

2

La nuit était avancée. Je mangeai un peu de pâté, bus un verre d'eau. La lecture était pénible, aride. Les pages traitant des travaux pour le rapport 21 étaient étrangement fichues. Signe d'une charge de travail devenue monstrueuse, Gudsonn n'écrivit qu'à trois reprises, sur une période de deux ans. Obsédé par la méthode et la perfection du modèle, il reprochait aux autres chercheurs une forme de dilettantisme (« *Je ne comprenais pas que Stoddard et les autres se satisfassent du programme Global3, de son caractère lacunaire, surtout Eugene qui me paraissait, à défaut d'être intelligent, d'une certaine rigueur* »). À plusieurs reprises, il interpellait ses trois collègues à ce sujet. « *Il faut modéliser toute la réalité humaine et physique pour obtenir le résultat le plus précis, et le plus incontestable sur l'avenir du système-monde* », soutenait le Norvégien. Mildred lui rétorquait vertement qu'il n'avait pas compris, visiblement, la philosophie de leurs travaux. « *Dans modélisation, il y a simplification, Johannes* », avait cinglé l'Américaine, rapportait le Norvégien interloqué. Gudsonn insistant, Mildred en avait appelé à l'arbitrage de Stoddard, qui trancha en sa faveur, tout en veillant à ne pas braquer Gudsonn, dont il loua « *l'engagement acharné* et *le désir de perfection* ». Seulement, dit Stoddard, « *il faut avancer* ». Gudsonn ne renonçait pas : pendant ses week-ends et les rares moments de relâche, il décidait de s'atteler à l'élaboration du modèle ultime, celui qui rendrait compte, avec un degré de détail inégalé, de la réalité des activités humaines.

Le 1er juin 1971, il écrivait :

« *[...] Ce fut le modèle Global4, qui devint rapidement le modèle Global5, puis Global6. Le modèle Global6 était un chef-d'œuvre symphonique de 3 800 équations différentielles du premier degré. Il intégrait, dans sa matrice, pas moins de 450 critères non pris en compte dans le modèle de Stoddard. Des cycles de la pollinisation jusqu'à la probabilité d'une guerre chimique, de la résistance des institutions politiques au changement jusqu'aux effets de la salinisation, au risque d'une épidémie de peste. J'introduisis la notion de disparité géographique, absente du rapport, qui traitait le système-monde comme une entité unique. J'exposai mon modèle à Stoddard qui sourit et me dit mon ami, mon ami, il faut que vous vous reposiez un peu. Il n'est pas nécessaire que notre modèle soit parfait. La modélisation est une science imparfaite. Il suffit que notre modèle soit robuste, et il l'est. Il suffit qu'il soit fiable, et il l'est. Prenez un peu de temps pour vous. Profitez de vos week-ends. Je sortis de son bureau dans une grande colère, et une grande frustration.* »

De 1970 à 1972, le journal alternait de très brèves indications météorologiques, et quelques observations lapidaires sur ses collègues. Quérillot était un « *Français arrogant* », Mildred était moquée pour son « *aisance vulgaire* ». Eugene, seul, était épargné. Au mois de juin 1972, lorsque tombèrent les premiers résultats du rapport, il demeura de marbre devant la réaction de Mildred :

« *Ses lamentations m'avaient inspiré un mépris redoublé pour le sentimentalisme des femmes américaines, et leurs cris de théâtre obscènes.* »

De juin 1972 à février 1973, Gudsonn cessait d'écrire. Quand il reprenait la plume, après la présentation du rapport aux membres du Club transatlantique, le ton avait changé. Il avait très mal supporté d'être placé en pleine lumière, sur une estrade, sous les objectifs des journalistes. Il décrivait les participants se ruant vers le buffet, soulagés que la conférence ait pris fin :

« *En voyant cela j'avais pensé à la nourriture écœurante du marché aux poissons de Bergen, au saucisson d'élan, à la viande de baleine trop grasse, à toute cette nourriture que l'on y mangeait.* »

Ce spectacle lui inspirait une réflexion énigmatique : « *J'eus la certitude, en les observant, qu'une force agissait souterrainement, qui avait déchaîné la voracité des hommes.* » Puis : « *La vérité est que le rapport 21 était entré dans ma tête pour ne plus jamais en sortir.* »

3

J'étouffais. Je me levai, ouvris ma fenêtre en grand. Sur la N20, le flot des voitures ne tarissait pas. Dans la cuisine, je saisis mon fidèle charles-de-gaulle, pour déboucher une bouteille de rouge. Les deux leviers se rabattirent et le Général baissa les bras, libérant les arômes douteux d'un mâcon-villages. Il fallait aller au bout. Je repris la lecture, derrière mon ordinateur.

Berkeley, le 15 février 1973

La vérité du Nombre est SYMBOLIQUE.

Berkeley, le 17 février 1973

Mildred a eu l'idée d'un livre, pour faire connaître le rapport au grand public. Il y a un débat pour savoir si notre rapport doit contenir, ou non, des préconisations. Mildred pense que oui. Eugene pense comme Mildred. Quérillot pense que non. Mildred dit qu'il faut se mouiller. Quérillot dit que ce n'est pas le rôle des scientifiques. Je n'ai pas pris la parole sur cette question.

Mildred a eu gain de cause. Nous avons rédigé des préconisations. J'ai dit que puisqu'il avait été décidé d'intégrer des préconisations, alors il fallait préconiser un contrôle des naissances strict. Par exemple, une politique d'enfant unique dans l'ensemble des pays ayant un taux de fécondité supérieur à la moyenne mondiale. Mildred a dit : on ne peut pas écrire ça. J'ai dit à Mildred que c'était pourtant la conséquence logique de nos travaux. Elle a dit : oui, mais ça ne s'écrit pas. Ce n'est pas politique. J'ai dit que je ne connaissais pas la politique, que je ne connaissais que la vérité. Elle a ri, elle s'est moquée de moi et Eugene a bredouillé quelque chose.

Berkeley, le 6 avril 1973

Refusé la proposition de Stoddard de travailler dans un autre groupe de recherche de dynamique des systèmes. J'ai repris mon cursus de mathématiques mais les choses ne sont plus comme avant, quelque chose s'est cassé. Désormais je songe sans cesse aux mécanismes non linéaires de la mort, à la famine programmée, et aussi à la valeur symbolique du Nombre, et notamment celle de ma chère suite de Fibonacci, même si elle m'indispose désormais au moins autant qu'elle me réconforte. Sur ce point je bute toujours sur quelque chose.

Berkeley, le 6 mai 1973

Je l'ai répété à Mildred, avant qu'elle parte en tournée avec Eugene : elle a eu tort de ne pas insister sur le caractère essentiel d'une politique antinataliste, dans le livre. Peut-être qu'elle est influencée par Eugene, qui est mormon.

Berkeley, le 16 mai 1973

Aux vastes déserts bourbakiens je préfère la beauté des formes instables, discontinues, les brusques effondrements ou les changements de nature. J'ai passé les vacances de printemps sur le campus presque entièrement déserté, à l'exception de quelques étudiants boursiers étrangers. J'en ai profité pour lire et j'ai découvert René Thom, qui vient de publier un livre sur sa théorie des catastrophes.

Berkeley, le 19 mai 1973

René Thom se méfie de Bourbaki et de ce qu'il appelait une tentative de momification de la mathématique, et son aberrante prétention à la fonder sur elle-même. Il dit, on me l'a rapporté, que Bourbaki est un temple où l'on fabrique des théories propres, et qu'il préfère les théories sales. Il professe une mathématique intuitive, tâtonnante, moins rigoureuse qu'imaginative. Une mathématique qui épouserait le mouvement de la vie, quand le formalisme bourbakien s'en tient résolument éloigné. Comme j'aurais voulu en parler au professeur Kaczynski ! Les catastrophes de Thom ont de beaux noms mystérieux, papillon, queue d'aronde *ou* ombilic elliptique.

Berkeley, le 29 mai 1973

Parfois, j'imagine que le professeur Kaczynski et moi serions devenus amis, et qu'il m'aurait battu deux fois aux échecs, avant que je le batte deux fois, moi.

Berkeley, le 10 juin 1973

Le Nombre est une trace laissée par l'invisible.

Berkeley, le 21 septembre 1973

J'ai lu qu'un des disciples de René Thom a tenté d'appliquer la théorie des catastrophes pour prédire la réaction d'un chien en colère ou une mutinerie de prisonniers, et j'ai pensé que la théorie des catastrophes aurait pu enrichir la dynamique des systèmes de Stoddard. J'ai contacté le secrétariat de Stoddard et demandé un rendez-vous à son bureau, afin de lui exposer mes vues. À nouveau, Stoddard ne m'a pas écouté, il était clair que cela ne l'intéressait pas et que la dynamique des systèmes lui convenait en l'état, sans qu'il soit nécessaire de la compliquer avec des « chinoiseries de matheux, sans vouloir vous offenser ». Ce furent ses mots. Il a réitéré ce conseil de prendre du repos et l'a assorti d'un autre, un conseil ignoble, un conseil qui révélait sa nature profonde : il m'a conseillé d'avoir des rapports sexuels. « Vous devriez tirer une bonne crampe, Gudsonn », telle fut la réponse de Daniel W. Stoddard à ma proposition d'introduire la théorie des catastrophes dans la dynamique des systèmes. Ce fut ma dernière entrevue avec lui, comme on peut se l'imaginer.

Berkeley, le 30 septembre 1973

Mes nuits sont peuplées de cauchemars. Je rêve d'un cheval qui s'emballe, de la brisure d'une vague, d'une crise d'épilepsie, d'un réveil brusque. Je rêve du point de catastrophe où l'objet se tient une nanoseconde avant de chuter dans le vide. Je rêve aussi de spirales en forme de coquille, la silhouette de la suite de Fibonacci. Mais ce rêve que je fais depuis l'enfance n'est plus un rêve apaisant, le symbole de l'harmonie universelle. Il est devenu un cauchemar : le symbole de la croissance exponentielle et monstrueuse, également contenue dans la suite.

Berkeley, le 8 octobre 1973

La suite de Fibonacci est un double symbole : celui de l'harmonie de la Nature, et celui de la démesure des hommes, de la multiplication incontrôlée des individus et de leurs machines que nous avions mises au jour, avec le rapport 21.

Berkeley, le 15 mai 1974

Je ne vois plus que les famines, les pénuries, les monstruosités que préparent nos orgies présentes. San Francisco, où je me suis aventuré hier, me débecte : l'atmosphère paresseuse de la fête est partout, les gens boivent et rotent, l'air ahuri, satisfaits.

Berkeley, le 15 juin 1974

Soutenu ma thèse, qui proposait une application de la théorie des catastrophes au déraillement d'un train. Elle a été mal comprise, et mal notée. J'ai été néanmoins nommé professeur à Berkeley, à la rentrée de septembre 1974.

Berkeley, le 8 septembre 1974

Je dispense quatre cours : Introduction à la théorie des ensembles, Topologie générale, Espaces fonctionnels, Systèmes de numération.

Berkeley, le 15 septembre 1974

J'ai accepté de reprendre un cours de topologie générale car c'est celui qu'avait dispensé le professeur Theodore Kaczynski, cinq ans plus tôt. S'il était encore sur le campus, je lui aurais dit que l'idéal de pureté de la mathématique est un piège dans lequel nous entraîneraient certaines forces, à dessein. Il paraît qu'il vivait dans un cottage, à deux blocs de Telegraph Avenue. Je m'y suis rendu. C'est une petite maison blanche. L'adresse est 2628A, Regent Street.

Berkeley, le 16 septembre 1974

Mildred et Eugene sont rentrés aux États-Unis. À aucun moment, je n'ai lu dans leurs déclarations à la presse qu'une politique antinataliste est NÉCESSAIRE et URGENTE.

Berkeley, le 25 octobre 1975

Alors que j'entame ma deuxième année comme professeur à Berkeley, je me suis mis à négliger mes enseignements. La plupart du temps je me contente de lire le manuel de la matière enseignée.

Parfois je m'anime un peu pour leur parler de formes instables, de variations brusques, de chaos. Ou bien je pose ma craie brusquement, le dos tourné à la classe, et je leur dis ce que je sais. Je leur dis que je ne sais rien et que la vie est ailleurs, dans la sève du grand séquoia californien, dans le sable de Chesapeake Bay, dans l'ours qui progresse dans les hautes fougères des forêts norvégiennes. Et aussi elle est dans d'invisibles courants qui parcourent la terre et que je commence, obscurément, à percevoir. Quelques élèves ricanent, les autres me regardent sans comprendre.

Berkeley, le 30 octobre 1975

Relu le rapport 21. Ne va pas assez loin, sur la question démographique notamment.

Berkeley, le 4 novembre 1975

Le problème du rapport 21 : il est rédigé dans l'affreuse langue technicienne des « scientifiques occidentaux ». Je dois me dépouiller de mon langage de scientifique. Le langage scientifique toujours fait obstacle entre les Hommes et les choses, entre les Hommes et la Nature. L'homme parle son horrible langue d'ingénieur et immédiatement les animaux et les plantes se taisent, et l'homme en déduit que les animaux et les plantes sont muets. La mathématique pure m'a détourné de la vie organique, riche, mystérieuse.

Berkeley, le 1er décembre 1975

Le Nombre recèle une vérité mais elle est cachée DERRIÈRE *les prouesses mathématiques.*

Berkeley, le 13 mai 1976

Ransom P., le directeur du département de mathématiques, celui-là même qui m'avait rendu visite au moment de ma première « crise », m'a convoqué et m'a dit que je ne serais pas reconduit à mon poste d'enseignant, l'année prochaine. À Berkeley les étudiants notent leurs professeurs, et j'ai reçu des notes déplorables. Parmi les évaluations anonymes que le directeur m'a transmises, j'ai reconnu l'écriture d'une élève particulièrement appliquée et polie. Elle a écrit : « MALADE MENTAL », *surligné deux fois. J'ai ri nerveusement et P. a secoué la tête, il avait l'air peiné. Je vais rentrer en Norvège.*

Aéroport international de San Francisco, le 4 juillet 1976

La courbe de Fibonacci n'est plus source d'apaisement pour moi. Me représenter la suite de Fibonacci provoque chez moi une terreur INDICIBLE.

4

Bergen, le 6 février 1983

À Tvergastein, la semaine dernière, Næss et les autres ont montré leur véritable nature, dès que j'ai eu le malheur de mettre au jour certaines de leurs incohérences. Velléitaires, effrayés par leur propre pensée. Je leur ai fait remarquer que leur manifeste est truffé d'erreurs logiques. L'une d'entre elles consiste à se réclamer de l'humanisme ET *de l'écologie profonde alors que l'humanisme affirme la préséance de l'espèce humaine sur les plantes et les animaux, les lacs et les montagnes. L'autre consiste à se dire non violent alors que la plus grande violence s'exerce contre les plantes et les animaux, les lacs et les montagnes. « Votre pensée est encore infectée par le poison humaniste », leur ai-je dit, dans le langage de la Vérité.*

Plateau de Hallingskarvet, le 23 janvier 1984

Dispute définitive avec Næss, à propos d'une famine en Éthiopie. J'ai dit que la régulation des populations humaines par la Nature était saine.

Les famines, lui ai-je dit, sont une sorte de purge. Elles sont la réaction normale d'un organisme vivant. Il m'a traité de fanatique, de fou. Nous avons rompu. Nos divergences étaient trop fortes.

Île d'Osterøy, le 4 mars 1984

Froid intense.

Île d'Osterøy, le 7 mars 1984

Hier, j'ai observé les passages de ciel sombre entre les nuages plus clairs et j'imaginais qu'ils étaient des fjords, comme une réplique exacte du paysage terrestre. À Erika, j'ai dit que je rêvais que je naviguais, sur un kayak monoplace, dans ces défilés.

Île d'Osterøy, le 22 avril 1985

Rejoindre la bande de Næss fut une erreur. La socialisation est un « harnais mental ». Je n'avais jamais eu de goût pour les rassemblements d'hommes. Mais tout de même, j'avais longtemps dû accepter une socialisation minimale, à cause de mon désir d'appartenir au monde scientifique, puis militant. Désormais dégagé de ce désir, rejeté par ce monde que je rejette à mon tour, libéré de toute contrainte professionnelle, je peux m'astreindre à une solitude presque complète (je ne compte pas les heures passées avec Erika, et celles passées au lycée où je ne parle à personne).

Île d'Osterøy, le 2 juin 1986

Erika vide le poisson avec des gestes secs et précis, elle sait lever les filets sans perdre un gramme de chair, en promenant d'abord le couteau le long de l'arête centrale. Elle m'a dit qu'elle tenait ça de son grand-père qui avait possédé une poissonnerie, à Trondheim, avant la guerre.

Île d'Osterøy, le 14 juillet 1986

Si on additionne les 144 premières décimales du nombre Pi on obtient 666, le nombre de l'Antéchrist. 666 est le 3 184ᵉ terme de la suite de Fibonacci.

Johannesburg, le 1er mai 1991

Ils m'ont donné du papier et j'ai dû batailler pour qu'ils me donnent un stylo car ils ont peur que je m'en serve contre moi mais je leur ai dit que s'ils ne me le donnaient pas alors j'utiliserais tout ce qu'il y a autour de moi, les murs et le coin de table, ou mes draps et ils ont fini par céder. Je profite de ce temps où j'ai perdu ma liberté de mouvement pour reprendre le fil de ce journal et raconter ce qui a été accompli, pendant les quatre années qui viennent de s'écouler.

Pendant quatre ans j'ai sillonné les grandes villes où j'errais comme un fantôme. Je me nourrissais du spectacle des foules, du spectacle terrifiant de l'espèce proliférante et invasive qui se répand sur les boulevards, à Los Angeles, à Londres, à Rome, à Lagos et à Rio de Janeiro. Au milieu de la nuée humaine, je marchais et parfois je m'arrêtais et je lançais mon grand cri muet, mon grand cri d'angoisse. Car, vraiment, qu'est-ce qu'une ville, sinon le premier péché d'orgueil ? Je marchais à Bangkok, et je marchais à Rome mais au fond de moi je pensais : « Je marche à Hénoch, crime d'orgueil de Caïn, premier méfait de la race des bâtisseurs. Je marche à Ninive, la ville du sang, née de l'orgueil de Nimrod le bâtisseur. Je marche à Babylone, la reine des villes, celle qui contient toutes les autres et, partant, tous leurs crimes. Et toutes sont maudites car elles ont toutes été construites contre Dieu, toutes procèdent de Caïn. » Caïn, l'homme qui fait, le technicien. L'homme qui fuit l'aide de Dieu et se retranche derrière les hautes murailles. Et tout cela bien sûr est voué à périr.

« Il fera de Ninive une solitude, une terre aride comme le désert »

Aucune de ces villes n'est innocente, pas même celles qui procèdent de l'Éternel, pas même les villes des bâtisseurs d'Israël, Jérusalem, Hatsor, Megiddo et Guézer. Ni même Beth-Horon la basse, Baalath et Thadmor, toutes bâties avec le sang des esclaves, par les fils de Sion qui avaient oublié qu'ils avaient été, eux-mêmes, des esclaves. En les bâtissant les rois d'Israël ont oublié l'Éternel et cédé à l'ivresse des bâtisseurs, et d'ailleurs Baalath et Beth-Horon portaient le nom de faux dieux. Je marchais dans toutes ces villes et ce faisant je ne marchais que dans une seule ville, celle qui les contient toutes.

Partout j'ai vu les foules, partout j'ai vu l'orgueil des bâtisseurs. J'ai visité les villes anciennes et les villes nouvelles, les villes horizontales et les villes verticales, les villes d'eau et les villes de terre, les villes de montagne et les villes de plaine, les petites villes-rubans d'Amérique qui poussent le long d'une artère unique, jusqu'aux villes-champignons de la Chine intérieure. Changzhou, Chongqing la pléthorique, la monstrueuse, la métastasique. Chongqing : ses mamelles démesurées débordant au-dessus des flots bruns du fleuve bleu, ses métros aériens pénétrant les immeubles et ses bus suspendus, ses tours qui s'empilent comme des jeux d'enfants et ses taudis puants sans cesse détruits, sans cesse reconstitués et toujours le ciel épais, le brouillard laiteux, Chongqing la toxique et l'incontrôlée. Et aussi Abou Dabi, Dakka, Lagos, Kuala Lumpur, New Delhi. Lèpre, bambouseraie, cancer, gangrène, désordre, espèce endémique, pullulement de l'Homme et anéantissement de l'Homme, destruction de l'âme. Centres et banlieues,

« Les terrains d'épandage et les eaux croupissantes »

Les banlieues pavillonnaires d'Amérique qui sont le visage même de l'ange. Dont la signification symbolique apparaît sur les cadastres ou les vues aériennes : plans urbains radioconcentriques qui dévoilent une toile d'araignée ou un signe cabalistique. Partout, l'Ange de la ville. Partout, l'ange du Nombre, la Bête, le 3 184ᵉ terme de Fibonacci.

J'aurais pu retourner dans mon pays si beau, si propre, dans les montagnes désertées. Au lieu de cela je dormais dans des foyers de sans-abri, dans les métros, dans les parcs. Je dormais sur les plages infestées de moustiques de villes côtières, réveillé par les agents de nettoyage qui ramassaient les préservatifs. Toujours, parfaitement seul. À de très rares occasions j'ai cédé au besoin puéril de me lier, et à chaque fois il m'en a coûté. À New York, dans le Bronx, je rencontrai des moines franciscains qui tentaient d'évangéliser les Noirs les plus déshérités, surtout les jeunes délinquants. Je leur demandai comment ils faisaient pour habiter dans la ville en sédentaires, sans se laisser corrompre par elle. Est-ce qu'ils avaient reçu un message, eux aussi ? Un message leur demandant de s'y établir, et d'y demeurer ? J'interrogeai les moines, donc. Mais ils se retranchèrent derrière des formules et me dirent que Jésus est dans le sourire de chaque enfant. Et la ville ? demandai-je. La ville ? Voyez-vous ce qui se passe, autour de vous, au-dessus de vous ? Ils ne semblaient pas comprendre et revenaient toujours à un cas particulier. Regardez Oumar, sa maman se droguait, et aujourd'hui, etc. Regardez Stanley, qui s'est échappé de l'assistance publique, qui a tiré trois ans à San Quentin, qui a rencontré Jésus. Je me fous d'Oumar, répondis-je. Je me fous de Stanley. Je vous parle de la ville, de l'Ange de la ville. Je me gardais de prononcer le mot « diable » car j'avais remarqué que dès qu'on le prononçait les gens avaient un mouvement de recul et leur regard se chargeait d'une lueur ironique, et même les chrétiens ne faisaient pas exception. Évidemment c'est à Lui que je pensais. Finalement ils me donnèrent un chapelet en plastique et m'invitèrent à venir dîner dans leur foyer. Je refusai, bien sûr. Me faire donner la leçon par les moines du Bronx était au-dessus de mes forces. Des gens qui croient en Dieu mais qui ne croient pas réellement au diable ne sont pas des interlocuteurs, me dis-je. Ils sont, au mieux, des borgnes, pensai-je. Je le leur ai dit. Je leur ai dit que le diable était dans la loi de Moore, selon laquelle le nombre de microprocesseurs double chaque année. Et aussi dans les villes, et dans la loi de Fibonacci qui contient le nombre d'or. Ils ont secoué la tête. L'un d'eux était un ancien homme d'affaires qui avait tout abandonné pour Jésus, il portait une barbichette poivre et sel et son cou émergeait de sa chasuble comme celui d'une tortue malade. C'était l'été 1988, un été d'une chaleur inouïe, et il suait sous sa bure et racontait sa jeunesse dorée dans les club-houses, les voitures de luxe et les boîtes à la mode. Il avait rencontré Jésus dans les toilettes d'un restaurant où il déjeunait avec des investisseurs, c'est-à-dire qu'il était allé pisser puis se rafraîchir le visage et Jésus lui avait parlé à ce moment-là. Il s'en souvenait très précisément. Il donnait vraiment l'impression d'une rencontre intime, d'une rencontre avec quelqu'un. Bien sûr, je le croyais. Je veux dire je ne pensais pas être le seul, sur terre, à être en contact avec l'invisible. Autour de nous des jeunes s'étaient regroupés et écoutaient notre échange en ricanant, et deux d'entre eux se mirent à insulter le moine, le traitèrent de raté, il avait commis à leurs yeux un crime impardonnable en quittant son état de riche entrepreneur pour devenir un moine. Il tentait d'attirer leur amitié en utilisant des expressions tirées de l'argot du Bronx mais il ne récoltait que des quolibets. À chaque injure, il répondait avec une douceur renouvelée. La nuit était tombée et les moines s'en allèrent après m'avoir béni, et aussitôt qu'ils eurent le dos tourné les jeunes Noirs ont commencé à me frapper de toutes leurs forces, à me rouer de coups de façon frénétique, sans raison précise. Je fus laissé pour mort sur le trottoir et fus ramassé par une vieille femme qui appela police-secours. Pendant le trajet, je regardais à travers le verre opaque des portes arrière les lumières de la ville et je pensais que j'allais mourir et cela ne me faisait rien de particulier, si ce n'est que je n'aurais jamais le fin mot de l'histoire, et je me mis à rire en me cabrant sur le brancard jusqu'à ce qu'une aiguille se faufile dans mon biceps et que je meure.

Je me suis réveillé dans une chambre d'hôpital. Il y avait des murs recouverts de cloques, comme une peau de grand brûlé. Ce que je fis ensuite, je ne m'en souviens pas exactement. Je doutai et en vins à considérer sérieusement ce que m'avait dit l'interne à propos de troubles mentaux sévères, tout en sachant que ce doute était la démonstration que je n'en souffrais pas. On m'interna deux semaines, ou deux mois, je n'en sais rien. Je savais que c'était une épreuve et un symbole, que mon supplice et mon humiliation aient lieu dans la ville par excellence, à New York, la mère de toutes les villes. Dans le quartier le plus misérable de la ville-mère. C'était mon destin que d'aller dans la foule, contre le mouvement naturel de mon caractère, contre tout mon être, et tous mes désirs. Jeune, déjà, j'avais quitté Bergen pour Oslo, puis Oslo pour San Francisco. À présent il me fallait pénétrer au cœur de la Bête et défier l'Ange de la ville dans ses quartiers généraux, et y souffrir.

Le Nazaréen, lui, avait évité la ville. Il n'était resté que huit jours à Jérusalem, car son destin était d'éloigner les hommes de la ville et de les y renvoyer, changés. Le mien était différent car je devais demeurer parmi la foule. C'était, pour parler comme les moines du Bronx, mon charisme. Mon charisme était de sillonner les villes dans l'anonymat le plus complet et me faire cracher dessus, et aussi de me faire caresser les côtes à coups de barre de fer (ce qui m'arriva à Guatemala City, ville d'une laideur singulière, où les riches vivent claquemurés derrière des enceintes hérissées de pics ou de morceaux de verre pilé qui séparent le monde de l'argent du monde de la misère absolue et du meurtre).

Comment je survécus à Guatemala City, je ne m'en souviens plus. Comment je survécus psychiquement aux villes-champignons de la Chine intérieure, je ne m'en souviens plus non plus. Tout cela s'est passé entre 1987 et 1990, à peu près. Je ne gardais aucune possession, je n'avais rien à l'exception de mes quelques vêtements (deux chemises, un T-shirt et deux pantalons en toile) que j'usais jusqu'à ce qu'ils soient si délabrés que je les laissais dans une poubelle. Et je gardais les certificats d'hospitalisation, non que ces documents présentent un intérêt quelconque, ce n'était jamais que les élucubrations de l'institution psychiatrique, les phrases creuses et administratives inventées par la mégamachine pour entraver la parole vivante, la parole qui coule librement. Seulement ces certificats contenaient des dates et jalonnaient mon passé d'utiles balises temporelles, alors que mes souvenirs étaient abîmés par les électrochocs et les médicaments. Un sac, une pochette remplie de documents et quelques nippes : rien de plus. J'ai dormi dans les bouches de métro, sans rien pour me défendre, pas le plus [illisible]. Partout l'Ange de la ville régnait. Partout, il avait laissé des signes, sous la forme d'une suite de Fibonacci. Elle est présente partout : sous la forme du rectangle d'or, dans les proportions du Parthénon ou du visage de la Joconde mais également dans le logo d'Apple ET *les pyramides de Gizeh. La longueur de la diagonale de l'antichambre de la Grande Pyramide est de 666 pieds. Suite ambivalente, double, puisqu'elle contient un principe d'harmonie universelle mais aussi un principe satanique : la courbe exponentielle de la dynamique des populations humaines.*

Et je ricanais de le savoir, seul, sur mon trottoir, au milieu des aveugles.

*

Il était 2 heures du matin. Mes yeux étaient douloureux, mon visage bouffi. Le récit du périple de Gudsonn se poursuivait sur une cinquantaine de pages. Long monologue hérissé de visions dantesques, il se faisait soudain étonnamment précis, l'auteur égrenant des dates de façon obsessionnelle, en s'aidant des tampons de son passeport (« *Ils attestent que j'ai pénétré en territoire libyen au mois de décembre 1991, à l'époque où disparut le grand Empire soviétique, cet événement inouï annonçant, avec d'autres, l'imminence d'autres plus inouïs encore* »). Cent lieux, cent personnages peuplaient cet asile de mots où il croisait des clochards, des bureaucrates bornés, des témoins de Jéhovah, des escrocs, des comédiens ratés, des mythomanes, pas mal de médecins psychiatriques, des hooligans des Queens Park Rangers et même un catcheur mexicain qui s'appelait Two Scoops. Gudsonn hantait les foyers de sans-abri, dormait sur des chantiers ou des bateaux à quai, se glissant sous une bâche humide ou dans une caisse de marchandises crevée. Dix fois raflé par la police, et recraché sur le trottoir, au petit jour. Interné, battu, interné à nouveau, reprenant la route, resquillant les trains et les ferrys, montrant ses poches vides aux agents qui souvent finissaient par le laisser partir avec une bordée d'insultes. Lisant compulsivement des livres volés dans les bibliothèques, prenant des notes sur des carnets qu'il laissait derrière lui. Parfois il s'attardait sur un détail comique, quoique ce comique semblât échapper à l'auteur lui-même, tel ce passage où il disait sa hantise à l'idée de croiser ses compatriotes (« *J'avais remarqué que les habitants de petits pays comme la Norvège font preuve d'une familiarité déplacée avec leurs compatriotes, lorsqu'ils se rencontrent à l'étranger. Ils vous invitent à boire des bières et vous questionnent comme si vous étiez des vieux amis, ils vous forcent à trinquer et vous assaillent de questions sur le quartier de votre enfance, et s'extasient de connaître le nom de votre école maternelle* »).

En 1992, à Hyde Park, il apercevait Quérillot :

« *Il marchait avec une femme brune et alors mon corps entier s'est mis à trembler. Je crus qu'il se rapprochait mais après quelque hésitation il s'en alla, aux bras de sa putain. Il avait forci et dans son grand imperméable il ressemblait à un de ces éléphants de mer que j'avais vus paressant sur les plages, à San Simeon, en Californie. De toute évidence il ployait sous le poids de l'argent de la trahison. J'avais toujours su que Kerioth était un démon depuis ce jour, dans le restaurant indien, où il avait réclamé de l'argent. [...]* »

Toujours, il revenait aux thèmes qui le hantaient et donnaient à sa prose le rythme lancinant d'une scie circulaire. Thèmes remâchés jusqu'à la nausée, s'invitant à tout propos, se nourrissant mutuellement. Motifs récurrents jusqu'à devenir des refrains de comptine : la suite de Fibonacci ; la certitude qu'une influence démoniaque est à l'œuvre dans les mathématiques ; la malédiction des villes, symbole de « *la bombe démographique* », les grandes cités où pullulait « *l'espèce invasive, la race maudite, le super-prédateur* » qui déréglait l'ordre naturel.

Sous l'effet de la solitude, de la paranoïa, l'effroi lucide du rapport 21 s'était déformé, jusqu'à devenir une reproduction grimaçante et parodique du livre célèbre.

Sa pensée se nourrissait de la peur de l'effondrement née de ses recherches à Berkeley, sous la houlette de Stoddard. Seulement, elle n'était plus le froid constat du dynamicien des systèmes. Elle était un cri lugubre hurlé au milieu des foules indifférentes. Dans son esprit torturé, la catastrophe n'était plus la conclusion clinique d'une démonstration : elle était annoncée par des signes, cachée dans la prose obscure des numérologues et des mages qu'il lisait compulsivement, dans les bibliothèques municipales.

*

L'odyssée de Gudsonn s'achevait dans les Cyclades, en Grèce. Après avoir suivi une bande de Norvégiens babas cool jusqu'à l'île de Patmos, il prenait un ferry jusqu'à Paros, puis Antiparos. Là, il était pris d'angoisse, désirait regagner la Norvège :

« *Le froid sur le plateau de Hallingskarvet me manque. Il affermissait le corps et l'âme. Tout le contraire d'ici, où la chaleur et le sol pauvre et le vin grec conspirent contre vous.* »

Toutefois, une force mystérieuse le retenait dans les lieux. Il demeura un mois sur l'île, dans une demi-pension dont la construction n'avait pas été terminée (« *de longues tiges métalliques étaient dressées, comme des antennes, sur le toit* »). C'est sur cette île qu'un retraité allemand l'initia à la pensée d'un certain Rudolf Steiner, autrichien, père de l'anthroposophie. Il décrivait cette découverte comme un « *un jalon fondamental de son odyssée spirituelle* ».

« *Je m'installai à une table et commençai à lire, et bientôt je tremblai comme une feuille. Chacune de ses lignes venait se déposer avec la grâce d'une colombe sur les contours d'intuitions que j'avais déjà eues. La première de celles-ci était qu'un monde invisible existait mais qu'il n'était pas "Dieu", ou "God" et qu'il n'était pas séparé du monde des sens. Et c'est très exactement ce que Steiner écrivait lorsqu'il disait qu'il croyait aux "spiritualités concrètes" et non pas au divin. Les spiritualités concrètes sont des entités supranaturelles qui sont à l'œuvre, concrètement, dans le monde.* »

Pour Gudsonn, tout s'éclairait. L'une de ces forces, notait-il, était le démon Ahriman, qu'il « *nomm[ait] déjà sans le savoir, lorsqu'[il] parl[ait] de l'Ange de la ville* ». À le lire, Ahriman était une force démoniaque, à l'œuvre dans le Nombre et la mathématique. Et aussi dans l'intelligence froide et rationnelle, le matérialisme et le consumérisme. Depuis plusieurs siècles, écrivait le Norvégien, citant Steiner, le monde tombait sous l'influence croissante d'Ahriman. Or, cette influence est néfaste dès lors qu'elle devient hégémonique : « *Car alors l'Humanité se dessèche, recluse dans ses cités d'ingénieurs, régies par les ordinateurs.* » Il se référait abondamment à *Lucifer et Ahriman*, un texte de l'Autrichien. Pour Gudsonn, cette lecture était une révélation, et son passé était éclairé d'une lumière nouvelle : la dépression dans laquelle l'avaient plongé ses études en géométrie algébrique ; la défiance croissante que lui inspiraient les mathématiques. Même l'échec du rapport 21 à changer le cours du monde prenait une dimension prophétique :

« *Certes, notre travail à Berkeley a annoncé les catastrophes à venir, mais il ne pouvait pas nous conduire à une révolution intérieure. Pourquoi ? Parce qu'il était conduit, exécuté* DANS LE LANGAGE D'AHRIMAN, AVEC LES MACHINES D'AHRIMAN *(l'IBM 360). Peut-on lutter contre Ahriman avec les mots d'Ahriman, avec son langage technico-démoniaque ? Non, bien entendu. C'est ce que prétendaient faire Eugene et Mildred, borgnes à demi dessillés, qui portèrent le combat sur le terrain politique et technique, soit sur le terrain d'Ahriman. Pour cette raison, leur échec était couru d'avance. Et aussi parce qu'au cœur de notre petit commando était niché un serpent, l'immonde Quérillot, Keri-oth, qui révéla sa nature véritable lors de la discussion qui eut lieu dans un restaurant de la Baie.* »

De longs développements suivaient, obscurs, délirants, truffés de références qui empruntaient aux écrits de Rudolf Steiner, mais également aux prophéties de Nostradamus et de Jean de Jérusalem. C'est à Antiparos, enfin, en 1995, qu'il connut sa première expérience médiumnique :

« *Dans l'hôtel, je ressentis des vibrations internes sans parvenir à les traduire en messages clairs. Je passai quatre jours dans ma chambre, n'en sortant que pour les repas, dans un état de disponibilité mentale maximale, m'efforçant de ne nourrir aucune pensée parasitaire qui aurait pu interférer avec les messages.* »

Le premier message lui parvint un soir, vers 2 heures du matin, alors qu'il se tenait allongé sur son lit sans manger ni boire, depuis une journée entière. Il tenait en quelques mots : « *VA, JOHANNES GUDSONN, ET COMBATS L'ANGE DE LA VILLE.* »

VI

UN COPAIN RUSSE

« C'est en Drôme provençale que j'approfondis ma connaissance de la géométrie sacrée : ces traces que l'invisible avait laissées de son "passage". Il existait, sur terre, des alignements. Aidé de cartes, j'étudiai la ligne Apollon-saint Michel : depuis l'Irlande jusqu'en Israël, sur plusieurs milliers de kilomètres, des sanctuaires dédiés à Apollon (Delphes, Athènes, île de Délos) et des sites consacrés à l'archange saint Michel (l'île Skellig Michael, le Mont-Saint-Michel, la Sacra di San Michele, etc.) formaient un tracé rectiligne. Et il y en avait d'autres. À ces alignements correspondaient des conduits d'énergie invisibles, où circulaient en abondance l'énergie cosmique, sous la forme de champs électromagnétiques. La combinaison de ces lignes représentait des figures géométriques simples, des polyèdres réguliers ou solides de Platon. »

Johannes Gudsonn. Soldat de l'invisible,
par Johannes GUDSONN,
non daté

« Était-ce un “hasard” si j’étais venu au monde à Bergen, l’une des cinq extrémités du pentagramme norvégien, le Serpent viking, dont l’existence fut révélée des années plus tard ? J’avais grandi dans un lieu stratégique du point de vue du magnétisme et des énergies, ce qui avait certainement favorisé chez moi certaines dispositions. J’étudiais scrupuleusement les proportions du pentagramme norvégien. Il était inscrit dans un cercle de 666 miles de circonférence. Le rapport entre la longueur du côté du pentagone et celle du côté du pentagramme révélait la présence du nombre d’or (seule solution de l’équation $x^2 - x - 1 = 0$). Les quatre autres extrémités étaient les ruines de Hamar, le mont Orkehlo, les cinq grottes de Dolstein, le mont Blikafjell, tous d’anciens sites sacrés fondés par les Vikings (eux-mêmes héritiers des gnostiques d’Égypte et de Syrie, qui vénéraient le serpent guérisseur). »

Johannes Gudsonn. Soldat de l’invisible,
par Johannes GUDSONN,
non daté

1

Les températures avaient chuté brutalement : ce furent des journées froides et humides. Je passai la matinée du lendemain à dormir, tout habillé, sur mon lit, dans mon appartement de Bagneux où chaque objet (livres, plaques de cuisson, enceinte portative JBL) semblait hostile et conspirer contre moi. Vers 13 heures, je me préparai des œufs au jambon, ouvris une fenêtre car la hotte d'aération marchait mal, la refermai aussitôt, à cause du froid. Je me recouchai dans les odeurs de cuisine. Le soir, Abdelkrim me rejoignit au Bar des Suisses. Il me parla de ses déboires amoureux mais je n'étais pas vraiment là, je hochais la tête tandis que mon esprit demeurait prisonnier du journal, sa ritournelle horrible et tourmentée, ses accélérations vertigineuses. Abdelkrim s'en aperçut, se vexa, se tut et nous restâmes un moment côte à côte, sans parler. Au moment de nous quitter, il me dit que j'avais une sale gueule. De retour chez moi, je me regardai dans le miroir. J'avais le teint olivâtre, et mes cernes étaient deux petites poches violacées.

*

Sous la plume de Gudsonn, à partir des années 1980, Quérillot devenait « *Keri-oth* » ou « *Kerioth* ». Je fis quelques recherches : Kerioth était la ville de naissance de Judas, celui qui trahit Jésus. « Judas de Kerioth », ou Judas l'Iscariote.

*

Je me suis rappelé la phrase de Joël Pérouel, à La Frette-sur-Seine : « Je crois que la pratique intensive des mathématiques pures peut nuire à certains organismes. » Il avait aussi ajouté, comme pour minimiser la singularité de Gudsonn : « Je crois aussi que le rapport les a marqués, tous les quatre. »

*

Étrange journal, où planait dans les premières pages l'ombre de Theodore Kaczynski, le futur Unabomber. Il était alors un professeur parmi d'autres, un type peu liant et passe-muraille, auquel s'identifiait Gudsonn. Après 1974, son souvenir semblait s'être estompé, et le Norvégien n'y faisait plus allusion. Quelle avait été la réaction de Gudsonn, lorsqu'il avait découvert, à la une des journaux, que Kaczynski était l'homme le plus recherché d'Amérique ? Il était à parier que pour un homme acharné à lire partout des signes d'un dessein mystérieux, cette coïncidence fut un choc. Peut-être même une révélation. J'en étais cependant réduit à des spéculations : le journal s'achevait au mois de juillet 1995, soit quelques mois avant l'arrestation de Kaczynski, le 3 avril 1996.

*

Où était Gudsonn ? Après son séjour grec, il était nécessairement retourné sur l'île d'Osterøy, puisque j'y avais trouvé le manuscrit. Sur l'île, son premier voisin habitait à plusieurs kilomètres. J'étais allé lui rendre visite avant de prendre mon avion du retour : il m'avait expliqué avoir emménagé cinq ans auparavant. Il avait toujours connu la cabane vide, visitée de façon sporadique par des marginaux. Il n'avait pas pu me dire si elle avait été habitée par un homme solitaire, du nom de Johannes Gudsonn, avant son emménagement. Je croyais toutefois qu'il était vivant. Il me faisait l'effet de ces types qui vivent jusqu'à cent ans, maigres comme des triques, maintenus à flot par leur idée fixe.

2

Le surlendemain, je me remis au travail. Je songeai qu'il serait intéressant de confronter Quérillot, l'homme d'affaires pragmatique, au journal de Gudsonn. J'appelai son secrétariat, sans succès ; sur le site de Systems, j'appris que son président s'était mis provisoirement en retrait, « pour des raisons de santé ». Dépité, je me rendis en métro jusqu'à la bibliothèque du Centre Pompidou, où je passai quelques heures entre les étudiants et les clochards qui se mêlaient harmonieusement, les seconds taxant des clopes aux premiers sur les coursives extérieures. Je feuilletai des ouvrages sur des scientifiques aux personnalités controversées : Kurt Gödel, l'inventeur des théorèmes d'incomplétude des mathématiques, était l'exemple le plus fréquemment cité. Atteint de psychose paranoïaque, il était convaincu d'être doté d'un organe interne, un troisième œil appelé « l'œil pinéal », qui percevait le monde divin dont les mathématiques étaient le reflet. L'univers mental de Kurt Gödel était peuplé d'anges et de démons. Il se laissa mourir de faim en 1978, par peur d'être empoisonné. Je dénichai un livre intitulé *Étranges Cerveaux : Les Vies secrètes des scientifiques excentriques et des fous*, de Clifford A. Pickover. Il fourmillait d'anecdotes effarantes ; le physicien Henry Cavendish, qui donnait l'instruction à ses interlocuteurs de ne jamais le regarder dans les yeux, faute de quoi il s'enfuyait en courant. L'inventeur Nikola Tesla obsédé par les pigeons, et obligé de compter les éléments dans son assiette avant de manger, exigeant dans les hôtels que le numéro de sa chambre et le nombre de serviettes soient des multiples de trois. L'inventeur et statisticien Francis Galton et son besoin frénétique de tout mesurer. Le mathématicien et physicien Oliver Heaviside, qui passait plusieurs semaines à ne se nourrir que de lait, et s'employait sur des centaines de pages à décrire tout ce qu'il voyait autour de lui, jusqu'au détail le plus infime, signait ses lettres « *Worm* » (« ver de terre »). Et cætera.

Phobies innombrables, enfances mutiques, génies vivant au milieu de leurs déchets. Le portrait le plus effrayant était celui de Theodore Kaczynski, alias Unabomber, dont le manifeste moisissait dans la cabane d'Osterøy. Dire que Kaczynski était un garçon singulier tenait de l'euphémisme : QI de 170, timidité pathologique, phobie des microbes, fascination précoce pour les explosifs. Lui-même avait été victime de la violence un temps : étudiant, il avait servi de cobaye pour des expériences de torture psychologique, organisées par la CIA, dans le contexte de guerre froide. Sur Internet, un article du

Washington Post rapportait le contenu d'une expertise psychiatrique qui avait mis au jour la dysphorie de genre de Kaczynski ; d'après l'expert, celui-ci aurait un temps envisagé de changer de sexe. On imaginait aisément les souffrances d'un individu confronté à cette situation, il y a cinquante ans. Sur Twitter, une psychologue n'hésitait pas à écrire que « des vies auraient pu être sauvées » si Kaczynski était allé au bout de son projet.

— Monsieur, la bibliothèque ferme ses portes.

Je n'avais pas entendu l'annonce au micro et sortis le dernier, en même temps qu'un bibliothécaire velu.

*

Je marchai vers la station Hôtel-de-Ville. Rue du Renard, deux types s'engueulaient à propos d'une place de livraison. Le trottoir luisait mais je n'avais pas vu l'averse, enfermé dans mes livres. Je faisais des opérations bizarres : « KACZYNSKI – LES MEURTRES = VÉRITÉ ». Et : « GUDSONN + MEURTRES + SUITE DE FIBONACCI = KACZYNSKI ». Ou encore : « MILDRED DUNDEE + FIBONACCI – NÆSS = GUDSONN » Enfin : « STEINER + RAPPORT 21 + RENÉ THOM + NÆSS + KACZYNSKI × FIBONACCI = GUDSONN ». Je tremblais. Le ciel était un voile gris, qui laissait passer un peu de lumière. Je décidai de ne pas prendre le métro et marchai un peu, traversai la Seine. À Saint-Michel, j'avalai un grec milieu de gamme. Au moment de payer, je reçus un coup de fil de Bart Jr Peabody. À l'autre bout de la ligne, l'éditeur de Golden Heights & Associates était nettement moins décontracté que lors de notre dernière conversation. Il tourna autour du pot, me demanda si mon enquête avançait, avant de se lancer :

— Pérouel m'a appelé, hier. Nous avons parlé de nos affaires. Puis il a évoqué votre « visite », en Norvège. Il m'a dit que vous aviez trouvé des choses. Il m'a parlé de la suite de Fibonacci, vous savez, cette figure qui ressemble à un escargot... ou un coquillage... Ça m'a rappelé un souvenir... bizarre, et j'ai pensé que je devais vous en parler. Il y a trente ans, j'ai reçu un courrier. Une feuille blanche, non signée, avec un dessin de ce... coquillage. Je me suis dit que ce devait être un dingo, mais tout de même. *Anyway*. Quand vous recevez ça une fois, vous ne faites pas attention, même si c'est bizarre. La deuxième, ou la troisième fois, c'est franchement désagréable. J'avais demandé à ma secrétaire de garder les enveloppes. J'avais même pensé en parler à la police, et puis je ne l'ai pas fait. Voilà. Hier, ma secrétaire a ressorti les enveloppes, je me suis dit que vous seriez intéressé. J'ai regardé les tampons, sur les timbres. Le premier envoi a été fait depuis Londres, en 1993. Le deuxième, depuis Copenhague, en 2003.

— Les dates d'anniversaire du rapport.

— Voilà. Le troisième envoi a expédié en 2013, depuis la France. Je m'étais renseigné... Un village, dans le Sud. Attendez, je l'ai sous les yeux : Dieu... le... fit. Dieulefit, voilà. Sans doute un accès de paranoïa, que vous m'excuserez.

Mais comme vous m'aviez demandé si j'avais eu des contacts avec Gudsonn... Il y a deux semaines, je vous avais répondu que non. Eh bien, aujourd'hui, je n'en suis plus si sûr, voilà. Vous en ferez ce que vous voudrez.

3

Dieulefit est une croûte d'ardoises cuites, sous le soleil qui écrase tout. Je décidai de l'aborder à l'ancienne, petits coups au Bar des Sports, oreilles qui traînent, questions innocentes. J'avais remarqué que les gens aimaient parler de leur jeunesse, et qu'ils adoraient être interviewés de façon générale, mais cela ne se vérifia pas à Dieulefit car cette minuscule ville ou ce gros village de la Drôme provençale était devenue un eldorado pour décroissants, et à ce titre beaucoup de papiers lui avaient été consacrés, certains plutôt bienveillants, « Utopie mon amour » (*Society*), ou « Dieulefit, en courant alternatif » (*L'Express*) ; d'autres carrément condescendants ou hostiles, du type « Voyage chez les pastèques : rouge à l'intérieur, vert à l'extérieur » (*Valeurs actuelles*). Et cætera. Du coup les locaux étaient un peu échaudés, ils en avaient marre d'être caricaturés et il fallut beaucoup de petits verres au Bar des Sports, quelques innocents mensonges (comme prétendre que je travaillais pour la presse régionale, et non pas pour un mensuel parisien branchouille) pour décrocher un rendez-vous avec une figure du Dieulefit militant, Annie Kappa.

*

Annie Kappa animait depuis vingt ans des ateliers autour de l'art du conte japonais dit *kamishibai*, dans une maison de ville à la façade discrète, qui abritait des pièces fraîches, des tomettes peintes et des vieux plafonds. Petite femme gironde, la peau tannée, elle portait la panoplie complète de la femme-soja : chignon, peau cramée par le soleil, sandales en cuir, bracelets de cheville, T-shirt ample à message (« *NON À L'ÉCHANGEUR AUTOROUTIER DE SAINT-PAUL-TROIS-CHÂTEAUX – TOUCHE PAS À MA DRÔME* »), sarouel, et je pensais que franchement elle tendait le bâton, t'as de la chance que je ne sois pas Cédric et que tu ne sois pas le sujet de mon reportage, parce que je ne te louperais pas, on dirait que tu te balades avec une cible sur le dos ou une pancarte « *TOI TARZAN, MOI JANE FONDA* ». Elle vivait littéralement dans une brocante, peuplée de statuettes de vénus hottentotes, jeux en bois, attrape-rêves indiens, tapis afghans au lustre passé. Nous nous installâmes dans une courette partiellement ombragée. Quelqu'un avait peint au pochoir, en grosses lettres bleues sur un panneau d'aggloméré, un morceau de sagesse confucéenne : « *Ta deuxième vie commence quand tu comprends que tu n'en as qu'une.* »

Annie Kappa avait l'air assez à l'aise, et même rodée à l'exercice : vraisemblablement, je n'étais pas le premier à frapper à sa porte muni d'un dictaphone. Elle tint à me faire un petit laïus introductif, expliqua la curiosité amusée des gens du cru lorsque les premiers néoruraux s'installèrent dans le village au début des années 1970. Victime des clichés qui circulaient à ce sujet, j'avais imaginé des tensions, façon Locaux Taiseux contre Amateurs d'Ashram avec leurs gilets en alpaga. « Pas du tout, balaya mon interlocutrice. À l'époque, alors que tant de jeunes partaient s'installer à Lyon, Marseille ou Valence, les habitants du bourg étaient heureux d'en voir d'autres débarquer. La défiance est venue beaucoup plus tard. Il y a quelques années, en fait. Quand les néoruraux sont devenus majoritaires. » À l'époque, on en était loin. Elle n'était pas née alors, mais les anciens lui avaient raconté. Annie Kappa me raconta l'amitié naissante, bientôt le respect, fortifié par la conscience d'un intérêt commun – la « Terre », que les jeunes utopistes coiffaient d'une majuscule. (Et à l'écouter je pensai que ce « T » majuscule était tout ce qui distinguait ces écolos des années 1970 des agriculteurs « dynastiques », qu'on n'appelait déjà plus les paysans : l'amour de ces derniers était plus familier, un amour moins démonstratif, celui des très vieux couples, un amour qui se méfie du langage de l'amour, des emportements lyriques.) Annie Kappa parlait et je l'écoutais avec une sympathie grandissante. Elle avait une voix rocailleuse, et son visage formait un ovale parfait. Elle était assez belle.

Elle n'avait pas réagi au nom de Gudsonn. Je lui avais montré, sur mon téléphone, le reportage de 1983, où on le voit avec Arne Næss. Elle l'avait regardé attentivement avant de se prononcer. « C'est lui. Il avait pas mal changé quand il est venu s'installer chez nous, c'est peu de le dire, mais c'est lui. Le regard, les sourcils... Le nom que vous m'avez donné ne me disait rien. Nous, on l'appelait le Barbu, ou Gandalf : vous savez, le géant velu, dans *Le Seigneur des Anneaux* », s'était-elle excusée.

Elle avait été stupéfaite d'apprendre qu'il était un des quatre auteurs du rapport 21. Elle avait secoué la tête longuement, la bouche à demi ouverte. « Ça alors... Ça alors... » Puis elle s'était roulé une clope, en prenant son temps. Mon dictaphone était posé sur la table, voyant rouge allumé. J'avais noté que ses mains étaient surchargées de bagues ethniques, qui cliquetaient gracieusement dès qu'elle bougeait les doigts. Deux chats tigrés s'enroulaient autour de ses jambes, pendant qu'elle me parlait.

*

— Il est arrivé en 2002, et est resté plus de dix ans dans le coin. On l'a accueilli comme on accueille tout le monde. La devise à Dieulefit, c'est : « Pas d'étrangers chez nous », dont je vous accorde qu'elle est ambiguë et qu'il faut évidemment entendre au sens le plus généreux, large du terme, « Personne n'est un étranger chez nous », ou « Nul ne nous est étranger ». Ce n'est pas une formule, d'ailleurs : Dieulefit a caché plus de cinq mille Juifs pendant la Seconde Guerre mondiale. L'héritage protestant, sans doute : les descendants de ceux qui avaient subi les dragonnades savaient ce que c'était que d'être persécutés. Enfin, j'imagine que vous n'êtes pas venu ici pour un cours d'histoire locale. Votre Gudsonn débarque un jour, il loue une bergerie, sur les hauteurs. Je vous la montrerai, si vous voulez. Il avait un physique qu'on n'oubliait pas. Il mesurait près d'un mètre quatre-vingt-dix, à mon avis. La barbe grise qui mangeait complètement le visage, remontait très haut sur les joues et descendait très bas, en s'élargissant. Celle de Monet ou de Karl Marx, pour vous situer. Il ramenait ses cheveux en chignon, sur le sommet du crâne. D'autres fois, il les laissait détachés et alors vous ne voyiez plus son visage. Un ours efflanqué, avec de grandes mains fortes. Gandalf, quoi. Vous comprenez ma réaction, quand je l'ai vu sur votre vidéo, jeune et tout. Dans votre documentaire, il a plutôt l'air d'un loup.

— Vous discutiez avec lui ?

— Pas vraiment. Juste quelques mots, de loin, bonjour-bonsoir. Le gars n'était pas liant. Attention, pas désagréable non plus, seulement il avait l'air de s'être retiré du monde. Il était dans le monde et il ne l'était pas tout à fait. Il n'avait pas l'air hostile : seulement, il vous regardait comme si *vous*, vous étiez un animal. Il avait des yeux… Je les retrouve, sur votre reportage. Je savais qu'il parlait bien français, la guichetière de la poste me l'avait dit – vous savez ce que c'est, les campagnes. C'est le seul endroit où il s'aventurait, dans le village. Et encore... Vous l'aperceviez plutôt dans les bois, sur les chemins. Toujours avec son chien.

— Un chien ?

— Un grand chien noir. Un chien de chasse moustachu. Un genre de griffon, croisé avec je ne sais quoi. Ils marchaient et parfois on croisait votre Gudsonn qui s'appuyait à un rocher, ou qui fourrageait dans un sous-bois, comme s'il cherchait quelque chose. D'autres fois, il était en train de pêcher. Debout, au milieu de la rivière, avec ses grandes jambières en caoutchouc, à lancer ses appâts. Son chien l'attendait sur la rive. Quelqu'un m'a dit qu'il l'avait vu utiliser une réglette, pour vérifier la taille du poisson, et le relâcher. Ça me le rendait sympathique. Gandalf, c'est un gentil, d'ailleurs, non ? Le géant barbu qui enlève délicatement l'hameçon avec ses gros doigts, pour libérer la truite, et la relâche. Vous me direz que je suis sentimentale, mais passons. C'était devenu comme un figure familière, et sauvage à la fois. Si vous l'aperceviez au bord de la route, ou le long d'une haie, en rentrant vous disiez aux copains : j'ai vu le Barbu, aujourd'hui, à tel endroit. Comme vous le diriez d'un gros sanglier. D'un animal qui n'est pas inhabituel mais que l'on ne voit pas tous les jours non plus. Il faisait partie du paysage, quoi. Un jour, je me souviens d'avoir dit à un ami : « Pourquoi être venu à Dieulefit, alors qu'il vient de Norvège, le paradis de la pêche ? » Et, après quelques années, nous avons arrêté de nous poser ces questions. Il s'était installé dans notre région. Il était là, c'est tout.

Annie Kappa caressa un chat, qui coucha ses oreilles et arqua son dos, en miaulant. Elle sourit, à l'évocation d'un souvenir.

— Une fois, je l'ai vu dans un contexte plutôt inattendu : à la bibliothèque de Valence. Il était derrière un des postes informatiques, où Internet est en accès libre. On aurait dit un ours qui tapait sur un clavier ! Étonnant, hein ?

Elle s'absenta, revint avec deux cafés. Sur le sol de la courette, le soleil avait gagné trente centimètres. La veille, j'avais dormi douze heures. Je me sentais mieux. Mes épaules, cependant, portaient encore le fardeau de nuits trop courtes. Annie Kappa se roula une deuxième cigarette, expira une volute. Je sursautai : à un mètre de mes pieds, un petit scorpion noir se faufila à l'intérieur de la maison, sur les tomettes. Mon hôte rit, et m'expliqua qu'ils n'étaient pas plus dangereux que des guêpes. Ils remontaient la vallée du Rhône, avec le réchauffement climatique (« Un jour, on en trouvera dans les appartements lyonnais »). Puis elle fixa le sol en se frottant le biceps.

— Plus tard, les choses ont dégénéré.

Elle soupira.

— Un soir d'été, en 2013 ou 2014, je suis au café, celui où vous êtes allé avant de venir chez moi. Je discute avec la patronne. Au fond de la salle – c'est important pour la suite – un lavandier qui s'appelle Marc s'est installé avec ses amis. Cou large comme mes hanches, diamant à l'oreille droite, tatouages maoris. Il fait pousser de la lavande en monoculture, écoule une partie en vente directe, vend le reste auprès des parfumeurs. L'or bleu, comme l'appellent les journaux ici. Un peu exagéré, si vous voulez mon avis. La situation est compliquée. Elle l'était déjà il y a dix ans, pour Marc comme pour les autres : sècheresses à répétition, maladies. Cet été-là, il avait perdu la moitié de sa récolte à cause de la cicadelle, un insecte qui prospère avec le réchauffement – comme nos charmants petits scorpions. Voilà pour Marc. Je suis au bar et il est dans ma ligne de mire, je le regarde sans le regarder, distraitement, parce qu'il faut bien poser l'œil quelque part. Soudain je le vois qui se fige. Il a les yeux sur la porte qui est dans mon dos. Ses copains se figent aussi, et Marc se penche vers son voisin pour lui dire quelque chose à l'oreille, toujours en regardant dans la même direction. La lumière a baissé dans le bar, comme si les derniers rayons de soleil n'entraient plus. Forcément, je me retourne et là je vois le Barbu. Gandalf. Il est à contre-jour. Les épaules qui poudroient un peu, à cause des derniers rayons qui voudraient entrer. La barbe de prophète de l'Ancien Testament. Le mètre quatre-vingt-dix et les yeux au fond de la tête. Les conversations se sont tues d'un coup et je me suis fait la réflexion que la clim faisait beaucoup de bruit. Le Barbu met un pied dans le bar et derrière lui j'aperçois le chien, qui fait un pas aussi : très haut, le poil bien noir et ras, avec ses moustaches. Le chien qui bat de la queue comme s'il prenait le pied de sa vie. Le Barbu avance encore d'un pas, il est à un mètre de moi à présent, parce que j'avais pris ma place habituelle, à l'extrémité du zinc, près de l'entrée, vous voyez. Je ne l'avais jamais vu d'aussi près. Là, j'ai remarqué ses ongles.

— Ses ongles ?

— Vous savez ce que deviennent les ongles, si vous ne les coupez jamais ?

— Ils poussent.

— Précisément. Ils ne s'arrêtent pas de pousser. Ils deviennent des griffes jaunes, épaisses. Une corne d'un demi-centimètre d'épaisseur. Je peux vous dire que c'est étonnant à voir. Je regarde ses ongles, puis je jette un œil à la patronne : changée en statue de sel, la main sur la tireuse à bière. Bien sûr si ç'avait été quelqu'un d'autre elle lui aurait demandé de laisser son chien dehors, mais c'est Gandalf et il a l'air calme, et les regards sur lui ne le dérangent pas. Il a les bras le long du corps. Il marche droit vers Marc. Trois enjambées. Il se plante devant lui et il lui dit que son exploitation est malade. Avec son accent, et tout. Son accent de là-bas. Son accent de Finlande.

— De Norvège.

— Oui, voilà. Il dit à Marc : « Ta lavande est malade. » « Tu parles qu'elle est malade », dit Marc qui est à deux doigts de mettre la clé sous la porte. L'air de dire « Merci de l'information, Einstein ». Et là le Barbu dit : « Ta lavande est malade parce que tu as été puni. » Marc s'immobilise. Il n'y a plus un centimètre carré de sa peau qui respire, et tu peux voir que ses mains ont blanchi. L'autre ne se démonte pas, il continue. Il lui dit qu'il maltraite sa terre en lui demandant de faire pousser la même chose, toujours plus vite, en quantité toujours plus abondante. Il lui dit : « Tu préfères les pesticides à la corne de bouse et pourtant elle se poserait comme un cataplasme sur ta terre malade. »

— À la quoi ?

— La corne de bouse. C'est un truc un peu ésotérique. On fourre de la bouse de vache gestante dans une corne et on l'enterre dans un champ, pour le fertiliser. C'est une technique de biodynamie. Elle a été inventée par Steiner, le créateur de l'anthroposophie, une... science spirituelle créée au début du XXe siècle. Il a écrit près de six cents livres, dont l'un sur l'agriculture, en 1924. L'idée de l'anthroposophie est de respecter les cycles naturels, notamment lunaires. De fait, ça marche. Ne me demandez pas pourquoi, mais ça marche. Seulement, Steiner, celui qui a créé tout cela était plutôt perché, si vous voulez mon avis.

— Steiner, oui, je crois que je vois.

Il apparaissait partout dans les dernières pages du journal. Annie Kappa se tut. J'avais cassé son élan. Je m'excusai, et l'invitai à poursuivre. Elle reprit :

— Le Barbu dit ça à Marc. Le Barbu, qui ne parle jamais, que je n'avais jamais entendu dire trois mots d'affilée, que je n'avais jamais vu mettre les pieds dans le village. Il se met à déblatérer. Toujours tranquille, en apparence, mais avec une colère qui est juste au-dessous des mots. Il dit à Marc : « Vous pratiquez la monoculture et vous inondez vos parcelles de pesticides mais vous feriez tout aussi bien de fourrer des têtes de camomille dans l'intestin d'une vache morte, de fabriquer ainsi des saucisses et de les enterrer tout l'hiver jusqu'au printemps, conformément aux principes de Rudolf Steiner. » Et bien sûr Marc lui répond vertement : « Dégage, Ducon, ça fait quarante ans que je vis ici. » Les copains de Marc rigolent, et Marc rigole aussi, il n'est pas mécontent de sa réplique et il se renverse sur sa chaise, avec le sourire de celui qui sait qu'il a la salle avec lui, et aussi deux poings capables d'assommer un cheval. Sauf que Gandalf, je veux dire le Barbu, insiste. Il dit : « Prenez le crâne d'un animal domestique, videz-le et fourrez-le avec de l'écorce hachée, et enfouissez le tout dans votre parcelle dès l'automne, elle s'en portera mieux. » La patronne a toujours la main sur la tireuse à bière. Moi, je n'ai pas touché à mon café. Je connais Marc : avant de devenir lavandier, il a essayé d'être militaire, mais il s'est fait virer parce qu'il avait un problème avec la discipline. Il rêvait d'être fusilier marin. Il devient rouge, il s'énerve un cran au-dessus et lui dit : « Dégage, toi et ton clébard de merde et ton accent de merde. » La patronne : pas un cil ne bouge. Le chien est nerveux. Il tourne autour de son maître, comme les chiens de chasse quand ils attendent des instructions et qu'elles ne viennent pas. Tu sens que d'un geste du doigt le Barbu peut l'envoyer à la gorge de Marc. Tu sens aussi que Marc l'a vu et qu'il est déjà en train d'évaluer les distances et le nombre de secondes nécessaires pour saisir une chaise, briser la nuque du griffon, parer l'assaut du maître, casser un tibia. À ce moment-là de la scène je suis dans le dos de votre Gudsonn je ne vois plus que la tête de Marc, contractée. Je ferme les yeux. Et puis rien.

— Rien ?

— Rien. Le Barbu tourne les talons. Il met les bouts. Il quitte le bar, avec son chien qui le suit en couinant. Son chien qui se retourne et jette encore des regards derrière, vers la gorge de Marc.

— Que s'est-il passé, après ?

— À votre avis ? Marc et ses copains l'ont pris en grippe. Moi, je raconte la scène à mes amis, ma bande d'écolos. Et, bien sûr, sur le fond, nous sommes plutôt d'accord avec Gandalf. Pas qu'on soit branchés par Steiner. Je veux dire, tout l'aspect mystique, ce n'était pas trop notre truc. Mais sur le fond, on pense qu'il a raison : diversité, petites parcelles, semences naturelles, pâturage entre les raies de lavande, pour désherber. On se dit que le gars a du cran. On se dit aussi qu'il devrait faire attention.

Un chat bâilla, découvrant des canines effilées. L'autre quitta la pièce. Je n'étais plus journaliste. J'étais un enfant, qui écoutait un conte. Elle poursuivit :

— À l'époque, avec quelques copains, nous étions en train de monter une grosse opération contre le projet d'un groupe canadien qui voulait raser des hectares de forêt pour installer un parc photovoltaïque, au pied de la Lure (le pays de Jean Giono ! Et nous étions en passe de réussir à convaincre les agriculteurs de se joindre à nous. Ce n'était pas une mince affaire, et nous étions très exaltés à cette idée, c'était comme réussir la jonction entre les étudiants et les ouvriers, en 68 – or, comme vous le savez cette jonction n'a pas *vraiment* eu lieu. Donc, cette histoire de Gandalf qui fonce bille en tête proposer ses vieilles recettes de biodynamie aux agriculteurs, ça ne nous plaît pas. On m'envoie lui parler.

Au-dessus de nos têtes, les attrape-rêves tournoyaient lentement. Elle roulait ses clopes avec une dextérité remarquable.

— Un soir, je me suis présentée à la bergerie, là où habitait le Barbu. J'ai remonté le chemin de crête, puis j'ai marché à travers les hautes herbes, jusqu'à la grille. Vous verrez : il n'y a pas de chemin à proprement parler : seulement des herbes couchées, comme une coulée de sanglier. J'ai secoué la grille, j'ai appelé. Après un moment il est sorti. Il avait une grosse tomate à la main, énorme et bosselée, avec de belles difformités, bien brune, et j'ai pensé que c'était comme s'il avait arraché le cœur congestionné d'un taureau. Je ne peux pas le décrire autrement, j'avais l'impression d'interrompre un rite sacrificiel. L'autre main tenait un couteau, dont on voyait juste la lame, courte et triangulaire, qui émergeait du poing serré. Il portait la même chemise qu'on lui voyait toujours : large, qui avait dû être jaune, un jour. Un pantalon en toile qui ne ressemblait plus à rien du tout. Il m'a vue et il m'a regardée sans rien dire, puis il a disparu dans la maison. J'ai appelé à nouveau, une fois, deux fois. J'ai attendu. Cinq minutes, trente minutes, je ne sais plus. Il est ressorti et cette fois-ci il avait les mains vides, et il ne s'est pas approché, et je lui ai demandé s'il pouvait m'ouvrir. Son chien faisait des allers-retours, derrière lui, et moi je n'en menais pas large.

— Est-ce qu'il vous a... parlé ?

— Oui. Il avait l'air embêté. Comme si j'étais une furie, quelque chose d'inconvenant. Il n'avait pas l'air hostile, non plus. Il m'a dit qu'il ne préférait pas m'ouvrir et que je pouvais lui dire mes intentions, je pouvais parler, il avait une bonne ouïe. Je lui ai dit que j'avais apporté des chouquettes et je lui ai tendu un petit sachet, à travers la clôture. Il a ouvert des yeux effarés. On aurait dit que je voulais l'empoisonner. Il m'a dit de le poser là, à mes pieds, et de déclarer mes intentions. J'ai pris mille précautions pour lui dire qu'il était préférable de ne plus importuner Marc, mais il n'a pas eu l'air de vraiment comprendre. Il me regardait fixement. Ses yeux : deux feux de Bengale. Qui plongeaient directement à l'intérieur de vous, sans s'attarder sur le reste. Moi, j'ai bégayé. Je lui ai dit que nous aurions été heureux de le compter parmi nous, de l'associer à notre projet de manifestation, au pied de la Lure. Là, il s'est animé un peu. Il a eu l'air de considérer cette proposition comme une énormité, il m'a fait répéter les mots – la Lure, le parc photovoltaïque, les paysans – et il les répétait après moi à voix basse. Il semblait émerveillé par leur sonorité, sans comprendre ce que je lui disais. Un instant, j'ai pensé qu'il se foutait de moi et puis j'ai compris qu'il était vraiment enchanté par ces mots, et qu'il n'avait plus tellement de commerce verbal, avec les gens. Je veux dire, une vraie discussion. Alors j'ai répété les mots, pour lui faire plaisir. Je disais : « La Lure ! Les paysans ! » et il répétait doucement, comme un chœur : « La Lure... Les paysans... » Il secouait la tête en souriant faiblement. Tout à coup il s'est tu et il a redressé la tête. Il a dit : « Je suis un paysan, moi. » Après, la discussion a pris un tour particulier. Il a dit : « Je suis en contact avec l'invisible. » Puis : « Il faut défaire Ahriman. » Je lui ai fait répéter, et il a dit deux fois : « Ahriman, Ahriman. » Il a parlé aussi d'un Italien, qui s'appelait Fibonacci. Et : « L'Ange de la ville », et aussi : « J'ai une tâche à accomplir. » Ce n'était pas très clair. C'est un souvenir étrange, vraiment.

Elle fermait les yeux, comme si elle vivait la scène à nouveau.

— Ensuite, il s'est assombri, d'un coup. C'était très étonnant : comme un ciel dégagé qui vire à l'orage, en quelques secondes. « Maintenant, vous devez partir. » Il a regagné la maison. Le soir était tombé, et j'ai attendu un peu. Je l'ai vu à une fenêtre, il semblait parler à quelqu'un, ses lèvres bougeaient. J'étais là, comme une conne, à l'espionner. Je n'ai vu personne d'autre. Je pense qu'il parlait tout seul.

*

Je lui demandai si les choses s'étaient arrangées, avec Marc.

— Non. Tout le contraire. Trois semaines plus tard, en retournant sa terre, entre les raies de lavande, Marc a découvert une corne de bouse. Là, ça a dégénéré. Le type s'est pointé à la bergerie, a menacé le Barbu avec un fusil. Il l'a traité de sorcier, de malfaisant. Il a tué son chien.

Elle secoua la tête tristement.

— Ensuite, le Barbu s'est enfermé dans sa maison. Il ne sortait plus. On ne sait pas ce qu'il faisait. Vous ne le croisiez plus, ni dans les bois ni dans ses rivières. Ça a duré deux, trois ans. Totalement cloîtré. Un jour, j'ai croisé le propriétaire de la bergerie. Il m'a dit que son locataire avait quitté la région. C'était il y a sept ou huit ans.

*

Après le café, Annie accepta de me conduire à la bergerie qu'avait occupée Gudsonn. Elle insista pour que nous prenions sa voiture, garée plus loin. Nous traversâmes une artère piétonne en évitant les coins de trottoir ensoleillés. Les rues étaient vides : à cette heure-ci, personne n'avait envie de rôtir sur l'asphalte. Nous nous installâmes dans sa R5 déglinguée, qui puait le tabac froid. La bergerie était construite le long d'un chemin de crête, qui dominait deux vallées. À nos pieds s'étendait, à peu près vide, un paysage de western français. Quelque part, au loin, les champs de lavande avaient fleuri.

— Voilà, nous y sommes.

La maison était en contrebas, construite à flanc de côte. Nous vîmes d'abord le toit, en pierres sèches. Pour accéder au portillon, il fallait passer à travers des herbes jaunes et écarter quelques ronces.

— Qu'est-ce que je vous avais dit : un enfant de dix ans pourrait marcher sans être vu.

Les volets étaient clos. La seule fenêtre qui en était dépourvue avait été condamnée par une plaque en bois aggloméré. Il y avait un cadenas sur le portillon, mais le grillage s'était totalement affaissé à deux endroits. Un homme aurait pu y passer, en faisant quelques acrobaties.

— N'y pensez même pas, sourit Annie Kappa.

— Pas du tout, je...

— Vous ne trouverez rien, de toute façon. Je connais Samuel Amos, le propriétaire. Il m'a dit que le Barbu n'avait rien laissé.

Philippe n'avait pas pu venir. Je pris quelques photos avec mon iPhone. Une maison vide, à nouveau. J'étais un chasseur malchanceux, qui relevait des gîtes encore chauds. Ma nuque me lançait. Je pensai à Gudsonn et son nomadisme inquiet, sa vie de proscrit et j'avais l'impression que la fatigue de ces années d'errance pesait sur mes propres épaules. Suivre le Norvégien revenait à assister à des mutations successives. Il n'avait cessé de changer, comme ces pauvres gens atteints d'une déformation osseuse, due à un excès d'hormones de croissance. À vingt-deux ans il est un mathématicien réservé, un jeune espoir du monde scientifique ; à trente ans, un professeur de lycée de seconde zone, qui mystifie des jeunes filles ; à quarante ans, un prêcheur itinérant qui hante les parcs et envoie des dessins ésotériques à un éditeur américain ; à soixante-dix ans, un ermite qui bat la campagne avec son chien, surfe sur Internet dans les bibliothèques municipales. À soixante-quatorze ans, un demi-sauvage qui vit cloîtré dans une vieille bergerie.

À Dieulefit, il avait trouvé un asile. Pour les habitants du village, il avait été ce voisin un peu étrange, qui fait peur aux enfants, suscitant un haussement d'épaules ou un sourire amusé, un vieux bonhomme dont on dit que « c'est un numéro » pour se dispenser de creuser. C'était, au moins, un lieu paisible et il s'en était exclu lui-même, autant qu'on l'en avait chassé. Je fermai les yeux et l'imaginai, son grand chien noir déjà froid entre les mains. Il avait repris la route, seul, emportant avec lui ses visions, comme un petit paquetage. « J'ai une tâche à accomplir », avait-il dit à Annie Kappa. C'était un thème récurrent de son journal, surtout dans les dernières pages : le sentiment de son *élection*. « Tu n'es pas spécial », disait pourtant *l'esprit scandinave* dont m'avait parlé Gunnar Agabsen. Gudsonn avait violé la loi sacrée de son pays, et déchaîné la colère des dieux. Je songeai combien il devait être difficile de supporter le poids de ses visions d'enfer, sans jamais les partager. À moins qu'il ait tiré de ce savoir secret une jubilation – l'orgueil de se savoir, seul, initié.

*

Au téléphone, Samuel Amos me confirma qu'il avait loué la bergerie au Norvégien, qu'il connaissait sous le nom de Monsieur Johan. Je l'avais appelé de la part d'Annie, qui m'avait donné son numéro. Il avait la voix d'E.T. l'extra-terrestre. Je soupçonnai une trachéotomie. Il avait dû fumer quelques clopes, dans sa vie. Gudsonn ne lui avait pas laissé un mauvais souvenir.

— Le locataire parfait, réglo. Qui ne vous emmerde pas pour remplacer un carreau ou un robinet cassé.

Il l'avait vu « trois fois en dix ans ». Il se souvenait aussi du nom du chien, le griffon : Nuage.

— Il ne l'avait plus, quand on a fait l'état des lieux de sortie...

Je lui demandai s'il savait la raison de son départ, en 2015.

— Il y avait des gars qui lui mettaient la misère. Un Turc... Ari quelque chose.

— Ahriman.

— Peut-être. Il a aussi parlé d'un ami russe, qui avait des problèmes. Kaprynski, ou un truc comme ça.

— Kaczynski.

— C'était il y a huit ans, vous savez.

— Avez-vous une idée du lieu où il a déménagé ?

— J'avais noté ça quelque part. Je le lui avais demandé, au cas où il faudrait lui faire suivre un courrier. Il m'a dit qu'il n'en recevait jamais.

Je lui ai dit, parfois on reçoit des papiers administratifs. Il a dit que lui, non. Je lui ai dit je comprends, moi aussi je m'en carre le cul mais quand même. C'est vrai que la bergerie n'avait pas l'électricité, et que l'eau courante était à ma charge. Il avait l'air très méfiant. Attendez.

J'entendis un bruit de chaussons sur un parquet ciré. L'attente dura trois bonnes minutes.

— Voilà. C'est dans le Puy-de-Dôme. À Olliergues. « Châlet des Étoiles. Chez Jacqueline Mattemont. » J.A.C.Q.U.E.L.I.N.E. M.A.T.T.E.M.O.N.T. Attendez, je vous épèle à nouveau.

4

Je rentrai par l'autoroute du Soleil, mon dictaphone plein comme un œuf. J'avais prévu de rendre ma voiture de location à Lyon, en profiter pour rendre visite à ma mère, avant d'aller dans le Puy-de-Dôme. Je roulais sur la file de droite, derrière un trente-trois tonnes mastodontesque et paresseux, pour rêvasser tranquille. J'avais aimé écouter Annie Kappa. Il fallait passer outre la bimbeloterie orientale, les attrape-rêves et on trouvait un cœur véritable, moins corrompu que d'autres. Et elle me ménageait une place, à moi, le demi-réactionnaire qui lisait Bernanos. D'ailleurs Bernanos et les amateurs d'attrape-rêves navajos poursuivaient des buts similaires, pensai-je. Bernanos le chrétien marchait main dans la main avec Benoît, l'amateur de Miossec. Cela méritait réflexion. Une convergence des luttes était possible. Elle avait toujours existé, d'ailleurs.

*

Après la visite de la bergerie, Annie Kappa m'avait proposé de rester déjeuner. Pris dans sa courette, le repas avait été somptueux : anchoïade, tapenade maison, pâtes à l'amatriciana « à la Kappa » arrosées d'huile d'olive de Nyons. Quatre de ses amis nous avaient rejoints. Trois d'entre eux avaient eu une première vie dans le secteur tertiaire, en région parisienne. Ils étaient devenus artisans-poètes, baroudeurs ou philosophes agrestes, tous mûris sous le soleil de Giono. J'avais oublié Gudsonn, un instant, et m'étais coulé dans cette atmosphère joyeuse. Ni masques mondains ni sourires contrefaits : des hommes et des femmes amicaux et fraternels. Une atmosphère à laquelle j'avais été tellement déshabitué qu'elle me faisait penser à une publicité pour le pain aux céréales, ou le fromage de brebis. C'était bien réel, pourtant. Ce sentiment d'incongruité me renvoyait à ma condition d'être déraciné. Ellul avait raison : pour l'individu moderne, la nature n'est plus une présence originelle et se résume à des « signes de nature remis en circulation ». Quand je regardais une photo de désert, je ne voyais plus une étendue de sable, encore moins une retraite où l'homme dialogue avec l'infini : je voyais un DÉCOR vide, qui attendait depuis des millions d'années qu'une pub Shalimar puisse y être tournée. Mon cerveau était ravagé. J'aurais voulu me gratter l'intérieur de la tête, pour en enlever toute cette merde.

— Je te sers du picodon ?

Annie Kappa me souriait en me désignant une assiette où reposaient des petits fromages ronds et dodus. Je me servis copieusement.

Je songeai que le monde, après l'effondrement, ne serait pas sans beauté. Il fallait apprendre à la distinguer par-delà l'ennui d'une vie ralentie, aux couleurs moins criardes. Une fois pris pour acquis les souffrances inéluctables, la brutale dégradation, l'appauvrissement radical, une fois plongés dans cette nuit, les yeux s'habitueraient et l'on pourrait distinguer des couleurs chaudes sur les murs, des couleurs que nous n'avions jamais vues ou su voir, avant. L'effondrement nous arracherait à nos liens d'esclaves. Il serait une purge violente, mais bénéfique. Une vie simple et moins trafiquée. Plus de métaux rares pour fabriquer des téléphones portables ! Plus de gorgone administrative ! Des petites communautés autonomes, des sociétés à hauteur d'homme. Je le faisais remarquer à mon voisin, Michaël, un ancien responsable des achats devenu apiculteur.

Il me retourna un faible sourire.

— Je comprends ce que tu veux dire. Toutefois, ce genre de compensation ne consolera guère que les privilégiés. Le paysan burkinabé, qui verrait ses cultures disparaître sous l'effet de la désertification, ne serait pas débarrassé du superflu, mais bien délesté du strict nécessaire. Il sera sacrifié, dans l'indifférence habituelle. Moi-même, je préfère ne pas trop y penser…

*

Je me décidai à doubler le trente-trois tonnes. À ma gauche, quatre tours rondes, à la silhouette trapue, apparurent. Je reconnus la centrale du Tricastin, qui défigure les bords du Rhône. Réacteurs hideux, pourtant nécessaires… C'était la seule chose qui me chiffonnait, avec l'écologie politique : son obsession de l'atome. L'énergie nucléaire était un bouc émissaire trop commode… Les écolos faisaient depuis longtemps une fixette sur le sujet… Assurément, le nucléaire faisait peser un risque de mort sur nos sociétés. Il y avait eu Tchernobyl et Fukushima. Et l'enfouissement des déchets n'était pas un cadeau, pour nos successeurs. Mais l'effondrement d'un monde brutalement sevré d'énergies fossiles, sans énergie de substitution, était une certitude. J'allumai la radio et Léo Ferré s'invita dans l'habitacle, affalé sur la banquette arrière, répandant de petits paquets de cendre, se payant ma tête :

La so-li-tu-de

Je fredonnai. Annie Kappa avait attendu Gudsonn, avec un paquet de chouquettes, devant son portillon. Cela n'avait pas attendri le Norvégien, pourtant. Il ne lui avait pas ouvert. Il lui avait barré sa porte, comme un alchimiste l'accès à son laboratoire. Que trafiquait-il, à l'intérieur ? Je l'avais laissé en 1995, à la dernière note de son journal inachevé. Près de trente ans plus tard, que trouvait-on sur les murs de sa prison mentale, sa « cabane » ? Dans celle de Kaczynski, il n'y avait de place que pour une seule obsession : détruire la société moderne, industrielle, technique. Dans son journal inachevé, Gudsonn y ajoutait une dimension spirituelle, et sa terreur des foules – les humains qui se reproduisaient aussi vite que les lapins de Fibonacci. Son journal regorgeait de descriptions de villes pleines comme des œufs, obèses, prêtes à imploser. Il avait décelé, dans le spectacle de la ville moderne, dans les courbes exponentielles étudiées pour le rapport 21, la présence du diable. L'anthroposophie de Rudolf Steiner s'y était ajoutée, comme un énième ingrédient à son chaudron de sorcière.

*

Les mains sur le volant, je plongeai dans une douce rêverie. Je m'imaginai recevoir le prix Albert-Londres, « l'Albert », le graal. Je l'accueillerais les yeux baissés, dans un amphithéâtre où se bousculerait le gratin de la presse, les correspondants du *Monde* aux écharpes fatiguées, dont la suffisance pâlirait près de mon étoile encore juvénile. Dont les anecdotes de vieilles gloires infatuées ne trouveraient plus preneurs, éclipsées par le nouvel astre. Je m'installerais au pupitre et d'une voix enrouée je dirais que la vérité est un sacerdoce et que ma plume a trempé dans un océan de larmes et de joie et que cet océan n'est rien d'autre que la condition humaine. Je citerais Jean Daniel, Pierre Lazareff, Ernest Hemingway, Gandhi,

Che Guevara ou Annie Ernaux. Je rappellerais que je ne suis pas du sérail et confesserais que je me suis longtemps senti illégitime, et jouirais de voir rosir de jeunes et jolies consœurs qui mentalement me plongeraient la tête dans leurs seins pour me rassurer sur mon adoption définitive par la grande famille de la presse de reportage. Ma mère rayonnerait au dernier rang, il faudrait gérer ma mère pendant le cocktail et je le ferais de bonne grâce, nous trinquerions ensemble et sans qu'aucun mot soit échangé je lui ferais comprendre que ce prix nous vengeait tous les deux (de qui ? ce n'était pas clair) ; puis je me rappelai que Cédric m'avait dit que le prix Albert-Londres pouvait être un cadeau empoisonné, ça vous coupe l'envie de tout, ça vous écrase sous son poids d'hommages et bientôt vous êtes plus foutu de rien faire, vous végétez, et Cédric m'avait parlé d'un type qui avait eu l'Albert-Londres et qui avait fini sénescent radoteur, hantant les remises de prix et arrêtant des gens dans la rue pour leur parler du sien, de son « Albert ». Plongé dans ces médiocres considérations, j'en oubliai les distances de sécurité et faillis percuter la voiture devant moi, qui avait ralenti à l'approche d'un bouchon. Je me jouai rapidement la scène spectaculaire et banale : voiture qui tournoie au ralenti avant de s'écraser sur le toit et de rayer la glissière de sécurité sur soixante mètres, soulevant une gerbe d'étincelles avant de s'immobiliser et puis le silence complet, bientôt les hurlements et les gens qui s'agitent en pure perte, plus tard ma mère hébétée devant un gendarme à gourmette qui lui tend un prospectus avec le numéro de téléphone d'un centre d'aide aux victimes et lui demande si elle veut appeler un proche, puis s'entend répondre que le garçon mort au volant de la Renault blanche était son seul proche. Je respirai lentement, collectai mes esprits.

Vers Givors, une pluie perfide se mit à tomber. Je traversai la vallée de la Chimie : enfilade inouïe de raffineries, cuves géantes, entrepôts, silos, cheminées. Et toujours les Courtepaille, brise-vues, panneaux bruns pour signaler une ruine gallo-romaine, péages, petites citadines, grosses familiales, camions espagnols, échangeurs, aires de repos, immarcescible laideur. Je songeai que je devais penser à me faire rembourser le plein d'essence, il n'y avait pas de raison, ce n'est pas parce que cette enquête me passionnait que je devais travailler à perte. Je n'étais pas encore raide, mais pas loin. Mon seul parachute était un PEL où reposaient 4 700 euros, péniblement économisés au cours de mes années de labeur à l'Union des métiers de l'isolation. Or mon reportage était payé 1 300 euros net, et la traduction du journal de Gudsonn m'en avait coûté 600. Et le baril était passé, depuis quelques jours, au-dessus des 90 dollars.

5

Ma mère soupira.

— Bien sûr que je la connais. Jacqueline Mattemont, la papesse du crudivorisme ! Son dernier bouquin a été numéro un des ventes Fnac.

Elle eut un soupir compatissant, l'air de dire que j'avais encore du chemin à faire. J'étais chanceux que ma vieille mère soit là, pour m'expliquer le monde.

En montant l'escalier pour rejoindre l'appartement maternel, je m'étais rappelé que le patronyme de Mattemont, que Samuel Amos m'avait épelé au téléphone, faisait partie des noms que j'avais vus sur la table basse de Marie-Ange, inscrits en grosses lettres roses sur la couverture de livres dont elle me rebattait les oreilles ; des manuels de développement personnel avec des titres qui donnaient envie de se passer la corde au cou : *Et si on faisait confiance à la vie ?*, ou des conneries de ce genre.

*

Depuis quelques années, ma mère avait pris un virage inquiétant. Au début des années 2010, j'avais imaginé que la retraite de Marie-Ange aggraverait la dépendance affective qui la liait à moi, son unique enfant. Je m'étais préparé à quelque chose d'assez pénible, avec des appels réguliers, des anecdotes répétées cinq cents fois et des plaintes qui iraient crescendo à mesure que son état de santé se dégraderait. Pour le reste je m'étais figuré qu'elle resterait la même, à la rigueur l'âge accentuerait les traits de sa personnalité mais elle demeurerait Marie-Ange jusqu'à la caricature, fidèle à ses petits rituels. Elle continuerait à faire ses mots croisés et écouter religieusement *Le Masque et la Plume*, le dimanche soir, attentive aux couinements brefs de son critique cinéma préféré tandis qu'il lâcherait quelque saloperie subtile et vacharde. Peut-être serait-elle une auditrice plus assidue, plus proactive, elle appellerait le standard pour réagir, faire passer des messages pour défendre un film et, plus sûrement, l'assassiner, et aussi elle écrirait aux journaux pour relever les fautes d'orthographe dans les articles, ou bien enverrait des pamphlets logorrhéiques au maire de son arrondissement pour lui dire ses quatre vérités sur le mobilier urbain, elle aurait ce genre de petites joies inoffensives.

Cela, je l'avais anticipé. Je n'avais pas prévu, toutefois, que la solitude ferait opérer à ma mère un virage radical sur le plan cognitif. Qu'elle deviendrait accro à Internet, et droguée aux réseaux sociaux. Bien calée devant l'écran vingt-trois pouces d'un PC flambant neuf, Marie-Ange avait découvert un monde nouveau où elle pouvait apostropher des gens, un espace égalitaire où l'on ne pouvait pas lui fermer son clapet de vieille bique. Et lorsqu'elle découvrit cet univers fabuleux, *Le Masque et la Plume* lui parut terriblement décevant car ses animateurs ne l'invitaient pas à leur table, c'était un divertissement asymétrique et vertical, elle avait l'impression d'être derrière une vitre sans tain et d'écouter une bande de copains se lancer des vannes : elle était invisibilisée, et cela aggravait terriblement sa solitude. Ses critiques assassines étaient soumises au pouvoir discrétionnaire du standard, qu'il ne se privait pas d'exercer en ne diffusant guère qu'un message sur dix ; alors elle cessa d'écouter la grand-messe culturelle de France Inter et se jeta à corps perdu dans cet espace de jouissances infinies qui n'était ni plus ni moins que la promesse d'une nouvelle jeunesse, d'une nouvelle vie. Un espace tellement plus vaste et plus riche, un magasin rempli de « sucreries cognitives ». Elle s'y était fait de nouveaux amis. Je m'en étais d'abord réjoui, j'avais l'impression de partager enfin le fardeau de ma mère avec d'autres, et si les autres étaient des nerds de vingt ans cela ne me dérangeait pas, je trouvais même cela amusant.

Mais rapidement l'activité numérique de Marie-Ange prit un tour un peu sordide, elle me parlait de contenus de plus en plus inquiétants et je me dis qu'elle allait finir sur le dark Web, parler avec des types de Daesh, se faire escroquer ; je me souvenais de mon reportage sur un nonagénaire qui achetait des bitcoins, ce n'était pas très rassurant. De fait, c'étaient des torrents de merde qui se déversaient dans le cerveau de ma mère, selon des techniques savantes concoctées par Shadi Bliss, le mathématicien botoxé, et ses petits copains de San Francisco. Elle cliquait sur tout, selon une technique de filets dérivants. Et, dans cette déchetterie, elle était tombée sur Jacqueline Mattemont.

*

Je consultai sa chaîne YouTube. Vieille dame énergique et rayonnante, Mattemont accueillait les « cru-rieux », ou les « gourmands du vivant » dans son chalet, dans le Puy-de-Dôme. À l'en croire, le diabète et le cancer étaient des mécanismes simples : le bon sens, une écoute du corps et une approche holistique de la guérison pouvaient remplacer efficacement les traitements non naturels. Au besoin, elle vendait en ligne des extracteurs de jus. Ainsi que son livre, *Vivre comme des vivants*, dont 250 000 exemplaires avaient déjà été écoulés. Mattemont parlait avec un accent du Sud-Ouest, évoquait des messages de remerciements qu'elle recevait par centaines. « UN DISCOURS QUI REMET DE L'HUMAIN PARTOUT : ON EN REDEMANDE ! » s'enthousiasmait *Filleduvent*. Ces vidéos me plongèrent dans une torpeur morose : la seule idée d'une collusion, voire d'une communauté de vie (!) entre le sombre Johannes Gudsonn, coauteur du rapport 21, génie déchu qui discutait en tête à tête avec les démons, dont la folie même avait des accents de vérité, et cette vestale new age aux allures de Tata Yoyo me faisait l'effet de quelque phénomène contre-nature, d'une de ces dégoûtantes tentatives d'accouplement interespèce que je croyais réservées au monde animal, où les rapprochements les plus énigmatiques avaient été observés, à l'image de ce macaque japonais surpris en train d'entreprendre une biche sika, ou de ces otaries de Kerguelen jetant leur dévolu sur des manchots royaux. Spectacle horrible, dérangeant. Dans une de ses vidéos, la vieille portait aux nues la biodynamie, et faisait la retape pour des produits de cosmétique bio commercialisés par des multinationales dirigées par des disciples de Steiner, le sulfureux père de l'anthroposophie. Je spéculai. La pensée de Steiner, ses rites magico-agrestes étaient-ils le ciment de cette entente monstrueuse ? Quoi qu'il en soit, ce compagnonnage racontait encore Gudsonn, sa fuite en avant. Il me peinait sincèrement ; preuve du lien qui m'attachait à lui, d'une tendresse bizarre et contrariée que m'inspirait mon sujet et que j'éprouvais pour la première fois, en quatre ans de journalisme de reportage.

*

— N'essaie pas de l'interviewer, me conseilla ma mère.

Du bout des lèvres, elle m'expliqua que Jacqueline Mattemont avait été mise en examen pour abus de faiblesse. Ses stages de « manger vivant » avaient fait l'objet d'une enquête de la Miviludes, l'organisme gouvernemental chargé de la lutte contre les dérives sectaires. Les procédures avaient été lancées après un long papier du *Monde*, qui avait interrogé une cinquantaine d'anciens adeptes.

— À mon avis, elle est devenue plus méfiante que jamais. Je la comprends, à vrai dire. Votre profession, c'est quand même quelque chose. Vous salissez tout.

Elle gloussa, la main devant la bouche.

— Qu'y a-t-il ?

— En fait, je ne vois qu'une solution.

— Dis toujours.

— Il faut t'inscrire à un stage. D'ailleurs... D'ailleurs, une petite cure te ferait du bien, mon chéri. Tu as une tête de mort-vivant. Désolée de te le dire.

Elle n'avait pas tort. Le matin, j'avais croisé mon reflet dans une glace : une barbe pleine de trous avait entrepris de coloniser le cou et le bas des joues. Mon teint, d'un jaune bistré, était celui d'un homme aux abois.

6

Les stages de Jacqueline Mattemont avaient lieu à Olliergues, dans le Puy-de-Dôme. « Manger vivant n'est pas une fin en soi, précisait l'influenceuse sur la vidéo de présentation de son site. Ma devise, c'est : manger vivant pour *être* vivant. La nuance est importante. »

Le stage de cinq jours, « en présentiel », coûtait 600 euros : à ce prix, je bénéficierais d'une chambre double, partagée avec un autre stagiaire, et des repas. C'était le tiers de mon revenu mensuel. Mattemont acceptait un paiement en deux fois. Lorsque j'avais demandé à Cédric de me défrayer pour cette dépense, il avait commencé par me rire au nez. J'avais anticipé cette réaction et préparé un petit argumentaire. Je travaillai sa corde sensible, celle du puriste, indifférent aux contingences financières, nostalgique des grands reporters, d'une époque où la profession n'était pas encore clochardisée. Après tout, le patron passait son temps à rabâcher ses grandes heures à *Explo*, quand on envoyait encore des journalistes en « immersion longue ». Il avait fini par lâcher.

Je sortis de la gare de Saint-Étienne – Châteaucreux le lundi soir après mon week-end lyonnais. Le bâtiment en briques polychromes, où dominait un rouge industrieux, était écrasé sous de gros nuages gris. L'esplanade trop large, la laideur fonctionnelle des immeubles, l'arbre multicolore orné de feuilles géantes en plexiglas, tout cela était menacé par les monts du Pilat, trop proches. Je me rappelai mon malaise, il y a quinze ans, à mon arrivée à Grenoble : l'horizon barré, la sensation d'être piégé dans une cuvette grise et sale. Ma mère avait insisté pour m'accompagner et m'aider à trouver une piaule d'étudiant ; jamais je n'avais été aussi gêné de l'avoir près de moi, trottant, soufflant, bombardant les propriétaires de questions. Elle l'avait sans doute senti, ce qui avait décuplé son agitation.

Je demeurai quelques secondes sur le parvis, où un artiste dérangé avait installé des bancs en forme de briques Lego géantes. Certes, Saint-Étienne respirait davantage que Grenoble. L'angoisse qui m'étreignit n'était pas la terreur qui frappa Gudsonn à Kuala Lumpur, Mexico ou Lagos, devant les courbes de croissance à deux chiffres de ces villes-mondes, leur expansion fibonaccienne, leurs empilements sans fin. C'était un sentiment plus ténu, plus français. Celui de l'ennui qui vous guette à chaque coin de rue, et vous étrangle doucement. Tout n'était qu'une question de perspective, pourtant : au XIXe siècle, à la vue de Saint-Étienne, de ses crassiers et de ses immeubles borgnes, une jeune fille débarquant de Saint-Chamond aurait peut-être esquissé un rapide signe de croix. Pour le comprendre, il fallait endosser la vision gudsonnienne de la ville. Elle était symbolique, et tirait sa force de ce qu'elle n'était pas tempérée par des notions d'échelle. Sous sa plume, toute ville était un dérèglement. Toute cité, l'œuvre de l'Ange de la ville.

Près d'un parking Vinci, je repérai le car, dont le numéro correspondait à celui indiqué sur la « feuille de route » envoyée sur ma boîte mail par Jacqueline Mattemont. Une demi-heure plus tard, il grimpait un paysage de basse montagne et de pâturages gras, sous un ciel plombé. Je m'étais assis à l'avant, près du chauffeur. Je m'assoupis. À mon réveil, quand je lui demandai si nous arrivions bientôt à Olliergues, il me jeta un rapide coup d'œil dans le rétroviseur intérieur.

— Vous allez chez les zinzins ? demanda-t-il.

Puis il lâcha un large sourire.

— Je rigole, je fais de la provoc. J'ai lu son bouquin, je dis pas que je suis d'accord sur tout, mais c'est une super mamie (et il leva le pouce, comme font les footballeurs et les présidents américains).

Nous traversâmes le village d'Olliergues. La Drôme était loin, mais j'appréciai le charme austère des maisons de pierre, massées au pied d'une forteresse. Je descendis à l'arrêt renseigné sur la feuille de route. Le coin était quasi désert, surveillé par des mélèzes dorés. Un panneau en bois indiquait la présence d'un producteur de miel de fleurs. Je suivis les indications du chauffeur et marchai sur le bord d'une petite route qui sinuait le long d'une rivière, au creux d'une vallée encaissée. Un 4×4 antédiluvien me dépassa, conduit par un vieil homme. Quinze minutes plus tard, j'aperçus le chalet de Jacqueline Mattemont. Il était adossé à un chemin de terre parallèle à la route, trente mètres au-dessus de celle-ci. Un atelier était en cours, autour d'une table de pique-nique, avec une demi-douzaine de participants. Lorsque Jacqueline Mattemont se leva pour me serrer dans ses bras, je fus frappé par la petite taille de la papesse du cru. Elle ne devait guère mesurer plus d'un mètre cinquante. Son visage de vieille squaw évoquait celui de Grand-Mère Feuillage, dans le dessin animé *Pocahontas*.

— Ne me regarde pas comme ça. Je ne vais pas te manger tout... cru.

Elle se retourna et fit un clin d'œil aux autres, qui se gondolèrent servilement. L'assemblée était constituée d'une majorité de femmes d'âge mûr. Il y avait aussi un jeune homme nerveux, et un sexagénaire buriné qui portait un anneau à l'oreille, à la Corto Maltese. Mattemont m'indiqua une place vide, sur un banc, à côté du corsaire.

— Écoute, prends l'atelier en cours. On t'installera après dans ta chambre.

L'homme à l'anneau me tendit la main :

— Patrice Émile, enchanté.

La discussion, ou plutôt les monologues de Mattemont roulaient sur l'opération des amygdales. Chacun devait s'exprimer et raconter s'il avait subi l'opération. La vieille femme parlait d'une voix ferme, les yeux mi-clos, les mots lui venaient facilement et il n'était pas difficile de deviner qu'elle les avait prononcés un millier de fois :

— Je le redis pour Rudy qui a manqué le début : pendant ce stage, nous allons nous concentrer sur les aspects nutritionnels. Mais très souvent, nous parlerons de vous : vos peurs, vos aspirations profondes. Ceux qui ont lu mes livres savent que chez moi, guérir s'écrit en deux mots : *gai-rire*. Renouer le fil du vivant est une attitude globale, holistique.

Puis elle se lança dans un long développement sur le diabète, qualifié de « fusée de détresse d'un corps qui réclame du vivant ». Contre cette pathologie, elle préconisait l'abandon des piqûres d'insuline. Je pensai à ma mère, qui était diabétique de type 2. Cesser un traitement contre une maladie mortelle : c'était le genre de conseil que dispensait Jacqueline Mattemont. Pour conclure, elle nota que les grands singes se passaient sans dommage de protéines.

— La vieille guenon que je suis ne fait pas autrement (rires, à nouveau). Je mange jusqu'à sept melons par jour, ajouta-t-elle.

Certains prenaient des notes, l'air appliqué de ceux qui reprennent des études sur le tard. Patrice Émile se fit réexpliquer le jeu de mots « gai-rire », avant de le noter en hochant la tête.

— Attention, ne prenez pas trop de notes, ça ferait de vous les complices d'une dangereuse dérive sectaire, rigola la vieille dame.

Quelques pouffements. Apparemment, tous étaient parfaitement informés des ennuis judiciaires de la *papesse du vivant*, et ils avaient pris résolument son parti. Un stagiaire se vit sommer d'éteindre son téléphone portable.

La nuit tomba.

— Je le répète pour Rudy qui a loupé le début. Pendant tout le séjour, vous aurez la possibilité de demander un entretien personnalisé, pour évoquer votre parcours, vos questions, vos doutes.

Une quadragénaire aux yeux tombants demanda un entretien. Je me raclai la gorge et expliquai que je souhaitais m'inscrire aussi à une séance personnalisée, comptant sur cette entrevue pour essayer de l'interroger sur Gudsonn. Jacqueline Mattemont hocha la tête, l'air d'apprécier ce qui dénotait une belle motivation. Elle m'indiqua un créneau horaire, le surlendemain – ceux du lendemain étaient déjà réservés. Elle se leva et prit congé, après un coup d'œil au ciel. La Voie lactée était bien visible.

— Nous aurons un très beau ciel, ce soir. Ceux qui veulent rester, vous pourrez vous mettre sous la protection du Verseau.

Certains s'arrachèrent à regret de la table, en frissonnant, comme s'ils s'apercevaient seulement du froid. Ils parlaient peu. Ils étaient encore engourdis, occupés à digérer le flot de paroles de la maîtresse des lieux. Patrice Émile me proposa de partager sa chambre. Le chalet était modeste, les murs recouverts par des panneaux en préfini, qui imitaient un chêne sombre. Le long couloir, qui distribuait une demi-douzaine de chambres, était mal éclairé. Près de la cuisine, une odeur de brocoli me prit à la gorge. Les lieux remuèrent la vase de vieux souvenirs, qui avaient stagné longtemps dans les profondeurs : une classe de neige organisée par l'UCPA, à Serre Chevalier. Ma mère m'y avait envoyé à l'âge de huit ans, pour m'extirper de l'ennui du petit appartement lyonnais. Je ne savais pas skier et portais des guêtres rouges sur mon jean, qui s'était retrouvé trempé à la première chute. Tous les autres gosses avaient une combinaison.

Dans la chambre, je sentis mon cœur se serrer. Patrice Émile me demanda comment j'étais arrivé ici. Je bafouillai une platitude à propos d'un « besoin de vivre autre chose ». J'essayai de mentir le moins possible en évoquant une dépression (de fait, j'en avais bien traversé une, quelques mois plus tôt). Nous parlions assis sur nos lits respectifs, comme des taulards.

— Et toi, tu viens depuis longtemps ?

Patrice Émile avait eu une vie d'errance. « Les vendanges en septembre, la cueillette des fruits, les marchés ici ou là. » Comment se payait-il un stage à 600 euros la semaine ? Je lui posai la question. « J'ai bossé sur un thonier, avec des Gitans. On embarque à Sète, on peut se faire 20 000 balles en trois mois. Seulement, le travail est très, très dur. » Il avait eu un enfant mais il ne l'avait pas vu depuis longtemps. Je lui demandai comment il avait connu Jacqueline Mattemont.

— J'avais trouvé un de ses livres dans un lavomatique, où des gens abandonnaient leurs bouquins d'occasion. J'ai eu un déclic. J'ai compris que je ne respectais pas mon corps. Et Jacqueline croit en Jésus. Je crois en Jésus. Et toi, tu crois en Jésus ?

— Je pense qu'il a existé, oui, répondis-je prudemment.

— Tu ne crois pas qu'il est mort et ressuscité ?

— Je ne sais pas trop. Il faudrait voir. J'ai lu un article, dans *Géo*, sur le linceul de Turin. C'est assez troublant. Du coup, je me pose des questions.

— Ah ! Tu es un chercheur. Nous sommes tous des chercheurs. *Todos somos investigadores*, dit-il en parlant brusquement espagnol, sans raison particulière.

Il changea de sujet et embraya sur Mano Solo, dont il appréciait les mélodies, puis il se tut. J'en profitai pour installer mes affaires dans le placard, sur une étagère laissée libre. Au moment où j'éteignis ma lampe de chevet, mon camarade de chambrée se mit à parler à nouveau. Il raconta, comme pour lui-même, quelques épisodes de sa vie. Des histoires de paie jamais versée, de jugement d'expulsion, d'avocat manipulateur, de vignobles, et d'une agression mystérieuse, qui s'apparentait à un viol. Je le laissai parler. Il avait vécu une vie solitaire, et il lui fallait la raconter pour s'assurer que toutes ces choses avaient bien existé. Soudain il marqua une pause, et quelques secondes s'écoulèrent en silence. Lorsqu'il reprit son récit, le ton avait changé. Il racontait une histoire qui n'était pas triste, du moins qu'il associait, lui, à un sentiment de bonheur. C'était le seul boulot stable qu'il ait eu, dans une déchetterie, près de Dijon. Il se tenait devant une guérite et il demandait aux gens ce qu'ils apportaient. Les gens lui répondaient, et il les dirigeait : « Bac trois pour les métaux, bac quatre pour les gravats, sept pour le mobilier usagé. » Avec les habitués, il se contentait des numéros : « Trois, deux, cinq. » Puis, d'un geste, il leur faisait signe de rouler. Il aimait les petits utilitaires, les particuliers ou les fins de chantier, avec un foutoir qu'il fallait trier, où son expertise était sollicitée avec respect. Il ne détestait pas recaler un peu, comme un videur de boîte de nuit : « Nous n'acceptons pas la laine de roche », « Pas de polystyrène ici ». L'idée que les matériaux soient dirigés dans les bennes appropriées lui plaisait. À l'entendre, les autres membres de l'équipe étaient des brutes cupides, qui refourguaient des métaux aux ferrailleurs contre un peu de liquide, des gens sans foi ni loi, qui ne voyaient pas d'inconvénients à ce qu'on jette une planche en bois dans le bac de gravats. Patrice Émile faisait son travail très scrupuleusement, avec plaisir. Il avait l'impression de diriger une gare de triage et d'organiser des flux, d'être un maître de ballet ou un aiguilleur du ciel, et les camionnettes et les camions obéissaient à ces chiffres qu'il déclinait sans une seconde d'hésitation : « Pots de peinture souillés, six ; caoutchouc, sept. » Pourquoi il avait quitté cet emploi qui lui plaisait tant, ce n'était pas clair. Il s'était disputé avec les autres salariés ou bien la déchetterie avait fermé, c'était difficile de savoir et je n'osai pas lui demander. La vie ne l'avait pas épargné, et pourtant il croyait en Jésus. Il a raconté la déchetterie et il s'est endormi. Peut-être qu'il rêvait au ballet des utilitaires, et se couchait chaque nuit sur ce souvenir heureux.

Un peu après minuit, je me levai pour aller pisser. Le couloir était plongé dans le noir. En sortant des toilettes, je faillis percuter un grand type, qui marmonna des paroles incompréhensibles, et poursuivit son chemin vers le rez-de-chaussée. Je sentis que je devais partir rapidement. J'avais peur de m'habituer à l'odeur du brocoli, d'être aspiré dans cette vallée paumée. Je craignais qu'on me force à abandonner les protéines pour m'affaiblir, jusqu'à ce que je sois incapable de me traîner dehors, gagner l'arrêt de car, et m'enfuir. À mon tour, je m'endormis.

*

En attendant mon entretien personnalisé, je n'eus d'autre choix que de participer au stage. Le temps s'était rafraîchi et les ateliers avaient lieu dans la « salle de vie ». Jacqueline Mattemont s'accroupissait près de la cheminée, qu'elle tisonnait en nous parlant. Luce, une femme grisonnante qui portait un casque de vélo (« à cause des chutes »), se tenait près d'elle. Elle était une habituée, elle-même naturopathe. Elle complétait les phrases de Mattemont et entonnait, à intervalles réguliers, le slogan du stage : « Bienvenue chez les vivants. » À sa droite, la pétillante Irène souffrait d'un cancer : elle expliqua que tout avait changé lorsqu'elle avait décidé d'accueillir la maladie dans la joie. Au repas de midi, je me forçai à boire un jus lactofermenté, et grignotai un méli-mélo de légumes crus.

Entre deux ateliers, je me promenais avec Patrice Émile. J'aimais cet homme au visage doux de vieux rocker. Il avait l'air de ces gars qu'on trouve dans certains bars du Finistère Nord, en train de draguer la serveuse, qui ont fait la Route du Rhum sans quitter le plancher des vaches. Le visage marqué, empreint d'une noblesse mélancolique. Sauf qu'en l'espèce, Patrice Émile n'avait jamais mis les pieds en Bretagne. Il venait du Berry. N'empêche, j'aimais ces types-là. Il commentait les arbres, qu'il connaissait par cœur, héritage de huit mois passés dans une scierie, dans les Ardennes. Il m'expliqua les différences qui permettaient de distinguer un Douglas d'un mélèze ou d'un épicéa : couleur, silhouette, forme des épines, plates ou rondes. Je repensai à l'angoisse qui m'avait étreint, dans la forêt, sur l'île d'Osterøy, près de la cabane de Gudsonn. Je lui demandai si les arbres parlaient.

— Bien sûr. Grâce à leurs racines, qui diffusent des impulsions électriques. De cette façon, un arbre peut alerter son voisin s'il est attaqué par des insectes. Celui-ci pourra produire un suc amer, qui rendra ses feuilles immangeables.

Moi, je n'y connaissais rien : seulement qu'il faut prendre des sapins de variété Nordmann, chez Jardiland, qui n'ont pas d'odeur mais dont les épines tiennent jusqu'à Noël. Un jour, ma mère s'était rabattue sur un épicéa : moins cher, mais nu comme un ver après deux semaines. Un squelette d'arbre qui rendait l'ambiance plus lugubre encore, au moment de fêter Noël. Je le racontai à Patrice Émile qui rit de bon cœur. L'instant d'après, son regard se voila.

— Le principal, c'est que tu ne l'as pas fêté tout seul... Tu as une famille, toi. Et puis, les épicéas, ça embaume. Contrairement à tes Nordmann.

Entre deux paroles de sagesse, il déblatérait des conneries grosses comme le monde. Il était platiste, croyait à la cinquième dimension. Je pensai à ma mère, et me dis qu'ils se seraient bien entendus. Je m'en voulais un peu de lui mentir, en dissimulant ma qualité de journaliste. Et j'aurais voulu le mettre en garde. J'évoquai, sur le ton de la plaisanterie, les accusations qui pesaient sur Mattemont. Il posa sur moi son regard doux.

— Qu'ils viennent l'arrêter. On les attendra avec des cocktails Molotov... Les flics, l'État... Ce sont les mêmes qui ont voulu nous génocider, avec leurs vaccins obligatoires.

*

L'entretien personnalisé coûtait 135 euros. Jacqueline Mattemont insista sur un paiement rapide, parce qu'elle n'avait pas l'âme d'une comptable, et qu'elle était bien obligée de récolter des fonds, pour louer les lieux. À l'écouter, les stages lui coûtaient plus qu'ils ne lui rapportaient. Elle les organisait par sens du devoir, parce qu'elle voulait garder une pratique de terrain.

— Si je n'avais pas la passion des gens, je me contenterais de vivre ma vie pépère, avec les revenus de mes livres et de ma chaîne YouTube.

Nous nous étions installés autour d'une table, dans la salle de vie recouverte de panneaux de bois clair. Une belle lumière, recueillie par une des cinq fenêtres, dessinait un trapèze sur la toile cirée. Mattemont posa une mini-enceinte Sony, en forme d'œuf, et trifouilla son iPhone. Bientôt, un bruit de ressac emplit la pièce, accompagné de cris de mouettes. Nous fîmes quelques mouvements de poignets, pour nous relaxer. Sans obscurité, la mise en scène était plutôt gênante. Je tentai de me concentrer sur le seul élément de décoration de la pièce : un poster grand format, sous verre, qui représentait une vue aérienne des volcans d'Auvergne, avec le slogan : « VULCANIA – QUE COMMENCE L'AVENTURE ! » J'avais vaguement entendu parler du parc, voulu par Valéry Giscard d'Estaing, et croyais me souvenir qu'un de nos journalistes avait fait un reportage dessus : Abdelkrim ? Cédric lui-même ? Je ne me le rappelais plus.

Mattemont me posait des questions et notait les réponses sur un cahier Clairefontaine. J'essayais d'utiliser les terminologies crudistes que j'avais trouvées dans son bouquin, feuilleté chez ma mère. À nouveau, je m'efforçai de mentir le moins possible.

— Je suis un viandard. Je n'arrive pas à décrocher. Je dors mal. Je suis déprimé.

Grand-Mère Feuillage prit les rênes de l'entretien. Elle monologuait en ne me lâchant pas des yeux. J'écoutais à peine la grand-mère qui parlait de régime, de l'« escroquerie de l'oncologie classique », de Big Pharma. Je pensais à ma mère, qui prétendait qu'elle continuait ses piqûres d'insuline. Il était difficile de savoir ce qu'il en était vraiment.

— Vous souffrez d'une carence de vivant, bien sûr. Mais également d'une carence spirituelle. Vous êtes comme un hamster qui tourne dans sa roue perpétuelle. Vous manquez d'amour.

Sur le dernier point, ce n'était pas mal vu, mais elle aurait pu dire cela d'à peu près dix millions d'individus de ma génération. C'était le bon vieux truc des voyantes ; l'effet Barnum, un biais cognitif vieux comme la manipulation. Le voyant assène des généralités, la vanité humaine fait le reste : il est agréable d'être cajolé, de se sentir *spécial*. La vieille peau me sortait par les yeux. Je m'efforçai de garder la tête froide, fis mon plus beau sourire et acquiesçai doucement. Il fallait prendre un risque, cependant. Je ne pouvais pas rester jusqu'à la fin du stage. J'allais me jeter à l'eau lorsqu'elle me tendit une perche.

— Comment est-ce que vous êtes venu à moi ? Je veux dire, comment en êtes-vous venu à lire mon livre ?

— Eh bien, je vous ai découverte sur YouTube. J'ai dit à une amie que j'hésitais à m'inscrire à un stage, et elle m'a dit que je croiserais peut-être Johannes Gudsonn, un des auteurs du rapport 21 ! C'est un livre qui a changé ma vie. Je veux dire : comme le vôtre, mais différemment. J'aurais voulu le lui dire, de vive voix.

Son regard vacilla imperceptiblement, avant de se stabiliser. Je m'efforçai de rester naturel. Il n'y avait rien à craindre : j'avais pris mes précautions, et m'étais inscrit au stage sous un faux patronyme. Je lus dans ses yeux une hésitation, puis une rapide délibération.

— En effet, j'ai accueilli cet homme il y a quelques années. Nous nous sommes rencontrés sur Internet, vers 2014 ou 2015. Je me souviens, c'était à l'époque des attentats.

— Pardonnez-moi, mais on ne peut pas s'empêcher de se poser la question : comment un scientifique norvégien rencontre Jacqueline Mattemont, la papesse du vivant ?

Elle gloussa, et se détendit un peu.

— Eh bien, cela s'est fait assez naturellement. J'étais inscrite à un site collaboratif visant à cartographier les lieux où convergent les réseaux géomagnétiques et les courants telluriques. Un Wikipédia alternatif, en quelque sorte ! Lorsqu'un lieu à fort taux vibratoire est repéré, nous en donnons les coordonnées GPS aux responsables du site, ainsi qu'une brève description des types d'énergie. Ceux-ci les intègrent à une carte, accessible à tous. En reliant ces points, nous dessinons des figures et mettons au jour de nouvelles géométries sacrées. C'est moi qui ai trouvé le Trou des Pierres Plates, mais aussi la Botte Noire, enfin pas mal de lieux dans le Puy-de-Dôme. Il faut dire que le coin est riche en énergies cosmotelluriques, ça ne vous a pas échappé. Je ne parle même pas des volcans. Vous trouverez ici les ruines du temple de Mercure, un des plus grands sanctuaires romains d'Occident, des dolmens, des mégalithes. Gudsonn, lui, était assez actif dans la Drôme. Il nous arrivait d'échanger, sur le forum. Nous avons fini par nous rencontrer, après deux années d'échanges.

— De quoi parliez-vous ?

— De géométrie sacrée, bien sûr. Mais aussi de spiritualité. Nous avions des divergences. Pour moi, nous sommes dans une phase de turbulence avant d'entrer dans l'ère du Verseau, une ère d'amour et de paix. Ses prédictions étaient plus sombres. Il semblait croire à l'avènement prochain d'un démon, nommé Ahriman... À une « bataille finale », où il aurait un rôle à jouer... Un rôle important. C'était un homme difficile, mais doté d'un magnétisme certain. Il avait eu des problèmes avec ses voisins, dans la Drôme. Je lui ai proposé de l'héberger, très naturellement. Il s'est installé ici pendant un moment.

Elle s'arrêta, gloussa.

— En tout bien tout honneur, je précise !

Je grimaçai un sourire. À son tour elle me regardait, en souriant.

— Tenez, j'ai quelque chose à vous montrer.

Elle se leva, sortit de la pièce. À présent, la petite enceinte diffusait des bruits de jungle (singes, toucans, perroquets, etc.). Jacqueline Mattemont revint à peine une minute plus tard, et me tendit une photo. C'était Gudsonn :

il posait, les bras le long du corps, devant le chalet. « Allure de mystique russe ou de marathonien », avait dit Shadi Bliss, répétant les mots d'un de ses amis qui avait croisé le mathématicien, à Bergen. J'aurais pu ajouter : d'héroïnomane, de saint ou de joueur d'échecs. Annie Kappa m'avait décrit un géant chevelu, un Gandalf du Nord. Au lieu de quoi je vis un visage glabre, un crâne rasé. Il portait une veste de jogging d'un violet agressif, liserée de blanc aux manches. Depuis son apparition à la télé danoise, en 1983, il s'était passé un changement notable : il était devenu vieux. La photo était assez nette, et je distinguai la peau tavelée de petites taches brunes, comme ceux qui ont passé leur vie en mer. Ses larges oreilles étaient un peu esquintées. Ses lèvres, autrefois fines, avaient disparu. Les yeux s'étaient enfoncés plus encore dans leurs orbites. Leur bleu était trop clair, et on ne voyait que les pupilles : deux pierres noires, qui luisaient dans leur coin d'ombre. La vieille squaw pouffa :

— Pour qu'il accepte d'être pris en photo, il fallait vous lever de bonne heure !

Je l'invitai à poursuivre, en m'excusant pour ma « vilaine curiosité ».

— Eh bien, il est resté deux ans. Vous savez, la maison est vide la plupart du temps. En dehors des stages, j'habite à Verbier, en Suisse.

— Quand je pense que j'aurais pu participer à un atelier avec lui…

— Non, les stages n'étaient pas trop son truc. C'est un garçon très intériorisé. Et je ne crois pas qu'il était intéressé par le manger cru. Je lui ai proposé de s'associer avec moi, pour m'aider à développer mon activité dans les pays scandinaves. Traduire mon site en norvégien. Il a refusé. Lui, il préférait explorer les environs. Et, d'une certaine façon, je ne peux pas lui en vouloir.

— Que voulez-vous dire ?

— Comme je viens de vous l'expliquer, le Puy-de-Dôme se trouve à l'intersection de nombreuses routes sacrées. Eh bien, dans cette région… spéciale, Olliergues est un lieu spécial. Je ne l'ai pas choisi par hasard. Nous nous trouvons sur une ligne droite qui court de Clermont-Ferrand, lieu de départ de la première croisade, jusqu'au temple de Salomon, en passant par l'île de Rhodes, appelée la Petite Jérusalem, ou l'île du Soleil. Comme j'aime à le dire, nous sommes « au croisé des chemins » ! Un lieu parfait pour faire le plein d'énergie haute et se nettoyer de l'intérieur. Peut-être avez-vous senti cette *vibe*, à votre arrivée. Eh bien, Johannes l'a sentie aussi. Seulement, avec Johannes, tout est dix fois plus intense. Il s'est senti appelé par ce lieu. Comment disait-il ? « Un endroit d'où partira le grand mouvement de libération de la Terre. »

Les bruits de jungle continuaient. Les petits singes : *houhouhouhouhahahahouhou*. Ma peau était sale, luisante. J'étais terrassé par une immense fatigue.

— Est-ce qu'il avait des projets… violents ?

— Croyez-vous que je laisserais entrer un homme violent dans ce chalet ? Le mouvement de libération dont me parlait Gudsonn était spirituel, monsieur (je notai qu'elle ne me donnait plus de « Rudy »). Il pensait que quelque chose devait avoir lieu, ici. Quelque chose d'important, pour le monde.

Un petit chien noir, blanc et fauve se faufila dans la pièce. C'était un genre de cocker, les oreilles frisottées, avec un air de marquis mélancolique.

— Petit-Nuage ! Veux-tu bien sortir, gronda Mattemont.

Je sursautai.

— Comment l'avez-vous appelé ?

— Petit-Nuage. Johannes avait perdu un chien, un grand noir, qui s'appelait Nuage, alors je lui ai offert celui-ci. Pour l'aider à faire son deuil. Quand Johannes est parti, il me l'a laissé.

— Parti où ?

Elle soupira, se leva, ouvrit la porte au chien qui sortit, la queue basse. Il aperçut quelque chose et se lança à sa poursuite. On l'entendit aboyer à nouveau, depuis les profondeurs du chalet.

— Excusez-le. Il adore chasser les souris. Il y en a plein la cave.

J'insistai :

— Parti où ? Pourquoi Gudsonn est-il parti, encore ? Pourquoi ?

Je m'étais emporté, et Mattemont me jeta un regard en biais.

J'ajoutai, à voix basse :

— Je veux dire, c'est quand même étonnant !

— Je ne sais pas. Je suis revenue au chalet, après un séjour en Suisse, et il n'était plus là. Il avait décampé. Il possédait un don médiumnique :

peut-être a-t-il reçu des instructions. Le fait est que nos chemins se sont séparés, il y a six ans, en 2017. Je ne l'ai plus jamais revu. Mais vous n'êtes pas venu à mon stage pour me parler de M. Gudsonn, n'est-ce pas ?

*

J'étais rompu, écœuré. Je montai dans ma chambre, et séchai l'atelier sur « la réalisation de soi ». Mon instinct journalistique, ou plutôt un voyeurisme morbide, me poussait à rester un peu à Olliergues – comme ce confrère qui s'enquillait trois heures quotidiennes de vidéos complotistes, sous prétexte qu'elles constituent une « mine à ciel ouvert », pour un journaliste. Cependant j'étais las, dégoûté de ces visages tristes, ces pauvres hères abusés par une vieille femme cynique. Une grande fatigue se lisait dans leur enthousiasme forcé, leurs formules creuses. Ils vous touchaient l'épaule à tout bout de champ, sans cesser de sourire. Ils ne se plaignaient pas, mais il était difficile de les trouver courageux : ils avaient renoncé, complètement. Ils se laissaient dériver, bercés par la vieille. Le tableau de Munch, la femme vampire, me revint en mémoire. Jacqueline Mattemont privait ses adeptes de protéines et semblait plus forte à mesure qu'ils dépérissaient, eux. Je me promis qu'à mon retour je vérifierais que ma mère s'administrait bien ses piqûres d'insuline.

Je partis le lendemain, aux aurores. Avant de quitter la chambre, j'avais griffonné un petit mot à l'intention de Patrice Émile, et le posai sur mon lit : *Merci pour la leçon sur les arbres. Prends soin de toi, camarade*. Je l'abandonnais, mais que pouvais-je faire ? Il était majeur – quoique non vacciné.

VII

LES HIPPOPOTAMES DE PABLO ESCOBAR

« J'ai lu sur Internet que Keri-oth s'est suicidé. Judas a eu des remords, finalement. Il a ressenti la brûlure de la honte et d'un coup les trente pièces d'argent pesaient trop lourd, dans sa poche. »

Johannes Gudsonn. Soldat de l'invisible,
par Johannes GUDSONN,
non daté

1

C'est Pérouel qui m'apprit le suicide de Quérillot, à mon retour à Paris. Il m'avait transféré un lien vers un article relatant le décès, suivi de deux émoticônes, l'une figurant une pierre tombale et l'autre, une tête décomposée singeant *Le Cri* de Munch. Il s'était souvenu que je devais interviewer le pédégé. Certes, j'avais beaucoup espéré de l'interview d'un homme qui ne s'était pas privé d'égratigner les Dundee dans la presse. Un homme amer, à la langue bien pendue. J'avais cessé d'y croire, cependant, quand son secrétariat avait reporté notre rendez-vous *sine die*.

Je me replongeai dans les quelques articles sur son compte que j'avais imprimés au début de mon enquête. Dans un portrait publié au début des années 1980 dans *L'Usine nouvelle*, Quérillot bombait le torse, faisait le beau. Le journaliste le présentait comme un pur produit de l'establishment français, rejeton d'une lignée de bêtes à concours, des gens pour lesquels il n'y a guère de salut en dehors de l'École polytechnique.

Avec son bronzage orangé, il n'avait pas l'air très sympathique. D'un autre côté il était difficile de ne pas éprouver de la pitié pour quelqu'un qui se supprimait. Enfant, quand j'allais au catéchisme, j'avais toujours pensé que la figure de Judas l'Iscariote, qui se pend après avoir trahi Jésus, était largement rachetée par ce geste fatal, par ce qu'il racontait de remords brûlants, d'atroce culpabilité. Il avait agi « en conséquence », même si du point de vue chrétien il avait commis une abomination supérieure, l'insulte suprême contre Dieu consistant à désespérer du Salut.

Pérouel m'avait donné quelques détails. Quérillot s'était jeté du toit-terrasse de la tour Total, l'ancienne tour Elf – celle-là même où il avait travaillé à partir de 1985, avant de créer sa société. Deux annonces avaient été publiées, l'une dans *Le Monde*, l'autre dans *Le Figaro* ; quelques lignes très simples, une citation de René Char, la date de la cérémonie et sa promotion de Polytechnique, c'était plutôt sobre compte tenu de l'impressionnant pedigree de Quérillot, ses auteurs avaient fait l'économie de l'étalage de titres que l'on trouve souvent dans de telles circonstances, la vanité surgissant au moment où la mort lui inflige sa plus cinglante défaite. Au milieu des formules d'usage, la nécro contenait une curieuse mention, invitant les lecteurs à venir se recueillir autour de Carlos et Noémie, « qui se sont partagé son cœur ». Les obsèques avaient lieu au funérarium du cimetière de Suresnes. Je décidai de m'y rendre car elles étaient toujours l'occasion d'un portrait du défunt et surtout le moment où ressurgissent, parfois, les figures du passé : les anciens rivaux, les amis de la prime enfance, les collègues d'autrefois – et je me pris à rêver de voir apparaître la haute silhouette de Gudsonn dans les allées verdoyantes du cimetière, vêtu d'une salopette informe, la bouche tordue, pleine de malédictions. Le jour J, j'enfilai un costume sombre, pris le bus, puis le tramway, et descendis à l'arrêt Suresnes - Longchamp. Je pénétrai dans le cimetière par l'entrée nord. J'avisai une petite troupe clairsemée et m'y mêlai, l'air pénétré et recueilli, avant de m'apercevoir que c'était un ancien chirurgien que l'on pleurait là. Un employé du cimetière m'informa que les obsèques Quérillot avaient déjà commencé dans la salle en sous-sol du funérarium. Je suivis ses indications et empruntai un escalier monumental qui distribuait une salle longue et étroite, ultramoderne, gradinée et très basse de plafond, au pied de laquelle un cercueil était disposé sur des tréteaux en bois clair. Une photo de Quérillot était posée sur un chevalet. La salle était pleine. Au premier rang, une femme d'une soixantaine d'années avait la tête écrasée contre l'épaule d'un vieux playboy à la peau sombre. Se rendre à un enterrement pour les besoins d'un reportage était une démarche douteuse ; dans un accès de paranoïa, j'eus la sensation que les regards qui se posèrent sur moi étaient hostiles, que tous savaient. Évidemment, aucune trace du Norvégien.

La cérémonie était parfaitement laïque, une célébration sans dieu : la mort s'y montrait dans toute sa nudité. Un siècle plus tôt, des funérailles sans prêtre lui auraient de toute façon été imposées : car alors l'Église privait d'enterrement les suicidés. Les orateurs se succédèrent. Un des anciens collaborateurs de Quérillot lut un hommage à l'alliance rare « du savant et du capitaine » qui coexistaient chez son ancien patron. Les qualités humaines du meneur, autant que la fulgurance de ses intuitions, furent mises en avant. Je me reportais régulièrement à la photographie posée sur le chevalet pour tenter d'en lire la confirmation sur le visage du défunt, immortalisé à la quarantaine. Ses proches l'avaient bien choisie : il portait beau, cheveu lustré et sourire charmeur à la John Fitzgerald Kennedy. Je crus toutefois déceler, à quelques détails, les signes discrets du travail souterrain qui conduirait trente ans plus tard à l'effondrement de son visage, et le transformerait en cette orque goitreuse que j'avais vue sur une page du site Purepeople : traits empâtés, bouche molle grimaçant un sourire comme on installe un néon, pour faire diversion, et dissimuler la façade déchue d'un vieux bordel. Étais-je victime d'une illusion rétrospective ? En vérité, ces signes étaient minuscules : un pli au coin des lèvres, une paupière qui se décollait à peine. Mais qu'on s'y attache, et il n'y avait plus qu'eux. Cette hésitation de sa physionomie, avant la chute, ce travail à bas bruit du temps, qui œuvre comme un sapeur, patientant avant de dévoiler les pleins fruits de son action corruptrice, faisait du corps même de Quérillot l'incarnation du mal qui rongeait le monde, auquel Gudsonn avait donné plusieurs noms, l'Ange de la ville, Ahriman, la Bête, et dont le code génétique était inscrit en chiffre d'or dans la suite de Fibonacci. Le *bruit de l'effondrement* était ces discrets froissements : ceux des cales que l'on retire une à une sous les poutres de soutènement d'un palais richement paré et cependant fragile, tandis que les invités trinquent et font la queue leu leu dans la grand-salle. Seulement, Gudsonn se trompait : le diable ne se suicide pas, lui. Et s'il existait, s'il était ce mystificateur qui change de défroques au gré des siècles, pour semer ses poursuivants, choisissant tel ou tel pour lui servir de prête-nom, alors il n'aurait pas choisi Quérillot. Certes, je ne connaissais rien du patron de Systems. Peut-être son acte était-il le froid calcul de celui qui, se sachant malade, s'épargne quelques mois de tourments inutiles. Peut-être avait-il raisonné en dynamicien des systèmes, considérant un cancer trop tard diagnostiqué comme un morne enchaînement de boucles de rétroaction à la Stoddard : le patient subit une chimiothérapie, qui l'affaiblit en retour, il attrape des infections, il faut suspendre ou alléger la chimiothérapie et le cancer repart, et ce jusqu'au terme : la métastase et le flambage des marqueurs. Je voulais croire, moi, que l'affaire était plus compliquée, et que choisir de se jeter d'une certaine tour, appartenant à une certaine entreprise pétrolière, était hautement symbolique. Quérillot, se jetant de cette tour-là, dans ce quartier de la Défense aux insolents beffrois, nous signifiait quelque chose. Peut-être, d'ailleurs, l'homme d'affaires tenait-il serré dans sa poche un petit papier, plié en quatre, envoyé depuis un obscur bureau de poste d'Auvergne, du Pérou ou d'Australie, sur lequel un ange de l'Apocalypse aux traits émaciés et aux orbites profondes avait dessiné, de ses grandes pattes de trappeur nordique, un petit coquillage joli.

*

Je sursautai. Je m'étais assoupi, pris dans une controverse imaginaire où je donnais la réplique à Gudsonn, contrefaisant sa voix et lui répondant, tour à tour. J'enquêtais sur lui depuis un mois, et malgré le halo opaque autour de sa personne il était devenu une figure familière, dont je commençais à saisir le style singulier. Dans la salle, la cérémonie suivait son cours. Un orateur, ancien bras droit du défunt, quinquagénaire chétif aux yeux fendus de guerrier mongol, se lança dans la rétrospective des aventures entrepreneuriales de Quérillot. Il parsemait son récit d'une débauche de détails techniques un peu déplacée, au point qu'il était permis de se demander si ce n'était pas d'une personne morale, la société Systems, qu'il faisait l'oraison. L'ex-collaborateur lisait son texte d'une voix morne ; il souligna le choix de Quérillot d'avoir privilégié « la croissance interne à celle, plus artificielle, que produisent les opérations de croissance externes sans réelle synergie ». L'émotion fut plus vive lorsque l'animateur de la cérémonie, sorte de Julien Lepers de la mort, se détacha d'un rideau pourpre pour annoncer que l'épouse du défunt allait lire un poème à deux voix avec un « ami proche », qui se révéla être le playboy cubain, l'ex-compagnon du patron. Le texte, accompagné d'un morceau de harpe, était insoutenable : il racontait l'absence sans consolation possible, le sentiment que peuvent ressentir ceux qui restent d'avoir été abandonnés. Quelques personnes sanglotaient ; difficile de savoir si elles pleuraient Quérillot, ou leurs propres morts, ou leur propre sort de condamnés ; un peu des trois, sans doute. La harpe poursuivit quelques minutes après les derniers mots du poème, puis se tut. L'animateur réapparut, sa voix onctueuse et basse, d'une courtoisie presque irréelle, légèrement altérée – une voix qui le prédestinait à cette profession. On l'avait sollicité pour une prise de parole non prévue au programme, lequel devait se dérouler sans accroc et avait été préparé avec un soin scrupuleux pour accueillir la douleur, afin que la douleur puisse s'y lover dans un nid aménagé spécialement ; ce programme, donc, était bousculé de façon scandaleuse et non professionnelle, semblait-il penser, et néanmoins il allait ménager quelques minutes à cette personne qui se réveillait au dernier moment. Il annonça Mildred Dundee, une ancienne collègue.

Mildred Dundee, l'icône, la taulière, la veuve de l'Utah.

Une petite mamie tassée et sèche s'engagea dans la travée centrale et trotta jusqu'au pupitre, dans un silence curieux et ému (il était communément admis que les connaissances de la « première vie » du défunt étaient détentrices d'une vérité plus grande, ce qui était très contestable). La veuve Dundee était gaulée comme une momie : on eût dit que son corps avait rendu toute son eau. Et cependant elle avait l'air énergique. Je ne m'étais pas attendu à la voir débarquer : Bart Jr Peabody, l'éditeur américain, m'avait raconté que Quérillot n'avait pas assisté à l'enterrement de Eugene Dundee, que leurs relations s'étaient distendues. Une voix vibrante, pleine, s'échappa de cet amas de brindilles sèches. Elle lut un texte en français : « Paul, je ne t'ai pas vu depuis quinze ans. Et à *pwésent*, tu me fais *pwendre* l'avion pour la *pwemière* fois depuis un quart de siècle. » Des rires fusèrent : on lui sut gré d'éloigner un peu le spectre de la mort. Elle rappela qu'il y avait un autre Paul que les précédents discours n'avaient pas évoqué (« *No offense* », dit-elle avec un sourire gentil au collaborateur qui avait égrené, en guise d'oraison funèbre, les chiffres de croissance du groupe).

Son nom circulait, à voix basse, sur les bancs. Tous, sentis-je, craignaient et espéraient ce que l'Américaine allait dire, leur intérêt allumé par ces mots (« un autre Paul ») où menaçaient la provocation et l'impertinence, mais aussi la vie ; Mildred Dundee allait-elle révéler quelque chose d'énorme, allait-elle révéler qu'ils s'étaient aimés, autrefois, ou bien qu'il lui avait destiné ses derniers mots, avant d'en finir ? Je réalisai que certains étaient peut-être venus à l'enterrement en espérant que les discours leur donneraient des *clés* pour comprendre le geste de Quérillot.

Mildred Dundee se contenta de dire que Paul avait participé à un travail important, à ses côtés, et que son nom serait à jamais associé au rapport 21 (« Certains d'entre vous s'en souviennent peut-être », sourit-elle, avec une ironie discrète que je crus destinée aux anciens cadres du pétrolier français, qui squattaient les premiers rangs). Elle ne s'embarrassa pas de fausse modestie et déclara qu'il s'agissait tout bonnement du travail scientifique le plus important des cinquante dernières années, et que Quérillot avait partagé avec eux cette lourde responsabilité, même s'il avait décidé de se mettre en retrait et de se consacrer à sa carrière dans le secteur privé. Mildred baissa la voix d'un ton et s'adressa au cercueil en disant : « Au revoir, Paul, à présent nous ne sommes plus que deux rescapés de l'aventure. » En prononçant ce chiffre, deux, elle jeta un regard timide vers la salle, balayant les rangs serrés de l'assistance. Un regard qui cherchait quelqu'un.

*

En traînant un peu devant le funérarium, après la cérémonie, j'appris qu'un verre était organisé dans une brasserie du quartier, privatisée pour l'occasion. Près d'un bac à fleurs, la veuve Quérillot discutait avec la veuve Dundee.

L'Américaine était accompagnée d'un homme d'une trentaine d'années, qui lui tenait le bras ; il devait mesurer un mètre quatre-vingt-dix, avec des traits enfantins, emprunté dans son blazer bleu marine. Mildred Dundee déclara à voix haute qu'elle comptait bien trinquer à la mémoire de Quérillot. Je filai de loin leur petit groupe. Devant la mairie de Suresnes, ils entrèrent dans une brasserie. Je leur emboîtai le pas. Des bouteilles de chassagne-montrachet avaient été disposées sur une table. Déjà, les ténèbres s'étaient éloignées ; loin du mort, on respirait mieux. Quelques personnes riaient franchement. Je profitai que Mildred Dundee fût seule, perplexe, devant un ramequin de bouchées aux crevettes, et m'approchai.

— Rudy Merlin, enchanté.

— *Nice to meet you*.

— Vous êtes Mildred Dundee, poursuivis-je en anglais. J'ai dévoré le rapport 21. C'est mon livre de chevet.

— Vous connaissiez Paul ? demanda-t-elle brutalement.

— Oui. Disons que je le connaissais plus qu'il ne me connaissait.

— Paul n'était pas un type gentil. C'était un mercenaire, sans foi ni loi.

— Il devait avoir ses fragilités, pourtant, hasardai-je, dans une allusion, que je crus pudique, à son suicide.

— Il s'est tué parce qu'il se savait condamné, c'est tout. Sa veuve me l'a dit elle-même, à l'instant. Du reste, j'imaginais quelque chose de ce genre.

— Vous n'avez pas l'air de l'aimer beaucoup.

Elle me jeta un regard goguenard.

— Vous savez ce que Quérillot disait de moi ? « Mildred a été déniaisée deux fois en l'espace de quelques mois : une première fois de son optimisme excessif, en découvrant que le monde était fini ; une deuxième fois en découvrant que personne n'en avait rien à foutre. »

Je laissai un silence, puis parlai à voix très basse, en laissant flotter un doute sur la forme, assertive ou interrogative, de ce que j'avançais :

— Vous ne lui avez pas pardonné parce qu'il n'est pas allé à l'enterrement de votre mari.

— Qu'est-ce que vous êtes, un journaliste ? D'ailleurs, je m'en fiche. Vous êtes sûrement renseigné, mais vous êtes mal renseigné. Je n'en veux pas à Paul. Il fait partie des êtres qui n'aimaient pas s'emmerder avec les malheurs des autres, la tristesse des autres. C'était un lâche, d'une certaine façon. Il y a des gens comme ça, qui ne parviennent jamais à apprivoiser la mort, même un tout petit peu.

Je savais quand un individu était mûr, prêt à s'épancher. Le chassagne-montrachet, le cercueil : tout cela créait un environnement favorable. Le colosse au blazer s'approcha. Il tira l'Américaine par la manche, en me regardant de travers : « *Com'on, Mum. Let's go.* » Il n'y aurait pas d'autre occasion. Je dis, en criant presque :

— Il y en a un, dans votre bande, qui est un vrai mystère : c'est Gudsonn.

Mildred enfonça ses yeux dans les miens. Il me sembla qu'elle fouillait à l'intérieur de moi avec une frontale. Son fils la tira par le bras, son regard sur moi.

— *Taxi is here.*

Elle se dégagea avec autorité. Elle cingla, dans son anglais tranchant :

— Je t'y rejoins dans deux minutes.

Il s'éloigna, et se retourna plusieurs fois pour nous observer, soupçonneux. Elle non plus ne me lâchait pas des yeux. Elle semblait évaluer si je valais le coup. Le nom du Norvégien avait atteint quelque chose d'enfoui, quelque part. Je soutins son regard. Elle parla très vite, à voix basse, toujours en anglais, de sa voix tranchante.

— Je rèpars demain. Venez ce soir, à 18 heures, au Novotel de la porte Maillot.

2

À l'heure dite, je me présentai dans le hall de l'hôtel. Mildred se trouvait dans un fauteuil, près de la baie vitrée, et feuilletait un catalogue d'ameublement haut de gamme. Un poêle à granulés, imitant les vieux modèles en fonte, produisait un ronflement constant.

— Vous faites de très jolis meubles, en France.

J'acquiesçai poliment.

— Mon fils ne voulait pas que je vous voie. Il a peur que vous soyez un espion ou un agent du fisc. Il vote Donald Trump, il pense que Joe Biden est pédophile. *A pedo*. Et pourtant, il est très engagé pour une agriculture sociale et solidaire. Quand je lui dis que ça n'a aucun sens, il hausse les épaules, et se met à marmonner des trucs. C'est un des traits saillants de cette époque : quand j'étais jeune, les opinions étaient rarement indissociables les unes des autres, elles constituaient des blocs. Dans nos milieux, militer contre la guerre du Vietnam supposait que l'on soit pour l'avortement et les droits des homosexuels, par exemple. Les trois sujets ne sont pas connectés, pourtant ils allaient de pair. En génétique – vous savez peut-être que j'ai une formation de biologiste –, on appelle ça l'effet pléiotropique. Aujourd'hui, c'est très différent. Les gens se fabriquent un édifice de croyances maison. Pour une vieille dame comme moi, c'est assez déstabilisant.

— Vous m'avez l'air en pleine forme, mentis-je.

Elle se racla la gorge. Visiblement, la veuve Dundee ne goûtait pas la flagornerie.

— J'ai envoyé Dan acheter des macarons, et je lui ai demandé de prendre un cadeau pour mon vieux copain, Ray Morsett. Il adore les puzzles. Je lui ai dit que je lui trouverais un puzzle à Paris. Un difficile, avec un paysage de ciel, des contours flous, *that kind of stuff*. Désolée, je parle beaucoup. Tout ça, c'est du bavardage de vieille dame, n'est-ce pas ? Parfois, je préfère parler de petites choses, pour oublier les grands problèmes. Vous savez qu'ils ont fait une mégaferme de porcs, dans une tour de vingt-six étages, en Chine ? À Ezhou. Ils l'ont surnommée « l'hôtel des porcs ». L'immeuble pourra accueillir six cent mille animaux. Il est équipé d'ascenseurs gigantesques. Vous imaginez ce truc ? Des porcs élevés au vingt-sixième étage d'un immeuble en béton dégueulasse. Les cochons qui errent dans des couloirs, sous des néons. Les cochons qui ne verront jamais la lumière du jour. Je regrette que Eugene ne soit plus là, parce qu'on aurait râlé ensemble, je lui aurais raconté cette chose et on aurait râlé, et on aurait ri aussi, un peu. Mais voilà, il est mort. Je vais vous dire une chose, monsieur Merlin, que je tiens de Paul – il m'avait écrit un mot à la mort de Eugene, je n'y ai jamais répondu mais il contenait cette phrase, qu'il tenait lui-même de son père : « La mort est une conversation interrompue. » C'est tout à fait ça. Vous poursuivez une discussion qui dure depuis quarante ans, et d'un coup, au milieu d'une phrase, paf, la personne n'est plus là, et vous, vous êtes comme une idiote, avec des choses que vous vouliez dire et qui vous restent sur les bras. Désolée, ça nous éloigne des porcs. Imaginez les portes qui s'ouvrent ou qui se ferment automatiquement, les porcs surveillés depuis un écran directionnel. Les porcs élevés pour les hommes et par les hommes, sans contacts avec les hommes. Cela dit, ne vous méprenez pas : je hais les cochons.

— Je croyais que vous en éleviez.

— J'en *élevais*. Aujourd'hui, je les hais. Je vais vous dire pourquoi. Comme vous êtes journaliste… (je protestai mollement). Si, si ! Vous êtes journaliste. Je l'ai senti tout de suite. Vous avez une façon de regarder les gens, comme un chien qu'on aurait affamé pendant un mois. Mais ça me va très bien. Comme vous êtes journaliste, vous vous êtes renseigné, et vous avez appris que Eugene est mort dans un accident de tracteur. Eh bien c'est faux. Ce n'est pas du tout ce qui s'est passé. Le tracteur, c'est une histoire pour la presse ! La vérité est qu'il est mort dans l'espace de vie des cochons. Il était monté sur la tranche du muret en béton, pour remplir les distributeurs de nourriture, et il est tombé dans le box, au milieu d'eux. Dans sa chute il a percuté un seau en métal, il a dû perdre brièvement connaissance, et...

Elle regarda le feu, fit une pause.

— Ils lui ont bouffé le visage, et les mains. Il s'est fait manger par ses porcs, monsieur. *The fucking pigs*. Les porcs pour qui il avait conçu un élevage soucieux de leur bien-être, avec de l'espace, un système de rations individuelles, des brosses de massage automatiques. Ils lui ont mangé la figure. Il semblerait qu'il ait repris connaissance, qu'il ait rampé pour leur échapper, avec la cage thoracique qui sifflait. Il a rampé, mais les cochons l'ont vu. Les cochons ne lui ont laissé aucune chance. Ça s'est passé dans le box n° 2, le premier à droite, dans notre hangar. Il y avait une truie dominatrice, Suzy. C'était sa préférée. On l'a retrouvée avec des morceaux de cervelle plein le groin. Sa Suzy. Ses cochons. Il leur faisait écouter de la musique, des valses de Strauss, des fugues de Liszt aussi. Mon Eugene. Il aimait tant Liszt, son extrême délicatesse. Mangé par ses cochons. Alors les cochons, vous comprenez... Les porcs dégueulasses. Je les hais. Et imaginer une tour remplie de cochons est une horreur pure et simple, à cause de la densité de cochons. Des cochons d'intérieur. Leur chair doit avoir un goût d'hôpital. Elle doit être caoutchouteuse. Notez que je n'ai aucune pitié pour eux. J'ai révisé ma vision du cochon. Et j'ai le sentiment d'avoir été dupée, parce que parfois j'avais cru voir quelque chose dans leur regard simple, sans malice. J'avais cru voir...

de l'amour. Mais l'amour est rarissime. Je suis revenue des porcs comme je suis revenue des hommes, vous voyez. D'ailleurs les hommes sont des porcs. Pensez aux choses infernales que nous construisons, aux visions infernales dont nous peuplons la Terre. Pensez à la ferme d'Ezhou. Et je sais que je devrais m'en foutre, après tout je n'habite pas à Ezhou, en Chine, personne ne me demande de vivre à l'ombre de cette tour hideuse. Seulement, les gens comme moi ont un problème : nous sommes personnellement affectés par trop de choses. Nous nous sentons débiteurs de toutes les souffrances du monde. Eugene… Eugene aurait haï l'immonde ferme d'Ezhou, mais peut-être qu'il lui aurait trouvé des qualités, qui sait. Sa verticalité. Un minimum d'occupation des sols pour un maximum de production. Préserver les sols, c'est une des clés, disait Eugene. L'habitat, les tours, les villes denses et verticales, telle est, paradoxalement, une des solutions. Limiter la surface bétonnée au sol en construisant des tours qui montent jusqu'aux nuages, disait Eugene. Alors, peut-être qu'il aurait trouvé des avantages à l'hôtel des porcs. Il aurait dit qu'il y avait quelque chose à apprendre du côté de l'ignoble projet concentrationnaire d'Ezhou. Eugene… Il me manque tellement. (Elle pleurait, à présent.) C'est mon fils qui l'a découvert. J'aurais tant voulu que… Mais c'est ainsi. C'est mon fils qui l'a vu en premier. Ça explique des choses, bien sûr. Il est déjà miraculeux qu'il puisse travailler. Après les obsèques, je crois que nous avons passé trois semaines sans nous parler. Nous nous croisions dans l'exploitation, mais nous nous évitions au maximum. La souffrance de l'autre était trop insupportable. Il n'avait que dix-sept ans, vous comprenez ? Nous flottions autour des choses. Nous étions presque morts, en fait. Moi, j'ai trouvé je ne sais où la force de vivre à nouveau. Mon caractère de tête de mule du Missouri. Mon fils. La postérité du rapport, le sentiment que j'ai un devoir vis-à-vis de tout ça. Dan n'a pas eu la force, lui. Il était trop jeune, trop dépendant de nous. Il est mort de chagrin, à l'intérieur. Il n'a plus vraiment de joie, et pourtant il continue à travailler, à faire les gestes que l'on demande de lui. Il n'en a jamais parlé à quiconque. Il dit que les psys pratiquent l'hypnose pour placer des capteurs sous la peau des patients. Pourquoi je vous dis ça ? Vous êtes intéressé par Gudsonn, n'est-ce pas ? Vous vous en foutez, de nous, de mon fils et de mon mari, c'est ça ?

À nouveau, j'ouvris la bouche pour protester. Elle m'arrêta, d'un geste de la main.

— Moi aussi, c'est Gudsonn qui m'intéresse. C'est pour lui que j'ai pris l'avion. Je me suis dit qu'il aurait pu apparaître, même si les chances étaient faibles. J'éprouve un besoin de le revoir, vous voyez. Lorsqu'on a vécu ce qu'on a vécu, et que les témoins disparaissent…

J'étais encore pénétré de l'horreur de ce récit, et cependant je sentis, puissante, la montée d'adrénaline. En journalisme, ce qui m'arrivait avait un nom : le moment de grâce. Le genre de moment qui faisait courir les professionnels comme Cédric, l'ivresse qu'ils cherchaient toute leur vie. Mon cœur battait à petits coups rapides. Il fallait agir très habilement, car la grâce pouvait s'envoler tout aussi bien. Ne rien laisser transparaître de mon excitation. Je fis semblant de pianoter sur mon téléphone, et actionnai la fonction d'enregistrement.

— Vous l'avez perdu de vue, vous aussi ?

— Gudsonn était un homme très singulier. La dernière fois que je l'ai vu, c'était à Berkeley, en 1974 ou en 1975, avant qu'il ne se fasse virer. Il avait beaucoup changé. Ce garçon qui avait conduit ses recherches de façon si... distante était devenu littéralement possédé. À l'époque, il avait même écrit une lettre au président Nixon, pour lui dire d'arrêter ses projets d'extraction pétrolière sur le sol américain, et de renoncer à la croissance économique.

— Comment expliquez-vous cela ?

— D'une certaine façon, Gudsonn, Eugene ont été parmi les premiers à faire l'expérience de l'anxiété que provoque la peur de l'effondrement. Au début, elle a été apaisée par le fait que nous étions des acteurs du changement. Nous avions écrit un livre sur notre découverte effrayante, et nous le promouvions. Cette sensation d'*être actif* est très importante. Moi, elle m'a apporté beaucoup de consolation. Toutefois, avec le temps, le sentiment d'effroi a repris le dessus. Eugene l'a pris de plein fouet. Je l'ai ressenti aussi, plus tôt, mais moins violemment. Eugene était un garçon fragile, vous savez. L'angoisse est venue un peu plus tard, et l'a submergé. Comme un deuil qui vous frappe avec un effet de retardement. C'est ce que lui a dit le psychologue, à l'époque. Je ne sais pas comment vous expliquer... Vous êtes sur une plage, face à la mer, et voyez des enfants qui se chamaillent autour d'un château de sable. Ils se disputent un seau ou une pelle et vous voyez une barre sombre qui se rapproche et devient un mur et vous voulez crier aux gens, vous voulez leur dire et ils ne vous entendent pas. Vous ressentez physiquement les limites de la nature. Voilà, c'est ça : vous éprouvez les limites. Tout devient obsédant. La bétonisation qui progresse comme une lèpre et vous savez que c'est un processus irréversible. L'assèchement des sous-sols et vous savez que c'est sans retour possible. Vous voyez les flux toujours plus serrés qui sont comme des tumeurs malignes autour d'un cœur et le cœur s'emballe, de plus en plus vite. Tout est changé. Plus rien n'est innocent. Derrière chaque objet il y a un parc de machines, des transports, une dépense d'énergie, et vous vous les représentez. Vous imaginez l'odyssée de chaque objet importé, le porte-conteneurs à Shanghai, la longue traversée, l'entrepôt à San Francisco, les camions qui foncent sur l'autoroute et à nouveau les entrepôts, et à nouveau les camions, jusqu'à l'hypermarché de merde. C'est une connaissance *et* une sensation. Vous devenez dingue, en fait, vous commencez à tout calculer, de façon obsessionnelle. Le spectacle d'un pavillon en construction vous serre le cœur parce que vous savez que c'est un énième acte d'occupation irréversible. C'est une invasion et un meurtre. Et les milliards de gestes de consommation et de production qui sont des meurtres sans coupable parce que personne n'est responsable du tableau d'ensemble, personne n'a pour projet personnel d'enlaidir le monde, encore moins de détruire la civilisation. Imaginez-vous. Imaginez-nous, en 1973. Vous êtes entouré de gens qui participent à détruire le monde, animés de la meilleure volonté, concentrés sur leur tâche, à la poursuite du bonheur pour les uns, essayant simplement de survivre pour les autres. Tous, sans connaissance de ce à quoi ils travaillent. Mais vous, vous voyez le tableau d'ensemble. C'est cela qu'ont permis Stoddard, la dynamique des systèmes, notre rapport : avoir une vue d'ensemble. Et chaque petit geste anodin devient une pièce du puzzle et le puzzle représente une décharge putrescente sur laquelle des enfants jouent avec un morceau de pneu, sous un soleil vert.

— Vous avez passé cinquante ans à crier dans le désert...

— Oui. C'était couru d'avance. Il aurait fallu... quelque chose comme un effort surhumain et un renoncement collectif. Et, très vite, vous savez que l'effort surhumain n'arrivera jamais. Pourtant, les machines qui alimentent cette frénésie finiront bien par s'arrêter, lorsqu'elles seront à sec, faute de sève, faute de carburant. Je me souviens de ce que me disait Eugene. Un jour, il a écrit un texte qui faisait très... pasteur mormon. Les gens ne le savaient pas, mais Eugene avait un côté très lyrique, parfois. Une éloquence sacerdotale, qui lui faisait écrire des choses assez étonnantes. Après sa mort, j'ai imprimé ce texte, pour le garder toujours avec moi. Je me suis promis que je le déclamerais à quelqu'un, un jour.

Elle rit :

— Il voulait le crier au mégaphone, lors d'une manif devant le siège d'ExxonMobil, à Dallas.

Elle tira un petit papier de son portefeuille, qu'elle déplia. Elle lut d'un trait, d'une voix calme, en articulant chaque mot :

— « Les Machines s'arrêteront brutalement, après un ultime toussotement. L'angoisse sera là, et les gens lèveront la tête et il se fera un grand silence, mais le silence sera celui qui précède les grands meurtres. Alors l'humanité subira les conséquences de la façon la plus brutale qui soit. L'humanité sera sevrée trop brutalement des Machines et de la sève des Machines, sans préparation. Elle ne mourra pas mais il y aura une grande clameur, et les gens se jetteront les uns contre les autres et se disputeront les flaques noires et suceront les ressources à la paille, un couteau à la main, en jetant des regards fous aux alentours. Les nations se jetteront les unes contre les autres. Les Machines enfin silencieuses, démantelées, inutiles, trop tardivement démantelées car le sol aura été asséché, il n'y aura plus rien à tirer de la terre, et les grandes catastrophes auront lieu. »

Elle replia le papier.

— Mon Eugene ! Bon, les catastrophes dont il parlait auront déjà commencé un peu avant... Près de la moitié de la population mondiale vit dans des zones qui sont directement menacées par le changement climatique.

Elle avait parlé calmement, en se grattant le sommet du crâne. La prophétie apocalyptique ne lui faisait même plus peur, elle était au-delà. Elle était seulement un peu triste, pour les gens. Avait-elle lu dans mes pensées ? Elle me foudroya d'un regard qui était simultanément vide, et aigu.

— Surtout, ne croyez pas que je sois indifférente.

Accoudés au bar, à quelques mètres de nous, deux hommes se retournèrent. Elle avait parlé un peu fort. Elle baissa d'un ton et me demanda d'une voix caressante :

— Croyez-vous au diable, monsieur Merlin ?

— Pardon ?

— Le Sheitan, Béhémoth, Satan, Lucifer, Belzébuth. Vous y croyez ?

— Non.

Je faillis ajouter : Enfin, je ne crois pas. Je pensai aux mots de Gudsonn, défiant l'Ange de la ville.

Elle soupira.

— Moi non plus. Eugene non plus n'y croyait pas : l'éducation mormone l'avait vacciné. Ce n'est pas facile, pourtant. Un monde sans diable est très angoissant. Presque aussi angoissant qu'un monde sans Dieu. Le rapport 21 a mis au jour un mal sans visage, un crime collectif dénué d'intention criminelle : la croissance. Des milliards d'individus qui, pris isolément, ne poursuivent aucune intention malveillante : ils vont pourtant entraîner la mort de millions d'autres, provoquer des famines, noyer les deltas.

Je pensais aux mots de Pérouel, dans sa maison de La Frette-sur-Seine : « *Game over* », avait-il dit, en agitant sa feuille sous mes yeux. *Une horlogerie diabolique*, avais-je pensé en regardant les étranges notes de Stoddard. Elle poursuivit :

— Je pense que Gudsonn croit au diable, lui. Seulement, son diable n'est pas un bouc fourchu. Comme disait le père de Eugene, « il utilise sa fameuse ruse : faire-croire-qu'il-n'existe-pas ». Il est un virus invisible, dont l'homme est le porteur à demi innocent. Il s'est infiltré comme un poison dans le quotidien morne du consommateur-producteur-reproducteur.

Je n'aurais pas imaginé entendre ces mots dans la bouche de la lauréate du prix Kiel, diplômée en dynamique des systèmes. Je lui demandai quel homme était Gudsonn, à Berkeley.

— Il y avait la réputation qui le précédait, bien sûr, même si tout ça m'agaçait plus qu'autre chose. Quand on s'est vus pour la première fois, chez Stoddard, à Kensington, je l'ai trouvé impossible. Plus tard, j'ai un peu révisé mon jugement. Un dimanche, je l'ai vu jouer au tennis. Il avait quelque chose de... gauche, d'*authentiquement* charmant. De chevaleresque. Un côté chevaleresque qui était indissociable de son côté ridicule. Vous voyez Don Quichotte (elle prononça *Don-Quicho-tiii*) ? Le Chevalier à la triste figure ? Eh bien, je le voyais comme ça. Sa façon de marcher, toujours très droit. Dans les premiers mois de nos travaux, je me suis dit que j'aurais peut-être une aventure avec lui.

Elle laissa un silence, où flottait l'image dérangeante de leur accouplement. Puis :

— Je n'en ai rien fait, bien sûr. J'ai rapidement compris qu'il lui manquait une case. Il vous donnait l'impression que rien ne l'atteignait. Il disait tout d'un ton égal, avec ce regard fixe qu'il avait. Vous savez, j'ai toujours pensé qu'il n'était pas dangereux d'être affecté par son sujet d'étude, dès lors qu'on parvient à garder son sang-froid. Moi, je n'ai jamais eu peur de mes émotions. Et ce que je voyais se dessiner, à mesure que nous progressions dans nos travaux, m'a bouleversée. Lui, il avait l'air de ne rien ressentir. Il devait me prendre pour une poule hystérique.

Je me gardai de lui dire que c'était très précisément l'adjectif utilisé par son ancien collègue, dans son journal.

— Quand Eugene et moi sommes revenus de notre tournée, il était changé. Il fourrait des tracts dans les boîtes aux lettres des professeurs. Il était devenu le plus radical d'entre nous, et cependant il ne semblait pas avoir progressé sur le terrain émotionnel. Il compensait cette sécheresse par une surenchère stérile. Les lettres à Nixon, ce genre de choses. Comme si c'était si simple.

Je lui racontai ce que j'avais découvert. Les années passées sur l'île d'Osterøy, Erika, l'errance dans les villes, Dieulefit, le meurtre du chien, Olliergues. Je ne mentionnai pas explicitement son journal, mais en résumai le contenu, suggérant que je tenais ces informations de témoins.

Elle n'eut pas l'air tellement étonnée.

— Je me doutais de quelque chose comme cela. Des rumeurs nous étaient parvenues. Eugene avait entendu parler d'un internement. Gudsonn a sombré dans la folie. Je ne lui jetterai pas la pierre. Notre grande force, avec Eugene, c'est d'avoir été deux. Nous avons affronté tout cela ensemble. Seule, j'aurais peut-être fini par vivre dans les bois, à manger des racines. Ou bien par travailler dans le pétrole, comme l'autre – *may his soul rest in peace*. Seulement, je voudrais... que Gudsonn ne gâche pas tout ce que nous avons bâti. Ça fait des années que je redoute qu'il refasse surface, qu'il publie quelque chose. À l'idée que ce type soit dans la nature, qu'il puisse, demain, apparaître et parler de notre travail. Vous imaginez ? J'avais pensé... Quand Quérillot est mort, je me suis dit que Gudsonn pourrait être tenté de venir faire un esclandre, prendre le micro et injurier la mémoire de ce pauvre Paul. Peut-être que j'avais espéré cela, en traversant l'Atlantique. J'avais l'idée de le trouver, et le... neutraliser. Le faire interner. Sa place est dans un hôpital psychiatrique, monsieur.

Elle avait parlé sèchement. Je l'interrogeai :

— Qu'est-ce qui vous effraie tant que cela ? Ce n'est pas le nom de Gudsonn qui est associé au rapport. C'est le vôtre.

— Vous savez, nous avons toujours des ennemis. Nous en avons plus qu'avant, même.

— Steve Halshey est mort.

— ... Et il a fait des petits. Des milliers de petits Halshey, prêts à dénigrer nos travaux.

Des milliers de petits ayatollahs ultralibéraux qui croient aux vertus magiques du marché, qui pensent que le marché pourra éviter la catastrophe écologique. Je me souviens de Halshey, avec son « signal-prix », qu'il agitait comme un fétiche : « Lorsque les ressources sont rares, leur prix augmente, et elles sont moins consommées. » Fermez le ban ! Imaginez : des régiments de petits Halshey prêts à raconter n'importe quoi pour endormir les gens, et les convaincre que nous « noircissons le tableau ». Ce ne sont pas les pires, d'ailleurs. Eux, au moins, se battent sur le terrain des idées. Aujourd'hui, il existe un ennemi bien plus redoutable.

— Vous voulez parler…

— … Des nouveaux négationnistes, qui attaquent directement les vérités scientifiques, sur les réseaux sociaux. Les armées de désinformateurs professionnels, imbéciles ou vendus, qui transforment leurs gros bobards en « vérité alternative ». Imaginez le titre : « UN AUTEUR DU RAPPORT 21 DEVENU FOU ». Pour eux, ce serait un cadeau du ciel. Ils n'attendent que ce genre d'histoires pour salir tout ce qui a été fait. Il suffirait qu'un article de presse, un article malveillant…

Ses yeux étaient sur moi : durs, comme ceux d'un juge d'instruction. Je détournai la conversation :

— Gudsonn, je n'arrive pas à suivre. Kaczynski, on connaît son obsession : la technique, la société industrielle. Gudsonn, c'est moins clair. Il a l'air très angoissé par les foules, l'augmentation de la population mondiale. Quand on parle à ceux qui ont croisé son chemin, le thème est récurrent, et même omniprésent, chez lui : « l'espèce invasive », « les lapins de Fibonacci ».

Mildred inspira, réfléchit.

— Après tout, la démographie était la partie du rapport dévolue à Gudsonn. Il n'est pas étonnant qu'elle soit devenue sa préoccupation principale. Ce n'est qu'un des aspects de la catastrophe, pourtant. Aucun aspect ne devrait être traité isolément. C'était la leçon du rapport 21 : l'interdépendance entre les composantes du système-monde.

— Chez Gudsonn, on dirait que la question des populations a éclipsé toutes les autres.

— Oui. D'ailleurs, personne ne niera que c'est une bombe à retardement. Seulement, il est difficile d'évoquer le sujet.

Je l'invitai à poursuivre.

— Dans notre rapport, nous avions prévu que la population mondiale décroîtrait au milieu du XXIe siècle, conséquence de la fameuse transition démographique. Nos prévisions se sont révélées parfaitement exactes. L'usage du préservatif, dans les régions où régnait jusqu'ici le bon vieux *coitus interruptus*, a permis des avancées significatives. Mais cette transition est lente : avant de décroître, la population mondiale aurait le temps d'atteindre 10 ou 11 milliards d'humains. Pour pimenter le tout, les bassins de population explosent dans des zones qui risquent fortement de disparaître : le delta du Gange, au Bangladesh, est un exemple particulièrement atroce. Vous savez ce qui se passe dans le delta du Gange, monsieur ?

Elle se lança, et parla dans un souffle. Dans le vaste delta où les villes étaient pleines comme des œufs, la gigantesque capitale de Dakka ne pouvait plus accueillir les réfugiés poussés toujours plus au nord par la montée des eaux, les trains et les routes dégorgeaient un flux toujours réitéré de réfugiés climatiques et déjà la ville craquait de toutes parts et ne pouvait plus les digérer et les régurgitait par millions et cependant ils revenaient car ils n'avaient pas d'autre choix, des milliers d'hectares de terre avaient disparu, alors les hommes et les femmes s'entassaient dans des bidonvilles et ils devenaient fous. Pour survivre, ils travaillaient dans des usines textiles, qui déversaient dans les rivières des colorants toxiques qui tuaient leurs enfants. Et alimentaient, *in fine*, les enseignes de prêt-à-porter des pays plus fortunés. La vieille Américaine conclut :

— La fabrication et l'expédition de ces T-shirts de merde sont carbonées à mort ; elles participent au réchauffement, et donc à la montée des eaux dans le delta. Une belle boucle de rétroaction positive, aurait dit Stoddard.

Je hasardai :

— J'ai cru comprendre… Des sources m'ont dit que vous et Gudsonn vous étiez affrontés sur ce terrain.

Elle ne répondit pas directement :

— La démographie… La taille des populations humaines… Peu d'écologistes osent brandir cette carte-là. Malthus est considéré unanimement comme un penseur ringard, un mélange de nazi et de professeur Nimbus. Et puis, on touche là à l'intime, au sacré. Pour beaucoup, décourager les naissances revient à s'attaquer à la vie même. Du coup, les décroissants s'en tiennent à la dénonciation des habitudes de consommation et des modèles de production. Rares sont ceux qui osent l'ouvrir sur les habitudes de procréation et les allocations familiales.

Sa gêne était palpable. Nous abordions des rives dangereuses, où les mots étaient piégés.

— Et Gudsonn ? Que vous disait-il, Gudsonn ?

Elle tressaillit, passa la main sur son cou décharné.

— Vous connaissez l'histoire des hippopotames de Pablo Escobar ?

— Pablo Escobar, le trafiquant de drogue ?

— Lui-même. Le Colombien. Le « roi de la cocaïne ». Il avait importé illégalement des animaux d'Afrique, dont quatre hippopotames, pour son zoo privé. Quand il a été abattu par la police, en 1993, le zoo est resté à l'abandon. Les hippopotames se sont échappés et se sont répandus dans Magdalena Medio, une savane sillonnée de rivières et de marécages. Le climat de la Colombie leur convenait parfaitement, ils avaient de la nourriture en abondance et ils n'avaient pas de prédateurs. Vingt ans après, ils étaient cent trente et attaquaient les pêcheurs.

— Que s'est-il passé ?

— Les autorités colombiennes ont décidé de les stériliser.

— Elles y sont parvenues ?

— Non. Du coup, elles se sont résolues à les abattre.

Un groupe d'hommes pénétra dans le hall de l'hôtel, munis de petites valises à roulettes. Dehors, la nuit s'installait.

— Un jour, pour la énième fois, Gudsonn m'avait dit qu'il fallait écrire, dans le rapport, que nous préconisions un contrôle strict des naissances. Et – je m'en souviendrai toute ma vie – il avait ajouté une phrase glaçante, il avait dit : « Dans un premier temps. »

VIII

AGE OF AQUARIUS
(L'ÈRE DU VERSEAU)

« Harmonie et compréhension
Sympathie et confiance en abondance
Plus de mensonges ni de dérisions
Rêves et visions de vie dorée
Révélation du cristal mystique
Et la vraie libération de l'esprit
Verseau ! »

The 5th Dimension, *Aquarius – Let the Sunshine In*, 1969

1

Au moment de me quitter, dans le hall du Novotel, Mildred prit peur. Je connaissais cette réaction : l'interviewé vide son sac auprès du journaliste, il se laisse amollir par l'oreille complaisante du professionnel, son attention religieuse. Puis il se rappelle à qui il a affaire, seulement il est trop tard, il regrette déjà. « Ne l'écrivez pas. Ce que je vous dis, ce sont des spéculations. Et d'ailleurs c'est du *off*, hein ! » La veuve Dundee plongea ses yeux dans les miens, et elle me dit :

— Je sais que vous ferez votre papier coûte que coûte, que ce n'est même pas la peine d'essayer de vous en dissuader. Je vous demande une seule chose : ne salissez pas notre travail. Certaines personnes n'attendent que ça.

Elle se tenait droite, très près de moi. Elle m'atteignait tout juste à l'épaule, mais sa voix était celle d'une femme habituée à faire plier autrui.

— Vous êtes fasciné par Gudsonn. D'une certaine façon, c'est un peu injuste pour ceux qui ont tenu la barre, pendant toutes ces années. Moi, Eugene.

Elle secoua la tête.

— Gudsonn... Gudsonn, c'est juste un type qui a disjoncté.

Elle laissa un silence. Puis :

— On se fait tout un monde des fous. Pourtant les fous sont ennuyeux, vous pourriez finir leurs phrases. Ils sont terriblement prévisibles. Les fous ne voient rien. *Nothing*. Vous savez, Eugene a été hospitalisé à Salt Lake City, en 1976, après une dépression nerveuse. Je lui rendais visite tous les jours. À chaque fois, je croisais un type dans le couloir, qui fixait les éclairages en clignant des yeux, la bouche tordue. Il faisait des grimaces et jurait, en regardant les plafonniers. Quelqu'un m'a dit que c'était un grand professeur de littérature, sur la côte est. Il était persuadé qu'une conspiration lui avait coûté sa chaire. À l'hôpital, il pensait que les lampes étaient équipées de caméras, pour l'espionner. Vous n'en auriez rien tiré. Schizoïde paranoïaque, c'était le terme utilisé. La paranoïa est terrible. C'est un rétrécissement de l'esprit qui tire tout ce qu'il voit à lui, comme un avare. Un vieillissement de l'âme.

*

Après avoir pris congé, je rentrai chez moi, sous une lune faiblarde. À peine arrivé, j'enfilai un blouson et m'installai sur mon minuscule balcon, où le garde-corps en aluminium, couleur taupe, donnait envie de faire ce qu'il était censé empêcher. J'étais lessivé, moulu, kaput. Je sifflai une Grimbergen en écoutant la rumeur des voitures. De ma discussion avec la vieille chercheuse, j'avais rapporté une impression nauséeuse. Eugene dévoré par les porcs… La violence qui s'était abattue sur l'Américain était aveugle, dénuée de sens. Combien de temps avions-nous discuté, dans ce hall d'hôtel ? La ferme d'Ezhou, les cités-fourmilières du delta du Gange… À certains moments, Mildred avait eu des accents gudsonniens. Et il y avait ces mots du Norvégien, que Mildred m'avait rapportés, avant de s'en mordre les doigts : « Dans un premier temps. »

Je repris le journal du mathématicien, parcourus ce texte impossible. La surpopulation était, indéniablement, un des fils rouges qui traversaient ses visions hallucinées. Est-ce cette menace qu'il fallait lire entre les lignes, derrière ces diatribes contre la race humaine, ses foules ?

Ma sonnette retentit. Abdelkrim était devant ma porte. J'avais oublié que je lui avais proposé de prendre un verre. Entre-temps, il y avait eu Mildred, les porcs, le sermon sur les Machines. Il engloutit quelques chips au vinaigre, tandis que je lui confiai mes doutes et résumai, sans trop entrer dans les détails, la conversation avec l'Américaine. Il fit la moue.

— Pourquoi détiendrait-elle la vérité sur Gudsonn ? D'après ce que tu m'as dit, elle et ton Norvégien n'étaient pas particulièrement proches. Elle n'a connu que le « premier

Gudsonn », si tant est qu'elle ait vraiment essayé de le connaître.

À la lumière chaude de ma boule chinoise, son visage coupant était moins pâle que d'habitude. J'acquiesçai :

— Tu as raison. Je n'imagine pas que Gudsonn soit dangereux. Il est possible qu'il ait flirté *intellectuellement* avec l'extrême violence. Il s'en est fallu de pas grand-chose qu'il ne devienne un Unabomber norvégien. Mais ce pas grand-chose, c'est le fossé qui sépare l'innocent du criminel. Ses visions de mort n'étaient jamais que cela : des visions.

— Ce qui est important, c'est le dernier Gudsonn. Celui qui vit, aujourd'hui – s'il vit encore.

*

Parmi les personnes que j'avais interviewées, Jacqueline Mattemont était la dernière à avoir croisé son chemin. Elle avait décrit un homme plutôt inoffensif. Un ermite qui traquait des champs électromagnétiques, et cherchait un lieu où attendre la fin du monde, dans les profondeurs de l'Auvergne. Au sommet des volcans endormis, peut-être. On trouvait ce motif dans de nombreuses prophéties apocalyptiques : la croyance que certains lieux, en altitude, seraient sauvés. Dans un passé récent, en 2012, des centaines d'adeptes du New Age s'étaient rassemblés sur le mont Bugarach, dans les Pyrénées, persuadés que le lieu serait épargné lorsque débuterait l'apocalypse.

Je retournai à Pompidou, comme un bœuf à l'étable. Exténué, les yeux rougis. À nouveau je fis des recherches, compulsai des ouvrages historiques. La climatisation ne marchait plus : dans la chaleur torride, je plongeai dans les péripéties des annonciateurs du millenium, leurs prédictions toujours infirmées, sans cesse réitérées ; souris aux oracles du prédicateur Charles Taze Russell, au XIXe siècle, qui écrivit mille lettres par jour, prononça trente mille sermons, et prédit successivement la fin des temps pour 1874, 1914, 1918, 1925, sans jamais décourager ses fidèles ; lus les mésaventures de Marian Keech, ménagère dans une petite banlieue de Chicago, qui attendit en vain que les ovnis viennent les chercher, elle et ses ouailles, devant son pavillon. Dates, calculs, magie, casserolades pacorabanesques, signes-qui-ne-trompent-pas. Qui croire ? Se tenir prêts, mais pour quand ? Le 28 avril 1583, écrivait l'astrologue anglais Richard Harvey. Le 22 octobre 1844, rétorquait William Miller, l'ancêtre des adventistes du septième jour. 2233, martelait l'occultiste allemand Trithemius. 3797, tranchaient les exégètes de Nostradamus.

D'après les spécialistes, les sectes apocalyptiques n'avaient pas toujours été d'inoffensives assemblées qui piétinaient dans le froid, la nuit, en regardant les étoiles, ni de paisibles cortèges armés de tambourins qui chantaient *Aquarius* en se tenant par la main. À la fin du Moyen Âge, les prophéties millénaristes avaient prospéré sur le fumier fertile de la grande misère et de la corruption des élites. En Bohême, en Italie, en Allemagne, en Angleterre, des armées de pauvres avaient fait trembler les princes et les papes : ils croyaient à l'avènement prochain de la Jérusalem céleste. Tuant sur leur passage, avant d'être tués à leur tour. En 1419, les taborites de Bohême annoncèrent l'imminence de la fin des temps, défièrent les armées impériales et catholiques et appelèrent à la destruction de Prague, haïe comme une Babylone corrompue. Ils furent massacrés impitoyablement. En 1525, le buccin sonna dans les forêts profondes du Saint Empire germanique, où le prédicateur Thomas Müntzer prit la tête d'une armée de paysans pour rétablir la justice et préparer le règne du Christ, annoncé par la prophétie de Daniel. Neuf ans plus tard, une armée d'anabaptistes prit la ville de Münster et se barricada derrière ses murs, dans l'attente du nouveau règne de mille ans. Ils étaient guidés par deux chefs charismatiques, Jan Matthys et Jean de Leyde, convaincus d'être les prophètes Élie et Hénoch revenus parmi les hommes. À la mort de Matthys, Jean de Leyde se proclama « roi du monde » et se fit confectionner une couronne en or. Assiégés, les anabaptistes résistèrent un an, avant d'être massacrés. Temps de désespoirs et d'espoirs fous, où pullulaient les agitateurs de petite et grande envergure, prêcheurs incandescents, moines défroqués, escrocs, mages, faux Christ, astrologues et soldats errants. Siècles de flagellants, de convulsionnaires et de bûchers. On dressait ces derniers pour brûler les sectateurs, mais il arriva qu'ils les dressent pour eux-mêmes :

en Russie, à partir de l'année 1666, persuadés du règne de l'Antéchrist et d'une fin des temps prochaine, les membres de la secte des vieux-croyants enduisirent de goudron leurs isbas et s'immolèrent par milliers, en chantant des hymnes. Dans son *Histoire des sectes chrétiennes* (1950), l'historien Gustave Welter racontait des scènes atroces : « En un seul jour 700 sectaires périrent à Tobolsk ; à Tioumen, autre ville de Sibérie, on en compta 300 en une flambée. La “mort rouge” fit plus de victimes encore sur les bords de la mer Blanche : un moine se brûla avec 2 700 fanatiques, un autre avec 1 000. »

Je m'accoudai aux barrières métalliques des coursives extérieures, parmi les étudiants fauchés. Gudsonn, lui, n'était pas un meneur de troupeaux : il irait, seul, attendre la dernière bataille. C'était la dernière prophétie du mathématicien, son ultime message : une attente insensée. Roi Lear battant la lande, prédicateur sans foule, guettant un signe dans le ciel impavide. Dérangé, sans doute. Mais – et je regrettais de ne pas l'avoir dit à Mildred – sa folie n'était pas un « rétrécissement de l'esprit », ni un « vieillissement de l'âme ». Elle était féconde et charriait des images qui s'épanouissaient comme des fleurs monstrueuses. Elle était le cri d'un homme pris d'effroi. La démesure de Gudsonn était la réponse à la démesure des temps. Ses excès, la réponse aux excès du monde. Il était fou, et alors ? Ce ne serait pas la première fois qu'un fou aurait raison.

*

Mon dernier « acte d'enquête » fut un coup de fil à un psychiatre de ma connaissance qui travaillait à Lyon, à la clinique du Vinatier. Je lui avais proposé de lui envoyer le texte du journal, pour qu'il me dise son sentiment. Il m'avait répliqué qu'un diagnostic supposait un échange avec le sujet, et que ceux qui accepteraient de le faire sur la base d'un simple document seraient des escrocs. Avant de raccrocher, je lui rapportai ce que m'avait dit Mildred, sur la « folie ».

— La folie n'est plus un terme que nous employons, mais ton amie américaine a raison. Cet univers est surtout morne, extraordinairement répétitif.

2

— Parfois, il faut savoir finir un reportage, me dit Cédric en dépiautant une banane avec des gestes minutieux.

Il avait calé ses pieds sur une pile de bouquins envoyés en service de presse.

J'enquêtais depuis un mois, et je savais ce qu'il voulait dire : passer la seconde et bricoler quelque chose, avec un matériau imparfait.

— Écrire mon papier, sans avoir vu Gudsonn ?

Je venais d'expliquer à Cédric l'état de mon enquête. Je perdais la trace de Gudsonn en 2017, à son départ d'Olliergues, et je n'avais pas les moyens de la police pour trouver sa retraite. Il aurait fallu être l'inspecteur Aken, le héros des romans de Niels Boe, fin limier du Nord. Je n'avais toujours pas parlé du journal de Gudsonn au rédacteur en chef.

— Il faut avancer, camarade. J'ai besoin de toi. La maquette du numéro de juillet doit être arrêtée dans trois jours, et je me suis fait planter par un de tes chers collègues, qui ne sera pas prêt.

— Mon reportage était prévu pour le numéro d'août.

— Je sais.

Il fit son air suppliant.

— Ne me lâche pas sur ce coup-là.

Cruel, un rayon de soleil souligna la trace ronde laissée par un mug de café. Cédric avait oublié qu'il ne dirigeait pas le *New Yorker*, et que le ménage n'était pas fait tous les jours dans son bureau. Il ajouta, plus bas :

— La vérité, c'est que tu ne sais même pas s'il est encore vivant.

Il jeta la peau de banane dans sa corbeille *Rolling Stones*, et s'anima à nouveau :

— Tu feras ça très bien. C'est une quête impossible. Celle d'un homme qui poursuit un animal fabuleux. Gudsonn, c'est le yéti. Une machine à fantasmes, sur laquelle les gens plaquent leurs peurs et leurs obsessions. Au fond, le vrai sujet n'est pas Gudsonn. Le vrai sujet, c'est toi. Toi, l'enquête, les gens que tu as croisés.

*

En un sens, cela me soulageait un peu. Interviewer un homme manifestement atteint de troubles psychiatriques m'aurait conduit dans des zones troubles. Un marécage où je n'aurais pas eu de mal, je ne le savais que trop bien, à obtenir ce que je cherchais : les phrases croustillantes et drôles d'un prophète de la fin du monde. J'aurais arboré mon air déférent et naïf, j'aurais fait mon numéro de « Tintin reporter » et je l'aurais fait parler, en exploitant le réservoir sans fin de son narcissisme. Je lui aurais fait sentir que j'étais de son côté, que je ne mettais pas en doute ses talents de médium. J'aurais posé à ses côtés, devant l'objectif de Philippe. Et, bien sûr, je l'aurais trahi. Je repensai aux mots de Janet Malcolm, dans *Le Journaliste et l'Assassin*, que Cédric citait souvent aux débutants : « Le journaliste qui n'est ni trop bête ni trop imbu de lui-même pour regarder les choses en face le sait bien : ce qu'il fait est moralement indéfendable. Il est tel l'escroc qui se nourrit de la vanité des autres, de leur ignorance ou de leur solitude ; il gagne leur confiance et les trahit sans remords. » J'étais cet homme-là, aussi. Je crois que je n'aurais pas aimé jouer ce jeu avec Gudsonn, cependant.

*

S'en tenir là était frustrant, mais Cédric avait raison. Je n'étais pas payé à l'heure, comme un « privé » : je ne pouvais pas passer les six prochains mois à battre les forêts du Massif central, dans l'espoir de retrouver l'ancien mathématicien. D'ailleurs, j'étais laminé. Je me tenais voûté, et la peau de mon visage était recouverte d'un film huileux, comme après une semaine d'ivrognerie. Je devais en finir, vite.

*

Je m'enfermai chez moi, fis tourner mon dictaphone, finis de « dérusher » mes interviews, compulsai mes notes. J'avais du métier, je savais y faire. J'écrivis un long article sur « la malédiction des quatre ». Après tout, leur petite équipe avait été frappée par une mort prématurée, un suicide et une errance paranoïaque ; seule Mildred coulait des jours paisibles dans sa ferme de l'Utah. Je tenais mon accroche racoleuse et mon fil rouge : un savant qui devient fou, un rapport maudit. C'était la tarte à la crème des tombeaux profanés, de la malédiction qui punit l'ivresse de la connaissance, la *libido sciendi*. Sous ma plume, le rapport 21 devenait l'exemplaire de la *Poétique* d'Aristote, dans *Le Nom de la rose* d'Umberto Eco : le livre maudit dont les pages ont été badigeonnées d'arsenic, et qui tue les moines qui le lisent en cachette.

Pour le titre, je ne fis pas non plus dans la demi-mesure : « Les prophètes maudits » fut immédiatement validé par Cédric, si pointilleux sur la « titraille » (presque autant que Shadi Bliss, lorsqu'il concoctait ses « appâts sanguinolents », pour Buzzfood). J'écrivis mon article en une nuit. J'avais mes personnages secondaires, truculents comme il faut : Joël Pérouel. Bart Jr Peabody. Viktor Larsen, l'apparatchik. Mattemont, la sorcière new age. Patrice Émile, le rocker platiste. La mystérieuse Erika, tout droit sortie d'un film de Lars von Trier. À sa demande, je demeurai discret sur Annie Kappa. Philippe avait bien travaillé, et les photos de la cabane étaient excellentes. Celle que nous retînmes était prise en contre-plongée : au-dessus d'elle les arbres étaient immenses, menaçants, et cachaient le ciel. La cabane de Gudsonn était celle des contes de notre enfance, le refuge de la sorcière d'Hansel et Gretel. Je la contemplai longuement avant de me lancer. Une longue partie était dédiée au Norvégien. J'en faisais une figure de soldat perdu. Héroïque et pathétique, comme le Chevalier à la triste figure. Seul et pourtant tendu vers les masses, rêvant de subjuguer les masses. Qui voudrait subjuguer les masses sans avoir de contacts avec elles. Je l'extirpai une dernière fois de l'oubli, le temps d'un conte, laissant le soin au lecteur de décider ce qui l'avait rendu fou, la solitude ou l'indifférence à la catastrophe annoncée. Je tentai néanmoins d'orienter sa réflexion, en citant l'écrivain Philip K. Dick : « Devenir fou est parfois une réponse appropriée à la réalité. »

Pour utiliser son « journal », j'avais triché un peu. Je faisais d'un « ancien camarade de promotion », inventé de toutes pièces, le confident de certaines envolées qui figuraient dans le texte de Gudsonn, hurlant son dégoût de la géométrie algébrique et des hippies de San Francisco. Mon papier de 25 000 signes (six pages de magazine) était le prétexte d'une série de portraits. Et aussi une sombre méditation sur le suicide du monde, et l'incurie collective depuis le début des années 1970. J'avais promis à Mildred Dundee de ne pas salir leur travail, et je tins promesse : l'introduction était un long paragraphe en forme d'hommage appuyé au rapport 21. Je ne m'aventurai pas trop loin sur ce terrain, cependant, et terminai l'article sur une note ironique : « Faites en sorte que vos affaires soient en ordre. D'après Gudsonn, ce pourrait être pour bientôt. »

Je relus à l'aube, et trouvai tout cela un peu fabriqué. C'était paresseux, sensationnel, approximatif, mais tout le monde le faisait, et il fallait bien vivre.

Ce fut payant, surtout. Le papier récolta sa moisson de pouces levés. Sur le compte Twitter du magazine, la plupart des commentateurs se contentaient de l'émoticône des petites mains qui applaudissent. D'autres optaient pour un panachage subtil, aussi délicat qu'une composition florale, pour exprimer leurs sentiments contradictoires : ils lui adjoignaient celle du crâne qui explose sous l'effet d'une surchauffe mentale, censée exprimer le bon sens dépassé par la folie des hommes. Lors de la soirée d'anniversaire du magazine, au début du mois de juillet, des confrères qui ne m'avaient jamais adressé la parole vinrent me féliciter. Ce fut une fête mémorable, dans une ancienne fonderie de Belleville, où j'entrechoquai le poing avec celui de nombreuses personnalités des arts et des lettres, sanglé dans une veste en velours couleur lie-de-vin, dénichée dans une friperie au kilo. J'avais proposé à Annie Kappa de venir mais elle n'avait pas voulu, prétextant qu'elle n'aimait pas trop Paris. Abdelkrim était là, en revanche, ainsi que Pérouel, qui abordait des hipsters à moustache de d'Artagnan pour leur expliquer d'« amusants paradoxes logiques », tel un vieil oncle pénible qui fait des tours de magie.

Dans l'euphorie, Cédric accepta de me salarier. L'actionnaire, présent à la fête, me félicita. L'époque était faste, et je fis l'expérience du succès, à trente-sept ans : sentiment étonnant, qui vous barre la tronche d'un sourire de conquistador, vous donne envie de vivre large et d'embrasser les gens dans les transports en commun. Il faisait bon remonter à la surface, se hisser en dehors du bain saumâtre. Je souriais bêtement lorsque les premières notes d'un tube du Bondy System of Sound (un rythme binaire allant crescendo) me racolèrent comme un chœur de sirènes coquines, mais personne ne m'avait ligoté à un mât, et d'ailleurs si on l'avait fait j'aurais arraché mes liens avec les dents : l'alcool avait détruit toutes mes défenses, et la musique coula directement dans mon sang. Ma dernière vision fut celle de Cédric qui me regardait fixement, en secouant la tête, comme un homme resté à quai assiste au naufrage d'un bateau.

*

Theodore Kaczynski, le terroriste technophobe, mourut en prison à quatre-vingt-un ans, quelques jours avant la parution de l'article. Il fut retrouvé pendu dans sa cellule. Un journaliste de mauvais goût nota qu'elle avait peu ou prou les mêmes dimensions que la cabane où il avait passé un quart de siècle, dans le Montana. À la soirée du magazine, j'ai rencontré une fille. Nous avons emménagé ensemble, dans mon deux-pièces de Bagneux. Avec elle, je m'essaie modestement à la joie professée par Gunnar Agabsen, et il m'arrive parfois d'éprouver ce sentiment plein et robuste qu'il décrivait, à Oslo, tandis que nous marchions au bord de l'eau. Pour le reste, je n'ai pas changé grand-chose. Je pédale dans ma roue perpétuelle, m'envoie de gros steaks, achète des bananes martiniquaises. Les philippiques d'Ellul et de Bernanos contre la technique n'ont pas laissé de traces très profondes, à ceci près que j'ai abandonné mon téléphone intelligent, et l'ai remplacé par un vieux Nokia – un de ces modèles prisés par les dealers, qu'ils jettent dans une poubelle une fois passé leur appel.

Parfois je repense à Gudsonn. J'imagine qu'il a dû mourir quelque part, dans un sous-bois de France ou au-delà du 66e parallèle nord, sur la glace où filent les *mushers*, le corps raide baigné par la lumière verte des aurores boréales, les mains refermées sur un volume de Steiner ou le *Liber abaci* de Fibonacci. Certaines nuits, il vient peupler mes rêves, ou mes cauchemars. Tantôt sous la forme d'un ami, qui me parle de son chien, Nuage, des séquoias géants et des hauts plateaux neigeux de Hallingskarvet. D'autres fois, il est un croquemitaine, qui enjambe les autoroutes et marche avec des bottes de sept lieues, pénètre dans les villes endormies, soulève le toit d'un immeuble comme s'il s'agissait d'une maison de poupée, dévore les gens. Quand je me réveille, j'ouvre son journal et j'écoute, à nouveau, sonner les trompettes de Jéricho.

IX

LE SOLDAT DE L'INVISIBLE

« Un jour, Erika m'a dit qu'il fallait frapper le système en plein cœur. Elle parlait de charges explosives, de sabotage des trains, de fusils automatiques. Elle me parlait de faire sauter la banque centrale d'Oslo, ou la raffinerie de la Statoil. Je lui ai répondu : "À quoi sert de détruire les Machines, si nous laissons les hommes pour les reconstruire ?" »

Johannes Gudsonn. Soldat de l'invisible,
par Johannes GUDSONN,
non daté

« Ce matin-là, en regardant le spectacle des Twin Towers en flammes, j'ai pensé à Kaczynski. Nul doute que ce spectacle pyrotechnique a plu au professeur Kaczynski, qui suit cela depuis sa nouvelle "cabane" en béton, au pénitencier du Colorado. »

Johannes Gudsonn. Soldat de l'invisible,
par Johannes GUDSONN,
non daté

1

Mildred se lève, attrape une lampe de poche et sort dans la nuit noire, en chaussons. La ferme est une grande masse sombre, fondue dans le néant. La veuve marche droit vers le hangar d'élevage, pousse la lourde porte coulissante et s'avance dans l'allée centrale, entre les deux rangées de boxes, dans l'odeur du crottin. Les moutons piétinent dans la pénombre. Elle braque le faisceau sur les bêtes. Elles forment une houle pelucheuse, parcourue ici ou là par un tressaillement. Rien que de bonnes grosses têtes, des museaux rose pâle, des relents de suint et de lait pourri. Mildred s'accoude à la clôture du box, respire longuement, se frotte les yeux. Le vieux cauchemar l'a réveillée en sursaut. Le scénario est inchangé : des grouinements qui s'échappent du hangar. *Huirk huirk huirk*, et qui s'intensifient à mesure qu'elle s'approche, de plus en plus furieux. Les porcs : cela fait quinze ans qu'ils n'en ont plus. Elle a vendu le cheptel après les obsèques de Eugene. Pourtant, lorsqu'ils reviennent grouiner dans son sommeil, elle ne peut pas se rendormir sans l'avoir vérifié, de ses yeux.

Elle regagne la ferme, entre dans la cuisine, se sert un verre d'eau. Elle tente, sans succès, d'étirer ses doigts déformés par l'arthrose. Ses extrémités douloureuses demeurent courbées, comme les serres d'un aigle. « Les mains d'une avare qui tente de retenir la vie », avait-elle dit à Ray Morsett, son vieux compagnon de combat, avec qui elle discute parfois au téléphone. Elle aime bien Ray. Ils parlent de leurs « vieilleries », du dernier rapport du GIEC, de la bêtise universelle et des randonnées sur le mont Jefferson, dans l'Oregon, dans les années 1980. Elle l'aurait bien appelé, là, mais il est trop tard : 3 heures du matin.

Elle est rentrée d'Europe depuis deux mois, et elle a rapporté de son voyage une angoisse diffuse. La discussion avec le journaliste, peut-être. À Paris, elle a parlé du sujet dont elle ne parlait jamais. À cet inconnu, elle a confié le souvenir atroce. Qu'est-ce qui lui avait pris, de s'épancher ainsi ? Depuis 2009, elle n'avait accordé qu'une seule interview, et voilà qu'elle s'était mise à déblatérer devant ce type, comme une petite mamie incontinente. Elle avait continué après l'avoir vu se contorsionner pour actionner la fonction dictaphone de son téléphone portable, persuadé de ne pas avoir été pris. Elle avait parlé, parlé. Au moment de le quitter, elle avait eu peur. Le jeune homme mal rasé, d'une pâleur maladive, avait l'air sympathique, encore qu'étrangement fébrile.

Il avait, peu ou prou, l'âge de Dan, son fils. Il n'en demeurait pas moins un professionnel du demi-mensonge. Elle connaît les journalistes : elle les a « pratiqués », pendant cinquante ans. Ils mentent et ils ne mentent pas, c'est-à-dire qu'ils relatent les faits mais les baignent dans une lumière mensongère. Ils ne racontent jamais la vie (chaotique, erratique), restituer la vie telle qu'elle est n'est jamais satisfaisant pour eux, il faut toujours que les choses s'ordonnent de façon cohérente, qu'un choix en prépare un autre, avec leurs formules et leurs titres à la lance à incendie.

À la fin de leur entretien, elle avait arrêté les frais. Avant de prendre congé, le jeune Français lui avait demandé si elle avait eu des contacts avec Gudsonn depuis leur départ de Berkeley, et elle avait menti. « Non, je ne l'ai pas revu. » C'était à peine un mensonge, d'ailleurs : à la rigueur, un mensonge par omission. Elle ne l'avait pas revu physiquement. Seulement la question était : « Avez-vous eu des contacts avec lui ? » Elle n'y avait pas répondu directement car alors il aurait fallu tout raconter. Et lui dire que Gudsonn l'avait appelée, en 2007, deux semaines après la mort de Eugene.

*

C'est Dan qui avait décroché. Tant de gens appelaient pour présenter leurs condoléances à l'époque et Mildred n'avait pas la force de jouer la comédie de la veuve vaillante, alors elle laissait Dan prendre les appels et recevoir, en leur nom, les marques d'amitié et de compassion. Dan avait saisi le combiné et entendu la voix de Gudsonn. Les deux, qui ne se connaissaient pas, avaient parlé longtemps. Une demi-heure, une heure peut-être, avant qu'il appelle sa mère et lui tende l'appareil : « C'est Johannes Gudsonn. » Pas de nouvelles depuis trente-cinq ans et d'un coup c'était lui, la voix rauque, à l'autre bout du fil. Il parlait lentement, d'une voix profonde, avec son accent scandinave qui heurtait les *d* et raclait les *r*.

D'emblée, Gudsonn avait parlé de Dan. Il avait dit : « Je sens une grande force chez ce garçon. » Ces mots avaient pulvérisé Mildred. Ils s'étaient faufilés entre le nœud serré de ses douleurs, ils avaient écarté les liens douloureux et ils avaient touché un point du cœur qui vivait encore, le point encore chaud d'où la grande force de vie devait repartir. Dan. Son fils. L'amour pour son fils. Et elle avait éclaté en sanglots. Un puissant torrent de larmes, qui jaillissaient de ses yeux desséchés, comme une source miraculeuse. C'était Gudsonn, l'impossible Norvégien, le mathématicien fêlé, le fantôme revenu d'elle ne savait où, et il lui parlait de son fils. N'importe qui d'autre, n'importe quelle personne normale aurait réservé ses premiers mots au défunt, mais les premiers mots de Gudsonn étaient allés au fils, à la vie qui reste. Elle avait sangloté, comme une petite fille. Eugene était mort, mais il lui restait Dan qui était déjà un grand gaillard mais demeurait pour elle la petite viande chaude qui avait ouvert des yeux ronds dans la salle d'accouchement d'un hôpital de Salem et lui avait remis sa pleine confiance, d'entrée de jeu. Puis le petit garçon qui jouait dans ses pieds avec le grand sérieux des enfants, qui sont les belles choses qui insultent toute la saloperie du monde, de leurs voix sans cachettes.

Elle avait pleuré de sentir son cœur chaud, toujours vivant. « Merci, Johannes. Merci. » Elle avait souri derrière le torrent salé. À l'autre bout du fil, Gudsonn était resté silencieux. Elle s'était calmée progressivement et comme il ne disait toujours rien elle l'avait gentiment charrié : « Toujours aussi doué pour les rapports humains, ce bon vieux Gudsonn. » Alors il avait parlé de Eugene. Il lui avait dit qu'il ne fallait pas avoir peur. Que la terre accueillerait Eugene avec gratitude, lui offrant de renaître sous une forme nouvelle. Que Eugene renaîtrait sous la forme d'un érable majestueux et protecteur, ou bien un genévrier aux baies odorantes, dont certains vivent mille ans. Il lui avait dit qu'elle et Eugene ne l'avaient jamais compris, mais qu'il ne les en blâmait pas, leurs natures étaient trop opposées. Leurs langages étaient opposés, aussi. Cependant il les respectait, car ils s'étaient battus, à leur façon. Il avait dit que de son côté il avait continué le combat, *par d'autres moyens*.

Après, il avait déliré. Il avait parlé de sa « révélation ». Comme s'ils reprenaient une conversation laissée cinq minutes avant, alors qu'ils ne s'étaient pas vus depuis trente-cinq ans et qu'elle ne comprenait pas le dixième de ce qu'il lui racontait. Il avait parlé de choses incompréhensibles, de formules mathématiques, de foules et de démons. À voix basse, comme on égrène des évidences. Sa pensée décrivait des cercles concentriques : elle tournait sur elle-même, suivant un cycle infernal, à la fois stérile et tourbillonnant. Il ne parlait pas : il fuitait, comme un tuyau crevé. Il lui avait dit qu'il l'appelait depuis une cabine téléphonique, en France. Il avait raconté des histoires horribles et grotesques sans qu'elle sache s'il affabulait ou délirait, il avait raconté qu'il avait vécu dans une cabane et qu'il avait aimé une fille qui s'appelait Erika et qu'il lui avait demandé de subir une opération pour ne plus avoir d'enfants, il avait raconté qu'il avait traversé trente-sept pays, qu'il était revenu en Norvège et qu'il avait attendu la fin du monde dans son fjord car ses calculs de l'époque l'avaient convaincu que l'anéantissement de l'humanité serait précipité par un bug gigantesque parce que l'horloge interne intégrée aux ordinateurs ahrimaniens ne prenait en compte que les années sur deux chiffres, au lieu des quatre nécessaires, de sorte que…

Elle avait raccroché, en sueur, et elle était allée vomir.

Cela, elle ne l'avait pas dit au journaliste parisien. Il était nécessaire, *pour sauver l'héritage*, que la dérive du Norvégien soit tenue à distance. Qu'elle et Gudsonn n'aient jamais été en contact. Qu'un cordon sanitaire soit dressé entre Gudsonn et le nom de Dundee. Le rapport Dundee n'était pas seulement une œuvre intellectuelle : c'était leur mémoire vivante. La part de Eugene qui vivait toujours. La part d'elle-même qui survivrait, longtemps après sa mort. Elle protégerait ce qui pourrait l'être : jusqu'à son dernier souffle.

*

Elle éteint les lumières de la cuisine. En montant dans sa chambre, elle passe devant celle de Dan, vide. Elle entre, s'assoit sur le lit de son fils. Il est fait au carré, comme à l'armée. Sur les murs, les seules décorations sont un poster du groupe Morbid Angel et l'affiche d'un meeting de Donald Trump, dans l'Utah, vestige de la campagne de 2016 (elle avait longtemps soupçonné son fils de l'avoir épinglée dans l'unique but de la faire chier et puis les années avaient passé et elle avait dû se rendre à l'évidence, il admirait réellement Donald Trump). Le bureau est vide, à l'exception d'un ordinateur, d'un tapis de souris, de deux figurines peintes de chevaliers teutoniques extraits de sa boîte de jeu Warhammer et d'un sticker « SUPPORT YOUR LOCAL PARATROOPERS ». Elle froisse les draps, de ses mains déformées de petite vieille. Depuis quelques années, une mauvaise fièvre s'est emparée de Dan. Elle a vu son regard se durcir. Une ou deux fois, ils s'étaient affrontés violemment. Leurs différends s'étaient cristallisés sur la ferme, les méthodes d'élevage. Un jour, elle avait déterré un crâne de mouton dans leur potager. Elle l'avait engueulé, invoqué le souvenir de Eugene qui « n'aurait jamais cautionné ces conneries ». Il était parti en trombe avec le vieux Defender. Il n'était revenu que le surlendemain, les yeux rougis, la bouche scellée. Un des phares du véhicule pendait, à moitié arraché, comme un œil mort.

Elle se lève, arrange la couverture. Il y a deux mois, Dan avait insisté pour l'accompagner aux obsèques de Quérillot. Après, il était resté en Europe. Il avait dit qu'il voulait faire un voyage initiatique, dans la grande tradition des fils de famille qui vont draguer des Européennes avant de revenir faire des enfants et se ranger des bagnoles. Elle avait ri. Elle avait pensé que ça ne lui ferait pas de mal. Son fils ne connaissait guère que l'Utah, et il s'était trop longtemps sacrifié en demeurant à ses côtés, à la ferme. Il y avait deux salariés sur l'élevage, ils pouvaient bien tenir quelques semaines sans lui. Il devait rentrer dans une dizaine de jours. Peut-être qu'il reviendrait plus apaisé. Peut-être qu'il s'était trouvé une copine, là-bas. Une jolie Allemande ou une petite Madrilène, ce ne serait pas mal non plus.

Elle n'a jamais su ce que son fils et Gudsonn s'étaient dit, à l'été 2007, lors de cette longue conversation téléphonique, avant qu'il lui passe le combiné. Sur le moment, elle ne s'était pas plus questionnée que cela : elle n'était pas en état de réfléchir à quoi que ce soit, quelques semaines après la tragédie. Plus tard, elle avait pensé que le vieux Norvégien lui avait parlé de la personnalité de son père, de ce qu'il avait accompli à leurs côtés. Tout cinglé qu'il était, Gudsonn avait peut-être trouvé les mots adéquats, pour Dan.

2

Parfois, Bart Jr Peabody ouvre lui-même son courrier. Lorsqu'il est de bonne humeur et qu'il n'a pas de rendez-vous urgent, il lui arrive de piocher une ou deux lettres au sommet de la pile qui s'amoncelle sur le bureau de sa secrétaire, pour le plaisir de glisser le coupe-papier en ivoire que lui avait offert son père, le fondateur des éditions Golden Heights & Associates, le jour où son fils avait décidé de rejoindre la maison comme assistant éditorial. Bart Jr Peabody aime bien manier l'objet élégant, d'un blanc laiteux, à la lame très légèrement crantée. Il accomplit ce rituel comme une manière d'hommage à la ténacité du père, qui avait commencé tout seul, dans un minuscule burlingue défraîchi, dans le quartier de Mission, au tout début des années 1970, juste avant que les ventes du rapport 21 n'en fassent un millionnaire.

Ce matin, aux aurores, Bart Jr Peabody a traversé sous un glorieux soleil les rues vides de Pacific Heights et passé en revue ses vieilles maisons victoriennes, en pianotant sur le volant de son cabriolet. Guilleret, plein d'indulgence pour le monde et pour lui-même, magnanime comme peuvent l'être certains riches lorsqu'ils n'ont pas eu à se battre pour y arriver. Sur Union Street, à l'entrée de l'immeuble abritant les bureaux de Golden Heights, il a salué le portier, s'est engouffré dans l'ascenseur en fredonnant *American Woman*, de Lenny Kravitz, et le fredonne encore tandis qu'il pousse la porte blindée et pénètre dans les locaux vides. Il entre dans le petit hall du secrétariat, se fait un café à la machine et prélève, à l'aveugle, trois plis dans le bac prévu à cet effet. Puis il s'installe à son bureau, saisit le coupe-papier et commence à les ouvrir. Les deux premiers sont décevants : une lettre de l'administration fiscale, et une invitation à la première d'un film documentaire où il n'ira pas. Le troisième est une grosse enveloppe en kraft. Il la palpe. Elle est épaisse, ce pourrait être une thèse ou bien le roman maladroit d'une jeune étudiante en littérature, qui ne s'est pas renseignée et ignore que Golden Heights & Associates publie des essais de vulgarisation scientifique. Il remarque le timbre : une Marianne, qui indique un correspondant français. Encore cet emmerdeur de Pérouel, pense l'Américain en soufflant. Il regarde mieux. Sur le tampon, le nom du bureau de poste est à peine lisible : « OLLIERGUES ». L'écriture est très légèrement penchée, d'une régularité admirable. Ce n'est pas Pérouel. Bart Jr Peabody se passe une main dans les cheveux, derrière la nuque. Au-dessus de son adresse, l'expéditeur a dessiné une spirale, qui évoque la forme d'un petit coquillage. Ses lèvres sont sèches. En tremblant, il glisse le coupe-papier en ivoire et en extirpe trois cents pages dactylographiées sur du papier recyclé. Il lit le titre : « JOHANNES GUDSONN. SOLDAT DE L'INVISIBLE », en grosses lettres capitales. Il tourne la première page, et se met à lire.

PROLOGUE OU QUELQUES RÉFLEXIONS SUR THEODORE KACZYNSKI

Ted Kaczynski est mort il y a deux mois. Il s'est suicidé le 10 juin 2023, dans une prison fédérale de Caroline du Nord. C'est ce que disent les médias, en tout cas. Ce que je pense : pas très Kaczynski, de se suicider. Et voilà qu'ils sortent un documentaire. Un documentaire qui se penche sur son enfance et ses « petits problèmes » de sociabilité et ses supposés troubles sexuels. Ne jamais laisser les autres écrire votre histoire à votre place. Une raison de plus de reprendre ce testament. L'autre raison, c'est que tout cela touche à sa fin.

*

Kaczynski a fait un travail nécessaire en ouvrant la question de la violence. La question de la violence n'avait jamais été assumée vraiment. Les Dundee avaient cru qu'ils pourraient convaincre les gouvernements. En Norvège, Arne Næss et ses compagnons avaient cru qu'ils pourraient éviter la confrontation, le sang. Mais il est évident que le système ne comprend que la violence. Il est évident que le système ne connaît que le feu. Ahriman se moque bien des slogans et des processus démocratiques et du lobbying. L'Ange de la ville, Ahriman, ne prend peur que si on l'appelle par son nom et qu'on l'attaque par le feu. Reconnaissons à Kaczynski d'avoir ouvert une voie.

Cependant il a commis l'erreur de ne s'attaquer qu'à la moitié du problème (la Technique), et c'est en ce sens qu'il faut parler d'une symphonie inachevée du professeur Kaczynski.

*

L'autre défaut du rapport 21 est le sentimentalisme.

*

Même les porcs affamés ne mangent que leur content. Ils ne dévorent que la part que Dieu leur a donnée.

*

La courbe de Fibonacci est le signe de la Bête, également connue sous le nom d'Ahriman, ou d'Ange de la ville.

*

Adam et Eve me font penser à ce couple de pythons birmans, relâchés par leurs propriétaires dans le parc des Everglades, en Floride, et qui se sont reproduits à la vitesse de l'éclair jusqu'à pulluler dans les marais, dévorant tout, détruisant les autres espèces.

*

La prolifération humaine est toujours une sorte d'angle mort dans la pensée d'Arne Næss. Pourtant l'être humain est une espèce invasive. Mildred, Næss, etc. : ils s'arrêtent à mi-parcours, sur le chemin de la vérité.

*

Mon lien avec Theodore Kaczynski est évident. Et il faut être aveugle pour ne pas voir un signe dans cette circonstance : deux des cours que je dispensai en 1974 avaient été dispensés par Theodore Kaczynski jusqu'à sa démission en 1969... Il a eu une influence sur moi déterminante, avant même que je ne lise son manifeste, avant même qu'il ne commence son œuvre de réveil des consciences.

*

Sur l'île d'Osterøy, où j'ai vécu de 1983 à 1987, puis de 1998 à 2002, ma cabane mesurait 3,40 mètres de largeur, contre 3,80 mètres de longueur. Celle de Kaczynski mesurait 3 mètres par 3,65 mètres. On connaît la cabane de Kaczynski, ses avocats l'avaient fait reconstituer dans la salle d'audience, lors de son procès, pour plaider la folie. Et ce fut une des multiples faiblesses de

Kaczynski : laisser faire ses avocats, les laisser dire qu'il était fou. Plus tard, il s'était repris et les avait congédiés mais il n'empêche qu'il avait flanché, d'abord, et qu'il avait sali tout son beau travail, disons son travail manuel et son travail intellectuel, par peur de la chaise électrique. Il avait paniqué et les avait laissés faire, il les avait laissés le ridiculiser, le faire passer pour une pauvre cloche, un déglingué insignifiant (lui si structuré, si charpenté). Mais il faut revenir à la cabane de Kaczynski, la petite cabane en bois de 11 mètres carrés, au cœur d'une forêt du Montana, dans laquelle il a vécu vingt-cinq ans, la misérable bicoque dans laquelle il a écrit ses missives ironiques et fabriqué ses délicieuses petites bombes. Kaczynski a cru qu'il pourrait se libérer de sa « laisse mentale » en vivant dans la forêt mais la vérité est qu'il était désespérément amoureux du monde, il recherchait le regard des gens, il voulait que tout le monde lise ses missives et à chacun de ses envois il allait à la ville la plus proche, à Lincoln, pour dévorer le journal et s'assurer qu'on parlait de lui.

Cela est pathétique, de l'imaginer se jeter avidement sur les nouvelles et lire son nom. Cela m'a fait souffrir pour lui, quand je l'appris. Et cela l'a perdu : Kaczynski s'est trahi parce qu'il a baissé la garde, par vanité. Certains ont dit qu'il a perdu son sang-froid parce qu'il était vexé qu'un autre homme devienne plus effrayant que lui. Il ne supportait pas qu'un autre homme lui vole son titre de prince des ténèbres, et cet homme s'appelait Timothy McVeigh, l'orchestrateur de l'attentat d'Oklahoma City, perpétré en 1995, qui avait coûté la vie à cent soixante-huit personnes. Depuis sa cabane, dans sa pseudo-retraite de moine antisystème, Kaczynski avait enragé de voir le suprémaciste McVeigh lui voler son titre d'ennemi public n° 1, voilà la vérité. Et cela lui fit commettre les erreurs que l'on connaît, qui ont conduit à l'encerclement de sa cabane par les policiers du FBI, un an après l'attentat d'Oklahoma City. De prophète aux idées claires et nettes, à la dure volonté, de prophète et de logisticien méthodique, Kaczynski s'était transformé en tueur pornographique et vulgaire, en petite diva du crime. Sa cabane et la forêt ne l'avaient pas protégé contre le monde, les lumières trompeuses de la ville. De cette manière il a révélé sa véritable nature, sa nature double : certes contempteur de la civilisation technico-industrielle, mais aussi Américain larmoyant et narcissique, effrayé par la solitude. Et, bien sûr, dans sa quête effrénée de reconnaissance, la destruction de la civilisation industrielle était devenue très secondaire, elle n'était guère plus qu'un prétexte ; il avait perdu le sens de son combat à mesure que l'aveuglaient et le racolaient les lumières stroboscopiques de Babylone. De mon côté, j'avais bien l'intention de ne jamais me transformer en être cruel et vulgaire, et je n'avais pas l'intention de perdre de vue le combat noble, qui était de faire connaître aux gens la présence démoniaque à l'œuvre dans la croissance monstrueuse des populations humaines, symbolisée par la suite de Fibonacci.

Kaczynski m'a beaucoup déçu, c'est une évidence. Au fond il aurait voulu que les gens l'aiment, mais il ne savait que tuer, et menacer ;

et dans les dernières années, je crois qu'il recherchait, paradoxalement, à travers ses meurtres, l'amour des gens. Moi, je n'ai jamais cherché l'amour des gens. J'ai cherché la vérité, et accepté d'être un instrument du destin.

*

De la même façon que Kaczynski a été trahi par sa belle-sœur qui a appelé le FBI pour dire qu'elle reconnaissait son style dans le manifeste publié dans les journaux, moi aussi j'ai été trahi par les miens. Un jour j'ai demandé à Erika : « Que ferais-tu pour moi, sœur ? » Et elle m'a répondu : « Tout, Johannes. » Et j'ai secoué la tête, et lui ai dit qu'elle me trahirait. Elle a juré que non et s'est mise à pleurer, à protester, mais je secouai la tête et lui répondis : « Je sais ce que je sais. » Un an plus tard, elle a raconté notre histoire et par sa faute j'ai été limogé du lycée Sigrid-Undset.

*

Le rôle que m'a assigné l'invisible est de continuer et de corriger l'œuvre de Kaczynski. Œuvre nécessaire, mais terriblement imparfaite. Et parmi les multiples erreurs de Kaczynski, il est celle d'avoir dénoncé la Technique mais de ne pas avoir dénoncé la reproduction incontrôlée des êtres humains. Et aussi d'avoir cédé à la tentation puérile des lettres à la presse. Il a abandonné toute dignité pour draguer éhontément les journaux car il lui manquait une dimension spirituelle. Au fond il travaillait sans le savoir pour le monde invisible mais il ne croyait pas en lui. Il suffit pour s'en convaincre de lire son manifeste. Il y conspue la société technicienne avec les armes de la société technicienne, son langage, c'est-à-dire la langue des bâtisseurs, la langue de Caïn. Ses argumentaires serrés et ses paragraphes numérotés sont éloquents, à les lire on devine qu'il était infecté par le venin de l'Ange de la ville, et on comprend que son manifeste était son petit édifice orgueilleux et qu'il ne défiait pas la société technicienne mais Dieu. Kaczynski s'adresse en apparence aux hommes mais en réalité il s'adresse à Dieu, pour le défier et lui dire qu'il n'existe pas. Pauvre Kaczynski, qui croupissait dans sa prison du Colorado, qui écrivait à ses « fans » et se faisait envoyer par ses avocats les coupures de journaux, de moins en moins nombreuses, sur son affaire. Il est évident que ce manifeste est dérisoire, alors que son grand œuvre avait été accompli de sorte qu'il n'y avait rien à y ajouter, il n'y avait qu'à se laisser arrêter et faire électrocuter. Son grand œuvre, ce sont les colis patiemment concoctés et l'effroi semé au cœur de la ville, pour réveiller les hommes. Nul besoin de crier son petit manifeste, qui transpire le manque d'amour, la carence affective, comme disent les ignobles psychologues. Comptez sur moi pour ne pas écrire aux journaux. Les actes que je vais accomplir, avec quelques autres, ont une seule signification : montrer l'exemple, initier le grand mouvement de libération du monde sublunaire, et desserrer notre emprise funeste sur le vivant. Nous sommes une avant-garde. Des milliers suivront, et des millions imiteront les milliers. « Fouler la terre d'un pas léger », et « laisser le moins de traces possible », disait Næss. J'ajoute : laisser les maisons vides se faire dévorer par le lierre sauvage. Déserter la vie, pour sauver la Vie. Telle est la mission que m'a assignée l'invisible. Moi, Johannes Gudsonn, qui m'avance hardiment, pour accomplir des tâches difficiles.

*

Les pages qui suivent ne sont pas un manifeste, ni une revendication, encore moins une tentative de justification. Elles sont le témoignage de ce qu'a été ma vie. Et je commencerai par ceci : si j'étais vraiment fou, je ne serais sans doute pas en mesure de dater et d'articuler aussi nettement, comme je m'apprête à le faire ici, les étapes qui conduisirent à mon éveil, et mon activité de prédication.

3

À la gare, Patrice Émile se dirige comme convenu vers la boutique Relay. Il se donne une contenance en feignant de scruter la presse sur les présentoirs mais jette des coups d'œil furtifs aux alentours, à la recherche de quelqu'un. La gare est bondée. Faute de places suffisantes dans les espaces d'attente, une famille est assise par terre. Jacqueline Mattemont marche droit vers lui, et lui pose la main sur l'épaule.

— Comment vas-tu ?

Elle l'enveloppe de ses bras et le serre très fort et il se laisse faire, Jacqueline Mattemont sent le tabac et le vernis à bois et Patrice Émile s'abandonne à l'étreinte, c'est si réconfortant, il n'a plus si souvent l'occasion d'être étreint de la sorte. Quand il voit sa fille, deux fois par an, dans la salle d'un local associatif, en présence d'une assistante sociale, elle se dégage rapidement en couinant. Elle a peur de lui. Jacqueline Mattemont, elle, prend toutes les douleurs passées, le berce ; autour d'eux les gens se retournent pour regarder ce drôle d'attelage, attendris, on dirait une très vieille mère et son vieux fils qui se retrouvent après une longue absence. Puis Mattemont l'escorte jusqu'à un van noir, recouvert d'une fine pellicule de poussière. Un homme d'une trentaine d'années est au volant, occupé à se lisser les sourcils en se regardant dans le rétro intérieur. Il se retourne à demi et tend une main énorme et rouge :

— *Bonjoûwr*. Dan Dundee.

Jacqueline fait les présentations.

— Dan s'occupe de la logistique. Il ne parle pas français. Il est un des premiers à avoir été contacté par le Messager. Ce soir, nous organisons un banquet convivial dans la cour de la ferme. Il y aura même un peu de musique, et nous allons prier ensemble.

Elle marque une pause.

— Je suis si heureuse que tu sois là. Tu verras, il y a une très belle énergie, avec des gens de tous horizons. Beaucoup d'Européens et d'Américains mais aussi des Japonais, un Indonésien.

— Je suis heureux aussi, répond Patrice Émile, d'une voix hésitante.

Il a peur mais Mattemont n'a pas peur, elle. Elle sourit. Il décide de s'en remettre à la vieille femme.

— Et le Messager ?

— Il est déjà là, bien sûr. Il a hâte de te revoir. Il m'a dit que vos échanges étaient parmi les plus lumineux qu'il ait eus.

La voiture quitte Saint-Étienne et traverse une zone d'activité, où de gros hangars sont encerclés de grillage vert bouteille. Jacqueline Mattemont donne des indications à Dan. Bientôt, c'est la campagne. Mattemont parle, parle.

— Perso, je préfère la région en automne. On se croirait au Canada.

Patrice Émile a écrasé la joue contre la vitre : il se rappelle les moments heureux à organiser le flux des camionnettes, dans la déchetterie. Toute sa vie, il a rêvé d'un lieu stable, d'un abri définitif. La veille, il a confié son sac Lafuma, ses santiags et ses CD dédicacés à un camarade de foyer. Dan roule vite. De grands arbres encadrent la marche du van, comme deux rangées de soldats. Patrice Émile étouffe de douleur, mais peut-être est-ce le signe qu'il a pris la bonne décision. Sur le volant, la poigne de Dan est bourrelée d'une grosse veine bleu pâle. À la sortie d'un virage, le chalet apparaît.

— Je vous dépose et je repars à la gare, dit Dan en anglais. Il y a d'autres frères et sœurs qui arrivent par le train de 15 h 50.

Jacqueline Mattemont acquiesce.

— *Do what you have to do.* Tu fais ce que tu as à faire, Dan.

Avant de repartir, Dan ouvre le coffre. Il décharge les packs de soda et le petit jerrican qui contient un mélange de cyanure de potassium, de Valium et d'hydrate de chloral.

4

Johannes Gudsonn apparaît plus tôt que prévu dans le champ, en surplomb du chalet. Le soleil est haut, et la campagne grille doucement. Le matin, Jacqueline Mattemont lui a coupé les ongles, taillé la barbe. À présent elle trotte derrière lui, dans sa chasuble blanche. Un sectateur lui tend une bassine d'eau en plastique, qu'elle présente à Gudsonn. Il plonge ses mains dedans et en asperge l'assistance, d'un geste sec, du bout des doigts. « L'eau et le bois de vie », murmure le Norvégien. Les bouteilles circulent dans les rangs. Ça a un goût de Fanta.

La veille, il n'a pas regardé les étoiles, la période est pourtant propice et le lieu aussi : le Massif central offre des ciels immaculés, dont la beauté culmine autour de la mi-août. Mais le faux mysticisme, écrit Steiner, s'épuise à contempler les étoiles. Steiner avait dépassé le faux mysticisme, et Gudsonn a dépassé Steiner. Il a maté l'ivresse mathématique, l'orgueil yang. Il a décelé les vérités cachées dans le Nombre et la Géométrie. Il a entendu la vérité de Kaczynski, il a entendu toutes les vérités inscrites dans tous les livres mais il les a dépassées, les unes après les autres. Il a entendu la vérité du Nazaréen, du Krishnamurti, des prophètes du Livre, de Jean de Jérusalem, de Montanus, de Nostradamus, de Jean de Patmos, de Jean de Leyde, de Jan Matthys, de Jan Hus, de John Ball, de William Blake, d'Edward Irving, des *bégouny* russes et des baptistes hurleurs, des hérésiarques bohémiens et anglais, et il les a ramassées toutes ensemble pour que s'éclaire enfin le dessein caché sous la grande histoire des hommes. Cela, les membres de l'assistance ne peuvent pas le comprendre, et il n'est pas nécessaire qu'ils le comprennent. Il leur suffit de l'avoir reconnu.

Remerciements

À ma Claire, qui est descendue dix fois dans la mine, avec de la lumière.

À David Simonetta : ses précieux conseils, son sens du bloc.

À Roxana Nadim.

À Dana Burlac, Flandrine Raab et Muriel Beyer.

À Jean-Marc Béguin, William W. Behrens III, Christian Bussat, Gaspard Dhellemmes, Jean-Baptiste Garnier, Emmanuel Ferrand, Jean-Michel Kantor, Olivier-Pascal Moussellard, Geneviève Morenas, Guillaume Müller-Labé, Bernard Paulré, Lélia Picabia, François Samuelson, Arthur Woodbury.

14452

Composition
NORD COMPO

Achevé d'imprimer à Barcelone
par CPI Black Print
le 8 juillet 2025

Dépôt légal : août 2025
EAN 9782290382271
L21EPLN003400-549625

ÉDITIONS J'AI LU
82, rue Saint-Lazare, 75009 Paris

Diffusion France et étranger : Flammarion